红楼梦断诗灵在

——跨文化视野下的红学突围

李林 著

图书在版编目（CIP）数据

红楼梦断诗灵在：跨文化视野下的红学突围 / 李林著 . -- 北京：华龄出版社，2024.7. -- ISBN 978-7-5169-2832-5

Ⅰ . I207.411

中国国家版本馆 CIP 数据核字第 20241BX738 号

策划编辑　董　巍	责任印制　李未圻
责任编辑　郑建军　陈　馨	装帧设计　世纪锐腾

书　　名　红楼梦断诗灵在 　　　　　——跨文化视野下的红学突围	作　者　李　林
出　　版 发　　行　华龄出版社　HUALING PRESS	
社　　址　北京市东城区安定门外大街甲 57 号	邮　编　100011
发　　行　（010）58122255	传　真　（010）84049572
承　　印　运河（唐山）印务有限公司	
版　　次　2024 年 7 月第 1 版	印　次　2024 年 7 月第 1 次印刷
规　　格　710mm×1000mm	开　本　1/16
印　　张　29	字　数　353 千字
书　　号　ISBN 978-7-5169-2832-5	
定　　价　88.00 元	

版权所有　侵权必究

本书如有破损、缺页、装订错误，请与本社联系调换

目 录

诗在红楼最高层（代序）……………………………………… 1

《红楼梦卜》："悬崖撒手"还是"临崖挥手"？………………… 1
《红楼情禅》：《红楼梦》的情爱解脱观 ……………………… 13
《石头正传》：《红楼梦》的拯救悖论 ………………………… 24
《咏苏曼殊兼及宝玉》：论贾宝玉与苏曼殊的禀气融通 …… 35
《赠种芹人》："妙笔"的尽头是"幻笔" ……………………… 45
《咏宝玉》：贾宝玉的归宿及终局悖论 ………………………… 55
《咏黛玉》："木石前盟"之后怎样？…………………………… 66
《金玉无缘叹》：不屑宽恕 ……………………………………… 77
《钗黛一体赞》：比较价值观下的"钗黛一体" ……………… 89
《咏红楼群芳》：红楼群芳的"弱德之美" …………………… 100
《黛玉葬诗》：林黛玉此岸存在的隐秘使命 …………………… 111
《李林补书自嘲》：《红楼梦》的鉴赏及续补问题 …………… 122
《雪芹悲心》：《红楼梦》的创作动机初探 …………………… 133
《对景悼颦》：黛玉之后应无诗 ………………………………… 144
《宝玉寻诗》：那宛如星光的萤火 ……………………………… 155
《宝玉还玉》：灵魂的饕餮或灵玉的梦貘 ……………………… 166

《宝玉守更》："消极自由"还是"积极自由"？……177
《红楼梦禅》：红楼佛学对菩萨道精神的消解……188
《红楼后事》：贾宝玉此岸的恩与债……200
《红楼梦恸》：《红楼梦》的悲剧所在……211
《宝玉赴苏》：为不在之灵而在……222
《宝玉涉江》：宝玉由"情不情"向"情情"的转化……233
《宝玉怀乡》：贾宝玉如何才能"功德圆满"？……244
《移灵扬州》：红楼第一忠仆——紫鹃……255
《咏妙玉》：红楼第一义人……266
《红楼梦关》："反象以征"读红楼……278
《宝玉变形记》：黛玉的"一身两魂"与宝玉的"一神二性"……290
《宝玉刻诗》：石上万言谁曾刻？……301
《宝玉守坟》：奥卡姆剃刀下的《红楼梦》……312
《宝玉失忆》：为了诗化的石化……327
《宝玉自埋》：贾宝玉如何才能"功德圆满"？……338
《咏白首双星》：那贯通天地的曼陀塔……349
《红楼梦呓》："红楼真梦"当须醒……360
《石头后记》：从"个人诗史"到"民族史诗"……372
《笔花堂致悼红轩》：跨文化视野下的"红学"突围……383
《禳星雪芹》：曹雪芹的"补天事业"……395

《红楼梦》与呼雷汤（代跋）……406

附录一：《红楼梦》三十七首七律总览……410

附录二：本书三十六首七律总览……420

出版致谢……430

诗在红楼最高层

（代序）

一

若论中国文化的"四柱八字"，窃以为可提炼为"土魂、玉骨、莲心、诗灵"。而《红楼梦》，可谓其中"诗灵"之文本的最高呈现。

汉语文化最具魅力的体现之一，就是诗学生成及文学建构。而中华文明源远流长的诗学精神，在小说这一体裁中也有相应的表达。从唐代传奇到宋元话本、明清小说，中国传统小说不断实践着将诗词曲赋引入叙事文本。诗歌的抒情性使得小说在追求故事性的同时具备了汉语言独有的艺术性，这样的一种诗性传统在《红楼梦》中达到了巅峰。

有"当代红学第一人"之称的周汝昌先生，著有《红楼十二层》一书，我们这里转借过来，以"诗灵"作为《红楼梦》文化的审美坐标及最高层定位。

曹雪芹创作《红楼梦》，其实是中国文学思想史上的一次伟大祭祀敬礼——既致敬古圣先贤的文脉加持，又致敬自己笔下的众女儿，更致敬承载着中华万古诗灵的厚土玉骨。

文学史不但是文学自身的历史,还蕴含着一个民族的文化精神史。"诗"一度是国人最醒目的精神生活呈现——如唐朝因国力强盛,它的文明形态就浑然天成地带有引吭高歌的豪情和骨气。

启功先生对此曾有一段经典概括:"唐以前的诗是长出来的,唐朝的诗是嚷出来的,宋朝的诗是想出来的,宋以后的诗是仿出来的。"

笔者不才,学步于先贤,尝试进一步将之拓展成:三代前的诗意是淌出来的;三代的诗意是长出来的;汉唐的诗意是嚷出来的;宋明的诗意是想出来的;清以后的诗意是仿出来的;当代的诗意是赏出来的……

在中国的学术思想史上,诗学就是哲学,哲学也是诗学。遗憾的是,西学东渐以来,本来活泼泼的汉语诗学、哲学、美学等统统被纳入僵硬的分科之学,培养出来的是一批又一批的所谓"专业工作者"。而那些关乎生命本体的学问,被迫变成智力化、概念化、圈子化的学术游戏。

更加令人感到危机的是,当代文化艺术已经从最纯粹的审美表达、人类情感的本质显发与人类思想的升维追求,变成了一种可以流水线生产的"文化商品"。这种"文化工业化"不再是以追求真善美、展现思想、探索自由为目的,而是要满足"文化资本"的增殖需求。

针对《红楼梦》及其相关文化解读,我们最在意的是一个民族审美力的不断降级、创造力的不断衰竭。所以,在这个信息网络化的自媒体时代,我们更需要为越发隐匿退场的中华千年诗灵"招魂"。

所谓"学者",应该是"诗人"与"学人"的合体;所谓"学问",应该是学人之情性与学术之理性的互激显发。20世纪中国第一流的学者,以王国维为代表,个个都有个性、有意气、有偏嗜,其卓尔不群的才情与学问无间契合、相激相渍。稍后者,则如陈寅恪、钱钟书这一辈,仍能勉强合诗人与学人为一。无奈之后诗人与学人越发分途而"隔行如山"，导致学林中学人满街走而诗人稀缺至若有实无。其研究性文章堆积如山而文字渐如木舌瓦羹，做学问竟像在工厂里制造论文了。所谓"学术成果"，不讨以标准化为严谨、以无观点为客观、以炒冷饭为课题、以注来注去为本领、以不知所云为深刻、以文句各色为时髦……而且文章越写越长，要点其实片言可了；倒是书本越摸越少，因为资料检索越来越便捷。是故才情渐漓之后，学力便不可避免地疲软退化矣。

哀哉！那个博雅的时代，如流水落花般逐渐逝去了。俞平伯等寥寥几位红学家正处在这个逝波的尾端。而后，随着"人文学科"作为一种严格范式的研究性科学垄断话语权，作为诗意言说的"红学"很可能会隐入历史的尘埃。我们希望有越来越多的红学作品，能够以中国式的纯古典诗词语言来写作，因为汉语的书写本身就是提升研究水平的最高效捷径。还是那句话：如果诗词的感悟力或创作力不足，就不可能解读、研究、续补好《红楼梦》。

《红楼梦》的诗性文风，与其他古典小说一个本质的差别，便是这些夹杂在小说章节里的诗歌谣谚不是可有可无的点缀或文人的游戏笔墨，而是作者刻画人物和故事情节发展的有机组成部分，无不喻指隐含着人物的性格和命运，既是人物抒发情感的需要，同时也有推动情节发展的特殊功能。因此，读者不能等闲视之。

叶嘉莹先生说："诗之为用，是使读诗的人有一种生生不已的，富于兴发感动的不死的心灵。"

汉语即使不是世界上最美的语言，也一定是最美的语言之一；《红楼梦》即使不是汉文学最美的著作，也一定是最美的著作之一。读《红楼梦》，首先要与那些优美的语言发生深层次的连接。以一颗"诗眼"去看《红楼梦》，就会发现作者不折不扣是一位"诗人艺术家"，他以灵慧妙心，搭建出一座无比繁复的文字迷宫，并且坐在迷宫的中心静候读者的到来。读红楼最大的欢喜，不啻是在揣摩曹雪芹的"诗意文心"中熟悉他，最后抵达文本深处那座迷宫小屋，在里面遇见曹公的精魂，于刹那的沉默相对中，一切尽在不言中……

在当今时代，欲对《红楼梦》进行相对通透的解读，一个关键的门槛就是解读者必须具备上述"文心诗灵"——一是要懂得哲学宗教；二是要懂得诗，因为诗是文学的精华，是文学中的文学，是文学通向高远精深的无上法门；三是要具备中西方文化的比较学视野，从而能以互鉴参照的方法，找准中国文学的原创性特质和发展脉络。总之，解读者的素质，决定了文本的深度及高度。唯其如此，才能彰显《红楼梦》比天还高的文心、比地还厚的诗灵，才能与曹雪芹产生心灵的感应共振。

中国历史上并没有西学意义上的专业文学批评，只有文学鉴赏或文学品评。"品"是带有个性化的"自得其乐"的审美体验，品诗品文与品茶品酒一样，所专注者乃其气味声色风度神韵。所谓"以文会心"，虽无标准化的命题或范式，却自有不可言诠的心心相印。

当然，文学品鉴并非毫无规范。中国传统诗艺的美学规范是以"境界为上"，贵乎"意在笔先，神余言外……若隐若现，欲露不露……终不许一语道破"（陈廷焯《白雨斋词话》）。既栩栩如生地摹形写态，又使读者在吟哦之际体会个中的神情意蕴，还能呈现出蕴藉委婉的诗家之韵致，这就要求作者有千金不易的工巧与功力。可惜目前红学着眼点日趋狭庂，宛如把《红楼梦》的一字一句放进盘里过秤，全凭自己的心意作星戥，秤出人物情节的轻重贵贱，作者的思想大旨及诗文境界，倒放到一边去了……

对汉语传统文本解释学意义上的深度评析及阐释，最典型的表现就是批注式阅读。从诗集到小说，从李善《文选注》的诗文注释，到金圣叹等明清小说批点，虽然文体对象发生着变化，但诗学阐释传统却是一脉相承的。唐代以降的文学阐释，也经历了与西方《圣经》解经学传统相似的路径，辞章训诂逐渐退为次要，而把章法脉络、句法字眼和意象内涵作为主要的阐释对象。

《红楼梦》的叙事言路，不疾不徐，娓娓道来，如河流随风鼓浪，如杨柳因风起舞。其文有"三美"：语言笔调有诗词的韵律美；情节冲突有绘画的层次美；篇章结构有建筑的立体美。难怪各色人等，在文本品味三匝之后，无不似那棵"尚未酬报灌溉之德"的绛珠仙草，总是被"五内便郁结着一段缠绵不尽之意"所笼罩——看来《红楼梦》端得值得历来的高士达人燃灯剔烛直到夜深白首！

鲁迅先生评《史记》是"无韵之离骚"，这五个字用来形容《红楼梦》也是贴切不过。曹雪芹充分应用了诗学意象和谐音修辞等方式，把叙事和隐喻的功能相结合，从整篇小说的结构，到每一回的章法脉络，再到一些字句的炼字和句眼，都有着极大的讲究，精致得令人惊叹。这些意象，给红楼增加了诗性色彩，所以《红楼梦》也被不少学者称为"诗性小说"或"诗化小说"。

"诗化"作为哲学之前的一种自我拯救方式，必然与审美式救赎发生着深刻的价值关联。《红楼梦》就是独属于中国人的"审美式救赎"，红学界对《红楼梦》作为诗化文本的"艺术救赎"功能一直缺乏深入探析——诗可能是当今唯一能与哲学抗衡的最接近宗教本源的思想形态，诗也可能是在纯粹哲学之外唯一可以享受到的形而上学。只有这样看待诗，《红楼梦》的解读者和续补者才能通过它达到各自的生命救赎。

中国文学很难产生西方意义上的悲剧，其中的原因或许跟汉语的"诗性本质"有关。经过汉语书写的绝望情节，即便无一丝光明的透入，但那种诗性之美，就算是没入黑暗，也会带着一丝婉转的回风。它的委婉就像俞平伯先生所说"怨而不怒"的温和情调。"美"是可以于文字言说之外的独立存在，生命虽然消亡了，但消亡之美的诗意余响尚存，这正是汉语文本"悲剧美"的原因所在。

二

"红学"作为 21 世纪的所谓"显学"，我起初并不理解为何百年来令那么多一流学者沉迷其中，便怀揣好奇与挑战把它作为一种文化现象来研究，于是便有了《红学十讲》专题讲座及本书的出版。

《红楼梦》说到底是一本小说，小说说到底是语言的艺术，而汉语言艺术的最高形式说到底是诗。统观《红楼梦》前八十回可以明显看出：众儿女自入园特别是结社以后，小说的诗化趋势益发明显。按照这一趋势，主要角色必将在故事收尾的情节大冲突中尽情展现诗才；同样可以设想，曹雪芹在小说的终局部分，语言的诗化特点将进一步强化，诗史哲融合的艺术境界将会淋漓尽致地发挥出来。

在八十回《石头记》中，曹雪芹使每一首诗都多方关合、左右逢源，显示了出神入化的文学造诣。只有亲身参与过诗词创作的人才能体会，这些诗必须屡经推敲、惨澹经营、匠心独运，才能臻于完美的境界。可以想见曹雪芹为此用足了苦心！读者万万不可忽略其寓意。

据统计，曹雪芹在《红楼梦》前八十回中总共作了三十七首七律。然而，目前传世百廿回本的后四十回中，居然无一首七律！仅凭此点就足以说明：无论是谁续补了后半部分，他都未敢尝试哪怕一首号称"诗中之王者"的七律，否则其文学水平高下立判——故后四十回的主体篇章断非出自曹雪芹手笔。本书作者试图用三十六首七律来评点及补缀这本谜一样的天书，这应该是百年红学的初次尝试。

严羽在《沧浪诗话》里总结：古诗有两种诗体最难写，一种是五绝，另一种是七律。诚然！相对于其他体式，七律最难出彩，古往今来能被称为千古名篇的七律寥寥无几，与七绝、五律、五绝、古风、词相比，数量少得可怜。

七言律诗起源于南北朝，成型于初唐，成熟于盛唐。当时李白、王维等名家皆参与创作，带动了七律的发展。然而他们的作品却大多存在失对、失粘等缺陷。真正让七律诗发扬光大、开辟出别样天地的是杜甫。杜甫全面开辟了律诗的题材及境界，将时事政论、身世怀抱、风土人情、文物古迹，一概熔铸于精严的格律之中，从而把这一诗体的价值提升到足与古诗、绝句并峙的高度。

七律"易工难化"的原因在于它必须遵循特定的韵律和格律。绝句远在格律形成之前就有了，五律的繁荣与格律的成熟基本同步。只有七律是文体定性于格律成熟之后，这就注定了这种诗体天然有格律基因。这些规则限定了创作者的想象力和语言表达能力，因此在构思和写作时更加困难。

七律要求格律严正，在这一前提下，难免出现雕琢痕迹，不易浑然天成。为什么精品排律很少，而精品古风却很多？古风创作可以随心所欲、无拘无束，所以就会出现"天生我材必有用，千金散尽还复来""北风卷地白草折，胡天八月即飞雪。忽如一夜春风来，千树万树梨花开"这种一气呵成、清水芙蓉式的名句。而七律想要达到这种效果，就必须要在格律的螺蛳壳内碰运气或者拼才气了。众所周知，李白的诗，无论是数量还是质量，都以乐府、歌行为最佳，李白的飘逸，不是飘逸在近体诗上，而是飘逸在古风上。

据统计李白存诗近千首，其中七律只有个位数（按照统计标准不同，数量也有出入，但都不超过十首），真正能称为名篇的，也只有《登金陵凤凰台》一首，还是靠传说出圈的。

七律七言八句，冗杂死板，笨拙呆滞。与长短句相比，句式缺少变化，少了收放自如、张弛有度、可扬可抑的灵动和婉转。七律只能用固定的字数、变化不多的句式来表达精微婉转的情感，需要在有限的篇幅中巧妙运用多种句式变化，其起、承、转、合，任何一个环节处理不好，就会出"残次品"。如果在结构上变化不足，就容易显得呆板。但对仗对得太死板也不成，不仅有害文意，而且美感也受损，这对诗人的驾驭能力提出了较高的要求。

七律还要求气格要正。翻看历代地方文人别集，大量气骨软媚甜熟的"绮怀""无题""谨和"的七律作品，连侧艳别格都算不上。

总之，七律是检验旧体诗水平的试金石。它除了要符合平仄、押韵、声调、音节、句式等基本结构要求外，还要避免格律诗理规定的至少二十种诗病出现（注意是至少，有时候可能还不止）。如中间两联要求必须对仗（还要避免合掌），不可用哑音字；其他如音节声调起伏配置、联句衔接粘连等，没有深厚的格律知识是很难写好的。

七律若想取胜，必须灵光在兹天赐佳句，倘若雕琢修饰，必成末流之次品。没有渊博的知识储备，不好下笔；腹笥过丰，又容易晦涩难懂。所以若想维持这种微妙的平衡，的确很难很难。

我们仅举一例就可以说明，不懂诗，不足以入红楼三摩地。

第二十二回有"制灯谜贾政悲谶语"情节，按庚辰本所记，各人所做灯谜至惜春截止就没有下文了。由于本回缺失太过严重，目前许多版本往往根据戚序本，将后面的内容尽量补全，另外炮制薛宝钗"竹夫人"灯谜、贾宝玉"镜子"灯谜，并把贾政猜灯谜等情节写进了正文里。

在续补者笔下，薛宝钗所制"竹夫人"灯谜的谜面是：

> 有眼无珠腹内空，荷花出水喜相逢。
> 梧桐叶落分离别，恩爱夫妻不到冬。

这首诗曾出现在通行本《红楼梦》里，但在古本里并没有。此灯谜诗袭用前人诗意，没有什么创新，修辞上也有疵病。而且以宝钗的才情修养，不应该写出"有眼无珠"这样的粗鄙之词；更不应该在未出阁的时候，当着贾家长辈的面就在诗中提及"夫妻恩爱"之事，这太不符合彼时的女德了，怎么可能是曹雪芹的手笔？张爱玲在《红楼梦魇》中也提出了相同的疑问："甲辰本并没说'竹夫人'谜是谁的，因为这流行的民间谜语太粗俗了，一说是宝钗的，就使人觉得不像，宝钗怎么会写得出'恩爱夫妻不到冬'这种话？"

但在戚序本回末，却有另页存有一灯谜曰：

> 朝罢谁携两袖烟，琴边衾里总无缘。
> 晓筹不用鸡人报，五夜无烦侍女添。
> 焦首朝朝还暮暮，煎心日日复年年。
> 光阴荏苒须当惜，风雨阴晴任变迁。

在上述七律诗前，还有特别重要的七个字"暂记宝钗制谜云"。这段话既不是正文，应该也不是批书人的批语，最大的可能是作者自己制作的"备忘录"，故单独用一页附在末尾，以方便日后续写。可惜的是，雪芹早逝，让这个章回陷入了窘境，而这首诗很可能就是作者的绝笔。所以畸笏叟在此回末尾批道："此回未成而芹逝矣，叹叹！丁亥夏，畸笏叟。"

第二十二回对于梳理全书脉络的重要性仅次于第五回。第五回里有多位女子的画页、判词和曲词，而作者在第二十二回又以灯谜的形式再次坐实了书中各主要人物的归宿命运。脂批特别指出作者的意图就是"先以《庄子》为引，及偈曲句作醒悟之语，以警觉世人，犹恐不入，再以灯谜伸词致意，自解自叹，以不成寐为言，其用心之切之诚，读者忍不留心而慢忽之耶？"本回回目里更是出现了"谶语"二字，可见曹雪芹的意图就是将《红楼梦》主要人物的悲剧结尾，提前集中向读者进行暗示。

这个谜底为"更香"的灯谜，以七言律诗的面目呈现，文辞意象结合得巧妙无比，与"竹夫人"灯谜相较，一看就是出自高人手笔。至于该灯谜在故事中的作者归属，也存在不同的观点。在通行本《红楼梦》中，这一灯谜一度被归属于林黛玉。后来根据新发现的版本资料，才基本被确认为是由薛宝钗创作（目前仍有少数红学家持不同意见）。

其实，我们这里还有一个毫无异议的明证，坐实此灯谜乃薛宝钗所出。《红楼梦》第六十二回写红香圃贾探春与薛宝钗射覆，探春覆了一个"人"字，因宝钗说范围太广，又说了一个"窗"字，属于用"两覆一射"以缩窄范围。宝钗因见酒席上有鸡，知道探春用了"鸡人""鸡窗"两个典故，但她因规则限制不能直接说"鸡"，于是便射了"埘"字——采用"鸡栖于埘"的典故。薛宝钗所射之"鸡栖于埘"，出自《诗经·君子于役》，讲述的是丈夫远征日久未归，妻子在家苦等丈夫回家。"更香"灯谜恰恰有"晓筹不用鸡人报"句。王维诗"绛帻鸡人报晓筹"描绘的就是宫廷中专管更漏之人，头戴红巾于朱雀门外高声喊叫，好像鸡鸣，以警醒百官。"鸡人"后来成为对守夜报时人的形象性称呼（参见第77页《金玉无缘叹》篇）。所以，将此谜归属于林黛玉，明显不妥。故中国艺术研究院红楼梦研究所校注本重新将此灯谜的作者署名为薛宝钗。

薛宝钗此谜，制作精巧，寓意深刻，与人物的性格及命运嵌合得天衣无缝。细细体会七律谜语字里行间的隐义，不难看出，这是作者借以暗示薛宝钗的结局。它至少再一次证明，续书中所写宝钗得了"贵子"，一度还振兴家业等内容，都是不符合雪芹意愿的。

透过上述一个小小灯谜的写作细节，就能看出《红楼梦》成书过程的不易，许多情节连批书人都琢磨不透，各版本之间的文字在细微处又有千丝万缕的差别。这种情况若遇到真正会读书的人，或许能分辨出哪个是最优解；若是囫囵吞枣者，怕是只能任由解读者所欺了。

明清小说中，套用、移用古人现成的诗词，作为情节推动的点缀或提升人物形象的做法是相当普遍的。《红楼梦》续书如法炮制本来算不上什么问题，只是后四十回中的诗词，几乎都是照搬套改他人原创，续作者竟撮拾此类，滥竽充数，以为可假冒原作，实在是太小看曹雪芹了。须知这样的例子，在八十回《石头记》中是一个也找不到的！

曹雪芹非但不喜移接化用前人现成之作，恰恰相反，倒往往自拟以托名，把自己的作品说成是古人写的（如秦可卿卧室中的对联）。这一方面固因为作诗、拟对乃雪芹平生所长，所谓"诗才忆曹植"（敦敏《小诗代简寄曹雪芹》），根本无须借助他人之手；另一方面也与他文学创作的美学洁癖有关，或者说与他文德文风不屑同于流俗有关。

《红楼梦》的诗词水平并非无可挑剔。或许正是因为"按头制帽"的情节需要，曹雪芹笔下那些女儿们的诗作，优美则有余，壮美则不足。所以我在写作中，尽量让这些裙钗具备不让须眉的格局豪气。笔力所限，未必能如愿，但于我本人而言，是"应须恁么会，方得契如如。"

《红楼梦》广被诟病的一点，就是其情节的琐碎散裂。导致这一状况的原因除了其原始底本出于杂糅之外，最关键的还在于曹雪芹偏执的美学诉求。雪芹力图还原生活的本真之美，所以在细节的真实性方面不吝笔墨，此其写实主义之诉求；雪芹为了维护其辞章之美，往往宁可损失情节冲突的关联性与紧张性，也要放纵才气"荡开一笔"，此其浪漫主义之诉求。这种把写实主义与浪漫主义天才地融通在一起的"诗意运笔"，对包括程高本续书和其他绝大多数续书者来说，都是难以企及的；对普通读者而言，也是很难有丝滑的阅读感受的。

人们阅读通行本后四十回，从"占旺相四美钓游鱼"开始就很难读下去，根本原因在于续写既违背了人物的思想性格逻辑，也有悖于作者的创作意图和构思，最关键的还是笔下无神，造成文章气脉不通的严重后果。"夫咏歌者，必有气脉，方得感动人心。"写文章亦是如此，若无气脉，则笔下艰涩。历来《红楼梦》之补书，无不处于"能接起来，难读下去"的尴尬境地，就是因为写作者缺乏气脉贯通的诗意语感。

文学是感性的美学，一部优秀的作品，如果不能激发读者的审美愉悦，不能让读者获得深刻的感性审美，这部作品肯定难言成功。曹雪芹以艺术家的感性及哲学家的理性去写作，使《红楼梦》通篇贯穿着"亦诗亦哲"的意境，其艺术高度是那样的难以企及——欲将不可言之言变成可言之言，欲将可言之言变成一场美学体验，便益感诗道之艰深莫测。

三

《红楼梦》历来被誉为集中国传统文化之大成。传统"经史子集"中包含的政治思想、哲学思想、史学思想、文学思想等，在《红楼梦》中随处都有体现。传统文化的各种表现样式，包括诗、词、曲、赋、歌、赞、诔、偈、匾额、对联、尺牍、谜语、笑话、酒令、参禅、测字、占卜、医药以及诗话、文评、画论、琴理，在一部大书中应有尽有，无所不备。中国小说自唐传奇开始就有"文备众体"的理想诉求，但真正能做到将各类文体与小说主体水乳交融的作品极少，大多数只是或渲染气氛，或点缀情节，或抒发感慨。但《红楼梦》则不同，它确实达到了既"文备众体"，又融会贯通，可以说是中国文化史上的一个奇迹。

《红楼梦》之所以被称为中国古典小说的巅峰之作，就在于它首先是一部伟大的语言艺术精品，其语言艺术达到了传统小说前所未有的成就。尤其是前八十回高超的叙事手法、丰润的叙事肌理、真实立体的人物刻画、自然流动的生活场景等，都是其他类型化的传统小说所不具备的。所以王蒙先生由衷地感叹："《红楼梦》是一部文化的书。它似乎已经把汉语汉字汉文学的可能性用尽了，把我们的文化写完了。"

然而，针对中国读者的"十大读不下去的名著"评选，《红楼梦》历次都当仁不让地排在首位。"红楼难读"可能是国人共同的感受。连著名学者、红学家启功先生也曾透露：他小时候第一次打开《红楼梦》——翻一页，吃饭、喝酒、看戏；再翻一页，还是吃饭、喝酒、看戏……这有啥意思呢？干脆扔到一边不看了。

这本书为什么很难读进去？或者从另一个侧面来问：这本书为什么一旦读进去就很难出来？古今中外这么多经典好书，没有一本书像《红楼梦》一样，让无数人穷其一生去探佚、考证、索隐，他们像考古研究一样寻幽探胜，深翻细捡，如此层累层积，居然挺出一门学科叫"红学"。

《红楼梦》是一部天书，有解说不尽的玄机，有探索不完的密码。许多读者还没读红楼，便先知有"红学"。于是"读红楼"就先入为主地成了一件高大上的正事大事，甚至高大上到令人望而生畏的地步。如同爬山一样，因为知道了山的高度先自灰心，而放弃了攀爬。其实普通读者完全可以不理会"红学"，更不要因为这座山太高就举步不前——穿山越岭分花拂柳，山一程水一程一路前行，一程有一程的风景，随时可以驻足停歇，偶尔回望，自然荡胸生层云矣！

人无不喜读《红楼梦》，然自"苦绛珠魂归离恨天"以下，无有忍读之者；人无不喜读《三国演义》，然自"陨大星汉丞相归天"以下，无有愿读之者。在《红楼梦》传统结局那里，你读不到希望和超越——这也是很多人读不下去，甚或不屑一顾的原因所在。

关于《红楼梦》，最大的悬疑可能就是曹雪芹将如何收束全书了。

然而，原著后半部分既已不复可见，那历代读者、研究者就想知道终局的大致情节，尤其贾宝玉的个人命运更是关乎全局。我们在本书中，给予包括贾宝玉在内的各重要人物不同的结局演绎，或许能够启发"红迷"朋友的不同思考，或许能够与曹雪芹隔空对话……

伟大作品的一个重大秘诀，就在于它的结构不封闭。《红楼梦》就是处于一种没有答案、无法解局的不封闭状态，而且令历代绝大多数读者都身不由己地裹挟在里边。正如鲁迅说《红楼梦》："单是命意，就因读者的眼光而有种种：经学家看见《易》，道学家看见淫，才子看见缠绵，革命家看见排满，流言家看见宫闱秘事"。说的是不同的人对《红楼梦》有不同的解读，这或许就是它的魅力——《红楼梦》正是因为"无解"，才成就了伟大。

《红楼梦》作为中国文学中的超级经典作品，其所具有的巨大魅力与多重阐释价值，早已逾越文学领域而被其他学术领域所认可，这些跨学科探索与互补性研究正在为人们深入解读这部杰作注入源头活水。二百多年来，人们研究《红楼梦》着眼点有很多，所以红学流派也很多：有从坚守史学本位出发，运用杜威实证主义方法，致力于考证曹雪芹家事、《红楼梦》版本和成书经过的"考证派"；有以索隐、秘史本位否定文学、历史本位，透过字面，运用谐音、拆字、藏头、谜语、谶纬等文字游戏，用历史上或传闻中的人和事去附会《红楼梦》，考索出"所隐之事，所隐之人"，编造各种秘史的"索隐派"；也有从事《红楼梦》相关文艺创作的"创作派"……凡此种种，不胜枚举，很难说得清谁是谁非，何况这里本无是非，无非是各人人生经历、为人处世、价值观不同，所看的事物也不同罢了。

其中，索隐派近年来愈出愈奇。他们在论证过程中，主要采用拆字、谐音、意会、比附、分身、化身、合成、物化、拟人等类似"猜笨谜"

的办法，极尽牵强附会之能事。这种解读或研究，对于中华民族"腹有诗书气自华""读书深处意气平"的审美传统，不啻是一场灾难。

然而，《红楼梦》的续补又是一项几乎不可能完成的任务。一件艺术品或一部文学作品，往往是艺术家或作家匠心独运的成果，他的艺术智慧、素养及表现形式是任何人无法替代，更是无法仿造出来的。如果能够被他人所替代和仿造，那又如何称得上真正的艺术家或作家？这一点不仅体现在维纳斯的"续臂"上，《红楼梦》的续作也更是如此，道理完全一致。

毕竟，一个人的语言风格、叙事方式等艺术因素，是一种基因式的存在，是任何人都不可能模仿伪造的，正如曹丕所言"文以气为主……虽在父兄，不能以移子弟。"曹雪芹以自己出色的创作为后世提供了不同寻常的优秀范本，标示着生命个体所独有的审美风范，也为后世提供了独具鲜明特色的运笔范型——如果脱离这种运笔范型，对《红楼梦》的研究只能是隔靴搔痒。我们可以做一个极端情况的假设：如果让曹雪芹来续写高鹗的小说，前者也未必能够做到天衣无缝。

况且，残缺之美又何尝不是一种别有滋味的阅读体验呢？因为有了前八十回的"草蛇灰线，伏脉于千里之外"，我们才对后来的情节赋予更加迷人的想象。《红楼梦》宛如一个半遮半掩的美人儿，芍药娇艳欲滴却隔着碧纱橱，圆月银光匝地却笼着软烟罗，使人看不清她的花容月貌。所以，"红楼不全"如果从其积极的一面看待，倒也是一个意义再生成的过程，它有赖于读者的主动建构。

由于曹雪芹具有多面用笔的艺术手法和超前的文化品位，所以《红楼梦》在写作体例上呈现出一种开放式的文本结构。《红楼梦》是一部可以从任何一个地方走进去品读细节的大书，故相宜的阅读方式就是"风吹到哪页，就从哪页读起"。因为《红楼梦》最迷人的地方，不在情节，而在细节。曹雪芹写的就是大观园中的日常生活，在前八十回中，他特意采取了漫笔式写法，显得主线不明、枝杈散漫、情节细碎，因为前半部分的主题是"盛景写哀"，所以要刻意放慢故事节奏，再大的惊涛骇浪也要在点点滴滴波澜不惊中不动声色地演绎。这是独属于古代中国文心诗律的节拍，你尽可以在自己感兴趣的某个情节里散步漫游。

许多红学专家沉迷于《红楼梦》的文字优美及情节生动，但是看不穿汉语言自身的逻辑陷阱：汉语更适合诗意表达，但拙于价值思辨。周汝昌、白先勇、蒋勋等人过分追求红楼文字的言语丝滑及故事顺畅，固然可以实现"读来非常顺当"的感官效果，但这恰恰导致了思想的平面化。因为语言是一维的，价值意向却是多维甚至是超维的。曹雪芹写《红楼梦》固然有"传诗之意"，但他从来都是把文字当成"指月之指"的——曹雪芹对中国传统文化精神充满悖论性的思考，才是研究者应该深剖的"月"。

从读者的接受程度来说，阅读的过程也是再创作的过程，在这个再创作的过程中，会融入读者本身的理解与发挥，而这又基于读者自身条件的不同，产生不同的效果，折射出不同的审美体验。

现当代作家，包括鲁迅、茅盾、巴金、张恨水、林语堂、张爱玲等，都是红楼精神的继承者。他们立足于时代与现实，在此基础上与《红楼梦》对话，与曹雪芹对话，受之启发创作了新的文学杰作，形成了星空灿烂的文化新景观。

当然，《红楼梦》作为一个开放性的文本，它的思想既扎根于传统文化，又具有跨时代的超越意义，所以对它的阐释是无限的。结构主义学者莫卡洛夫斯基曾提出过这样一个观点：艺术品有待于读者或欣赏者来完成，只有经过了读者或欣赏者的再创造，这一艺术品才能成为经典审美客体。当代诠释学也认为：经典的永恒不仅在于超越具体化的时间、空间，还在于经典能在人的参与和观照下持续地涌现其新的意义，在新的历史条件下不断呈现其存在的各种可能性。即经典的意义不仅在于静止的过去，还在于能不断生成新的意义。

红楼美学的博大厚重正是来源于它无法给出单一解答的特质，过度的引申，反而容易生成过度阐释，从而更加难以把握整体的真实。只有将文学诠释与历史意识、文化视野相结合，内在视角和外在视角互为补益，才能构成对《红楼梦》的完整认识，形成各种研究方法和角度的深度对话。

四

作为中国文学和中国文化的永恒话题，"红学"在20世纪享尽殊荣，但是真正文学性的文本研究没有得到足够的重视、获得足够的成果。作为学术研究的红学应该重新回归诗学的轨道，将更多的精力投入与诗灵的感应鸣和上。

怎么读《红楼梦》，跟对待文本及作者的心态也颇有关系。若是尊其若神明，便难以跳出其掌心，只会循环论证，陷入逻辑怪圈；若是心态淡然，隔得太远，又可能因失却热爱而不能体察入微，更不能设身处地产生"同情之理解"。在红学研究中，有些人无限度地吹捧曹雪芹之高明，无非是说自己看出了高明，以显得自己也很高明罢了。

红楼人物历来争议较大，见仁见智，能做到不歪说臆说，读出自己的理解，逻辑自洽就行了。我们尽量争取把人物放在红楼文本中、放在红楼产生的时代与环境中以及曹雪芹写作思想等条件下，进行考察和分析，尽量还源曹雪芹笔下的红楼人物形象、思想和个性。

在此，我们提出"评红楼梦人物五原则"——

- 情则必痴
- 美则必恙
- 洁则必癖
- 诗则必孤
- 灵则必夭

一部成功的小说，应该在故事性、知识性、艺术性、思想性方面"四美俱备"。我们已经不可能具备与曹雪芹比肩的知识背景及艺术手法，只能力争在其他两方面有所突破：在思想性上，借鉴陀思妥耶夫斯基式对人类反省心理的深刻描绘，使本书的解读更具备"心灵史"特征；在故事性上，借鉴托尔金的《魔戒》（又译作《指环王》）等奇幻小说的宏大构架，使情节的演绎更多具备"史诗"特征。

我们完全相信，倘若曹雪芹能够复活，他第六次增删续补的《红楼梦》应该：以最软的诗、打磨最硬的玉，经过冰与火的淬炼，成就一部经典永流传的民族史诗。

读《红楼梦》，最容易产生提笔创作的冲动，因为很容易受到曹雪芹的文笔感染，诗情文心便不由自主地翻涌不已。笔者在应邀讲授《红楼梦》专题时，就决定以"诗"作为讲课的大纲，于是翻拣已经尘封二十年的诗词集，居然发现其中大概有三分之一的诗都或深或浅与《红楼梦》相关。于是乎闭门苦吟约百天，终于得七律三十六首，希望能够通过这两百八十八句诗，与《红楼梦》产生最大程度的情节关合，进而对这部伟大作品进行别样的释读。二十年不写诗，手下难免生涩，希望借此书出版之机，求教于方家。

本书最初的命名其实是《诗解红楼》，这一思路是受到启功先生《论书绝句百首》的启发。以诗论艺，始于少陵六绝句。《论书绝句百首》以启功先生亲笔所撰之诗，显括其书法理论，堪称诗歌、书法、书论的"三绝合璧"。书中一首诗阐明一个问题,涉及数以百计的碑帖、书作、书家、书法理论家,其诗信手拈来、深入浅出而见解深刻,可谓厚积薄发、博观约取,尽显诗情与深厚的书论功底。故识者评论:"《论书绝句百首》是一部集大成之作,在诗歌、书法、书法理论方面都堪称不朽。"

所谓"诗解红楼梦",如前所云,就是我试图用三十六首七律来解读评点及补缀这本天残地缺之书。之所以作了三十六首七律,是因为曹雪芹在《红楼梦》前八十回中总共作了三十七首七律,我不敢与之比肩,故退避一首。

有关《红楼梦》鉴赏及续补解读的出版物,每年都有相当数量,但是用中国古典诗词中最难写的七律作为提纲,并通过对每一句诗的深刻解读,力争完美照应曹雪芹前八十回遗留书稿,进而串联起对《红楼梦》的整体理解及后续故事情节的推演,百年来没有人尝试。这应该是以这种方式写作的第一本红学专著。

我们的解读是否成功,取决于下述三个目标:雪芹首肯、角色满意、读者认同。希望本书能够同时实现上述三个目标。事实上,关于《红楼梦》的解读与续补的成功与否,都应该接受这三个指标的硬核考评。

有人曾问金庸先生最喜欢自己的哪部作品?金庸的答案是《神雕侠侣》。然而对笔者而言,《神雕侠侣》却是"射雕三部曲"中写得最差的一部,甚至是他创作的十五部武侠小说中最不愿意复读的一部。作者与读者的评判差距居然如此之大,不禁令人感叹审美的个性化及差异化。

就《神雕侠侣》的人物塑造而言,作者把对一些人物的刻板印象硬塞给读者,造成主要人物形象的刻画是平面的,尤其是主人公的人生轨迹是单一的、直线式的。

就《神雕侠侣》的情节设计而言,小说中的许多故事冲突都是没来由发生、无厘头结束的，前无伏线后无关合，与人物形象同样单薄。为了挽救情节的单调，不得不加入了过多与主体故事不相干的内容。

就《神雕侠侣》的主体思想而言，这是一部突出爱情主题的小说，全文自始至终也极力突出一个情字。但这个情字太过夸张，几乎所有的少女一见到主人公都会以身相许，许多情感的发生莫名其妙、毫无铺垫……

虽然《神雕侠侣》有上述诸多缺陷，但仍不妨碍它赚取了许许多多痴情读者的眼泪。我之所以在这里特别点评《神雕侠侣》，其实也算是对本书读者的一种"提醒式导引"——因为《红楼梦》与《神雕侠侣》同样都是"大旨写情"。然而，最忌讳读者把《红楼梦》解读成琼瑶式的言情小说。在此请列位看官移步本书正文，或许读完这三十六首七律的阐释后，再读《神雕侠侣》，会产生与笔者相同的感受。

为什么我敢如此肯定上述观点？那是因为在审美体验中，无一例外地都遵循"向下不兼容"定律——不是因为《神雕侠侣》足够差，而是因为《红楼梦》足够好。

我们一再强调的是：对于解读《红楼梦》，培养古典诗词美学的感悟力是排在首位的。正如黑格尔的名言"美的艺术的领域，就是绝对心灵的领域"。事实上，当代红学家已经掌握了太多材料，但往往穷数十年却找不到问题的核心，就是因为缺乏上述审美感悟力。而有文心诗灵的人，纵然研究红楼梦一个极小的问题，也能探骊得珠，找到核心之所在。所以先哲才殷殷叮嘱我们不能仅做一个有学问的笨伯。

诗在红楼最高层，在那最高层之上，更有由曹雪芹等无数先贤组成的灿烂星空，让我们通过《红楼梦》，与中华远古的诗灵发生一场镂心刻骨的生命感应……

本书的写作方式，形式上部分借鉴了中国的章回小说。章回小说普遍采用了一种诗词（韵文）—议论—开始正式叙事的结构类型。也就是说，小说在正文开始之前，基本都有一个引首或楔子，作为对小说故事来源及作者写作意图的一种明说或暗示，这就是所谓的"入话"。当然，本书每篇开题的七律，在笔者的构思中，不仅仅起到"入话"的作用，它还类似禅宗的"话头"，意在抛出一个相对独立的思想专题。

本书并非严格的学术论文格式，"以诗解红"也不可能以严格的学术范式呈现，故书中凡引用其他著作之观点，请读者自行检索原文。现在网络资讯发达，检索便利，除非专业学者，一般读者和作者很难做到与纸质原文一一校勘。

本书所引《红楼梦》原文，统一参考人民文学出版社的《红楼梦》校注本（四版），敬请读者后续能够提供包括"脂批"在内的、各版本互校的专业修改意见。

笔花堂李林

2024年清和月

威海文登大水泊镇

清华大学乡村振兴工作站

《红楼梦卜》:"悬崖撒手"还是"临崖挥手"?

《红楼梦卜》

身许红楼第几层?梦犹可卜夜难承。
七情冷浸同灰愿,五味洄旋未剃僧。
世若围棋徒巨眼,人如宝玉误灵能。
临崖挥手徵归处,却向潇湘探武陵。

身许红楼第几层

当代红学泰斗周汝昌先生著有《红楼十二层》一书,分别从《红楼》文化、《红楼》本旨、《红楼》女儿、《红楼》灵秀、《红楼》审美、《红楼》自况、《红楼》脂砚、《红楼》探佚、《红楼》真本、《红楼》索引、《红楼》解疑、《红楼》答问等角度,多方位探佚了《红楼梦》的种种悬案。

我们姑且以此书名"红楼十二层"为话头,效仿禅门家风抛出一个公案:倘若对《红楼梦》的理解以第十二层为最高层,不知列位看官自评身处第几层?

职业围棋的水平以九段为最高阶。曾经有一部纪录片《7%》，片名源自20世纪日本"棋圣"藤泽秀行（九段）与朋友闲聊时被问及："关于围棋我们到底知道多少？如果神仙知道一百，那我们知道多少呢？"棋圣回答："棋道一百，我只知七。"当时的棋迷朋友们皆认为老先生太过自谦，有的棋手甚至认为人类几乎已经穷尽了围棋的奥秘，未来的棋道很难再有本质性突破。不料想2016年人工智能机器人AlphaGo横空出世，从此秒杀所有专业棋手，眼下的围棋AI更是对人类棋手形成降维打击的碾压态势，以至于所有人不得不反思：人类对棋道的理解真能达到7%吗？

《红楼梦》宛如围棋，并且曹雪芹留下的是一本没有终局的棋谱，任何读者也不敢说穷尽了它的奥秘。即便是有"当代红学第一人"之称的周汝昌先生，也曾坦言："我对《红楼梦》并不像有人一读就是十几遍。我并不迷恋《红楼梦》，而是随手翻开一读就放不下，多是零碎阅读，真正通读只有二三遍。这个过程中，除了有自己的心得，有一些俗说法也会影响我。说一句绝不是谦虚客气的话，许多地方到现在我并没真读懂……"这不由得让人想起博学如钱钟书先生也曾作《古意》诗自问："槎通碧汉无多路，梦入红楼第几层？"

当然，我们也没必要把曹雪芹神化。细心品味作者留下的棋谱，固然入神坐照妙手连出，但也不乏失招、漏招，甚至败招。但愿此书能获得曹公哪怕7%的首肯，则吾人亦可庶几矣！

梦犹可卜夜难承

上古时代，人们把做梦看作是神对人的特殊启示方式，于是往往根据梦境占验以预测吉凶，即视梦中事物为现实中将会发生的事物的前兆。然而，即便梦可占卜，不能入睡又如之奈何？恰如屈原《招魂》所言："朱明承夜兮，时不可以淹。"

《红楼梦》前八十回描写了大小梦境二十多个，后四十回又续写了十多个。贾宝玉作为全书的绝对主角，既是梦中人，又是见证者，也是占卜者，或许更是至今未醒者。相当一部分读者是"一入红楼梦难醒"，当然也有很多读者是"欲梦而不得"吧。

最能集中而又全面展示《红楼梦》一书的隐喻和预言功能的，是小说的第五回"游幻境指迷十二钗　饮仙醪曲演红楼梦"。贾宝玉梦游太虚幻境，在警幻仙姑的指引下，聆听了《红楼梦》十二支曲，又见到了许多配有诗词的画册。其中在"薄命司"里见到了"金陵十二钗"的正册、副册、又副册三个卷册。每册各收录十二人，共计三十六人，"馀者庸常之辈，则无册可录"。这些曲、册、诗、文作为谶言，必然会在书中一一应验。

尤其需要注意的是：即便是同样的梦，不同占梦者的解释也是存在差异的，甚至截然相反。所以这就涉及对《红楼梦》的解读问题。比如对小说第一主人公贾宝玉的形象阐释，历来就有不同的解读："探佚派"认为贾宝玉是曹雪芹；"索隐派"则认为贾宝玉代表了废太子胤礽。曹雪芹在写贾宝玉时是否影射皇太子胤礽，我们不得而知，但是，一个成功的艺术形象往往涵盖广大，隐曲委婉，而且有现实原型可供借鉴。贾宝玉作为虚拟的典型形象，肯定是曹雪芹博观约取、筛选集中、叠加化合、熔铸提炼的结果。我们不能断定当时的一些重要历史事件（如太子胤礽被废复立再废的事件），有没有进入曹雪芹的视野、有没有对曹雪芹酝酿人物形象起过启示性作用，但是也不能像占梦师一样肆意比附，将人物情节的客观解读从作品移位出来，变成了纯主观的想象。这就很容易视文本本身不顾而沦为类似"猜笨谜"（胡适嘲笑蔡元培《石头记索隐》所言）的红学。

七情冷浸同灰愿

李白曾有一首乐府诗《长干行》，表达了对女性命运的真挚关切和深刻同情，其中有句曰："十五始展眉，愿同尘与灰"。贾宝玉的《芙蓉女儿诔》亦有句："槥棺被燹，惭违共穴之盟；石椁成灾，愧迨同灰之诮。"

贾宝玉屡次说过："活着，咱们一处活着；不活着，咱们一处化灰化烟，如何？""我只愿这会子立刻我死了，把心迸出来你们瞧见了，然后连皮带骨一概都化成一股灰——灰还有形迹，不如再化一股烟——烟还可凝聚，人还看见，须得一阵大乱风吹的四面八方都登时散了，这才好！"

这正是宝玉"情极之毒"的表现：既然诗意的存在不被现实接纳，那最好的归宿也许是让非诗意的现实与生命主体一同毁灭。从此无魂可断，无梦可醒，无灵慧可喜，无痴情可执……一辈子不昏不黯亦不清不明，不也是"今日任运腾腾，明日腾腾任运"般的当下解脱吗？

与其说这是贾宝玉最无奈的认命，不如说是他自己最无奈的反抗——尽管是消极的反抗。

五味洄旋未剃僧

一代"情僧"苏曼殊身世飘零，年轻时几度出家为僧。后来有女子愿以身相许，曼殊只能赠诗曰："还卿一钵无情泪，恨不相逢未剃时"。

贾宝玉最后的归宿应该是出家为僧，无论是曹雪芹在前八十回的预示，还是程高本后四十回的续写，莫不是如此结局。以贾宝玉的心性造作，我们倒可以断言：他未剃之前固然是"五味洄旋"，已剃之后也未必就能做到"七情冷浸"。

世若围棋徒巨眼

"巨眼英雄"一词来自《虬髯客传》。红拂虽是一名侍女，但初见李靖，即认定他不是"池中之物"，于是"巨眼识穷途"，夜来投奔。后来，红拂女成为李靖的妻子，李靖也终成一代名将。林黛玉在《五美吟》中所写"长揖雄谈态自殊，美人巨眼识穷途。尸居馀气杨公幕，岂得羁縻女丈夫。"就是对此传奇的歌咏。

在《红楼梦》书中，"巨眼英雄"的含义还被引申为对锐利敏慧的有鉴别能力的女性的称呼。第一回，贾雨村在甄家做客，甄家的丫鬟娇杏在院内因为不认识贾雨村，就回头多看了两眼。贾雨村"便自为这女子心中有意于他，便狂喜不尽"，自认为娇杏必定是个"巨眼英雄"，后来贾雨村娶了娇杏作妾。

可惜，红楼儿女即使有入神坐照之能，亦难免困于棋局。

"巨眼"在此有双关意。按照规则，一块围棋，需有两只眼才能算净活。所谓"大眼"，就是如"丁四""刀把五""梅花六"之巨眼，仍然只能算一只眼，点之要害即死。

人如宝玉误灵能

由补天弃石幻化而来的通灵宝玉，在小说中起到了勾连虚拟与象征、神话与现实的巧妙作用。曹雪芹以石头为道具，以高超的情节编排技术，有效地把石头的人性、物性、神性幻化成一个令人惊异的秘境，极大地增强了小说的阅读体验。

贾宝玉的"含玉而生"，在书中亦有多层寓示意义。秉承"天地之逸气"而生的贾宝玉，"虽然淘气异常，但其聪明乖觉，百个不及他一个"。诚然！这是一种痛彻体肤的灵能，正如鲁迅先生所云："悲凉之雾，遍被华林，然呼吸而领会之者，独宝玉而已。"

曹雪芹并没有给贾宝玉的生命道路安排一个终极明了的答案，续书中把他的结局写成是"忘情而遁"，也算勉强照应了《红楼梦》的悲剧性。看来，沦落于此岸的贾宝玉最终仍是辜负了通灵宝玉赋予的灵能，注定了"有才无力补苍天"的悲剧结局。

临崖挥手徵归处

贾宝玉的结局究竟是回到太虚幻境中继续做回神仙，还是在此岸悲情地坚守？这是我们必须要回答的首要问题。

若按续书第一一六回"得通灵幻境悟仙缘"所写，宝玉第二次梦游太虚境，很快发现册上判词和曲文皆已应验，不由得感叹"果然机关不爽"，知道"姊妹们的寿夭穷通"的前定宿命，于是乎终于内心了然、彻底放下。他顺理成章选择了"悬崖撒手"出家为僧，俨然意味着完全接受了命运的安排，遁入空门不再挣扎——正所谓"来是情种，去能不情"，这就是两百多年来对宝玉结局及对《红楼梦》悲剧性的基本解读与认同。

然而，王国维在其《〈红楼梦〉评论》中，对这种"悬崖撒手"式的解脱却颇不认同："解脱之道，存于出世，而不存于自杀。出世者，拒绝一切生活之欲者也。彼知生活之无所逃于苦痛，而求入于无生之域。当其终也，恒干虽存，固已形如槁木，而心如死灰矣。"

王国维的意思是解脱之道不应归为身心的毁灭，这样反倒是对意志的屈服。面对人生苦痛与欲望的两难，唯有选择直面苦痛、拥抱苦痛，用苦痛来证明自我的存在，方能不让自我沉溺于生活之欲中，绝对不能遁入空门或一死了事（令人喟叹的是，王国维却在知天命之年沉湖自尽了）。

却向潇湘探武陵

大观园者,太虚幻境的人间投影也,也是众儿女此岸世界的武陵源也。清代二知道人在《红楼梦说梦》中指出:"雪芹所记大观园,恍然一五柳先生所记之桃花源也。其中林壑田池,于荣府中别一天地,自宝玉率群钗来此,怡然自乐,直欲与外人间隔矣。此中人呓语云,除却怡红公子,雅不愿有人来问津也。"曹雪芹欲图凭空创造出一个像桃花源一样的理想世界——这是一个以情至上的"潇湘世界",以安放寄托这些鲜花一样的诗灵。

何谓"潇湘世界"?是"秋霖脉脉、红烛摇摇"的痴恋,还是"雨滴竹梢、泪洒窗纱"的自怨?是"柳丝榆荚自芳菲""冷雨敲窗被未温"的缱绻?还是胁生双翼随花飞、"花落人亡两不知"的情断?曹雪芹笔下充满诗意乐感的潇湘世界有多美好,它倾覆时带来的幻灭感就有多深重。

潇湘世界的诗意盎然只是表面现象,大观园外部的"暗黑世界"却遍布激流险滩,如太虚幻境外环的黑溪迷津般"荆榛遍地,狼虎同群",并无桥梁,亦无舟楫可通,时时刻刻在侵蚀着这座世外桃源。

综　　述

"潇湘世界"无疑是一个诗意盎然的存在,那里有晶莹雪遮盖不住的冰魂梦殇,有寂寞林欲留还去的诗灵芳华……然而,"潇湘世界"必定要与无诗无情的"石头世界"迎头相撞,也注定要被后者碾压成齑粉,曹雪芹以诗意的笔触描绘着它垮塌毁灭的全过程——红楼悲剧之悲,莫过如此。

在本书中,我们将曹雪芹理想中由诗与花建构的有情的"潇湘世界"，作为与无情的"石头世界"相对立的存在。它们都是迥异于太虚幻境的此岸世界。

在鸦雀不到的"石头世界"里，"天"是"无可奈何天"，"地"是"花落流红地"，时间在这里亦漠漠然化成灰烬。然而，终有一些不昧于此岸的诗灵，试图寻找通向潇湘的津梁，于是才有了"故人合在潇湘见，却向潇湘别故人"的痴望；也有了"人生南北多歧路，君向潇湘我向秦"的决绝。

与一般的才子佳人小说不同，《红楼梦》最后没有让贾宝玉与林黛玉结合，而是为前者安排了一个遁世出家的结局。不管是脂砚斋透露的曹雪芹原意，还是现在能看到的后四十回，皆是如此。这就意味着：曹雪芹自己都放弃了在此岸重建"潇湘世界"的初心理想。

对此结局，读者难免会追问：出家就意味着圆满吗？贾宝玉出家之后又会怎样？无论是对宝玉本人还是对他的家族，尤其是对那些无辜的众儿女来说，出家只是逃避现实问题，种种人生的难题还是摆在那里，一样都没有解决。"石头世界"倒是可以借此对着宝玉的背影发出轻蔑的嗤笑——因为这个披着大红猩猩毡的跣足者，他要去的大荒世界，恰恰同样是一个完全由石头组成的无情世界！

脂批有两处提及贾宝玉的"悬崖撒手"结局。第二十一回在宝玉"便权当他们死了，毫无牵挂，反能怡然自悦"句后，庚辰本有一段双行夹批写道："宝玉之情，今古无人可比固矣。然宝玉有情极之毒，亦世人莫忍为者，看至后半部，则洞明矣。此是宝玉三大病也。宝玉有（原作见）此世人莫忍为之毒，故后文方有'悬崖撒手'一回。"在第二十五回"他二人竟渐渐醒来"句处，又有眉批写道："叹不能得见'宝玉悬崖撒手（原作于）'文字为恨。"

可见，"悬崖撒手"是批书者对后文所写宝玉选择"弃世为僧"的另一种说法。脂批提示故事最后的情节：宝玉决然丢弃妻子宝钗和侍婢麝月而出家为僧。这个关乎贾宝玉最后命运的文字，据脂批透露当是在曹雪芹手里写完了的，只是不知怎么被遗失了，故程高本后四十回据此补写了宝玉出家为僧的情节。这一续补的情节也一直得到大部分读者的认同。

"悬崖撒手"一词出自《景德传灯录》，其大意是顿悟人生后，能决然放弃旁人认为幸福美满的生活，去追寻超越性的理想境界。对曹雪芹笔下"悬崖撒手"的理解，百年来一般都认为"悬崖"泛指红尘尽头，"撒手"即与红尘断绝往来之意。多数研究者大体同意此解，认为宝玉之结局，就是看破红尘出家为僧。

然而当代红学泰斗周汝昌先生却说："雪芹写的宝玉'悬崖撒手'，是指已临险境，生死关头，他却不顾'箴''规'，大勇无畏地选定了自己要走的大路——不是指'出家当和尚'。全弄错了。"周先生为了他力证的一个假说——"宝湘结合"，认定贾宝玉有一个"还俗"的举动，对"悬崖撒手"来了个去而复归的解说："宝玉为僧，是悲悼黛、钗，而彼时不知湘云生死下落，无所指望；及至一朝突闻报来了湘云的踪迹，他那'僧'立即成为'情僧'而回到世间与她相见了。"

其实，周汝昌先生这里也是一厢情愿的臆想。《红楼梦》从楔子开始就在暗喻宝玉出家的结局，慧心的读者皆能寻到多处预示的伏线。无论我们怎么分析梳理八十回《石头记》的线条头绪，宝玉最后出家的结局是一定的，这一点毋庸赘言。

问题的核心倒是："宝玉出家后怎样了？"

我们在此需要重点辨析的是，与"消极自由"意义上的"悬崖撒手"对应的生命态度，是带有"积极自由"意味的"临崖挥手"。

何谓"临崖挥手"？

"一代儒宗"马一浮先生临终前,曾作《拟告别亲友》诗曰:

> 乘化吾安适?虚空任所之。
> 形神随聚散,视听总希夷。
> 沤灭全归海,花开正满枝。
> 临崖挥手罢,落日下崦嵫。

与曹雪芹笔下的贾宝玉一样,1883年出生的马一浮也是生具宿慧——九岁就能将《楚辞》和《文选》倒背如流;十岁即有五律佳作《咏菊》:"我爱陶元亮,东篱采菊花。枝枝傲霜雪,瓣瓣生云霞。本是仙人种,移来处士家。晨餐秋更洁,不必羡胡麻。"其母阅后评曰:"此诗虽有稚气,颇似不食烟火。汝将来或不患无文,但少福泽耳!"没想到,这首诗果然成了马一浮先生一生坎坷的谶兆。

1901年,马一浮的父亲去世,按照传统,马一浮须守孝三年。不巧此时,妻子汤仪却带来了意外的喜讯:她怀孕了。按儒家传统及当地风俗,皆认为长辈去世时生子乃是不孝,考虑到家族的声誉,两人最终决定放弃这个未出生的孩子。妻子因这次流产付出了沉重的代价,身体每况愈下,当年就去世了。深感自责的马一浮在为妻子写的悼文《哀亡妻汤孝愍辞》里哀哭道:"卿即死,马浮之志、之学、之性情、之意识,尚有何人能窥其微者!"他说:"马浮之未来,其状貌又当变而为厉鬼!"所以他从此蓄须立志:"生年欢爱,无几时也。一旦溘逝,一切皆成泡影。"从此决定不再结婚。

岳父汤寿潜的三女儿年龄适配,便想让马一浮续弦,以"继二姓之好",可马一浮断然拒绝了。他知道许多人都认为自己的丧妻之痛只是一时伤情,但对他来说,这三年的婚姻便是名为"汤仪"的女子的一生,他得到了妻子这一生的爱,便会回赠自己一生的坚守。

1967年，马一浮自知不治，以欹斜之字迹，留下了上述绝笔诗。其诗境界阔大深沉，冷峻飘逸之机深藏不露，表明他立足于此岸之性命达天的自我圆满，神态自若地面对崦嵫之将近——这是何等的气概！儒家的正命、道家的达观及佛家的涅槃寂静，都在这位老人的生命终点圆融贯通，实现了超越和升华……

与马一浮的"临崖挥手"对照，贾宝玉的"悬崖撒手"，更多是被动而无奈的选择。这让我们不由得联想到甄士隐在对《好了歌》注解一番之后，对跛足道人说的那干脆直接的两个字："走罢！"脂砚斋亦对"走罢"二字评论云："'走罢'二字真悬崖撒手，若个能行？"

甄士隐的那声"走罢"，就是由"生命他乡"向"灵魂故乡"的被动回归。他的命运和精神走向，对小说主人公贾宝玉的人生结局有着重要寓示意义。就小说文本而言，"悬崖撒手"是神瑛侍者下凡之旅的完结，也是那块无才补天的顽石结束红尘"受享"的回归——故神瑛侍者历劫之后自当复归离恨天销号，通灵宝玉则回到青埂峰从此"石归山下无灵气"，此乃两者的不二归途。

关于贾宝玉在下半部书中的生命历程，《红楼梦》的不同版本呈现出不同的故事情节。有写他在尘世中被动接受、步步溃守（寒冬噎酸虀，雪夜围破毡）的，最后穷困潦倒而无奈出家；也有流行的百二十回本写其履行世俗义务（应试中举）后的"悬崖撒手"。当然，他与史湘云在困境中"宝湘结合"的结局，也可能是后人续补的版本之一。笔者认为，目前所记载或传录过的诸如端方本、三六桥本等，未必都是后人作伪，而应是成书过程中某些抄本的杂糅或裁接。

总之，曹雪芹通过对儒、释、道、庄、禅以及当时已经传入的西方文化思想的逐一否定，对中国传统的天命人运进行了深刻反思，最终将主人公的命运安排成"悬崖撒手"的悲剧结局。

所谓"悬崖撒手",无论如何美化,其实都是某种"诗意逃遁"。回归大荒的贾宝玉由此进入一个重化木石的"不情"境界——那里没有痴心幻梦,远离颠倒妄想,拒绝风月孽债。

想必,出家后的宝玉双眼也已经变成"珠子",即便那珠子具备迥别于"鱼眼睛"般的澄澈无尘、波澜不兴,但那仍是眸中无泪的一对珠子而已。

在宝玉悬崖撒手的那一刻,曾经的"潇湘世界"便已成为一块冰冷坚硬的顽石,它也造就着石头的情肠——怨与恕、冀和愿都不足以使它诗化情化。除了变成一块更为冰冷坚硬的石头与之同化同灰之外,谁愿意将生命化作一团劫火重新融炼它以补天裂?

《红楼情禅》:《红楼梦》的情爱解脱观

《红楼情禅》

莫恨红楼梦未完,碧岩历历续情禅。
悼芹意气聊吹剑,还玉痴心可补天。
黛魇烟眉逢险韵,钗辞青鬓拨霜弦。
巫山雨霁云收后,柳絮飞飏罥蓬山。

莫恨红楼梦未完

张爱玲在《红楼梦魇》中说人生有三恨:一恨海棠无香,二恨鲥鱼多刺,三恨《红楼梦》未完。此说颇为红迷朋友赞赏认同。然而笔者倒是有不同的看法:正因为该书未能全璧,反而给解读者和续补者留下了无尽的可能性。

碧岩历历续情禅

《碧岩录》乃宋代禅僧圆悟克勤所著,有"禅门第一书"之称。"情禅"之说，与红楼大旨倒是颇为契合。丘逢甲《红楼梦绝句》云："假语村言事竟传，三生公案一情禅。石头路滑闲拈出，竖拂重开色界天。"清代钱泳《履园丛话·杂记下·琴心曲》有句："花月姻缘事有无，情禅参破成鸿雪。"

在《红楼梦》中，曹雪芹借助空空道人之口，在关乎人生解脱的"色空"之间特意加入了一个"情"字。"情"作为"色""空"转化的中介，有着极其重要的功能及价值。可以说，《红楼梦》蕴含的最具价值的人生哲理，就在于其对于"情"的命题的全方位引入。正如脂砚斋在贾宝玉参禅偈之后批曰："宝玉悟禅亦由情，读书亦由情，读《庄》亦由情，可笑。"

试问宝玉的参禅证得了什么正果呢？实际上仍在"情"之螺蛳壳中打转做道场，甚至他对禅的求证过程，也只不过是"以情证禅"或"由情悟禅"。在真正开悟之前，他所关注的并非人生意义境界的求证，也不是社会、宇宙运行大道的求证，而是他与众儿女"情"与"不情"之间纠缠系附的自我解脱求证。我们甚至可以预测：宝玉开悟之后，他的"传灯录"上也会写满"情禅"二字。

按照整部大书的推演，贾宝玉的解脱之道非由他途，就是"即色悟空"——以"意淫"的方式入于情又出于情，最终"斩断葛藤"，在放弃了那块既加持他又牵绊他的"通灵宝玉"后，进入一种无求无待的渺渺茫茫境界，从而宠辱偕忘、逍遥太虚。大荒山无稽崖前的那块顽石，也在历尽离合悲欢后回归，以恒久的寂静无言回味着曾经的尘世喧嚣，直至连记忆也成幻梦。

但是我们会问：这样的一个贾宝玉，如何报答众儿女的眼泪？看来，大荒山的碧岩上，仍需要他刻下这一问题的答案。

悼芹意气聊吹剑

吹剑：吹剑首，剑首是剑环上的小孔，发音微弱且不动听，因以用来喻指事之渺小不足道。语出《庄子·则阳》："吹剑首者，吷（xuè）而已矣"。当然，在这里也可能一语双关指吹毛立断的利剑——这把剑一旦出鞘，或能刺破百年来红学界的云山雾罩，以告慰曹雪芹的在天之灵。

还玉痴心可补天

在小说第一回茫茫大士与石头的对话中，前者曾说："待劫终之日，复还本质，以了此案。"这就预示着这块补天遗石的历世过程，会经历"石—玉—石"的形态变化。细究此变化的本质，亦是"本—幻—本"的变化过程。同时，石头的生活环境也经历了如下的变化："仙界—凡间—仙界"。将这三者加以综合考察，我们会发现"石"与仙界相对应，而"玉"与凡间相匹配。如果再加以区分，则"石"与出世是相关联的，而"玉"与入世相关联。这个石与玉的幻化过程，隐含着整个小说的脉络。前文已述通灵宝玉与贾宝玉是二而一的关系，曹雪芹将二者融为一体，使人与物之间达成了某种共生关系，形成了一个交互相映的审美意象。

还玉以成人，成人以补天，这是本书的大旨，也是中国哲学不同于西方宗教哲学的超越性所在。

对超验终极存在的信仰，在人类文明史上从未中断。中国的儒家对彼岸世界也有"类宗教"般的信仰（所以学界有相当一部分专家坚持认为"儒家"也可称为"儒教"）。儒家崇拜多神，天神地祇、祖先亡灵以及自然神灵都是其崇拜、祭祀的对象。然而，儒家思想的核心价值皆由"帝""天"观念演变而来，对至上神"天""天帝"的崇拜和信仰，是儒家宗教性信仰的基石与根本。

在曹雪芹的精神意向中，同样面临着"拯救"与"逍遥"的两难选择。但他既没有主力弘扬大乘佛教坚守此岸的大宏大愿，也没有深入涉及当时已经传入中国的基督甘上十字架的超越信仰，但他对庄禅佛道主张的"好了"哲学一直保持着某种质疑反思。

曹雪芹通过"石头之思"，或许想揭开的终极问题：人固然无法到达终极的彼岸（天那么高）、无法超越此岸沉溺式诱惑（地那么厚），然而人是否有自由意志拒绝永恒的诱惑，并通过与有限性的共存而达成自我拯救？这使得我们对《红楼梦》的解读，具备迥然不同的形而上层面的思考。

在经历了那么多幻灭与悲剧之后，承受了众多女儿眼泪的贾宝玉有没有可能选择另一种终局方式：把通灵宝玉还给和尚，自己仍"痴心不改"甘愿留在此岸，继续做此生的"补天事业"——为闺阁立传？

黛蹙烟眉逢险韵

作为"诗人中的诗人"，林黛玉作诗，总是别出机杼，不辞韵险。相比较之下，薛宝钗追求的是含蓄中正。第三十七回宝钗谈及诗歌创作时云："诗题也不要过于新巧了。你看古人诗中那些刁钻古怪的题目和那极险的韵了，若题过于新巧，韵过于险，再不得有好诗，终是小家气。诗固然怕说熟话，更不可过于求生，只要头一件立意清新，自然措词就不俗了。"

第七十六回凹晶馆联诗时，湘云曾道："诗多韵险，也要铺陈些才是。纵有好的，且留在后头。"黛玉笑道："到后头没有好的，我看你羞不羞。"当湘云联道"寒塘渡鹤影"时，林黛玉听了，又叫好，又跺足，说："了不得，这鹤真是助他的了！这一句更比'秋湍'不同，叫我对什么才好？'影'字只有一个'魂'字可对，况且'寒塘渡鹤'何等自然，何等现成，何等有景且又新鲜，我竟要搁笔了。"

林黛玉与生俱来便具有一种孤标自芳、不食人间烟火的神性和灵性，诗歌对于黛玉的意义显然并不止于闺中游戏或争胜手段。通过《葬花吟》《题帕三绝》《桃花行》等作品，我们也可以分明看见她的创作态度：诗歌不单单是闲情偶寄，而是她情感生命的终极托付。林黛玉短暂的生命历程其实就是"以身为坛"而献祭于诗，她的悲苦、无聊、忧郁、哀愁、欣慰、绝望、忧愤等的"有所蘖"，无不借助于诗得以表达。那句令妙玉心惊、令读者叫绝的"冷月葬花魂"，分明不是"写"出来的，而是"祭"出来的。

钗辞青鬓拨霜弦

苏轼的《减字木兰花》有"春水流弦霜入拨"句。

宝钗对宝玉是"未必有情，亦非无情"，她虽然"恒顺众生"，但依然力求保持自己的独立人格，哪怕孤独终老。

宝钗对他人热心、对俗务热衷只是表象，其内在心性反而是不屑于此岸俗世的（关于薛宝钗，请参见第77页《金玉无缘叹》篇）。这是一种"即入世而出世"的"极高明而道中庸"哲学，妙玉离她尚差了一层——所以她才是《红楼梦》中真正的世外高人。

试想宝钗红烛冷透独拨霜弦的情形，不禁为宝姐姐一叹！

第二十八回写宝玉酒桌游戏时，说完女儿的悲、愁、喜、乐后，所说的酒底是"雨打梨花深闭门"，真正读懂这七字的看官该是多么心悸！宝钗入贾府，首先住进去的就是梨香院，而作为重要隐喻的"冷香丸"，也被她"从南带至北，现在就埋在梨花树底下呢"。故脂批特指出："'梨香'二字有着落，并未虚虚白设。"同样，当香菱说"宝钗无日不生尘"、当宝玉射覆时道破"敲断玉钗红烛冷"……无不预示宝玉出家为僧后，宝钗形单影只的生活状态。

巫山雨霁云收后

巫山：原指楚国神话传说中巫山神女兴云降雨的事，后人用以称男女欢合。宋玉《高唐赋》："妾在巫山之阳，高丘之阻，旦为朝云，暮为行雨。朝朝暮暮，阳台之下。"

曹雪芹在书中小心翼翼地剖析分辨着"情""欲""淫"的区别，通过警幻仙姑所说"好色即淫，知情更淫"可知，曹雪芹反对的是片面主张"好色不淫""情而不淫"的假道学，肯定了"情"所包含的"悦其色"的成分。但是，他同时又借由"意淫"这一创造性的概念，赋予以"意淫"脱离"滥欲"的新内涵。因此，宝玉的"意淫"便可与黛玉的"情痴"相互界定、相互补充。

《红楼梦》里的情欲（意淫）暗示可以说无处不在，在云雨欢歌的浓醄背景下，越发反衬出年轻生命凋零的凄然。霁月彩云的底色是残缺无常，在不得不最终走向那个悲剧结局时，充溢在《红楼梦》字里行间的，是云散雨收后无穷的追忆和惘然。

柳絮飞罥蓬山

罥（juàn）者，悬挂也、缠绕也。描写林黛玉之眉眼形状，至少有七种不同的版本，目前公认以列藏本"两弯似蹙非蹙罥烟眉，一双似泣非泣含露目"为最佳。我们特将此字借来，以向雪芹致敬。

蓬山即蓬莱山，相传为仙人所居。历代诗人皆有歌咏，尤以李商隐"蓬山此去无多路，青鸟殷勤为探看"最为有名。

巫山象征着此岸的"情"之本体及现实表现。当然，曹雪芹笔下的"情"在大观园内外的表现截然不同：大观园外充斥着滥情和淫情，大观园内则显示着纯情、烈情、真情和痴情。这一矛盾冲突在秦可卿身上得以最集中的体现。秦可卿在《红楼梦》中是一个极为特殊的角色,作为文学形象,她是集情、色、淫、欲于一身的人物。书中描写"其鲜艳妩媚,有似乎宝钗,风流袅娜,则又如黛玉",所以她的小名叫"兼美",表字"可卿"。她的闺房布置却又似超现实的神仙中人——其实她才是巫山和蓬山两者意象合一的化身。

在太虚幻境里,贾宝玉没有拒绝兼美的诱惑,这就寓示他并不想放弃此岸的巫山。其实,曹雪芹在《红楼梦》中自始至终没有否定"巫山"的存在意义,相反他对某些人物的性行为都表示了认同。但是曹雪芹笔下,这种立足于此岸之"巫山"而对彼岸之"蓬山"的意向投射,并非宗教意义上"非此即彼"的二元选择——宗教对现世的态度不是沉迷溺恋,而是承受苦难并摒弃尘世,进一步去追求无限、超脱和永恒。曹雪芹笔下的"情"作为一种本体存在,所表达的恰恰是中国哲学追求"即此岸而彼岸"的非宗教性一元指向。

综　述

关于《红楼梦》的主题大旨,历来有多种研究结论。例如王国维运用叔本华的理论,认为《红楼梦》通过说明人生苦难的不可避免,表现了一种"解脱"的主题。其相关表述为:"《红楼梦》一书,实示此生活此苦痛之由于自造,又示其解脱之道不可不由自己求之者也。"

与王国维的"解脱说"近似,还有学者力主"色空说"。此说的主要代表人物为俞平伯,其在《空空道人十六字闲评释》一文中论述道:"余以'色空'之说为世人所诃久矣。虽然,此十六字未必综括全书,而在思想上仍是点睛之笔。"又说:"书中大义,弟之妄解,总是陈言,无非诸幻生灭色色空空也。"

然而无论如何表述，这种否定此岸、抛舍此岸的"彼岸式解脱"仍然多多少少呈现着无可奈何之况味。总体上说，中华文化是肯定现实生命的文化，是一种主张自我拯救的文化，这其实也是大观园没有垮塌前，宝玉内心的奢望："在此岸中求解脱"。

从"情石"到"情僧"，从《石头记》到《情僧录》，在曹雪芹的构思中，始终是以"情"为一部大书的生命导向的。这与中国传统主流思想以成就"三不朽"大业的价值导向相比，显然是别具一格，自成一家之言。

《红楼梦》既写了有爱情却不能走向婚姻的"痛"，又写了有情爱而不能实现厮守的"苦"，还有大量的既无情爱又无婚姻的"悲"。因为在曹雪芹的眼里，一旦以性爱或婚姻为目的，就已经不是"情""爱"，而是"淫""欲"。

第五回贾宝玉梦游太虚幻境时，警幻仙姑为他演《红楼梦》十二支曲，就是警示他："巫山"不过是虚妄空幻之相，万不可一厢情愿地执意追求。但贾宝玉对这些警示不感兴趣，警幻仙姑发现"痴儿竟尚未悟"，于是便引领他与兼美幽会，并发表了一番惊世骇俗的议论再次警示："尘世中多少富贵之家，那些绿窗风月，绣阁烟霞，皆被淫污纨绔与那些流荡女子悉皆玷污……好色即淫，知情更淫。是以巫山之会，云雨之欢，皆由既悦其色、复恋其情所致也。"

然而，警幻仙姑接着又对"淫"字做出了新的诠解。她说："淫虽一理，意则有别。如世之好淫者，不过悦容貌，喜歌舞，调笑无厌，云雨无时，恨不能尽天下之美女供我片时之趣兴，此皆皮肤滥淫之蠢物耳。如尔则天分中生成一段痴情，吾辈推之为'意淫'。'意淫'二字，惟心会而不可口传，可神通而不可语达。"正是在这个意义上，贾宝玉被警幻仙姑称为"天下古今第一淫人",以和"好色即淫,知情更淫"的流俗情事划清界限。

贾宝玉作为曹雪芹着力塑造的第一角色,其心性结构关乎《红楼梦》的大旨。贾宝玉的行为动机是"好色"而"知情","知情"而不淫——用哲学话语描述就是"身在巫山,心寄蓬山"。从"意淫"在贾宝玉形象中的体现看,意淫不是脱离肉欲的精神恋爱,宝玉除了情,也有欲的方面。例如,宝玉游太虚幻境,受到性启蒙,在秦可卿卧室梦中遗精;在第十九回"意绵绵静日玉生香"中,写宝玉闻黛玉的体香,闻之醉魂酥骨;与袭人同领警幻仙子所训云雨之事等。所以,不能说宝玉的情爱观完全脱离了肉欲,《红楼梦》在情爱描写上,更重视把"情"与"性"统一起来的哲学升华。

人生底色固然虚无,然而此刻却是可以通过自在自为达于艺术化生存,这种虚无感与实在感的相互重叠、交融合一,就是"即空而有"式的"身在巫山,灵在蓬山"。如《庄子》言:"无谓有谓,有谓无谓,而游乎尘垢之外。夫子以为孟浪之言,而我以为妙道之行也。"

所以第三十一回写林黛玉天性喜散不喜聚,其中的道理就是林黛玉的出离型人生态度:"人有聚就有散,聚时欢喜,到散时岂不清冷?既清冷则生伤感,所以不如倒是不聚的好。比如那花开时令人爱慕,谢时则增惆怅,所以倒是不开的好。"而贾宝玉的情性只愿常聚,生怕一时散了添悲;那花只愿常开,生怕一时谢了没趣;只到筵散花谢,虽有万种悲伤,也就无可如何了。

至于如何对待由"情"而导致的业果,《红楼梦》中每个人的表现都有差异:黛玉以聚为悲;宝玉以散为悲;宝钗则任尔聚散,我自安然。

《红楼梦》中始终存在两种力量的情节冲突,即人生的"沉沦"与"诗化"之两厢价值取向的对立、交错与博弈,然而,此博弈的最终结果并非走向西方的对立与崇高，而是走向中国式的圆融与逍遥。

沉迷"巫山"导致的人生虚无感，当然不是一味屈从世事无常、人生空幻、斯命短促、人死神灭的价值逃遁，而是指人洞察此底色后仍花枝烂漫饶有诗意地活着。于是西方那种酒神型的悲剧冲突在这里就被排除或消解了。

本来，"因空见色，自色悟空"，此乃本书既定主旨，但小说中的人物大都始终难以摆脱红尘俗世的羁绊进入对宗教信仰的纯粹虔诚，这也是不争的事实。事实上，宝玉黛玉对红尘还是有所迷恋的，因为他们享受并沉醉于此岸"巫山"的诗意，只是后来欲望得不到满足、无路可走，前者才被迫出家，后者才主动自沉。读者自然会为这种结局惋惜：如果宝玉的要求都满足了，他未必就会出家。就像甄士隐、柳湘莲等人的"出家"，仅仅是对现实困境的一种被动应对，并没有实质性的宗教皈依。由此我们可以认为：在宗教救赎和自我救赎之间，作者实际设定的是自我救赎，只不过内在的自我救赎借用了宗教救赎的外在形式。

从形式上看，作者仅仅是用随时可以出离凡尘的一僧一道这一宗教象征的标杆（在太虚幻境则为钟情大士、引愁金女等仙人），来标示凡人渴慕到达的生命境界而已。续书结尾贾宝玉醒悟之后随僧道而去不知所终，无疑是借由仙人的力量，实现对红尘世界的舍弃和出离。

但是，每一位读者都会代替贾宝玉思考一个问题：能否在不否定和遗弃"旧我"的前提下，实现"新我"对原有生命境域的超越，从而不一不二、即此即彼、不离不弃地进入更高的存在境域——蓬山？或者说，如果能够将此岸的"入梦"与彼岸的"梦醒"打成一片、融为一体，且在其中任意往返而不失去情性自我，这该是多么诗意的"即存在即超越"的高明境界啊！

这其实是中国禅宗"色空不二观"影响下的别样的诗意生存。作为一种"即此岸而彼岸"的宗教哲学，禅宗色空观对于现实既不否弃，又能做到不黏滞，从而得以拥有更高更深的心灵境界来看待宇宙人生。在这种境界中，泯灭了时空、物我的界限，而使主体呈现出非物非我、即心即佛的超然情境……所谓"平常心是道"，就是能够将此岸的生存与彼岸的解脱融会贯通，从而使自我具备超越的主体性。

于是，在这种"以情参禅，以禅入情"的境界中，主体呈现出非此非彼、出入三昧的超然情境，自我融浸于更高更深的诗境中，对于现实既不否弃，又能即出即入，从而以全息的"诗之眼"来看待宇宙人生——这一问题在中国佛道哲学这里似乎再次形成了一个逻辑闭环。

然而，"巫山"并非总是月白风清，更多时节是"霁月难逢，彩云易散"，那些夸天招怨的众女儿的血泪又有谁能够补偿？曹雪芹的深刻就在于：以最浓烈的痴情力图在此岸的巫山建设彼岸的蓬山，哪怕明知这个尝试是一场注定的悲剧，也要让悲剧具有诗化的意义。这种充满悖论的悲剧思维已涉及自我救赎的形而上之性质。正如大修行者呕心沥血费时费力垒成的曼陀罗，又要亲手将它以诗意的方式瞬间毁掉，承受这一切需要多大的心力心能！难怪曹雪芹晚年面对书稿的佚失亦喟然搁笔……

最恨神仙亦寂寞！那个清虚无情的太上世界，如何能容纳下这"半世浮萍随逝水，一宵冷雨葬名花"的痴情人间？正如洪昇在《长生殿·重圆》中的感叹："神仙本是多情种，蓬山远，有情通。"既然蓬山如此遥远，面对红衰绿减的灾难现实，宝玉又是如何在心念上做足工夫，"转巫山为蓬山"，从而进入"不一不异"的真情法界呢？

蓬山虽远梦尚在——那些守候在巫山的诗灵，莫非仍在召唤贾宝玉的返身？同时也在召唤着你我这样络绎不绝的"红楼梦中人"？

《石头正传》:《红楼梦》的拯救悖论

《石头正传》

红楼曲断倩谁传?玉上殷痕石上言。
青埂峰头新誓约,无根树下旧蒲团。
太虚幻境非关梦,推背奇图不计年。
三十三天皆寂寞,灵河寥廓鹤空还。

红楼曲断倩谁传

曹雪芹自负凌云万丈才,"以石立言"敷演出一部旷世奇书《石头记》。作者开篇即借助"石兄"之口,大肆批判流行的俗讲野史、风月笔墨与才子佳人等"类型小说",明显怀有另辟蹊径、不落熟套的无比自信。

然而遗憾的是包括《红楼梦》在内的许多古代小说的收尾,往往引起世人诟病。最极端的例子就是金圣叹不满梁山英雄招安以后的描写,竟腰斩《水浒传》。鲁迅先生的《中国小说的历史的变迁》由是总结道:"一大部书,结末不振,是多有的事。"

明代以来流行续书的传统，除《封神演义》《儒林外史》等少数几部外，几乎所有的畅销著作都有其续书。读者对原作的结尾越不满意，对续书的期望值就越高，从而促使续书者必倾尽才能方可避免重蹈覆辙或狗尾续貂。然而《红楼梦》的续补之作以百部计，如实说来，至今尚无有一部令大多数读者满意。这一现象让人不由得感慨：《广陵散》难道真的从此绝乎？

玉上殷痕石上言

在曹雪芹的情节设定中，下界历劫的顽石是关联天道与人事的载体，具有沟通天地之独特使命。以颇具神话色彩的补天弃石为道具，具有浓郁的象征性——因为石头意象蕴含了中华远古的灵石崇拜信仰和古人的玉石文化理念。况且，这块女娲锻炼过的石头是具备神秘通灵能力的，这就意味着凡尘中人可以借由它获得沟通天地的超越性力量。

更为诡谲的是，经过神僧幻化的通灵玉，下界时是带着红丝的。这血一样的殷痕，其实就是它坠入红尘后记录所见所闻的载体（宛如电脑的内存条），再由某种因缘转换成大石头上的文字。所以如果问大石头上这些千语万言是从哪来的？当然是从玉上殷痕复制来的，故而我们在此曰"玉上殷痕石上言"。

中国人为什么对玉有源远流长的崇拜心理？其中一个原因就是古人发现尸体埋在土里，若干年之后打开坟墓，尸骨都不见了。到哪去了呢？古人运用的就是所谓"全息成象"思维：把整个大地想象成一个无比巨大的身体，因缘际会挖出的玉石之脉，既是大地之骨骼，也是先人骨骼的神性显化。

佛教传入中国之后，国人又产生了"舍利崇拜"，这些晶莹剔透永不腐坏的玉石，又成为金刚不坏的舍利象征（法门寺的佛指骨舍利，其影骨即为白玉制成），所以就有了"玉是大地的舍利"这么一种充满寓意的诗意表达。舍利是大修行者历经无数劫难凝结成的，所以王国维才说贾宝玉的"玉"，也是由痛苦凝结而成的。事实上王国维的这一说法也是中国"象思维"的投射：经历过女娲锻炼的顽石，虽然"灵性已通"，但恰似内存空空的 U 盘，只有经由人间痛苦的"锻炼"，它才能超越"石性"，拥有自己的记忆、自己的存储内容，以及迥异于其他三万六千五百块石头的"玉性"。

但是，这块通灵玉的前身仍不过是一块顽石，它最终仍会如约将自己的记忆"格式化"，重新回到大荒无稽的无情无忆存在。这导致贾宝玉内心一直有一个隐秘的恐惧：一旦通灵宝玉离他而去，他的一切灵秀及福报也将烟消云散，所以他的生命主体既依赖这块灵玉，又恐惧自己终将变成石头。

只有摆脱通灵宝玉的"魔性"，贾宝玉才能获得崭新的独立人格。正如陀思妥耶夫斯基《群魔》中的一段自白："上帝存在，也又不存在。石头里没有疼痛，可是在对石头的恐惧中有疼痛。上帝是一种恐惧死亡的痛苦。谁战胜痛苦和恐惧，他自己就是上帝，那时就有新的生活，那时就有新的人，一切都是新的。"

在通灵玉归山之后，贾宝玉还能保存他及众女儿此岸"红楼一梦"的痛苦记忆吗？这就是曹雪芹埋伏下的最大哲学悖论。

这个问题恰是在问：曹雪芹究竟为什么要呕心沥血写《红楼梦》呢？其实曹雪芹在故事开篇即言：此书的目的是要"为闺阁昭传"。所以贾宝玉的存在目的，就是要记录下众女儿的诗灵全息，她们爱过我、为我流过泪，所以我的天命就是为她们做传，我此生、此世、此岸的任务就是干这一件事业——因为只有我才能证明她们来过、爱过、活过、死过，所以我才要坚定地守在此岸。若说"飞鸟各投林""三春去后诸芳尽"了，贾宝玉也该悬崖撒手了，那么他的存在价值也就荡然无存了。

青埂峰头新誓约

宝黛之间的情爱因缘，在书中有一个专名"木石前盟"。"前"是前世，"盟"是指信约——因为"凡心偶炽"，于是神瑛侍者转世成贾宝玉；因为"报恩还愿"，所以绛珠仙草转世成林黛玉。他们双双下界历劫的动机，其实都违背了"太上忘情"的天条。

历劫之后，"尘缘已满"的石头经由一僧一道"携归原处"；林黛玉也"魂归离恨天"；宝玉出家后"归彼大荒"——他们各自履约销号，回到了原初的灵幻世界。

这种结局方式是中国哲学"循环时间"观的体现。《红楼梦》开篇构建的叙事框架，就是让"女娲氏炼石补天之时"与"大荒山无稽崖青埂峰"处于共时性的结构，它们在时间上超越了历史，在空间上超脱了尘世。作者在交代整个故事缘起的同时也伏下了其终局：如上所述，一僧一道携了"石头"到"花柳繁华地，温柔富贵乡"走一遭，最后又销号回到大荒山无稽崖，这就是石头历劫的全过程。相应地，第一回和末回以对应的形式叙述甄士隐和她的女儿英莲以及贾雨村，也经历了类似的历劫和回归的过程。

可是，业力不会消失，只会流转或迁移，即便佛陀对此也无能为力——宝黛的爱情在此岸幻灭后，仍然一代又一代"就中更有痴儿女"前赴后继重复演绎着各自的"前盟"。只要有"心"，就仍不免"凡心偶炽"；只要有"恩"，就仍不免"报恩无尽"；心中有恩者，仍痴痴地相信能够在三生石上找到对方的"旧精魂"，端的是"问世间、情为何物，直教生死相许"！

无根树下旧蒲团

《无根树》：张三丰在武当山修道时留下的丹道修炼名篇。张三丰采用诗歌的体裁、通俗的文字，把玄奥的修真成仙理论化为脍炙人口的曲词。

我们可以想象：当顽石下凡历劫再次回归大荒山青埂峰时，其内在精神气质显然已不是原来的那块石头，而是在"觉今是而昨非"的命运体验上对原本世界的"返本归元"。如果按照曹雪芹"自色悟空"的"十六字真言"设定，则顽石也应该实现从形而下的"色"到形而上的"空"的升华。

曹雪芹的天才构思，就是借助于顽石这一"非人"形象，说明人生必须经过现实世界的磨洗与重生方可达成圆满，即有情生命必须经历从经验世界到超验世界的内在转化。

此刻的无根树下，又是谁于旧蒲团上端坐修真？

太虚幻境非关梦

警幻仙姑所警的是古今之情、风月之债，看太虚幻境中的机构设置：痴情司、结怨司、朝啼司、夜怨司、春感司、秋悲司，最主要的还有薄命司。其宫殿匾额是"孽海情天"，在"情"的前面冠以"孽"字，表明凡间的情爱都会接受她的审判，而且结局都是梦幻一场。

读者大都会忽略的是太虚幻境里不单是神仙的居所，警幻仙姑也不单主管着一干风流冤孽，她似乎对六道轮回还有干预能力，甚至可以对地狱施加影响。如第六十六回"情小妹耻情归地府"中，尤三姐托梦柳湘莲道："妾痴情待君五年矣。不期君果冷心冷面，妾以死报此痴情。妾今奉警幻之命，前往太虚幻境修注案中所有一干情鬼。妾不忍一别，故来一会，从此再不能相见矣。""来自情天，去由情地。前生误被情惑，今既耻情而觉，与君两无干涉。"说毕，一阵香风，无踪无影去了……这段描述，证明警幻仙姑有把人从地狱超拔到仙界的"超能力"。

可见，警幻仙姑是凡间俗人由"情惑"到"情觉"的推动者与审判者，太虚幻境是人间大梦的收纳所与修行地——凡尘中的人生宛如大梦，这些梦最终都会汇聚到太虚幻境，凡人只有到了那里才能彻底觉醒。但是，第五回写宝玉在其中游历了一番，虽得警幻仙姑亲自点化，懵懵懂懂似乎并没有醒悟，所以还是注定要在红尘中打滚历练一番。看来，这就是贾宝玉无法规避的宿命。

或许可以从另一个角度思考：也正是在"梦"的推动下，众儿女在那个"天上人间诸景备"的大观园里以梦为纸、以泪为墨、以痴为笔抒写着各自的命运，即便这些通慧的诗灵均已知晓故事的终局，仍会飞蛾扑火般络绎不绝地入梦——这可能就是《红楼梦》所揭示的"存在的荒谬"吧。

推背奇图不计年

曹雪芹在故事开篇即借鉴了被誉为中华预言第一奇书《推背图》的表现形式，来显示"金陵十二钗"的命运和结局。《推背图》是中国谶纬学的代表作，内容是对唐朝及其后朝代重要事件的预测，在民间流传广泛。它以图谶的形式预言国运的兴衰、朝代的更替。相传是唐朝天文学家李淳风、相士袁天罡为推算大唐气运而作，其实是历朝历代不断修改的作品。现在流行的假托金圣叹批注的《推背图》，基本可以确定乃民国年间成书。

《推背图》在形式上是由卦象、图像、谶词、颂（或诗）四个部分组成，形成一个完整的预言系统。警册的"判词"也是由一图一诗组成，外加"红楼梦曲"，三者共同结合形成一个完整的预示文本。

此处曹雪芹淋漓尽致地体现了他的"狡黠"文笔——虽然我在前篇时时处处都暗示了人物结局，但我就偏偏不明确告诉你每个人的具体下场，让读者自己去推演猜测。这种谶纬笔法正如甲戌本眉批所言："世之好事者争传《推背图》之说，想前人断不肯煽惑愚迷，即有此说，亦非常人供读之物。此回悉借其法，为几（原作儿）女子数运之机，无可以供茶酒之物。亦无干涉政事。真奇想奇笔。"

三十三天皆寂寞

三十三天：佛典说须弥山顶有三十三天城，为天帝所居之地，形容极高的地方。

在中国神话哲学中，"太上忘情"与"神仙多情"看似矛盾冲突，其实是可以并行不悖的。"忘情"与"多情"，在得道高人这里也是可以圆融转换的。所以曹雪芹笔下的离恨天之高与大观园之乐，是既相互吸引又相互排斥的一体化存在。

现实世界中的美好足以让人感官沉醉，这些终归幻灭的世间名与物，恰恰是世人着意留恋和追求的生命意趣。拥有这些凡间意趣，生命便有了归属与依恃；反之，生命便会走向孤寂和无所归依。这些苦乐相随的意趣虽然令人产生某种变幻空虚、难以依恃的无常感，但是如果彻底走向佛家所云"顽空"，难免导向现实世界中精神家园的冰涣消解。所以禅宗主张"即空即色"，那些试图强行达到"不动心"境地，追求所谓"枯木倚寒岩，三冬无暖气"的绝情离欲，恰恰是修行的障碍。

在曹雪芹笔下，太虚幻境里的"离欲之乐"固然永恒，却既无情亦无诗；红尘虽然往往"乐极生悲"，却有情亦有诗。在希望破灭后，贾宝玉必须找到新的"情"与"诗"，这才是支撑他在此岸生存的核心力量。他会找到吗？这就是本书最大的"大关节"了。

灵河寥廓鹤空还

顽石回到青埂峰下之日，就是宝玉出家最终"归彼大荒"之时，这似乎是《红楼梦》不容置疑的故事终局。难道真的没有其他出路了吗？

按照曹雪芹对贾宝玉的性格设定，在黛玉去世、贾府事败的早期，惊慌失措的宝玉固然无力挽狂澜之心，但肯定希望一僧一道能够如期到来度脱他到彼岸，以免承受后半生漫长的生命荼毒。除了一僧一道，他还能够指望谁来拯救？警幻仙姑、兼美、引愁金女、度恨菩提或其他彼岸的神仙，抑或是绛珠仙子的生魂？所以贾宝玉第五十回有灯谜诗曰："天上人间两渺茫，琅玕节过谨提防。鸾音鹤信须凝睇，好把唏嘘答上苍。"

又假如，在贾宝玉仰望上苍之际，彼岸世界的拯救者派了一只仙鹤来载他飞升，倘若宝玉坚决拒绝跨鹤而去，红楼故事又将如何演绎呢？

放鹤空还、宁留此岸的贾宝玉，又将何为？这一情节看似荒唐，但其中恰恰蕴含着我们要追问的终极问题。

综　　述

面对时代的陆沉、家族的衰败、人生的坎坷，一生襟抱未曾开的曹雪芹内心充满着焦虑、痛苦、忧患、悲悯和追问——"天尽头，何处有香丘？"生命的追问和思索是那样执着又是那样迷茫。但是，不管是太虚境还是大观园，不管是青埂峰还是灌愁海，只要"凡心"尚未泯灭干净，追求诗意的存在便是一切"有情众生"共同的夙愿（在佛教观念中，类似神瑛侍者、绛珠仙子这样的"天人"，也是众生之一）。

警幻情榜中宝玉的称号为"情不情"。这里的"情不情"一般解读为：第一个"情"为动词，第二个词为名词，说的是宝玉对于那些即使没有感情，甚至没有生命的事物，也都能够倾情相爱，此即其泛爱心也；但是如果深究，"情不情"也有可能指宝玉洞彻了情爱的真谛，尤其是悲剧结局以后，对那些应该发生感情的，也能够狠心做到"当情而不情"，这里第一个"情"是名词，第二个词是动词。这就照应了脂批所说宝玉有"情极之毒"——由爱博之心断然转向绝情之心。

  第二个意义上的"情不情"看来必然会发生：如果按照红楼故事的惯性演绎，在目睹或亲历了那么多尘世的无常与无辜之后，贾宝玉自当斩断尘缘，回归"无喜亦无悲"之地，了无牵挂地撒手而去。他与通灵玉同去太虚幻境销号后，其结果自然是神瑛侍者重回赤瑕宫、补天弃石重回大荒山（也有少部分学者认为宝玉是"归彼大荒"与顽石做伴了）。

  但是我们要问：贾宝玉由"情"向"不情"的这个截然相反的转向，究竟是如何发生的？

  第三十六回"识分定情悟梨香院"倒是交代了"宝玉情悟"的情节——

  曾经的贾宝玉将他的泛爱之心、博爱之情，毫无保留地交付给了那些清水芙蓉般的女儿们。宝玉以为，只要自己以真心待她们，必然能得到同等的相待——他所钟情爱怜的女孩们也都会钟情爱怜于己，所谓投之以桃必能报之以李也。他甚至不惜自跌身份恳切地乞求"只求你们同看着我，守着我"。在他痛遭贾政鞭笞之后，这些女孩们一个个怜惜悲感泣泪，让他心灵上获得了极大的满足，以至于忘记了肉体上的苦痛。这样痛彻心扉的经历想必更加重了他的痴念——他以为他死了，这些女儿们的眼泪会流成大河，送他到那鸦雀不到的幽僻之处，这就是他的造化了。

  但当他在梨香院想亲近龄官却被厌弃拒绝后，他才恍然明白"龄官画蔷"的深意：龄官的心意全在贾蔷的身上，她原来是只钟情于一个特定对象的。长相和禀性都极像黛玉的龄官，身上有太多黛玉的影子，恰恰只有这样痴情的奇女子，才能对宝玉当头棒喝：他不可能全得众人的眼泪，从此后，只是各人只得各人的眼泪罢了。从这件事后，宝玉深悟"人生情缘，各有分定"。

龄官带给宝玉的"情悟"，跟《寄生草》带给他的"禅悟"是截然不一样的。"情悟"彻底颠覆了宝玉的"情观"，让他对人生情缘有着跟以往决然不同的认知，让他认识到在复杂的人生情网里，他纵然能编织千千结之密网，却未必能得到一瓢之饮。

泛爱之心被击碎的宝玉，该何去何从呢？

诚然，最是人间不堪留——尘世是青春的祭台、女儿的坟墓、诗灵的深渊，除非弃绝此岸，似乎没有别条道路可走。站在宝玉的角度思考：曾经深爱的那些生命统统都在眼前毁灭了，所有的建构都毫无意义归于幻梦。如果此岸留给我的只有痛苦，那么通过销号的方式使它"格式化归零"，我得以重新回到灵界，那个地方无生无死、无量寿命、无量光明——如果是这样，难道选择销号有错吗？

通过销号实现"破对待、空物我、泯主客、齐生死、反认知、重解悟、亲自然、寻超脱"的艺术化逃遁，真的可以无视众女儿眸中的眼泪吗？难道不正是因为经历了这个石头世界的荒谬与无情，才要重新回到"以真情求解脱"的初衷吗？

所以，我们面对的问题仍然是如果宝玉自己不愿意销号，就愿意在此岸痛苦地生存，那么神佛凭什么给他销号？王国维敏锐地抓住了这一要点问题："故携入红尘者非彼二人之所为，顽石自己而已；引登彼岸者亦非二人之力，顽石自己而已。"王国维意指顽石的命运取决于自身业力的推动，而非他力拯救。同样，贾宝玉前半生似乎一直都在被动承受来自方方面面的业力，如果宝玉不能充满勇气地接纳现世的苦境，不能脱胎换骨成为一个"新人"，他在此岸的坚守极有可能面临全然的失败。

屈原曾作《天问》，从天地离分、阴阳变化、日月星辰等自然现象，一直问到神话传说乃至圣贤凶顽和治乱兴衰等历史故事，表现了作者对某些传统观念的大胆怀疑，以及追求终极真理的探索精神。曹雪芹在《红楼梦》中同样充满了这种追问意识，也怀有强烈的"问天"精神。

中国传统哲学的特质是借助于有限生命的感性而实现感性生命的无限化。在儒表现为"参赞化育、内圣外王"；在道表现为"修身养性、羽化登仙"。它们的共同出发点或落脚处是生命——社会形态生命或生物形态生命——的本来圆满。其立世或涵天盖地，或与物推移，或纵性傲物，或形化木石，总之皆为显发出充沛不息的"诗意生存"。

所以，宝玉的结局还有一种可能，那就是接受这个世界的无情现实，并反过来赋予这世界以诗意。只有放弃对现实灾难的焦虑以及对神圣拯救的渴望，才能超然于利害之外，迈入诗意盎然的自在。这种既非往生彼岸又非沉溺此岸的"跨鹤游戏"，其实质就是承认石头世界的合理性，与不幸的现实世界再次合流。这样一来，宝玉又可以凭借其灵秀之诗情在红尘实现"艺术化生存"——难怪周汝昌先生要拼尽全力让他与史湘云在故事终局结合。

反之，如果宝玉拒绝承认石头世界的天然合理性，拒绝接受石头世界的灾难现实性，将曾经的"情极之毒"转化为此岸的自觉担当，"放鹤空还"的他就可能完成向"新人"的转变——这便是宝玉反身而诚的"我如今已有了心了，要这玉何用"的宣言。

这种"自我担当"意义上的滞留此岸是对"白茫茫大地真干净"的最有力的拒绝——正是通过主动身处苦难之渊，宝玉才能让业已消逝的众儿女在记忆里"复活"，他才能真正做到与曾经的诗灵"莫失莫忘"。

总之，如果贾宝玉不愿意销号，反而坚守在此岸完成"为闺阁昭传"的使命，那么《红楼梦》残书的结局是否更为完美？或许这样一个收尾，才是曹雪芹期待的"石头后传"？

《咏苏曼殊兼及宝玉》：论贾宝玉与苏曼殊的禀气融通

《咏苏曼殊兼及宝玉》

樱花桥上又霜途，带露秋声似散珠。

百衲披离瓶钵浅，三生惝恍雁鸿孤。

桃花早共黄花瘦，诗骨甘随玉骨枯。

毕竟袈裟缘底事？悲欣交集一曼殊。

樱花桥上又霜途

"春雨楼头尺八箫，何时归看浙江潮。芒鞋破钵无人识，踏过樱花第几桥？"——这可能是一代"情僧"苏曼殊流传最广的诗。曼殊曾三度出家，他常常以"众生一日不成佛，我梦终宵有泪痕"来申明自己所肩负的责任。他一生居无定所，贫穷疾病缠身，又积极参加革命，创作诗歌、小说，兼及翻译，他被后人定位于革命者、漂泊者、和尚、情人、恋母的儿子……他从一个角色转到另一个角色，生命中的每一段旅程都充满传奇。

带露秋声似散珠

苏曼殊以僧人的身份混迹于世俗社会，周遭冷眼揶揄而一往任之。他是向国人介绍拜伦、雪莱诗作的第一人。令人痛惜的是，他的许多作品都散佚了，就像落叶被秋风所扫而不知所踪。尤其是1907年，苏曼殊在杭州西湖灵隐山著成了煌煌八卷的《梵文典》，填补了汉语佛学史上的空白。据阅者云堪称旷古之著，曼殊大师曾多次争取出版流通，只因出版商索价太高而未成，可惜后来佚失。

如果说"红颜多薄命"的话，任才任情的苏曼殊，其命更是薄如秋风中的蝉翼。

百衲披离瓶钵浅

苏曼殊的生父苏杰生在日本时，娶日本女子河合仙做妾。苏杰生偶然看到河合仙的妹妹若子胸口有颗红痣，照古代相书所说，女子身上有红痣，必生贵子。后苏杰生与若子珠胎暗结，生下了苏曼殊，并谎称苏曼殊是河合仙所生。

苏曼殊四岁时，一位相士经过苏家，指着苏曼殊说："是儿高抗，当逃禅，否则非寿征也。"所谓一语成谶，长大后的苏曼殊一生与佛结缘。至于"曼殊"之法号的来历，是因为他某日偶然翻到王摩诘的诗《叹白发》："宿昔朱颜成暮齿，须臾白发变垂髫。一生几许伤心事，不向空门何处销？"正所谓一语惊醒梦中人，于是他就地到附近一所破落的寺庙第三次出家，从此自称"曼殊和尚"。

苏曼殊曾在孙中山家中养病，也曾在蒋介石的寓所调养，1918年病逝时年仅35岁。遗物只有一只破旧的箱子、数枚糖果、几盒胭脂和香囊。除此之外，一无所有。

三生惆怅雁鸿孤

1912年，苏曼殊的自传小说《断鸿零雁记》在李叔同主编的《太平洋报》上发表，作品以爱情为题材，行文清新流畅，文辞婉丽，情节曲折，对后来流行的"鸳鸯蝴蝶派"小说产生了很大影响。

苏曼殊以半僧半俗的身份，一钵千家饭，孤身万里游，辗转漂泊大江南北，行走在冷清的人世间。虽然颠沛流离，但在居无定所的情况下，他却以一己之力编辑了《汉英词典》《英汉词典》，还顺手编了一本《粤英辞典》。

桃花早共黄花瘦

林黛玉《桃花行》诗云："帘中人比桃花瘦。"薛宝钗《忆菊》有句云："谁怜我为黄花瘦。"

苏曼殊笔下，常见"惜花""护花"的情感表达，贾宝玉更将此种对女儿的怜香惜玉行为上升为"葬花"。《红楼梦》除重笔描写了"黛玉葬花"，其实也有写到"宝玉葬花"。曹雪芹特意在第六十二回详细描述到："香菱见宝玉蹲在地下，将方才的夫妻蕙与并蒂菱用树枝儿抠了一个坑，先抓些落花来铺垫了，将这菱蕙安放好，又将些落花来掩了，方撮土掩埋平服。"

"男子葬花"之行为，在文学作品中并不罕见。先于曹雪芹的沈周、徐渭、纳兰容若以及曹雪芹的祖父曹寅的诗词画图中，都有对"葬花"的吟咏记载。看来，这一行为有值得深味的艺术价值和思想意蕴。

与贾宝玉一样，苏曼殊对于那些身遭不幸的女儿乃至妓女有着无限的同情和痛惜。他的小说都是以爱情为主题，并且以女性的角色感受为价值衡量指标。"爱"在他心里有至高无上的地位，他在小说里曾借主人公之口宣布："爱就够了，我们还要什么？"

诗骨甘随玉骨枯

此句意指黛玉的诗魂甘愿滞留于此岸陪伴宝玉终老。宝黛二人的灵魂火焰宛如双生，同时燃烧又同时熄灭，能够支撑他们燃烧的原材料无他，惟诗尔。

在曹雪芹笔下，"诗"正是这类"正邪二气激荡"所生之人的独特才情体现。与之类似，苏曼殊的诗一方面油壁香车、红叶女郎，另一方面又悟尽情禅、倾心空门。所以他不是一般的诗僧，"情"与"禅"作为别样的张力在他的灵魂里奔涌，所以他的诗文无疑就是一段绝佳的禅机公案。

毕竟袈裟缘底事

林语堂曾说："鲜明的个性永远是个谜。"苏曼殊就是这样一个谜——他曾经获得的桂冠大体停留在"诗僧""情僧""风流和尚""革命和尚"等这类貌似荒诞的称号上。然而，在中国近现代文学史上，几乎没有人像苏曼殊一样，能够得到三教九流的同声称慕。出家对于他只是某种生存形式，他以自身的所作所为，表达了生命个体对灵魂主体的"此在"性追溯，在"生存"与"存在"之间，他选择了后者。

悲欣交集一曼殊

我一直有个奇妙的感觉，每每我看到关于弘一的文章，脑海中便不由自主地浮现出苏曼殊的形象，这真是一种说不清、道不明的联想。众所周知，"悲欣交集"四字是弘一大师临终遗墨，弘一大师圆寂之前的奋笔一书，肯定是借此四字来表达自己一生的信仰追求和灵魂感悟，我怎么把它用在了苏曼殊身上？须知苏曼殊终其一生保持着某种柔弱的"爱"，守护着一方唯情主义的世外桃源——这与弘一的"淡"恰成鲜明对比。

《红楼梦》中空空道人自改其名为"情僧"，此举大有况味：意味着悟透一切皆空后，并不代表无情弃情绝情，而是此心虽不再为外物所动所累，但内在依旧炽热慈悲，故曰"情僧"。

同理，虽然宝玉最终的结局免不了出家，我们宁可相信身在空门的他仍然对众儿女保持着一贯的情执痴心。就像秦可卿去世时，他悲伤得吐血；祭奠金钏时，他见洛神像而流泪；晴雯去世时，他写出惊天动地的《芙蓉女儿诔》；黛玉去世时，他更是丧魂失魄，整个生命状态完全改变。我们很难接受一个"归彼大荒"的宝玉变性成为枯木寒灰般的顽石。

综　　述

《红楼梦》开篇道破此书的渊源来历，与一个容易被忽视的人物——"情僧"有很深的渊源。按一般理解，佛教主张勘破情色，否定自我情感，但曹雪芹却特意设置了"情僧"这一角色。这看起来异常矛盾的称呼，恰恰体现了作者的"情"观。

"情僧"具体是指谁呢？据书中交代，他曾经的名字是"空空道人"——"从此空空道人因空见色，由色生情，传情入色，自色悟空，遂易名情僧，改《石头记》为《情僧录》。"除了这一句交代，情僧本人在《红楼梦》中并没有任何故事情节，也未同任何人发生过交集。但根据《情僧录》这个书名，我们就可以确认："情僧"就是贾宝玉，因为《情僧录》就是一个以某位多情和尚为主角的故事，这是构成《红楼梦》的另一个早期文本。"情僧"就是贾宝玉作为"情不情"存在的别样显化。

"情僧"、贾宝玉、苏曼殊、出家前的李叔同、本书后文要提及的一休禅师……他们的灵魂似乎存在着某种跨时空的共振，如真如幻、相纠相绕，这些贾雨村口中的"情痴情种"对此岸的缠缚越紧，对彼岸的登临就越洒脱干脆。

然而真的是这样吗？我们仔细揣摩空空道人的觉悟过程——"因空见色，由色生情，传情入色，自色悟空"，就会发现存在某种悖论：一般人的修行，入手都是由凡入圣（因色见空）；但空空道人却偏偏相反（因空见色），似乎他是由圣返凡了。并且其中最关键的环节（传情入色），恰恰是对"情"的处理方式。

其实，在曹雪芹的构思中，这十六字的逻辑关系十分清楚，即"空"既是起点亦是终点——尽管"色""空"两字之间有一"情"字，但"色"仍是"情"的载体与指向，最终与万物一样仍归于"空"。然而终点的"空"与起点的"空"又有所不同，终点的"空"乃经历痛苦的情感锤炼后所悟出的"空"，因此更为深刻，更为感人，更具有时代的色彩和悲剧的意蕴。

《正法念处经》有云："若人贪著欲，众苦常现前。"红楼儿女都贪著于欲而难以脱身，故王国维说："所谓玉者，不过生活之欲之代表而已。"处于业力之海中的贾宝玉所面对的"生活之欲"，主要是爱欲、情欲，受情爱支配的这一干风流孽鬼自然与痛苦相伴始终，其情形正如王国维所说："凡此书中之人，有与生活之欲相关系者，无不与苦痛相终始。"

至于离欲解脱的法门，书中倒是埋下了伏线。第五回警幻仙姑特意交代宝玉：如果要渡过迷津，必须借助木居士、灰侍者的摆渡。这个所谓木居士、灰侍者的称谓，是曹雪芹的奇绝联想。警幻仙子意在提醒贾宝玉：若想驻留仙境，在面对"情关"考验时，必须做到"心如槁木""意如死灰"，这才是渡过情天孽海之劫的不二法门。正如《菜根谭》所云："进德修道，要有个木石的念头，若一有欣羡，便趋欲境。"

大观园带给了贾宝玉无尽的欢乐，却也限制了他的视野和思想。他所有的注意力都集中在了身边女子们的身上，他的希望也寄托在她们身上，他从女儿们身上只看到了善良、美丽和纯洁，这与他在大观园之外看到的庸俗、污浊和猥琐截然不同。因此，即使女儿们犯了错误，贾宝玉也会心甘情愿地把过错揽到自己身上。他常从女儿的青春易逝联想到美的终将消失，进而觉悟到人生固有的悲剧性。

但当悲剧真正降临后，面对无边无际的"业力之海"，宝玉却找不到摆渡的船筏与渡口——难道他注定了要在警幻仙姑提醒的"黑溪迷津"迷失吗？

"木石心肠"显然不是贾宝玉所参的"情禅"，心性乖张的宝玉在行为表现上更接近"悲欣交集"式的"情禅"。这种"以情入禅""以禅证情"带着某种色彩浓烈的诗意狂狷，更像禅宗"截断众流"式的当头棒喝，完全不同于佛教那种追求寂灭的出离观念。或许正因为如此，从现世行为到精神气质，苏曼殊更像是从《红楼梦》书中走出来的活脱脱的贾宝玉。

所以苏曼殊的如下行为，对小说读者而言，简直就像贾宝玉的翻版——

曼殊画风用笔敷彩，不喜依傍他人门户。传说他画画时，总有身着襌绸、娇娜不胜的女郎侍立在旁研墨牵纸；而他画桃花，竟直接蘸取女郎唇上的胭脂，所以画幅上的气氛每每凄艳逼人，观之神为之夺。

苏曼殊的生活极端个性化，芒鞋破钵，放浪形骸，癫狂无度。他曾生吃鲍鱼，"呻吟床笫而后已"；没钱买糖就将自己的金牙敲下易糖而食。他个性脱略到几乎不可理喻，不知这种种奇特之处是曼殊阅世、证悟的手段，还是他避世、戏世的显化？

估计苏曼殊的婚姻传奇更令我们联想到贾宝玉——

曼殊的父亲苏杰生在世时，曾为他定下了一门亲事，双方很般配。苏曼殊15岁的时候，欲东渡寻访生母，苦于没有盘缠，只好每日在广州街头卖花攒路费。有一天，苏曼殊卖花经过一户大宅，恰好有一个婢女来买花，认识苏曼殊，惊讶于他的落魄，于是叫来与苏曼殊定亲的小姐。苏曼殊掩面而泣："惨遭家变，吾已无意再谈红尘爱恋之事。"他又把自己想要东渡日本求学寻母的事情告诉了对方，并劝对方再找一户好人家，不要再以他为念。小姐听后潸然泪下，发誓说："我一定会等你归来。"并解下随身佩戴的一块碧玉送给苏曼殊，让他找家当铺卖了作为盘缠，苏曼殊遂以卖玉所得的钱前往日本。当他从日本归来时，该女子却已患病离开人世了。

苏曼殊闻知噩耗悲怆不已，为了纪念这位未婚妻，他计划写一部共百回的长篇小说，每回附一张插图，并已绘成了其中的30张。

苏曼殊临终之时，写信给在广州的萧纫秋，信上画了一个鸡心图案，旁边有"不要鸡心式"五字。众人都看不懂是什么意思，萧纫秋默思良久，说："苏和尚大概知道已不久于人世，所以嘱托我为他买一块碧玉，他要带着去见地下的未婚夫人。"于是，萧纫秋在广州买了一块方形的碧玉，托徐季龙带到上海。徐季龙到了上海之后，赶到医院看望病危的苏曼殊。此时的苏曼殊已是三日不饮不食，闭着眼睛躺在病床上，像是在等待着什么。医院的护士凑近耳边告诉他，有个姓萧的朋友托人带了一块碧玉来。苏曼殊睁开眼睛，勉强用手接过玉，放到唇边轻轻一吻，欣然一笑而逝……

1924年，孙中山出资千金，将苏曼殊的遗骨葬于杭州西湖孤山之阴，与秋瑾之墓隔水相望。据说离他的坟墓不远处，便长眠着一代名妓苏小小。

以苏曼殊半生落拓的命运为参照，我们自然会追问：做了和尚的贾宝玉，究竟去了哪里？其实，《红楼梦》在开篇第二回就给出了答案。话说在林家做教书先生的贾雨村，闲来无事，便往扬州郊外去漫游散心，忽然信步来到一个"山环水旋、茂林深竹之处，隐隐的有座庙宇，门巷倾颓,墙垣朽败,门前有额,题着'智通寺'三字,门旁又有一副破旧的对联,曰:'身后有馀忘缩手,眼前无路想回头。'"贾雨村便走了进去,看到一个龙钟老僧在那里煮粥。"雨村见了,便不在意。及至问他两句话,那老僧既聋且昏,齿落舌钝,所答非所问。"在这段文字的旁边,有一段脂批,"毕竟雨村还是俗眼,只能识得阿凤、宝玉、黛玉等未觉之先,却不识得既证之后。"

贾雨村走进的这座庙宇所处"茂林深竹",而《红楼梦》中唯一一处绿竹环绕的场所就是林黛玉的潇湘馆。在"假作真时真亦假,无为有处有还无"的《红楼梦》中,虚虚幻幻,真真假假,眼前这所环绕着"茂林深竹"的庙宇,读者自然就可以想象是潇湘馆的再现,而那位既聋且昏的老僧,分明就是出家后的贾宝玉!

《红楼梦》中贾宝玉的悲剧形象,无疑与曹雪芹落拓飘零的生活经历有关。集中体现了他对社会、历史以及个体的深刻认知,这就使得曹雪芹在塑造贾宝玉的终局形象时,有着非常独特的"自我折射"。所以对宝玉命运的安排,尤其他出家成为和尚后的生命状态,其印象自始至终渗透进《红楼梦》的骨髓和经脉中。

就创作目的而言,曹雪芹在思想内涵上最接近阮籍与庄子,其思想有反传统、反礼法的倾向,尤其倾慕竹林七贤那样任情不羁的风流。他在理论上持老庄自然与周孔名教相对抗,在实践中则表现为任情而废礼。正因如此,他很可能有意将贾宝玉塑造成一个绝不与世俗世界苟合的悲剧人物,但是与世俗世界绝不苟合,并非意味着只能逃离它而无所作为。

清代胡文英在《庄子独见》中曾评价庄子"眼极冷""心极热":"庄子最是深情,人第知三闾之哀怨,而不知漆园之哀怨有甚于三闾也。盖三闾之哀怨在一国,而漆园之哀怨在天下;三闾之哀怨在一时,而漆园之哀怨在万世。"

曹雪芹的风骨与庄子类似：他眼极冷，故能穿透社会与历史的迷雾；他又心极热，能够体贴悲悯于世间的美好。不过，创作中的曹雪芹又呈现出"心极冷"的样貌：他甘于亲手将美好毁灭，以控诉人性的异化、红尘的无情。红楼诸钗都是活生生的人物，源于生活又高于生活，又不概念化和类型化。正是她们的"情"使此岸世界充满了"诗意"。在这些红楼女儿姹紫嫣红的"情的表象"中，曹雪芹要探索的是具有形而上意义的情之本体，这也正是《红楼梦》"情本体"思想的价值所在。

由苏曼殊，我们还联想到另一位具有相同精神气质的情僧——日本著名禅师一休和尚。

在一休的不朽诗作《狂云集》和《续狂云集》中，风、花、雪、月、桥、茶、树等当然屡屡吟咏，表面看来他似乎应该是个最典型不过的禅者。但令人惊奇的是，在后期作品中竟然有其他禅诗中不可能出现的恋诗和艳诗。据统计其诗集中"风流"一词出现九十三次，"淫""美人"等词出现三十多次……《续狂云集》更是平均每四首中就有一首谈风流，而且大多是指性爱的风流。

无论是苏曼殊还是一休，他们都无法忍受所处贫乏时代的媚俗，都出于诗人的天命维护着"情"的尊严。至于他们痛苦的灵魂是否得救，则是另一个更为严肃的问题。

"爱就够了，我们还要什么？"在百衲披离的樱花桥上，想必贾宝玉亦会与苏曼殊一见倾心，读者亦肯相信他们均已在三生惝恍的此岸圆满解脱，且于诗灵满溢的"潇湘世界"暗度菱花的清香……

《赠种芹人》:"妙笔"的尽头是"幻笔"

《赠种芹人》

诗魂玉骨两无瑕,谢草池清映棣华。
雪后香山黄叶酒,庭前柏树赵州茶。
拙工织网收还漏,幻笔牵丝补更嘉。
了却红楼全璧事,与君共种邵陵瓜。

诗魂玉骨两无瑕

此句所言"诗魂"者,黛玉也;"玉骨"者,宝玉也。

中华文化的"文心",可以概言为"诗魂玉骨",这一精神气脉千载以来或隐或现而弦歌不绝。《红楼梦》文化的价值意向(或曰曹雪芹的下笔动机),就是延续并贯通这种千年不死的诗魂文心。

宝玉的前身乃"有瑕之玉"。"瑕"字在《说文解字》中的释义为"玉,小赤也";《礼记·聘义》注:"瑕,玉之病也。"在第一回的脂批中也特意指出:"'玉,小赤也。又,玉有病也。'以此命名恰极!"

曹雪芹特意采用此义项，就是要指出神瑛侍者与补天弃石一样，其"凡心偶炽"是修为的缺失而导致的无明蠢动，必须下世渡劫方能圆满。但是"瑕"的本相（顽石幻化后也同样带有血丝之瑕）又使得通灵宝玉和神瑛侍者都有陷溺于此岸的危险。于是才引出黛玉"以泪濯玉"及"以诗琢玉"的一部大书。

"黛玉留诗琢玉"与"宝玉刻诗成玉"，就是《红楼梦》后半部分的故事主线及思想主旨。贾宝玉"补天"事业的沙场，不在太虚境，也不在大荒山，就在有瑕有漏的此岸。

谢草池清映棣华

曹雪芹的故交张宜泉有《伤芹溪居士》诗曰："谢草池边晓露香，怀人不见泪成行。北风图冷魂难返，白雪歌残梦正长。琴裹坏囊声漠漠，剑横破匣影鈂鈂。多情再问藏修地，翠叠空山晚照凉。"有研究者认为"谢草池"为曹雪芹最后的"藏修地"，即今北京市石景山区八大处附近。这个地名始见于元代文献，周汝昌据此在《文采风流曹雪芹》中说"谢草池，并非用典，是实有其地"。

棣是一种常绿落叶灌木，因其花瓣紧密，后人引申用来形容兄弟之情，如"棣台""贤棣"。成语"棣华增映"比喻兄弟友爱、互增光辉。

读《红楼梦》，需要常怀一个"清"字，方能如一面池水般映照出曹雪芹的文心诗灵。所以戚蓼生特别在戚序本的前言中交代，读者只有"挹清辉""闻香气"，才算读懂了《红楼梦》中的"微旨"和"弦外音"。如果只是捞水中月，赏天雨花，最后只能是误于路上景色。

雪后香山黄叶酒

曹雪芹的生前好友敦诚所著《四松堂集》里，有《寄怀曹雪芹》一诗，是研究曹雪芹生平事迹的重要史料。《寄怀曹雪芹》诗末写道："劝君莫弹食客铗，劝君莫扣富儿门。残杯冷炙有德色，不如著书黄叶村。"孟尝君门客冯谖曾弹铗而歌"食无鱼"，杜甫在长安求官时写诗自况"朝扣富儿门，暮随肥马尘"。敦诚之诗，意在劝勉曹雪芹不要自叹穷困，更不要乞食权门，应该发愤自厉，潜心著书。

红学研究者认为，诗中的"著书"，应该就是写作《红楼梦》，而"黄叶村"则指曹雪芹在北京西郊的住所。也有人进一步考证：北京市石景山区隆恩寺村便是敦诚诗中的"黄叶村"，曹雪芹晚年穷困潦倒时移居于此。

与曹雪芹较为亲近的朋友都曾指出其嗜酒，不仅"举家食粥酒常赊"，而且"司业青钱留客醉"。酒固然成就了他"醉余奋扫如椽笔，写出胸中块礧时"，也严重伤害了他的身体。清代著名文艺理论家刘熙载曾提出了一个有趣的观点："文所不能言之意，诗或能言之。大抵文善醒，诗善醉，醉中语亦有醒时道不到者。"想必醉笔写书的曹雪芹在黄叶村凄居时，仍然是"酒酒相覆酒酒缚，梦梦难醒梦梦行"吧。

庭前柏树赵州茶

唐代著名禅师赵州从谂，留下了"吃茶去""庭前柏树子"等几桩有名的禅门公案。其中，以一句"吃茶去"来引导弟子领悟禅机最为有名。

拙工织网收还漏

仅就文笔而言，曹雪芹的创作宛如技艺臻于最高境界的棋手般入神坐照：其笔下棋子撒豆成兵，布局则波澜恣肆、高者在腹；中盘则相互缠绕、暗潮涌动，以至于小说越来越像不易了局的"一盘大棋"。到了第八十回时，明明要进入收官阶段，居然又添进来一些前面没有写到的新人物、新冲突，似乎围棋高手的"多面打"局面。其实，不要说是高鹗、程伟元，就算存在毫不逊色于曹雪芹的另一位伟大作家，也难以在此时收束全文。我们不由得担心：曹雪芹怎能收束如此多剪不断理还乱的故事线索？俞平伯曾为此踟蹰不已，他认为《红楼梦》应至少有一百六十回，甚至一百八十回，才能使结局的挽结收束相对圆满。

《红楼梦》的文本架构，不是神话与现实的双线平行推进，而是神话与现实互为镜像，构筑起两个时空维度的复式叠加组合架构方式，形成推动情节发展、刻画人物形象的交叉动力。所以，《红楼梦》的开局框架就注定了它是一部线头众多的宏图巨制，其叙事脉络简直是头绪纷繁，散钱无串，因而在写作中搭建网状结构几乎就是唯一的选择。正如李渔在《闲情偶寄》论戏剧创作时所强调的："凑成之工，全在针线紧密""照映埋伏，不止照映一人、埋伏一事，凡是此剧中有名之人、关涉之事，与前此后此所说之话，节节俱要想到"。《红楼梦》显然借鉴了长篇戏剧的结构章法，在叙事进程中照应埋伏、针线紧密，千头万绪，最终浑然一体。

但是，多线的网状结构也隐含着主体故事散落一地的风险。尤其是它的后半部分缺失，这就使得任何人都可抓住其中一个线头探索下去并貌似自圆其说。于是，许多打着"探佚学"旗号催产出来的种种"揭秘""探案""真故事"，动不动就摆出一副要动摇红学研究根基的豪迈姿态，出产了花样翻新的"续梦""圆梦""补梦"……诸如此类的作品，实际上是审美降级的新索隐。所以，作为一个笔法美学的试炼场、一块结构美学的试金石，《红楼梦》之所以成为一部伟大作品的"经典性"，核心的隘槛及指标就是文笔的巧与拙。

《红楼梦》就像一块纺织品，前八十回是块丝绸，曹雪芹用"锦绣文笔"织就了大半条龙。高鹗的后四十回也是一块丝绸，但绣着绣着，就走样成了一条半死不活的蛇——图案固然变了，然而从质地上看，倒还是丝绸。至于癸酉本之类的续作，却是一块类似清明节专用的泛黄糙纸！姑且把它绣出的图案先放在一边不谈，一眼扫过去，首先质地就不对。可它偏要逞能，偏要追求情节的张力以吸引眼球，结果其稀烂的"稻草文笔"，只能织出来入水即损的破网。

幻笔牵丝补更嘉

《红楼梦》在人物形象的塑造、叙事场景的铺展、情节冲突的渲染等各方面都展现出炉火纯青的文笔技巧。具体分析曹雪芹的文笔，大体可以概括为实笔、细笔、幻笔三种类型。

曹雪芹写人物注重从现实生活出发，特别照应到角色的场合、身份、学识、才能等诸多方面，真实再现了人物作为鲜活之人的真实本质，而不是公式化和类型化，这正是写实手法在《红楼梦》里的一个重要体现。

除了上述实笔外，曹雪芹还善于利用细笔。《红楼梦》中人物众多，琐事繁杂，头绪万千，叙事跨度极大。在这样的巨著里，除了像第十三回可卿葬礼的奢侈哀艳、第十八回元春省亲的热闹铺张、第五十三回贾家祭宗祠的肃穆整饬和贾府闹元宵的喜庆喧嚣外，还有更多生活琐事的描写（如第三回黛玉进贾府后的种种场景，尤其是于贾母处吃饭等细节的描写）。大场面、大事件的描写固然千丝不乱，小场面、小事件的叙述亦如涓流细流丝痕宛然，各得其宜。故读者尤其需要留心一些细微处的交代，如天孙牵丝走线，条分缕析，井井有条，这也正是《红楼梦》动人之处、成功之处。

《红楼梦》是百科全书式的现实主义小说，但是"现实"并非意味着全是写实，曹雪芹将故事冲突的背景，设置在若干个带有神话原型意味的叙事框架中。这一叙事框架就是让小说主线与神话母题交互推进，使小说通篇笼罩着神秘的虚幻色彩。然而，正是这些令人费解的亦真亦幻的神秘色彩，使小说在恣肆汪洋的写实中，蕴含了更加深广的思想意蕴，使其在更高层面表现出对现实世界的形而上思考与终极关照。

曹雪芹的文笔之所以如此令人一咏三叹，其词句优美、感情真挚、思维精深自不必说，最主要的还是因为其笔下创造出的奇幻意境。这种意境让小说的人物命运及情节推演别具魅力，带给读者层出不穷、挥之不去的迷离而又真切的阅读体验，让人如痴如醉。其笔下鲜艳明媚的青春不断受到生命无常的侵袭，典雅、凄迷、神秘、空幻……诸般意绪杂然而生，优美的诗句伴随着带有哲理性、宿命论的谶语预言反复出现，整个文风气质是空灵玄幻的，很值得当今玄幻小说的写手借鉴。

这种融汇了儒、释、道、易、玄、禅等诸多思想，在政治意念、文化意象、哲学意蕴诸方面都具有独一无二美学气质的文笔，我们姑且以"幻笔"称之。

正是因为幻笔运用得如羚羊挂角般不着痕迹，导致读者在看《红楼梦》时，颇有"不知今夕何夕"的代入感。其实，这正是曹雪芹的"狡黠"之处——作者在安排整部书的叙述时序时，既有遮掩此书来历的倒叙，又有满篇谶语的预叙，更有具体事件纤毫毕现的顺叙。它是"全天候"的，又是"无时间"的；过去、现在与将来在叙述的过程中不断回旋、往复，一个个循环圈圈里套圈、圈外有圈、圈圈相套，赋予了红楼故事琢磨不尽的意味。

作为鸿篇巨制的伟构，《红楼梦》如果没有发达的语言文字系统，是不可能成为引人入胜的小说的。恰恰是语言符号的巧妙运用，才能最大限度地调动运转传统文学资源，并融会贯通化为己用。这种出神入化的化用，不但体现作者高维的手法技巧，反过来也推动着作者自身走向更高维度——只有站在这样一个高维度上，才能如天孙织锦般妙手牵丝、雀裘可补。

了却红楼全璧事

二百余年来，不知多少人遗憾于《红楼梦》的残缺，其中不乏翘楚精英试图令其完璧，然而至今仍无一部续书赢得广泛认同。

近年来，"新红学"的研究者更是困窘于古文功底尤其是诗词功底的薄弱，只能在外围做一些研究，以致对《红楼梦》的点评解读渐成"围而不打"的态势，怯步于深入文本底里的肌理剖析，学界将此情形戏称为"红外线"式研究。

任何艺术作品都有待于欣赏者或批评者来完成，只有经过了欣赏者或批评者的"再创造"，这一艺术作品才能成为经典的美学客体。遗憾的是，估计再过二百年，《红楼梦》仍将是一块残璧。结尾的缺失，以及曹雪芹受制于时代烙印的思想局限性，使得这本经典离真正的"经典化"，仅仅存有薄如蝉翼般的半步之差——这是曹雪芹的命运，我们当然不希望它成为中华文化的宿命。

与君共种邵陵瓜

《史记·相国世家》："召平（即邵平）者，故秦东陵侯。秦破，为布衣，贫，种瓜于长安城东，瓜美，故世俗谓之东陵瓜。"东陵瓜又称东门瓜、召平瓜、邵陵瓜等。

我们基本可以认定，现藏于贵州省博物馆的《种芹人曹霑画册》乃曹雪芹现存唯一诗、书、画、印俱见的真迹。册中所提及曹霑的"种芹人"字号均不见他处（目前已知之字号有四，分别为"梦阮""雪芹""芹溪""芹圃"）。该画册上有署名曹霑的题诗："冷雨寒烟卧碧尘，秋田蔓底摘来新。披图空羡东门味，渴死许多烦热人。"雪芹借此讽喻世俗间那些追求功名利禄之人（所谓"烦热人"），他们宁愿渴死也不可能归隐种瓜。先前学界仅知曹雪芹存有"白傅诗灵应喜甚，定教蛮素鬼排场"残句，经仔细赏析后，发现如上两诗同样具备近似"诗鬼"李贺的奇诡风格。无怪乎其挚友敦诚屡以"诗追李昌谷""直追昌谷破篱樊""牛鬼遗文悲李贺"等句称许他。

敦诚与敦敏的诗中，还多以魏晋文人比曹雪芹，如阮籍。敦诚诗云"步兵白眼向人斜"（《赠曹雪芹》），"狂于阮步兵"（联句诗）。敦敏诗云"一醉酕醄白眼斜"。借用《红楼梦》中写妙玉的话："太高人愈妒，过洁世同嫌"，孤高之人必然招来世俗的排挤，而"白眼看他世上人"（王维《与卢员外象过崔处士兴宗林亭》）则是对凡俗的蔑视。敦诚联句诗中说曹雪芹"懒过嵇中散"。嵇康在其名作《与山巨源绝交书》中说自己"性复疏懒，筋驽肉缓""纵逸来久，情意傲散"——曹雪芹堪比嵇康的疏懒，正是他傲世的表现。

关于曹雪芹本人的文献记载很少，周汝昌《曹雪芹传》称其素性"放浪"、嗜饮、工诗、善谈、诙谐、傲兀，"白眼"忤俗、狂言骇世……这不正是竹林名士精神的写照吗？这种所谓的"狂狷人格"对世俗负累一般都采取"自我放逐"状态。或许，正因为曹雪芹在物质世界中是接近"零和状态"存在，他才能处于精神的饱和状态，迈向艺术世界的峻极嵩顶。

综　　述

《红楼梦》的美学风格具有三个明显的特色：神话与诗意汇通，谶纬与宿命互映，幻梦与真实交融。可谓包含了从个体到社会，从物质到精神的各个层面，从而形成了以尘界、灵界、幻界、神界四重空间为节点的幻化网络。这个网络不是单维的线性拓展，而是多维的层层穿越，成为其文本构成的"四梁八柱"。

《红楼梦》开篇设计的三大神话——顽石下界、绛珠还泪、群孽历劫——使故事演进的时空呈现出多重性及多维性。其空间分别对应大荒山、灵河岸、太虚境，给人以缥缈幽远的洪荒感。作为神话，其时间则无始无终，不可测量，给人以循环时间的永恒感、无限感和轮回感；作为现实，故事人物的历劫之旅又处于直线时间中，万劫不复而徒呼奈何。

曹雪芹比较彻底地突破了中国古代小说单线结构的方式，采取了多条线索齐头并进、交相联结而又互相制约的网状结构。《红楼梦》开篇就把故事的开端置于女娲补天的创世纪时期，然后让它在历史时间中走了一遭，最后又让它回到了原来的起点。这个循环圈"以终为始，以始为终"的特征，表现出中国文化特有的"天道循环"思维方式和价值趋向。

还需要强调：如前文所言，《红楼梦》这种独特的叙事结构，不是神话与现实的双线平行交替，而是神话与现实构筑起两个时空维度的复式叠加的组合架构方式。人间大观园的写实性与天上太虚幻境的虚拟性并行不悖，不仅使故事在过去与未来交替穿越，也使得叙事时空得到拓展，走向立体，走向三维甚至四维。

我们赞叹《红楼梦》书中那些大场面的描写富有声势的同时，又对曹雪芹对生活中琐事的描写印象深刻，如颊上三毫，细腻绵密，用脂批的话说就是"细如牛毛"。曹雪芹能把生活中平凡无奇的小事写得那么有趣，笔意疏密有致，缓急得当，足见提炼写实功力的出神入化。如果忽略了这些细节，阅读《红楼梦》的获得感将大打折扣。

王希廉在《红楼梦总评》中指出："《红楼梦》一书，有正笔，有反笔，有衬笔，有借笔，有明笔，有暗笔，有先伏笔，有照应笔，有着色笔，有淡描笔……各样笔法，无所不备。"他对《红楼梦》的各种艺术技法进行了很好的总结与揭示，精细入微，丝丝入扣，故该评本一经问世即"此本出而诸本几废矣"。可见《红楼梦》的文笔之美，需要读者百转千回地品，时间耗得久了，章回翻得多了，其笔端精妙，自然缓缓流入心田。

《红楼梦》的独特魅力不仅在于其审美艺术、文化价值的多元与多维，亦存在于其繁复精密的叙述技巧中。恰如佛经所描绘的"因陀罗网"——网目所饰皆为珍珠，每一珍珠均可映射其他珍珠，而且互相映射，一重复一重，无有穷尽。如此独特的网状叙述分层、叙述主体分化，最终拆解了传统小说文本的单线条确定性，使得每一个叙述层的线条都能找到深层照应，这样实与虚、真与假之间错综复杂的辩证关系，在每一个交界点上衍生出价值、意义和修辞的无尽悖论，将清初以降传统小说的写作及鉴赏带向了一个后人难以企及的高度。

当然，我们在评价《红楼梦》及曹雪芹的思想性时，不能用现在的价值观念和道德标准去横加臧否。每一个时代都有它的价值观念和道德标准，有人一说到曹雪芹就说他如何叛逆、如何进步、如何民主，这样的拔高就太过出格了。一个作家不管如何进步，他都无法逃脱他所处的那个时代的局限性。

自称"种芹人"的曹雪芹在《红楼梦曲》的引子开端即发问："开辟鸿蒙，谁为情种？"甲戌本对此侧批道："非作者为谁？"批语中多次评说主人公是"情痴""情根"，而且说作者也是"情种"。

曹雪芹的"以情补天"，其实是中国文学思想史上的一次悲情祭奠——既祭奠自己的时代浮沉，又祭奠自己笔下的众女儿，更祭奠承载着中华万古诗灵的厚地高天。

《咏宝玉》：贾宝玉的归宿及终局悖论

《咏宝玉》

满堂朱紫等轻尘，灵玉无端惹宿盟。

文不在兹留石册，道之将废寄瑶鲸。

珍珑已解思犹幻，柯笛初横意未平。

方死方生泥与水，流霞本是泪醅成！

满堂朱紫等轻尘

对照《红楼梦》开篇"正邪二赋"论来看，包括陈后主、唐明皇、宋徽宗在内的这一类聪明灵秀人物，正好就是贾宝玉高度认同的性灵人物，这类人物"置之于万万人中，其聪俊灵秀之气，则在万万人之上"，他们的才华不在于治理国家，而在于在艺术领域的贡献。艺术创造需要的是性灵天分而非功利理性，但家国的现实状况往往把他们安置在一个不恰当的位置上，他们因此做出种种不合身份的事情来，与制度性的礼法难免形成冲突。

须知在古代社会，那些平民家庭的孩子，父母对其通常没有特别期待，因为他们很难形成阶级跃迁。但贵族子弟却不同，他们面对庞大的基业，必须扮演好守护人、顶梁柱的角色。既然享受了家族带来的荣华富贵，也要承担相应的责任，就像皇上的嫡长子必须做皇帝一样。贾宝玉就处在这样一个位置上，他必须在仕途上有所作为，以延续荣国府的安富尊荣。但是他偏偏就懒于和士大夫诸男人接谈，又最厌恶峨冠礼服贺吊往还等事。他不但不追求功名利禄，也不执着于儒家倡导的仕途之路，还把对此有所追求的这类人都称作"禄蠹"。贾府的男子们，如贾赦、贾珍、贾琏、贾蓉、贾瑞无不品德庸俗不堪，不但不具备宝玉那种超凡脱俗、聪明灵慧的天性，而且不学无术，文不成武不就，实际才干远不如年纪轻轻的王熙凤、薛宝钗和贾探春这些闺秀。作者于第十三回结语诗云"金紫万千谁治国，裙钗一二可齐家"，高度赞叹这些裙钗所显露的才能。然而昙花一现的她们又如何能挽回大厦倾倒的颓势？所以第二十回脂批才遗憾地感叹："余为宝玉肯效凤姐一点余风，亦可继荣、宁之盛，诸公当为何如？"

可惜，贾宝玉属于"于国于家无望"的情痴情种，他的一生，是把所谓的仕途经济学问置之于不顾，只将自己的情感与那些他眼中的灵秀人物深深交织，全然为了那些束带顶冠之男子"万不及一"的女儿而喜而悲的人生。

灵玉无端惹宿盟

《红楼梦》贯穿全书的那块石头，在曹雪芹的如椽大笔下，具有顽石与宝玉、自然与人工、真与假、有与无、有情与无情、重物与重人、荒唐与真实、梦幻与通灵等多方面的哲理意蕴。

一方面，本来顽石（通灵宝玉）在前世今生，乃至归山之后都与

"木石前盟"并无干涉交集——与"木"相匹配的"石"是三生石，代指常常在三生石旁流连的神瑛侍者。然而下界的顽石作为旁观者，却无心被动地经历、见证、记录了宝黛爱情的全过程。顽石到红尘中走一遭的初心不过是想"受享受享"，结果宝黛初一见面，就被宝玉摔得七荤八素。"木石前盟"招惹的"天缘前因"，却无端让它来承受"俗缘后果"。

见证了宝黛情缘的顽石，不知后来是否会为这一段"木石前盟"动心动情？

另一方面，通灵宝玉的特异也使得贾宝玉享受了不同于常人的"额外福报"，即便出于因果不爽、业报循环的角度看，宝玉也有责任对这些福报予以还恩。尤其是那些女儿带给他的诗意灵秀，更值得他去舍命报答。正如《红楼梦》第一回作者自云："今风尘碌碌，一事无成，忽念及当日所有之女子，一一细考较去，觉其行止见识，皆出于我之上。何我堂堂须眉，诚不若彼裙钗哉？实愧则有馀，悔又无益之大无可如何之日也……我之罪固不免，然闺阁中本自历历有人，万不可因我之不肖，自护己短，一并使其泯灭也……虽我未学，下笔无文，又何妨用假语村言，敷演出一段故事来，亦可使闺阁昭传，复可悦世之目，破人愁闷，不亦宜乎？"

当然，灵玉固然可以给贾宝玉带来"额外福报"，也可能给他招来"意外祸患"。针对元春省亲时所点四出戏之《豪宴》，庚辰双行夹批云："《一捧雪》中伏贾家之败。""一捧雪"是一盏玉杯，乃主人公莫怀古不能失去的传家命根子。贾宝玉则是贾家的命根子，而通灵宝玉又正是贾宝玉的命根子。充满神异的通灵宝玉不知为多少人觊觎，正所谓"怀璧其罪"，它很有可能为贾家招来无端祸患。

文不在兹留石册

《论语·子罕》:"文王既没,文不在兹乎?"熊十力在北平的寓所有自撰联曰:"道之将废也,文不在兹乎?"

神瑛侍者灌溉绛珠仙草乃是木石前盟之因,"还泪"则是其果,这一组因果属于"异时因果",即前生之因结今生之果。黛玉此世欠泪已还,还额外赋予宝玉以诗情,故若以黛玉留诗为因,宝玉刻诗于石上则为果,此乃他们今生因缘的体现与见证,属于"同时因果"。

"使闺阁昭传"是曹雪芹的写作动机,也是《红楼梦》的思想主旨。如果要贯彻这一动机主旨,则贾宝玉悬崖撒手之后,并非遁于空门、归彼大荒,反而是万缘放下、有所作为——他的作为就是在"斯文不在"的此岸,凿刻下众女儿的诗册、记录下她们的行状,如此方可照应脂批那提纲挈领的八个字:"因为传他,并可传我。"

关于此句诗的进一步阐释,本书其后的诗文涉及颇多,此亦本书之大关节也。

道之将废寄瑶鲸

瑶鲸是指钟槌。古时钟槌常刻作鲸鱼形,唐代之后,寺院的鲸鱼锤衍演成为悬挂于檐下的鱼鼓。这里喻指宝玉出家。

大观园是大地上的女儿国,曹雪芹的乌托邦,贾宝玉的伊甸园。大观园的最终毁灭,象征着宝玉现实人生的无所皈依以及精神家园的丧失。从太虚幻境的幻设到大观园的幻灭,宝玉真实目睹了众儿女的悲剧命运走向,面对无路可走的无奈状态,《红楼梦》目前的结尾只能让宝玉出家。他看似有了归宿,似乎一切问题都自动消解了,但这一结局中的逻辑与情理,自然也招来了延宕百年的聚讼纷纭。

然而，我们不能说宝玉的出家不算是一条出路，只是面对"使闺阁昭传"的初心使命，这实在算不上是一条功德圆满的路。

珍珑已解思犹幻

珍珑，围棋术语，指构思奇巧的棋局。金庸的武侠小说《天龙八部》中，有一著名的珍珑棋局。由逍遥派掌门无崖子所设，几十年来无人能破。无崖子想借珍珑棋局收一个天资聪颖、英俊潇洒的弟子，以便将毕生功力传给他，不料该棋局被丑和尚虚竹闭着眼睛以"自添满（自杀一大块解救全局）"的手段误打误撞所破。

凭着宝玉前半生的心性，他应该是走不出命运的"珍珑"的，除非在黛玉离逝、大观园倾废之后，他能够发生脱胎换骨的转化。他多次说过如下类似的话："只求你们同看着我，守着我，等我有一日化成了飞灰，——飞灰还不好，灰还有形有迹，还有知识。——等我化成一股轻烟，风一吹便散了的时候，你们也管不得我，我也顾不得你们了。那时凭我去，我也凭你们爱哪里去就去了。"

宝玉固然知道这世界一切美好的东西都要烟消云散，然而他却采用更绝情、更冷酷的"化灰"方式来对抗它，真可谓"一面满足一面残酷"。他看似找到了解脱的不二法门、解开了人生的"珍珑"，然而结局仍是虚无缥缈，甚至连逍遥自适都谈不上，更谈不上佛陀追求的涅槃寂静——他以为梦醒，其实仍身处幻梦。

前身之石，后世之玉，宝玉的心性一直在"石性"与"玉性"中冲突徘徊，究竟是石与玉主导着他的灵魂，还是他最终摆脱石玉纠缠有了自己的一颗心？面对棋盘上的"天下大劫"，一无所有的宝玉又上哪里找一枚命运的劫材？

柯笛初横意未平

柯笛：传汉代音乐家蔡邕曾拆"柯亭"之竹制笛，音色尤其优美。后泛指美笛。贾宝玉《咏白海棠》有"清砧怨笛送黄昏"句，宝玉所持笛子，当是以潇湘馆之竹制成。

贾宝玉无时无刻不在承受着红尘世界的撕扯：每当他陶醉于大观园的诗情爱意的时候，大观园之外的世界总是突如其来令他内心升起悲凉——通灵的他比任何人都更能呼吸而领会到这如影随形的华林悲雾。

你能够想象热泪在涌出的同时就会冻成冰柱吗？面对人世的孤寒冷寂、面对如花凋谢的灵秀女儿，"终究意难平"的，难道不正应该是贾宝玉吗？

方死方生泥与水

"泥"与"水"是曹雪芹赋予《红楼梦》的原型意象与象征性符号，这一灵感可能受到了《周易·咸卦》的启发。《象》曰："咸，感也。柔上而刚下，二气感应以相与。止而说，男下女，是以亨利贞，取女吉也。"咸卦中的少女在上位，少男在下位；少女为泽，少男为艮，"男下女则吉"与"男泥女水论"的主张颇有相通之处。

大观园的存在意义就是给众女儿提供源头活水，黛玉的泪更是要把那块通灵宝玉上的蒙垢清洗干净。然而沁芳溪的发源偏偏是滥淫之地会芳园，最后又流向宁国府。所以"花落水流红"的结局注定了是"欲洁何曾洁""终陷淖泥中"。

"泥水论"贯穿《红楼梦》整部书，至于其发端，应该是第五回贾宝玉梦中进入"太虚幻境"后，其中的女仙一见便质问："何故反引这浊物来污染这清净女儿之境？"以"清净女儿"与"浊物"男人对举，使得贾宝玉"觉自形污秽不堪"。此后宝玉屡有"须眉浊物"之自贬词——

"须眉"本"浊",正与"男人是泥做的骨肉"同义。

曹雪芹"泥水论"的反社会化倾向,是在性别话题的外衣下表达的,是在"堂堂须眉,诚不若彼裙钗"的故事中呈现的,是在"使闺阁昭传"的目的下讲述的。因而,其表层是为女性张目的"女清男浊""男下女吉"的性别观念,而深层则是"越名教而任自然"的异端价值取向。

除了因"泥水异质"导致的人物命运差异,《红楼梦》的悲剧还体现在其意义结构的不确定上:天界和尘世、神话和现实、前盟和滥情、大荒山和大观园、还玉归山和返身深渊……这场博弈的结果固然是白茫茫一片大地真干净,但是,仍有另一个隐形战场尚未终局:在方生方死的绝望深渊,"清如水"的诗灵与"浊如泥"的现实形成了一场关乎终极价值的零和博弈,贾宝玉的抉择(出离抑或担当)决定了所有人的存在是否具备价值。

流霞本是泪酽成

《红楼梦》第一回就说林黛玉的前身是绛珠仙子,前世生活在离恨天之外,以蜜青果为食,以灌愁海水为汤,宛如吸风沐露的神,使人想起庄子《逍遥游》笔下藐姑射山上不食烟火而吸风饮露的仙子。读者在此需要注意:绛珠仙草之所以能够修成女体,成为绛珠仙子,就是因为得到了神瑛侍者的甘露。

绛珠仙草彼岸生命的汁液,来自神瑛侍者的甘露浇灌;宝玉此岸生命的汁液,来自黛玉的诗情浇灌。不知出家后的贾宝玉是否能够悟到:滋养他生命的无上流霞,就是黛玉的"灌玉之泪"。

我们在此需要对贾宝玉前身此世的角色转换做一番梳理:起初,身为神仙的神瑛侍者心中并无来自"木石前盟"的情感挂牵,他也并没有预料到凡间旅程会产生如此难缠难了的"情债",所以才会"凡心偶炽",想到人间走一遭。他只是一个生命过客,只想浏览一下"路上景色"就回来销号,所以无须顾及绛珠仙子的感受,真可谓"赤条条来去无牵挂",堪称来去自由潇洒走一回。但是他的凡间之旅,完全被绛珠仙子的执念改变了轨迹。《红楼梦》里最堪冤枉的其实是神瑛侍者,注定要遇上个一心想要以"还泪"的虐恋形式还他甘露的痴情绛珠,连累得下世为人后的他也为她落了不少泪,伤了不少心,甚至屡次寻死觅活。读者常留心感慨的是黛玉的泪,却往往忽略了宝玉的泪。

黛玉因泪尽而魂归,宝玉却未必能通过泪尽而解脱。如果出家意味着变成"枯木寒岩"式的无泪无情存在,那么贾宝玉显然误解了空门,因为菩萨恰恰是流泪的——提婆罗菩萨《大丈夫论》中云,菩萨在三种情况下堕泪:"一者见修功德人,以爱敬故,为之堕泪;二者见苦恼众生无功德者,以悲悯故,为之堕泪;三者修大施时,悲喜踊跃,亦复堕泪。计菩萨堕泪以来,多四大海水……"

因为有泪者必然有情,所以这宛如"泪之谷"的红尘当不再有苦厄、罪过、死亡,也不再有哭号、呻吟、呼告——面对这大地深处传来的悲号祷告,但愿宝玉的柯笛不再像他的前半生那样,沉浸于恣肆自得的"灵魂独奏"。

综　　述

贾宝玉最后是否完成了自我解脱?估计这是每一位《红楼梦》的读者在故事结局都会困惑的一个问题。

这就是曹雪芹留给大家的一个悖论:要想享受宝玉那样的福报,就得痛苦地去感受别人千万倍的痛苦,所以"悲凉之雾,遍被华林,然呼吸而领会之者,独宝玉而已"。他难道不知道大厦将倾吗?他的感受是最深的，但他不能说出来，所以他只能跟众儿女尽量长久地待在一起，让大家的才情都发挥出来，为这个无情的世界留下有情的忆痕。

然而宝玉不仅希望生活能够艺术化、审美化，同时对死亡也有着诗意想象。"少年不识死滋味"的他曾经认为死亡应该是轻盈的、唯美的，而不是沉重的、束缚的，但面对众儿女如花瓣般凋零，尤其是黛玉自沉之后，他能否返身背负起"为闺阁立传"的十字架？

贾雨村在冷子兴演说荣国府时，曾用"正不容邪，邪复妒正，两不相下"的理论来阐释贾宝玉——"其聪俊灵秀之气，则在万万人之上；其乖僻邪谬不近人情之态，又在万万人之下"。贾宝玉的苦闷与挣扎正是源于"聪俊灵秀之气"与"乖僻邪谬之态"的冲突。在世俗身份上，贾宝玉是诗礼簪缨之族的接班人，担任着中兴家族大业的重担，理应如其父贾政那般方正规矩。然而他却脱离既定的社会身份，专注于闺阁之事，表现出一种无目的的、超功利的审美情怀。《西江月》批其"行为偏僻性乖张"，其用意却是在褒扬他的自然人格和诗性存在。

贾宝玉对林黛玉的痴情，对众姊妹、众丫鬟的至情，乃至于对世间万物的"情不情"，是那么执着纯洁无私。难怪脂砚斋评语称其为"真情痴之至文"（己卯本第十八回批语）、"欲演出真情种"（戚序本第五十七回回前批语）。曹雪芹刻画的"情种宝玉"绝不是单纯的正人与邪人，其间包含了人性多面性的辨析。所以这就要求读者应素心而阅、纯心以思，如果过度索隐，看似穿插累积了许多资料，未免陷于机心、缚于执念，此乃佛家"所知障"也。心自清素，方能读得明白，正如佛语有言"心迷法华转，心悟转法华"——此亦适用红楼。

大观园带给贾宝玉的欢乐时光越长，他的理想破灭后的痛苦也就越深。曹雪芹在尽量放慢笔触，拉长大观园幸福时光的同时，也就越加深化了大观园风流云散后的悲凉。"天尽头，何处有香丘？"当那一个个如花的生命在注定的悲惨命运中——死的死、散的散、远嫁的远嫁、出家的出家——结束了自己短暂的青春后，贾宝玉还能留恋什么呢？

我们会问：就算大观园永不倾覆，一直处于如诗如花的状态，但是这种无视现实深渊的诗意生存，真的能够给宝玉带来人生的解脱吗？

刘小枫在《拯救与逍遥》的第三章"走出劫难的世界与返回恶的深渊"中，引用《夏志清论中国文学》的论述堪称尖锐。

"中国小说中有一种超然物外的宗教寓意和怯懦心态：所有的主人公无一例外都放弃了最初对幸福、对美好世界的追求，仿佛唯有放下才能获得内心的平和与觉省。"

"（曹雪芹）除了将备受折磨的主人公引向佛道开悟，竟然别无他法，实在叫人不能不恼怒。"

上述问题在中国哲学这里，只能再次陷入循环论证：宝玉的出家是必然的，因为他与正统世界几乎是全方位地格格不入，那么只有两条路可供选择：要么勉强自己就范去适应这个世界，要么从这个世界超脱出去。既然不愿意顺从，那么出家就是必然的选择，也是无奈的选择。

然而真的没有第三条路了吗？

王国维在论述《红楼梦》的伦理学上之价值时，提出了"在忧患中解脱"的观点："今使为宝玉者，于黛玉既死之后，或感愤而自杀，或放废以终其身，则虽谓此书一无价值可也。何则？欲达解脱之域者，固不可不尝人世之忧患，然所贵乎忧患者，以其为解脱之手段，故非重忧患自身之价值也。今使人日日居忧患言忧患，而无希求解脱之勇气，则天国与地狱彼两失之……"

脂批的"因为传他，并可传我"，我们可以另外用八个字"因为你死，所以我活"来对应——因为你泪尽离去时所留之诗，使得我要为你做传。与黛玉"灌玉而泪尽"映照的，应该是宝玉"琢欲以成玉"。通灵宝玉因为诗意之泪的切磋琢磨，才得以避免"粉渍脂痕污宝光"。

欲望、生活、痛苦，一而三，三而一，是一体化的本质存在。那么，人生能不能把这个痛苦酿成美酒？对于贾宝玉而言，他必须经历下述次第的琢与磨，才能酿出自己生命的流霞——

淫心死，情心生；

情心死，怨心生；

怨心死，恕心生；

恕心死，爱心生；

爱心死，道心生。

自我解脱并非一个完成时，而是一个正在进行时。作为物质和表象世界的图景之"底色"乃寂灭与虚无，这一点是东西方哲人的共同感受。尼采以"强力意志"为其填充意义，啜饮生命的琼浆；庄禅以自在的游戏从自然中"体悟诗情"，求得生存的和谐。与中国传统儒道佛家哲学和西方存在主义哲学都不相同的：曹雪芹试图立足于"情本"思想，让主人公贾宝玉撞向这个石头世界进行一场"献祭式牺牲"，否则就会被这个世界"石化"而变得泥性无情。

这将是一段痛彻体肤的生命修炼，宛如病蚌之产珍珠。然而正如陀思妥耶夫斯基所言："世界上有一类伟大的思想家、作家，他们将疾病当作一种感知工具，用身体的痛苦将自己包裹起来，置身于'病态的精神穹隆之下'，审视经过他们思考、处理的现实世界。"

宝玉会不惮于苦痛撞向那个石头世界吗？

《咏黛玉》:"木石前盟"之后怎样?

《咏黛玉》

信有芳溪沁此身,黛山岚语自嘤嘤。
应惭濯玉无新泪,宁忘含颦是旧名。
冷雨抛珠题素帕,香丘瘗稿寄前盟。
放春山上寻销号,如梦如烟两不明。

信有芳溪沁此身

按照周汝昌先生的观点,黛玉最后是在沁芳溪自沉,主动结束了生命,而且死在宝钗成婚之前。为此周先生从"沁芳""花落水流红""一代红颜逐浪花""粉堕百花洲""风剪了玉芙蓉"等谶句,以及林黛玉所看的戏《钗钏记》里女子碧桃投水自尽、宝玉模仿《男祭》中王十朋于江边祭奠亡妻特意出门祭奠金钏等做了一番探佚,对此笔者基本认同——黛玉从外貌、形体到内在,无不体现出水的柔弱、灵秀、澄洁等德性,她最后自沉于水,倒也算是得其所哉吧(程高续书中对黛玉的死亡过程描写，也实在太虐心了）。

魂归离恨天后的绛珠仙子，在那孤寂的灵河畔，她柔弱的花魂得到了无果的永生……

以黛玉的聪慧，她既然能看出贾府的"后手不接"，自然也会看出王夫人、元春对宝玉的婚姻干涉。但她对情感的态度是理想主义、完美主义的，容不得丝毫不洁与功利，所以，以她的性格，采取宁为玉碎的态度自然是可以理解的——这与屈原"不吾知其亦已兮，苟余情其信芳"的清洁自持投江自沉是相通的。

不过我们这里要强调：黛玉是为了宝玉而主动自沉的。因为按照故事情节的发展，面对贾府即将到来的经济危机及政治危机，贾元春会强令宝玉与薛家联姻，以度过经济危机。这一决定也迎合了王夫人一贯"舍黛娶钗"的主张，同时贾家还会借助王家的力量（王子腾）以期度过政治危机。内心灵透、观察细微的黛玉自然可以预见：宝玉在面临如此重重压力时肯定会以命抗争，为了避免这一幕出现，于是黛玉选择先行一步放弃生命。

关于贾元春对宝玉婚姻的干涉，其实曹雪芹早有伏笔：怡红院的芭蕉与海棠本是照应"红香绿玉"的恰切之笔，谁知元妃并不喜欢"香""玉"二字，易名为"怡红快绿"。然而书中宝玉在讲"黛山林子洞"的故事时，明明将黛玉比作"香玉"——这一暗线可谓伏脉千里，令人不由得发生联想。

《题帕三绝》之后，黛玉对宝玉完全相知相惜。清代评点家姚燮称该情节为《红楼梦》的"大交关处"，他认为"在黛玉则心安意稳，以为此事定矣，故自此以后与宝玉更无口角，是乃大交关处。"

然而在我们看来，这种"大交关处"的背后，黛玉表达的真实意图其实是面对即将到来的变局，她已随时准备着为宝玉主动赴死。

黛山岚语自嘤嘤

嘤：鸟叫的声音。《诗经·小雅·伐木》："嘤其鸣矣，求其友声。相彼鸟矣，犹求友声；矧伊人矣，不求友生。""嘤其鸣矣"常用来比喻寻求志同道合的朋友。

《红楼梦》第十九回有大段文字写贾宝玉给林黛玉讲了一个耗子精偷香芋的故事，这个故事看似是贾宝玉信口胡诌的，但是曹雪芹的写作向无闲笔，该故事里的各种比喻和暗示与宝黛其后的命运有极大的关合。

此句指黛玉之诗灵已经化为黛山的烟岚，似乎仍在无语诉说……

黛玉的美，在于她具备独一无二的出尘"诗灵"。书中的黛玉作为一个落入人间的世外仙姝，以无根之草、扎有根之诗，她的纯粹和羸弱总会让读者产生某种错觉：人不要身体也能活着。这种"超逸"的品格只跟具有相似禀赋的人相感应，也只有如玉的怡红公子能够跟她形成"唯一契合的灵魂"。

应惭濯玉无新泪

黛玉第一次为宝玉流泪是在初进贾府时。宝玉因黛玉无玉而哭泣摔玉，他满面泪痕，哭道："家里姐姐妹妹都没有，单我有，我说没趣；如今来了这么一个神仙似的妹妹也没有，可知这不是个好东西。"黛玉便伤心不已，淌眼抹泪的说："今儿才来，就惹出你家哥儿的狂病，倘或摔坏了那玉，岂不是因我之过！""满面泪痕""淌眼抹泪"成了二人互赠的见面礼，从此开启了黛玉的还泪之旅："眼空蓄泪泪空垂，暗洒闲抛却为谁？""枕上袖边难拂拭，任他点点与斑斑"……

黛玉的泪，其实还有另一个隐秘功能，那就是"濯玉"。

贾宝玉身上带着一块"一除邪祟，二疗冤疾，三知祸福"的通灵宝玉，但这块通灵宝玉也有失灵的时候。如第二十五回"魇魔法姊弟逢五

鬼 红楼梦通灵遇双真"中差点要了他的命。按说马道婆的雕虫小技本应不能对他造成伤害，"只因他如今被声色货利所迷，故不灵验了"。这正象征了贾宝玉被尘世迷惑，陷溺其中无法自拔，给贾宝玉能否抵抗未来的外界压力蒙上了一层阴影。

隐藏在黛玉"爱哭"背后的，是一颗充满情爱的洁净精微的心灵。因为黛玉深知：玉在充满污泥浊水的人间，会经历无穷无尽的沧桑磨难。它要么为浊水同化而落入泥淖世界，要么为泪水净化而再度通达诗情。只有泪水的洗濯，这块玉才能二度通灵，提升为宝玉自己的"心"。

所以小说中贾宝玉之本性中虽然有灵秀之气，然而往往因红尘诱惑而不免邪气乖张；黛玉恰是他的对立面，虽然面对风刀霜剑，却保持着一贯的冷眼与清醒，并时刻观照宝玉是否蒙尘。

贾宝玉《咏白海棠》的那句"宿雨还添泪一痕"，显然是指黛玉善哭，然而宝玉不知道的是黛玉的爱哭，恰恰是为了洗濯他玉上的污垢。故黛玉对宝玉，可以说是"以泪濯之，以诗琢之"，并期望贾宝玉由此得以成为一块真正的美玉。

世界是男人的世界，历史是男人的历史，偏偏男人却是泥做的，即便是通灵如宝玉也会蒙尘纳垢。而用来洗涤它的眼泪，独黛玉有。当黛玉不再有眼泪之时，木石前盟可谓已兑现矣。

黛玉"还泪"心愿的实现，其实远早于她的决意自沉。黛玉的泪集中在第四十五回之前，之后她就很少哭了——因为她不仅对宝玉放了心，而且与宝钗完全和解，亲密无隙。当她为了保全宝玉主动赴死时，应该带有稍许的遗憾和惭愧：我不能够再陪你一起度过尘世的风刀霜剑了，也就没有机会以泪濯玉了，然而我会在三生石畔继续等候你回来销号……

宁忘含颦是旧名

宝玉初见黛玉就给她起了个表字叫"颦颦",就是赞黛玉美若西施。这种以病为美的独特视角,源自《庄子·天运》:"故西施病心而颦其里,其里之丑人见而美之,归亦捧心而颦其里。彼知颦美,而不知颦之所以美。"林黛玉一进大观园,荣国府内宅女眷对她的评价:"其举止言谈不俗,身体面庞虽怯弱不胜,却有一段自然的风流态度"。

黛玉自沉前,既对不能继续"濯玉"有所愧疚,同时又希望宝玉能够尽快把自己忘掉——在她心底,已经把属于凡间的"颦颦"这个名字还给了宝玉,也希望后者彻底忘掉这两个字,以便将来他也能够顺利销号返回上界。黛玉这种自作主张倒也符合她"质本洁来还洁去"的孤标做派——她的花签是"风露清愁"的芙蓉,她骨子里是清高无尘的,而这种不屑于委曲求全的性格又赋予她些许傲气和自负。

为了保全宝玉,黛玉不会为她的这一行为做无谓的解释——知我者,谓我心忧;不知我者,谓我何求。在不懂自己的人面前,所有的解释都苍白无力,她已经完成了"还泪"的使命,坚持人格的孤标高贵才是终极的诉求。唯其如此,黛玉的诗灵才能够唤起读者超越性的体悟和形而上的哲思。

冷雨抛珠题素帕

黛玉《题帕三绝》之一云:"眼空蓄泪泪空垂,暗洒闲抛却为谁?尺幅鲛绡劳解赠,叫人焉得不伤悲!"

对于黛玉的诗作,宝玉总是最愿意赏读、最愿意不遗余力给予赞美的那个人。然而最有指向意义的《题帕三绝》,据书中交代宝玉却始终没有看到(以黛玉之观察入微,她的诗稿里应该还有对其他众儿女的生命历程记录)。这可能是曹雪芹刻意的情节设定:黛玉唯一一次肆无忌惮地把宝玉当作诗歌倾诉对象的作品,宝玉却独独错过了。

香丘瘗稿寄前盟

脂砚斋曾有批语云:"《葬花吟》是大观园诸艳之归源小引""余读《葬花吟》凡三阅,其凄楚感慨,令人身世两忘,举笔再四,不能加批"。可见批书人洞悉作者此刻写葬花的情由,并完全被作者的情绪及书中的情节所感染,以至于不忍再下笔。号称"洞庭护花主人"的王希廉对此也评曰:"花冢埋花,虽是雅事,却是黛玉结果影子""于聚集大观园之始,独叙黛玉埋花伤心等事,此黛玉所以终于园中也"。

但是历来批注点评者都没有设想下一情节:如果说天尽头的香丘掩埋的是黛玉的艳骨的话,沁芳溪旁的香冢掩埋的就是黛玉偷偷藏起来的诗稿。

"潇湘妃子"是大观园最具诗意的栖居者,与宝玉的"绛洞花王"相对应,作为"诗中王者"的林黛玉如何对待包括自己在内的大观园众儿女的诗稿,是关乎宝玉余生能否完成"为闺阁昭传"使命的最大关节。因为全书只有黛玉参加过所有的诗社活动,并与重要人物都有联诗或相和,她所记录的大观园的诗意留痕,关乎所有刹那芳华女儿的人间最璀璨的记忆。能否将这些记忆留存下去,只能寄希望宝玉勇敢地返回深渊般的此岸,奋力一击。

究竟是"秋窗焚稿断痴情",还是"香丘瘗稿寄诗情"?这是一个大关键,关乎《红楼梦》后半部分整体的情节演绎,乃至直接影响该书的艺术水平及思想水平。

放春山上寻销号

警幻仙姑出场时,是如此这般介绍自己的:"吾居离恨天之上,灌愁海之中,乃放春山遣香洞太虚幻境警幻仙姑是也:司人间之风情月债,掌尘世之女怨男痴。"警幻仙姑执掌着天上天下痴男怨女过去未来的命运。当初神瑛侍者采集甘露浇灌的绛珠仙草后来化为黛玉，下界以泪还债，最后"苦绛珠魂归离恨天"，是为恩怨两清。而大荒山的石头下凡前也要向警幻仙姑交割，完成后又要向她销号。这一神话实际寓示着书中众生的归宿与命运走向，隐含着人向何处去这一哲学命题。

无论是神瑛侍者还是林黛玉，无论是贾宝玉还是补天弃石，一旦动情，他们的命运走向就都被警幻仙姑掌管。

在曹雪芹的构思中，《红楼梦》的神话原型作为推动故事情节发展的"暗线"，其文本系统是一个循环结构：补天落选的顽石因炼化有了灵性，遂恳请茫茫大士渺渺真人携入红尘，到"花柳繁华地，温柔富贵乡"的贾府来享受，在经历了一番世态炎凉的人生悲剧后又复归青埂峰下。

然而，林黛玉的花魂归天后，屡屡去放春山的太虚幻境查看贾宝玉是否销号，却发现神瑛侍者并没有回来，这又是怎么一回事呢？

如梦如烟两不明

如果按照此书前半部分的设定，黛玉泪尽而逝、贾家遭抄没——人间情爱荣华皆如梦幻泡影，贾宝玉和通灵玉在尘世的这一劫便算是度完了，于是通灵玉复归青埂峰下，贾宝玉最终于警幻处销号，重新做回赤瑕宫的神瑛侍者。正如《飞鸟各投林》里所说，"冤冤相报实非轻，分离聚合皆前定"——世间一切皆有定数，因果规律具有必然性，所以黛玉前世受到的"雨露之恩"，今生必将"涌泪相报"，直到生命枯竭。而下凡历幻缘的神瑛侍者和一干风流冤家亦将悉数而归。

但是，黛玉兑现了自己的下世承诺后，却发现宝玉并没有如期回来销号，回来的只是重新立于青埂峰下的补天弃石，赤瑕宫的神瑛侍者却一直没有回来销号——曹雪芹在构思《石头记》时，是否考虑到有此可能？

综　　述

林黛玉是《红楼梦》中神一般的存在。清初文学家、小说家张潮曾在《幽梦影》中描述了他理想中的美人："所谓美人者，以花为貌，以鸟为声，以月为神，以柳为态，以玉为骨，以冰雪为肤，以秋水为姿，以诗词为心，吾无间然矣。"不知道曹雪芹是否受到了《幽梦影》的启发或者两人灵犀相通，《红楼梦》中的林黛玉不但满足了张潮对美人的所有想象，并且具备其思量不及的超逸品格。

曹雪芹赋予林黛玉最为高能的诗灵。她的前世是一株生在西方灵河岸边的绛珠仙草，具有草的特质，看似柔弱，实则顽强；她除了具备众女儿"水"的共同品质外，还有独属的不能改其白的"玉"的特质。正如西园主人所说："林颦卿者……宝钗有其艳而不能得其娇，探春有其香而不能得其清，湘云有其俊而不能得其韵，宝琴有其美而不能得其幽，可卿有其媚而不能得其秀，香菱有其逸而不能得其文，凤姐有其丽而不能得其雅……"

林黛玉的一生充满了悲情与灵性。她以诗为剑，刺破这无情的苍天，虽然结局注定是一场悲剧，但她的人生恰恰因悲情而充盈，因诗情而丰盛。黛玉的美与悲，全都在旁人所说的"是个美人灯，风吹吹就坏了"（王熙凤语）和"一肚子文章"（小厮兴儿语）的巨大失衡里。可谓生而绚烂，死而静美，达到了身为诗人的极致。

黛玉的情榜判语是"情情"，意味着她既自爱又专情。所谓自爱，就是作为草木之人，外界如何待她，她即报以同等态度。所以神瑛侍者有灌溉之恩，她以一生的泪水报之；周瑞家的轻慢她，她以讽刺利舌待之；薛宝钗让她感受到眷顾，于是以友爱交心待之……所谓专情，即说她念念不忘对她有恩情的人，并且一定会对施恩者有超额的回报：宝玉被赏识，她便神采飞扬；宝玉受伤害，她就病弱抑郁；黑云摧压可能导致宝玉取舍两难，她就主动选择赴死。

在黛玉自尊自爱的背后，是孤注一掷地"倾身于诗"，诗成为她的另一种形式的存在，所以她对自己的身体健康反而有近乎自弃的回避与忽视。黛玉在人间的诗词创作投入程度，与她患病的严重程度是成正比的：投入越多，病得越深；只有病之深，才能印证情之深。

被荒唐的石头世界逼到小说世界的曹雪芹，借一个外表孱弱但内心强大的黛玉的被毁灭，找到了个体生命最为隐喻的反抗方式。

如果女娲是"以石补天"的话，黛玉就是"留诗以补天"，宝玉是"刻诗以补天"——黛玉留诗与宝玉刻诗，他们二人共同完成了曹雪芹"以情补天"的初衷。

曹雪芹笔下的林黛玉，是怀抱着这个隐秘的使命下界的（还泪只是她表面上不得不兑现的任务）。"还泪"与"留诗"，前者关乎黛玉的"花魂"，后者关乎黛玉的"诗魂"。

作为"花魂"存在的林黛玉是西方灵河岸边三生石畔的绛珠仙草，因受赤霞宫神瑛侍者露水灌溉而得身心滋润，后幻化为绛珠仙子，与神瑛侍者萌生感恩并爱慕之情，最终决定下世投胎，用毕生之眼泪报答偿还。从仙草到仙子，再从仙子到黛玉，这三世三境的转换昭传着永恒的爱情故事，也纯洁着世人心慧。

"木石前盟"的本义是下界以泪报恩，而不是在俗世结为姻缘。如果宝黛之间相亲相爱，毫无波澜地白头偕老，黛玉还怎么还泪？即便没有薛宝钗的出现，贾宝玉和林黛玉的爱情悲剧在前世就已经注定。

所以本书所探佚的重要情节之一，就是作为"诗魂"的林黛玉在"还泪"使命完成后，经过百转千回的思量，竟然偷偷留下了一部记录大观园岁月的诗稿——这部诗稿如同魔戒里艾雯公主告别中土世界前留下的暮星项链,只不过暮星项链是由艾雯公主亲自放在未来之王者阿拉贡手心的,诗稿却是由黛玉悄悄藏起来的。

表面上看,林黛玉很容易被人一眼看到底,但这并非因为她不够深刻,而是因为她对自己的使命一直保持着纯净的初心。这种心思之隐秘,甚至连贾宝玉都未能窥透。

无黛玉无嘉会,无黛玉无诗社,无黛玉无灵性。作为"诗魂"存在的黛玉从不压抑遮掩自己的诗情,正如她在元春省亲的诗会上暗中较劲,要"安心今夜大展奇才,将众人压倒"一样;正如她每次诗社活动中要等众人写完才下笔立就一样——看黛玉写诗,怎一个"痛快"了得!正是诗灵的加持,才把草木之人林黛玉塑造得加倍灵秀超逸,这就使她的一言一行都散发出一种"美人香草"的韵味和清气逼人的风格。林黛玉去世之后,《红楼梦》很有可能进入小说的"垃圾时间"(如《三国演义》在诸葛亮去世后便进入"垃圾时间")。如果按照现在《红楼梦》续补的情节,读者会郁闷地问:黛玉焚稿断情之时,何曾为贾宝玉着想?难道仅仅是因为爱情的自私性及排他性,才使得黛玉锁闭在"自我"世界中,采取这种类似自残的方式了结自己的"诗魂"吗?

在"凤尾森森,龙吟细细"的潇湘馆中,林黛玉宁静而深刻地体验着生命的孤独感觉,这种泠然无依的境遇,成全了她"独立自由,天真率直"的理想人格,成全了她深挚缠绵、千古绝唱一般的诗灵存在,同时又毫不留情地摧毁了她的所有希望,以及她那如昙花一现般的花魂存在。然而,难道不正因为这个世界的无情,她才要倔强而孤傲地给这个世界留下诗情吗?

所以历来与黛玉有心灵契合的读者估计很难接受,这位"诗中王者"居然会亲手焚毁了诗稿!

我们可能永远无法再看到曹雪芹笔下黛玉的命运终局。她留在大观园的峻极谶语是凹晶馆与湘云的联诗——"冷月葬花魂"。花魂虽逝，然而其诗稿，本书的作者会告诉你：在她自沉之前，已经被细心瘗藏在那个只有宝玉才有可能发现的隐秘所在。

只是宝玉会去寻找吗？

《金玉无缘叹》：不屑宽恕

《金玉无缘叹》

修得金姻似比邻，半僧半丐一痴人。
蓬窗补裰衾犹冷，花冢寻诗稿已堙。
可叹情矜成絮果，堪怜泪尽证兰因。
好风终误青云志，惟愿潇湘渡有津。

修得金姻似比邻

宝钗明知无法改变宝玉，但是为了挽救家族危机，义无反顾地接受了这场婚姻。她虽然做出了最大的牺牲，最终却既未能挽回宝玉，也未能改变薛家的没落命运。昔日美好幸福的时光已经一去不复返了，随着宝玉的沉沦，起振彼此家族的希望也越来越渺茫，更叫人难以抑制悲伤、失落的情感。

由于秉持的价值观念差异巨大，薛宝钗并不认同宝玉的生活态度，她过早看清了这个世界的凉薄和幽晦，于是才有"珍重芳姿昼掩门"的被动应对。所以庚辰本第二十一回夹批说她:"逐回细看,宝卿待人接物,不疏不亲,不远不近。可厌之人,亦未见冷淡之态,形诸声色;可喜之人,亦未见醴密之情,形诸声色。"

在最美好的年华里,宝钗主动将青春的心封闭起来,从不主动追求自己的婚姻自由。不过以她"随分从时"的性格,听从长辈的安排嫁人是应当应分的。这时无论把她嫁给谁,她都会"既来之,则安之",然后积极面对自己的新生活。对于宝钗来说,嫁给宝玉,从各方面说倒也都是非常般配的。只要宝玉肯好好地和她过日子,即便贫穷,宝钗一样可以应付得来,一样可以过得很幸福。对于嫁给宝玉,她既没有不愿意,也没有欢天喜地。可是,当她为了家族的利益成就"金玉良姻"后,她的人生轨迹开始向着悲剧的方向蔓延。

她最终也没有得到贾宝玉的爱情——金玉良姻在灵魂层面落空了。所以从某种意义上讲,宝钗的"金锁"并非"护身符",而是她一生都无法挣脱的枷锁。

宝玉和宝钗二人都不乏良善与修养,然而即便婚后举案齐眉,厮抬厮敬,他们俩也断不会有宝玉和黛玉的那种爱情,只能相守若比邻,此所谓《红楼梦曲·终身误》中所云"空对着、山中高士晶莹雪"。

半僧半丐一鸡人

鸡人:职官名,报时以警夜。王维诗"绛帻鸡人报晓筹",描绘的就是宫廷中专管更漏之人,头戴红巾于朱雀门外高声喊叫,好像鸡鸣,以警百官。鸡人后来成为对守夜报时人的形象性称呼。第二十二回宝钗所出灯谜"更香",有"晓筹不用鸡人报"句。第六十二回红香圃射覆,薛宝钗所射"鸡栖于埘",典故出自《诗经·君子于役》,讲述的是丈夫远征日久未归,妻子在家苦等丈夫回家。

宝玉最终是做了乞丐还是做了和尚，都不能算是功德圆满，最多仅仅是多了两条自我逃避的道路罢了。此句指宝玉出家后，落拓江湖"沦为击柝之役"，仍矢志不移一路乞讨着去姑苏为黛玉守坟。我们在此后的诗中将进一步描述后续情节。

蓬窗补袯衾犹冷

蓬窗：简陋的窗户。甄士隐《好了歌注》云："蛛丝儿结满雕梁，绿纱今又糊在蓬窗上。"第二十二回薛宝钗所作灯谜有"琴边衾里总无缘"句；第六十二回射覆中出现的"敲断玉钗红烛冷""宝钗无日不生尘"句，一般认为暗指薛宝钗独守深闺。直裰：古代的长袍便服，亦指僧道穿的大领长袍。

宝钗名为婚嫁，实则孤居。所谓"宝婺情孤洁""幽情欲向嫦娥诉"悉皆指此结局。薛宝钗淡泊自守，思想性格里有孤寂自守之操行，佛道两家出世间法对其有很大影响，书中斑斑可见，在此不烦细征。

曾经的宝钗最有资格炫耀青春的价值——风华正茂的她既会处人，也会处事，还那么博学洞明、诗意盎然，张扬着让所有人艳羡的青春之美。然而宝玉离开后，宝钗苦守在家，过着"雪洞"一般的孤独人生，就像她在《忆菊》里说的那样"念念心随归雁远，寥寥坐听晚砧痴。"

花冢寻诗稿已堙

堙：在此指埋没毁坏意。

此句指黛玉自沉前暗中把诗稿埋在葬花之"花冢"，宝玉后来发现了，可惜书稿已经有所损坏。本书专有《黛玉葬诗》篇（参见第111页）交代这一故事情节。

可叹情矜成絮果

此联中的"兰因"比喻美好的因缘,"絮果"比喻离散的结局。

宝钗对宝玉是"未必有情,亦非无情"。这里的"无情"不能解释为冷漠无情,而是说薛宝钗内敛、含蓄,不会直白地表达感情。宝钗的强大自持力使得她听到《牡丹亭》时,断不会像黛玉那样心动神摇。所谓"任是无情也动人",形容薛宝钗待人接物即便不刻意露出真性情,也掩盖不住其"动人"的魅力。

宝玉追求"肆行无碍凭来去",与宝玉的"自肆"截然不同的是宝钗的品行操守是"自矜"。《寄生草》中的鲁智深不为世俗所累,离开山寺后"芒鞋破钵随缘化",浑然一副不惧漂泊的淡然与豁达。薛宝钗喜欢《寄生草》,不仅有对自身处境的感同身受,还有对鲁智深破山门而去,豁达恣意的羡慕。黛钗二人同样都面临寄生贾府之境遇,同样有着不屈的诗意生命,只不过黛玉孤标、宝钗矜持,她们身上透露出的恣张诗意,或许只有当宝玉出家后才能更加领悟珍惜。

自矜的宝钗虽然"艳冠群芳",却一直以"白"或"雪"自喻(冷香丸药方之所配花卉之蕊分别为白牡丹、白荷花、白芙蓉、白梅花四种花之蕊),她抽的花签恰恰所指的是牡丹,盖因妖冶浓艳的花卉往往与狗苟蝇营、趋时附势的"热客"相呼应。可见正是由于颜色的变异,牡丹的文化内涵与精神指向便从富贵热闹转向了清净超逸。这正映射出宝钗幽独清超的皓然纯质,纵使委屈自己也要保持虚室生白的高士人格。

宝钗以自己的价值观考量,当然会劝谏宝玉多读些"正经书",这只是她内心的真诚想法。她知道宝玉肩负延续贾家世泽的重任,内心希望宝玉能够成为有所作为的"好夫君",但是一贯自矜的她并不是想把宝玉矫正拉向自己。他和她都清楚地知道,他们是各自走两条路的人,不可能修成正果。

堪怜泪尽证兰因

贾宝玉前身是神瑛侍者,林黛玉前身是绛珠仙草。绛珠仙草因受神瑛侍者的甘露之惠,得以久延岁月,脱胎换形成为仙子。后来绛珠仙子跟随神瑛侍者下凡,就是要用自己的眼泪来还恩。

其实黛玉的早夭倒也怪不着癞头和尚,后者这样做,恰恰是为了成全林黛玉酬报灌溉之德,以"了却前缘"的起心动念,也即成全绛珠仙草下世还泪的"兰因"。

好风终误青云志

宝钗曾在以柳絮为题的《临江仙》中吐露心声:"好风频借力,送我上青云。"表现了她积极乐观的生活态度,表达出不愿被埋没的心情。所以宝姐姐非入世,其大才不得展;非出世,其高致不得全。这里万万不可把"好风频借力,送我上青云"等视为贾雨村的"玉在匮中求善价,钗于奁内待时飞"的名利热衷。

宝钗诗中的"青云"有着超越世俗的深意指向。作为《红楼梦》中唯一的梦醒者,宝钗在宝玉出家后,反而呈现出超然于命运之上,挣脱了悲喜苦乐纠缠,进入透彻圆融境界的自由状态,而这才是宝钗的本来面目。至于世人说什么宝钗最适合用来做"老婆""媳妇"之论,那是把宝钗的人格价值平庸化、廉价化,根本无法解读宝钗的精神世界,更无法领略她澄澈的"钗士"内蕴。

宝玉最初因宝钗之"劝学"而一度对她产生了排斥心理,错以为宝钗是"好好的一个清净洁白女儿,也学的钓名沽誉,入了国贼禄鬼之流"(第三十六回)。但仅仅两回之后的第三十八回,作者即写了"薛蘅芜讽和螃蟹咏"一大段文字,让宝玉不禁为宝钗的《螃蟹咏》高呼"写得痛快"!证明宝钗不仅没有"钓名沽誉,入了国贼禄鬼之流",恰恰相反，宝钗这种猛烈抨击官场黑暗的愤世思想，比宝玉更为尖锐深刻。所以，在批判社会现实方面，宝钗、宝玉的选择看似相反，实则殊途同归且本质相通。难怪脂砚斋有"钗、玉二人形景较诸人皆远……二人之远，实相近之至也"的评语。

宝钗等待的"好风"一直未能如期而至，出家后的宝玉会给她一个意外惊喜吗？

惟愿潇湘渡有津

《红楼梦》深刻揭示出有情之"潇湘世界"被无常之"娑婆世界"摧毁的"共业之力"的不可挽回。

曹雪芹欲图创造一个像桃花源般的理想世界——以情至上的"潇湘世界"，以安放寄托这些鲜花一样的诗灵。然而，在贾府烈火烹油般的繁花似锦背后，隐藏着巨大的悲剧。看似自成天地的大观园不可能脱离现实世界而单独存在，这片净土的基础其实是脆弱不堪的，它不但不能和肮脏的现实世界脱离关系，并且这两个世界是一直密切地纠缠在一起的。在"红楼一梦"中，"潇湘世界"与"石头世界"一明一暗，呈现出一种奇特的对立纠缠关系。

综　　述

鲁迅先生曾在《中国小说史略》中重点论及《红楼梦》："书中故事，为亲见闻，为说真实，为于诸女子无讥贬。说真实，故于文则脱离旧套，于人则并陈美恶，美恶并举而无褒贬；有自愧，则作者盖知人性之深，得忠恕之道，此《红楼梦》说部中所以为巨制也。"根据鲁迅的论述，曹雪芹之所以"于诸女子无讥贬"，盖在于"知人性之深，得忠恕之道。"用今天的网络流行语，就是要"人艰不拆"，即以"怨道"看待之。

但是，在现实世界中，鲁迅却至死都坚持要对自己的论敌绝不宽恕。这与骨头如鲁迅先生一样坚硬如石头的曹雪芹对待闺阁的态度，形成了鲜明对比。这两位伟大作家的心理机制，确实非常值得深味。

1936年9月5日，鲁迅先生预感死亡之将至，于是提笔写下了《死》。在《死》中，鲁迅重点交代了七件事，遗嘱的最后一条："损着别人的牙眼，却反对报复，主张宽容的人，万勿和他接近。"

在《死》这篇直截了当表明自己人生态度的文章之后，鲁迅又写了一篇杂文《女吊》，借鬼抒怀、托鬼言志。此时鲁迅已经进入生命的倒计时阶段，他将最后一点生命力燃尽，化身女吊，这个在他看来"比别的一切鬼魂更美，更强的鬼魂"，进行自己在人世间最后的复仇。在死亡的边缘，鲁迅借女吊来抒情，为他的人生作一个定格。对于世间，这既是道别，更是永存，因为他终于化身女吊，问候每一个人——不管你愿意不愿意。

鲁迅先生还借《死》宣示了自己的临终寄语，那就是对于生前的怨敌，一个都不宽恕！鲁迅先生这样写道："欧洲人临死时，往往有一种仪式，是请别人宽恕，自己也宽恕了别人。我的怨敌可谓多矣，倘有新式的人问起我来，怎么回答呢？我想了一想，决定的是：让他们怨恨去，我也一个都不宽恕！"

鲁迅认为，"犯而不校"是怨道，"以眼还眼，以牙还牙"是直道，中国社会最多的却是枉道——不打落水狗，反被狗咬了。所以宽恕只是怯弱者的借口，因为他没有复仇的勇气，所以用宽恕来掩饰自己的孱弱；宽恕还可能是卑怯坏人的创造，因为他害怕别人报复，所以才竭力提倡宽恕。

怨道却是孔子思想的精髓。相传孔子做了一首琴曲，名为《猗兰操》。孔子过隐谷，见芗兰独茂，喟然叹道："夫兰当为王者香，今乃独茂，与众草为伍，譬犹贤者不逢时，与鄙夫为伦也。"

千载之后，唐代的韩愈以此为背景，写了一首同名诗：

> 兰之猗猗，扬扬其香。
> 不采而佩，于兰何伤。
> 今天之旋，其曷为然。
> 我行四方，以日以年。
> 雪霜贸贸，荠麦之茂。
> 子如不伤，我不尔觏。
> 荠麦之茂，荠麦之有。
> 君子之伤，君子之守。

这首诗的主题思想就反映在最后的"君子之伤，君子之守"八个字中——这个世界固然深深地伤害了你，但如果你怨天尤人、以直报怨，可能最后的结果只能是与它同归于尽。所以你不想"洒向人间都是怨"，要学会宽恕它，通过"和光同尘"的方式把自己隐藏起来，努力保持好个人的品行操守。

薛宝钗的人格品行，在我看来既非"宽恕自守"，亦非"绝不宽恕"，而是"不屑宽恕"。借用杨绛先生翻译的英国诗人兰德晚年小诗《生与死》所云："我和谁都不争，和谁争我都不屑；我爱大自然，其次是艺术；我双手烤着生命之火取暖；火萎了，我也准备走了。"

最近几年，因宫斗戏流行而兴起了"心机美人"一词，于是乎对宝钗诟病者纷纷用这个词汇来形容她。在《红楼梦》的创作中，曹雪芹特别在意刻画人物时，打破传统小说"叙好人完全是好，坏人完全是坏"的陈腐旧套。比如许多读者都喜欢探春，然而两次诗社评诗，探春恰恰都力挺宝钗。若说宝玉是潇湘之应声叫好虫，探春则为蘅芜之逐影随形人，可见"敏探春""时宝钗"二姝在审美情趣上是同调相好的。

曹雪芹对人性有着深刻的体察和理解，不仅仅"好人"难免有缺点，即使是所谓"坏人"，也并非完全是恶。其笔下人物的行为性格与所处时代环境存在紧密的有机联系，并随着客观情势的变化而发展。许多读者对第三十二回描写的宝钗对"金钏投井"一事的处理态度颇为愤然，但在当时的社会背景下，金钏一家作为世代家奴（所谓"家生子"），主子对她们可以打骂、变卖，随意驱使，有极大的处分权，这是由当时的社会制度和潜规则决定的。薛宝钗劝王夫人说实在过意不去，多给她几两银子也就尽了主仆之情了。今天我们看此话实在好没有人性，但那个时代，王夫人、薛宝钗就算有良心的好主人了。

须知小说最忌人物走向概念化、简单化、凝固化。脂砚斋曾一再提醒这一《红楼梦》的阅读要诀："最恨近之野史中，恶则无往不恶，美则无一不美。何不近情理之如是耶？"可惜，《红楼梦》自问世后，读者和评论家对它的误读便开始了，如清代仲振奎之所以创作《红楼梦传奇》，就是因为"哀宝玉之痴心，伤黛玉、晴雯之薄命，恶宝钗、袭人之阴险……"

薛宝钗与肤浅任性、心狠手辣的"心机美人"当然绝非同一类人，曹公对薛宝钗也并未从贬义的角度去描写，只是较为客观地将薛宝钗的真实面貌展现于读者眼前。对此反而是脂砚斋看得更准确："故二人之远，实相近之至也。至颦儿与宝玉，实近之至矣，却远之至也……"

一旦涉及对宝钗的评价，就会不可避免地引起聚讼不已的口舌之争，让人在佩服雪芹塑造人物方面非凡功力的同时，也会不由得发出感慨：若生而昏钝冥顽或机心满腹，最好远离《红楼梦》，因为很容易钻进牛角尖出不来。

俞平伯早就在《红楼梦辨》中，提出了"钗黛并秀"的观点："书中钗黛每每并提，若两峰对峙双水分流，各极其妙莫能相下，必如此方极情场之盛，必如此方尽文章之妙。若宝钗稀糟，黛玉又岂有身分之可言？"雍容华贵的宝钗与冰清玉洁的黛玉在小说中都是出色的女性形象，容貌、才华均不相上下。《红楼梦》第二十七回的回目便是"滴翠亭杨妃戏彩蝶　埋香冢飞燕泣残红"，直接以杨贵妃指代宝钗，以赵飞燕指代黛玉。可见作者的构思就是要令宝钗、黛玉平分秋色，分庭抗礼。脂砚斋曾批云："宝卿博学宏览，胜诸才人；颦儿却聪慧灵智，非学力所致：皆绝世绝伦之人也。宝玉宁不愧杀！"——此处宝玉又遭躺枪。

宝钗身上既有儒家积极有为的入世精神，又有超尘脱俗的高洁人品、随缘顺遇的自适情怀，这正是曹雪芹笔下着意珍惜引申、表彰颂扬的。面对家势衰败、兄长不争气的灾难前景，宝钗深怀受命不堪之"热"——"穷年忧'家运'，叹息肠内热"，颇有庄子笔下"朝受命而夕饮冰"的精神意态，饱尝清醒者的苦痛。

"木石前盟"是前世的天缘，"金玉良姻"是今生的姻缘。宝钗即使面对与丈夫离别、自身沦为弃妇的结局，依然能够做到内心自安，而且将天下女子所在乎的婚姻、名利、家财等都断舍离。很显然，若不是宝钗高度认同宝玉的悟道出家，她肯定不会具备这种"虽离别亦能自安""香可冷得，天下一切无不可冷"的大彻悟心境。

我们在这里，不妨将钗黛作一对比性剖析，或许更能了然她们各自的品格。

对彼岸信得越真，就越不屑于此岸。薛宝钗以彼岸指向为自己的价值诉求，所以她完全信任游方和尚的点化。她在此岸的操守越自律，就越能说明她不屑于世俗的生活——想一想那些有信仰的苦行僧即可明了。

对此岸爱得越深，就越不屑于彼岸。林黛玉以此岸指向为自己的价值诉求，所以她完全不信游方和尚的点化。她在此岸的投入越深情，就越能说明她不屑于仙界的拯救——想一想质问苍天的屈原即可明了。

我们万万不可认为宝钗的孤独孀居是自作自受，更不可用粗鄙的因果报应说来评判任何一位红楼女儿。最后，还是要认真听一下俞平伯老先生的谏言："十二钗除秦氏、凤姐以外，都不见得有什么暧昧的事情。即使是有之，作者既没有说，我们也不可任意污蔑闺阁。这类鲁莽灭裂的论断，非特表现其读书能力底薄弱，并自认人格底破产了。"

脂砚斋曾评宝钗曰："高情巨眼能几人哉！"而同样，入得她法眼的"高情"，又能有几人哉？在此为宝姐姐一叹！

这让我想起自己亲身经历的"一件小事"。2012年9月1日，纪念中华文化促进会创立20周年庆典活动在北京人民大会堂举行。会议结束后，我搀扶王立平老师下台阶到停车场。人民大会堂的台阶很长，我尽量走慢些以免太赶，趁机便问了老先生一个问题："李少红的新版《红楼梦》电视连续剧，您老参与了吗？"没想到一直柔颜慈笑的王老师立即变得很严肃，一字一句答复道："我没有参与，他们也没有邀请我；《红楼梦》我已经写完了，不会再写了！"我当即住口，陪着老先生缄默地走到台阶下，至今仍对自己的孟浪后悔不已。

王立平老师的言语中，是否有大音乐家的敏感自尊、对新版《红楼梦》的不置可否、对1987版《红楼梦》配乐的自负、对艺术过度商业化的不屑？或许都有，或许都没有……1987版《红楼梦》的音乐，就像小泽征尔评价《二泉映月》一样，是应当"跪着听"的作品。王立平老师以"惊为天人"的创作，与两百多年前的曹雪芹心灵相应，以他的身份、辈分、造诣及成就，他完全有资格评点新版《红楼梦》，但是他只是不屑一谈耳！

这世上有一类人，他们完全不需要别人的认可来确认自己的存世价值，他们也不需要任何人的情感互动来支撑自己的内在，因为他们的精神世界不屑于活在他者的评价体系下。薛宝钗与鲁迅、曹雪芹一样，都是这样的人——她即世界，虽然终免不了"与鄙夫为伦"，但是"她始终与她的那个世界融为一体。"

当蓬窗补衲的宝钗放下针线，偶开天眼觑红尘，面对人生中的诸多无妄及历代读者的误会，也会"不屑宽恕"吧……

《钗黛一体赞》:比较价值观下的"钗黛一体"

《钗黛一体赞》

恒念三生石畔功,流霞已报泪笺中。
晚砧如诉金兰语,归雁难临雪羽风。
旧帕还时知劫尽,谏词讽处证心通。
诗魂暗度冰魂暖,同领霜天一断鸿。

恒念三生石畔功

灵河岸边三生石畔,是林黛玉的前世本体绛珠仙草的生长环境。灵河赋予她灵气,"三生石"赋予她痴情。在仙界之中,施恩者是神瑛侍者,受恩者是绛珠仙草。绛珠仙草经过神瑛侍者的甘露灌溉,得以久延岁月,修成女体。在这一阶段,绛珠仙草因神瑛侍者而得以存活。对于绛珠仙子来说,报恩的念头是时时难忘的,竟然由此郁结出缠绵不尽之意。而绛珠仙子报恩的方式,却是下界以泪水来还前世的甘露之恩。

施恩在仙界，而报恩在凡间，如此设置，这个神话故事的场域就扩展到了俗世，从而打通了仙界与凡间的界限。

流霞已报泪笺中

第五回的回前词所批"点水根由，泉涌难酬"，真实地道出了黛玉的心理状态——"点水"指灌溉绛珠草的甘露，"泉涌"指黛玉"还债"的眼泪。

黛玉在回报宝玉以"泪"的同时，更回报这个风刀霜剑的世界以"诗"——对这位绛珠仙子的深情至礼，世人又将如何回报？

晚砧如诉金兰语

薛宝钗《忆菊》诗云："念念心随归雁远，寥寥坐听晚砧痴。"宝玉《芙蓉女儿诔》亦有句："露阶晚砌，穿帘不度寒砧；雨荔秋垣，隔院希闻怨笛。"

曾经的黛玉一直对宝钗心存戒心，视其为"对手"和"假想敌"。可是，宝钗一直都宽厚待之，从不记恨于心，还真心地规劝她、关心她。这也是后来黛玉最终感服，并有了第四十五回的"金兰契互剖金兰语"。后来，钗黛的关系亲密到"竟比别人好十倍"的程度，连宝玉都"暗暗纳罕"，感到不可思议。

归雁难临雪羽风

此句指雪雁随紫鹃护送黛玉的灵柩回苏州。《隋书·卢思道传》："振雪羽而临风，掩霜毛而候旭。"

此处牵涉宝玉出家后的大关节，我们将在后续的诗中进一步说明。

旧帕还时知劫尽

在宝黛爱情中,手帕代表着宝黛两心相知的爱情新阶段。清虚观打醮后,二人又因为彼此猜疑试探而大动干戈,宝玉来向黛玉赔不是,说着说着两人都哭了。"林黛玉虽然哭着,却一眼看见了,见他穿着簇新藕合纱衫,竟去拭泪,便一面自己拭着泪,一面回身将枕边搭的一方绡帕子拿起来,向宝玉怀里一摔,一语不发,仍掩面自泣。宝玉见他摔了帕子来,忙接住拭了泪。"——黛玉自己还在哭着,却仍然顾及宝玉穿着新衣服擦泪不方便,把自己的帕子给他,此情此景细腻生动宛如眼前,读者看到这里估计也会忍俊不禁。

宝玉送手帕给黛玉的事发生在被贾政痛打之后,他特意支开袭人,派晴雯拿了两条"半新不旧"的手帕给黛玉送去,晴雯不解,宝玉答道:"你放心,他自然知道。"当晴雯到潇湘馆时,看见小丫鬟春纤刚给黛玉洗了手帕,正在栏杆上晾呢,这与晴雯手里捏着的两方旧帕,恰好互相映衬。见到帕子的黛玉"着实细心搜求,思忖一时,方大悟过来"——这两条旧帕揩过她和宝玉的眼泪,与两人都有过肌肤之亲,见证过两人缠绵曲折的感情。清人洪秋藩针对此事有比较精准的评论:"前番黛玉以手帕掷宝玉,此番宝玉以手帕遗黛玉,于是黛玉帕中有宝玉泪痕,宝玉帕中有黛玉泪痕。自有手帕以来,未有如是之深情蜜意者,鲛绡不足数矣。"黛玉于是在"可喜、可悲、可笑、可惧、可愧"的心理状态下挥笔题诗,这两条手帕从此成为宝黛爱情的有力见证。

本句诗牵涉围棋术语。棋谚云"盘角曲四,劫尽棋亡",所谓"盘角曲四"是一个看似双活的劫争,其实棋局终了自动成为死棋。这里的"劫尽"喻指黛玉下世使命业已兑现,棋局已经终了。

谏词讽处证心通

根据第二十一回脂批,遗失的后文有"薛宝钗借词含讽谏　王熙凤知命强英雄"一回。

那么,宝钗的谏词所指为何?我们猜想应该包涵表里两层意思。

表层意思:如果宝玉从此安心此岸生活,那就要挺直脊梁面对世俗的各种挑战。薛宝钗是深深识得贾宝玉"逃避自由"的本质的,故而劝说宝玉读书,是激发其立身治世之志向。宝钗天生就有"大丈夫气象",并非"禄蠹"之人,她曾经嘲讽宝玉是"富贵闲人",面对即将到来的富贵不保,自当有所作为。

深层意思:如果宝玉追求彼岸生命,也应当重新收拾起精神,荷担起"为闺阁昭传"的使命。在小说接近尾声(第一一八回)的一次私话中,宝钗向宝玉推心置腹,百般劝谏,无意中唤醒了宝玉"跳出迷人的圈子"的意识:"我们生来已陷溺在贪嗔痴爱中,犹如污泥一般,怎么能跳出这般尘网。"这里续作者只不过延续了传统"色空观"的惯性语境,宝玉的命运再次被纳入佛教的框架内——自色悟空。然而宝钗的谏词却是鼓励宝玉"跳出尘网"后有所作为——面对那么多女儿的悲剧,宝玉焉能自了?他应该不忘"为闺阁昭传"的初心,否则,黛玉、宝钗等众女儿的苦痛诗情,岂非终将在这五浊恶世遗忘殆尽、烟消云散?

宝钗对宝玉能够做到"悬崖撒手",除了自身本来就具有高士的超越风骨外,想必也会尴尬于宝玉时常对黛玉念念不忘的痴情倾诉,如同第三十二回将袭人误认为黛玉般的"诉肺腑心迷活宝玉"。一旦二人的心结解开,以宝玉本具的灵秀之气、情极之毒,自然会做出令群相称异的一番事业——这才是曹雪芹要塑造的"新人"面目。

诗魂暗度冰魂暖

诗魂：指林黛玉。冰魂：指薛宝钗。宝钗《咏白海棠》有"冰雪招来露砌魂"句。贾宝玉亦有"出浴太真冰作影，捧心西子玉为魂"句，分别喻指钗黛二姝。

薛宝钗在本该绽放的生命花季，已经领悟了萧瑟的寒冬。入世之心与遁世之志，赋予了薛宝钗"冷香"与"无情也动人"的性格底色。通俗言语中的"无情"大多指薄情寡义的道德缺失，而薛宝钗的"无情"却指的是超脱世情的精神追求，而这种超脱却又恰恰是"澡雪精神"的体现。戚序本第七回脂批有云："历着炎凉，知着甘苦，虽离别亦能自安，故名曰'冷香丸'，又以谓香可冷得，天下一切无不可冷者。"

细究脂评本《石头记》，全书的大结局应该是宝钗并不拒斥宝玉悟道出家，反而有所谏言，这也正是癞头和尚之所以要特意给宝钗、宝玉安排一场金玉良姻的真实目的。《红楼梦》中最为通透达观的宝钗，其实是借冷漠的外壳保护自己，在"煎心日日复年年"的痛苦之中，她一直蓄势待发，最后在黛玉魂归后奋力一击，既慰藉了黛玉，也温暖了宝玉。

宝钗的这种心态，一方面固然来自其自身的心性修为，另一方面也来自她对黛玉"彼岸超越"人格的深刻领悟。尤其是在宝玉发现黛玉所瘗留诗稿后，她在刹那间便明白了各自的使命：不能让闺阁的诗意生命就这样悄无声息地被泥淖红尘淹没，那些已经凋零的和正在凋零的诗魂花魂，必须由宝玉来为她们招魂，才能弥补那无情的"天缺"。

同领霜天一断鸿

史湘云《菊影》诗云"寒芳留照魂应驻，霜印传神梦也空。"同时林黛玉在《问菊》诗中有"鸿归蛩病可相思？"菊花诗社诸人诗句，或自指，或他指，但似乎每一句也同时牵涉宝玉的结局。

黛玉之逝，令宝玉宛如魂失，就像断鸿一样找不到人生方向。比温室里的花朵还要娇贵、脆弱的贾宝玉，在经历过抄家之后，暴露出其不谙世事的低能及无能，这时候他更应该感谢的是宝钗对他一以贯之的谏言锤炼——让他在纷繁芜杂的恶浊世间有基本的生存技能及明辨智慧。

黛玉的诗魂引领于前，宝钗的冰魂激励于后，她们二人才是作为"新人"宝玉的"助产士"——将宝玉从"孽海情天"中超拔出来的，不是警幻仙姑，而是黛玉宝钗。若无二姝超凡入圣的灵魂感应，宝玉又怎能承担得起如此高远的寄托？

综　　述

在曹雪芹笔下，钗黛二姝一直是并列描写，正所谓"双峰对峙，二水分流"。甲戌本有一侧批是这样写的："按黛玉、宝钗二人，一如姣花，一如纤柳，各极其妙者，然世人性分甘苦不同之故耳。"看来这才是造成读者对钗黛见仁见智的原因吧！清代陈其泰认为："非宝钗则黛玉之精神不出""写黛玉处皆是写宝钗处"。俞平伯首次提出"钗黛合一"的学术观点，之后"钗黛合一"也成为红学界和普通读者相当关心的一个话题。

薛宝钗和林黛玉堪为"闺房之秀"与"林下之风"双美对峙的典范。林下之风指的是生活中多用真性情、越名教而任自然之人；闺房之秀则指秉持名教修养、恪守社会秩序规范的女子。在曹雪芹笔下，"钗黛合一"的倾向非常明显。判词与《红楼梦曲》都合写、合咏钗黛，《红楼梦引子》即云"悲金悼玉（也有版本为'怀金悼玉'）的《红楼梦》"，是曲既为十二钗而作，则金是钗、玉是黛，端无可疑。无论是"悲悼"

还是"怀悼",都渲染出某种悲恸惋惜的心情。另外,警幻仙子之妹"兼美",更是明确昭示出钗黛形象的一体化内在联系。

然而,《红楼梦》里最难把握和最难公平评议的人物,无疑是薛宝钗。扬林抑薛、左黛右钗,几十年来似乎已成定势。如清朝著名的红学评论家洪秋蕃著有《红楼梦抉隐》,在书中评价薛宝钗:"心如蛇蝎,形同鬼蜮,其奸坏阴险无以复加"。

于是乎在这种思维惯性下,何其芳与吴组缃两大红学家于1956年在北大中文系并行开设《红楼梦》选修课,他们摆出打擂台的姿态,对薛宝钗的评价彼此观点刻意不同。吴组缃认为,薛宝钗是一个十恶不赦的人物,一个阴谋家,两面派,她的项圈是伪造的,她的目的就是当宝二奶奶;而何其芳却认为,薛宝钗实际是封建社会典型的淑女形象,她本身是一个纯洁的少女,只是因为信奉封建道德,被毒害才表现如此,不是人格的虚伪,而是封建教条和道德的虚伪……

钗黛作为女性的两种典型性存在,正是曹雪芹特意苦心创造出来的对立形象。从历来读者的反馈来看,"拥林派"明显多于"拥薛派",其中缘由除作者对林黛玉的侧重倾向之外,还与她们各自所扮演的人生角色有关:恋爱是浪漫的,婚姻是现实的;恋爱是感性的,婚姻是理性的;恋爱是个人的,婚姻是家族的;恋爱是短期的,婚姻是长久的;恋爱是花前月下,婚姻是柴米油盐;恋爱是卿卿我我,婚姻是生儿育女……黛玉的恋爱形象带给读者的是对甜蜜爱情的回味或憧憬,宝钗的婚姻形象带给读者的则是现实生活的困境与无奈。人的天性都是热爱自由、厌恶束缚的,黛玉的形象无疑更加符合人的天性。即便为此而众叛亲离、倾家荡产,多数人还是憧憬谈一场轰轰烈烈、刻骨铭心的恋爱。这也是黛玉更受读者喜爱的重要原因。

须知曹雪芹在构思描绘《红楼梦》主体人物时,完全没有采用中国传统小说中"叙好人一切皆好，叙坏人一切皆坏"的类型化叙事。他拒绝了非黑即白的人物描写；拒绝为了廉价的教化而牺牲人性的真实；拒绝好人有好报、坏人有恶报的结构定势；拒绝"私订终身后花园，奉旨成婚大团圆"的才子佳人爱情模式。只有把握这一评鉴原则，我们在欣赏《红楼梦》时才不至于出现审美降级与鉴识滑坡。

正如庚辰本第二十一回脂批曰："至颦儿于宝玉实近之至矣，却远之至也。不然，后文如何凡较胜角口诸事，皆出于颦哉？以及宝玉轧玉，颦儿之泪枯，种种孽障，种种忧忿，皆情之所陷，更何辩哉？"又说："钗与玉远中近，颦与玉近中远，是要紧两大股，不可粗心看过。"这里，脂砚斋特别点醒读者林黛玉与贾宝玉之所以"虽近实远"，就是因为爱情让双方变得非常自我，不能包容对方丝毫与自己意愿相违背之处，心灵的距离随之拉开，爱情越炙热，孤独越深重，所以宝黛才会"近之至矣，却远之至也"。而薛宝钗与贾宝玉之间因为没有爱情困扰，也就没有人为的心灵阻隔，因而倒是"远中近"了。

《红楼梦》对钗黛形象的描写自始至终有着"兼美"的诉求，而两人形象之间的联络、对比、映衬与互补，使得二姝在小说中形成了一种有序的结构性存在，形象之间共生共振，充盈着人物描写的流动之美。盖阅读者一般都希冀故事主角兼具两种相互冲突的性格特质，皆以"兼美"为理想女子。这种传统审美思想在《红楼梦》中有很深的痕迹。

这也正是作者分别赋予宝钗和黛玉"蘅芜君"和"潇湘妃子"的真正意义：这一君一妃是世间最完美的结合，她们都是绝顶聪明之人，能互相碰撞出火花，也能彼此激发出能量。黛玉此岸的人生，宝钗有所照料；宝钗彼岸的灵魂，则有黛玉的启领关照。

曹雪芹在小说中别具匠心地将"金玉良姻"设置为"木石前盟"的

对称故事，两者形成交相辉映的耦合关系。这是推动故事情节的需要，并不存在以"金玉良姻"取代"木石前盟"的"阴谋论"。

这两者的逻辑关系总是被读者搞混。在小说的开端，神瑛侍者下凡投胎成为贾宝玉，贾宝玉出生时口中所含之玉乃补天弃石之幻形。虽然人玉一并下凡，但他们的对应关系并不相同——与林黛玉有"木石前盟"仙缘的是神瑛侍者，并非补天顽石。也就是说，宝黛初见时的似曾相识乃是前世西方灵河岸边缘分的接续——补天石在青埂峰时，并未与绛珠草或绛珠仙子有任何瓜葛。故事进行到第八回，借由贾宝玉、薛宝钗互看通灵宝玉与金锁，读者方才知晓：真正与幻形宝玉（补天顽石）有后世尘缘的恰恰是金锁。与黛玉一样，宝钗的命运也是经由和尚点化过的，这就是"金玉良姻"命定之数的来历。

当然，无论是贾母、王夫人还是薛姨妈，她们都是肉眼凡胎，并不真的完全相信和尚、道士的话。《红楼梦》里的大人都有着一双"功利之眼"，所以整部书中所有涉及的个人婚姻几乎都是政治联姻：史太君来自史家；王夫人和王熙凤来自王家；薛姨妈是王子腾的妹妹，嫁到了薛家。按照这样的逻辑发展，贾宝玉和薛宝钗有很大的可能会由权势家长（贾元春、王夫人等）安排婚配在一起，这符合"四大家族"一贯的婚姻"潜规则"。当时贾府已经在走下坡路了，而薛家可能因为薛蟠的某些行为出了问题，所以不但宝钗待选之事不成了，薛家也岌岌可危，因此贾家才尽快促成了贾薛两家联姻。总之，"金玉良姻"在书中肯定会兑现的，但不应该采取"调包计"的方式，因为在此之前，黛玉为了保全宝玉已经主动自沉了。

黛玉的一生是"可爱不可信"的一生（和尚的嘱咐，她一条也没有遵守），因而她必将孤独；宝钗的一生是"可信不可爱"的一生（和尚的嘱咐，她一条也没有违背），因而她终归寂寞。彼岸世界不可信、此岸世界不可爱，这是两位女儿深恸的命运感悟。她们只能将扭转悲剧宿命的希望同时投向宝玉——没有了宝玉，黛玉的孤独便无谓意义；没有了宝玉，宝钗的寂寞便无谓价值。这就是《红楼梦》"宝钗黛三位一体"的妙思！

黛玉魂归后，宝钗全然理解宝玉的出家动机，因为这位"山中高士"本来也具备脱离尘埃的"澡雪精神"，对此书中也有一系列提示：第二十二回的《山门·寄生草》与第六十三回的《邯郸梦·赏花时》都有比较直接的暗示与隐喻。宝玉生日宴上当宝钗抽取"艳冠群芳"花名签的时刻，作者专门写宝玉听闻此曲时乃是颠来倒去念叨宝钗花名签上的"任是无情也动人"，显然是有意用何仙姑对吕洞宾的劝告，来喻指后文中宝钗对宝玉的引导。由此两处的曲合分析，脂评本的大结局乃是宝钗对宝玉的出家给予充分理解，这已可谓一个明显的事实。

面对被出家执念纠缠的宝玉，对命运"任他随聚随分"的宝钗，想必不但不会哭哭啼啼拼命阻拦，反而会坦然地对宝玉有所嘱咐，愿这个"后事终难继"的幻灭者能触底奋起，才不至于辜负了众女儿的恩情厚爱。

我们在此提供一个别样的思考角度，或许能够带来新的启发。中国的"阴阳五行"思维其实一直被曹雪芹若隐若现地运用于整篇小说的人物构造——

黛玉五行表征如木而内质实为水，草木畏火，这株香草偏偏在《题帕三绝》后木生虚火："林黛玉还要往下写时，觉得浑身火热，面上作烧，走至镜台揭起锦袱一照，只见腮上通红，自羡压倒桃花，却不知病由此萌。"可以预测寒冬来临，黛玉便只能热量耗尽、岌岌可危。

宝钗五行表征如金而内质实为火，其胎里自带一股热毒，脂评说她"凡心偶炽，是以孽火齐攻"，只能吃"冷香丸"来压制，否则就是"火克金"之局。

但是奇妙的是钗黛二人表面上虽然是"金克木"局，内质也是"水克火"局，然而一旦彼此放下心魔互为金兰，反而能够形成极其难遇的"水火既济"之格局！也正是钗黛二人默契组合而成的"跳出三界外，不在五行中"的超越位格，才使得这位已经"失玉"的俗人宝玉得以迥脱红尘迷途、断鸿化鹏。

正是：桃花早共黄花瘦，兰契终随夙契同。

《咏红楼群芳》：红楼群芳的"弱德之美"

《咏红楼群芳》

榴红褪尽祭双星，花入空门亦色馨。

醉后枕霞招白鹤，痴来书诔质苍冥。

耽棋不耐繁霜重，远适堪绥海国宁。

须转一情成十力，免教造化误诗灵。

榴红褪尽祭双星

榴红褪尽：喻贾元春薨逝，因元春的判词是"榴花开处照宫闱"。曹雪芹的祖父曹寅有《榴花》诗云："未了红裙妒，空将绿鬓疏。""红裙"就是石榴裙，也是美女的代称。如唐代诗人白居易《和春深二十首》有"眉欺杨柳叶，裙妒石榴花。"唐代诗人万楚《五日观妓》中曾咏及"眉黛夺将萱草色，红裙妒杀石榴花。"言外之意，都是指榴花红艳，但却容易引起妒忌。如果按照这种思路解读，则曹寅的诗中，或有暗示宫廷斗争之意。元春之宠如榴花照彻宫闱，其结局却很悲惨，要么是遭众芳嫉妒而受暗害，要么是死于"虎兕相逢"的强大政治争斗。续书中说贾元春因生活优渥偶发痰症病死，明显有违前半部分的伏线。

元春的曲子《恨无常》有"荡悠悠，把芳魂消耗"，所以很多人认为她是上吊死的，甚或是被勒死的；脂批有"《长生殿》中伏元妃之死"的批语，也可能暗指贾元春与杨玉环一样是被迫自缢而死的。贾元春封妃，来贾家传达圣旨的太监叫夏守忠。后来元春失势，夏守忠还曾勒索过贾家。夏守忠谐音"下手重"，很可能是造成元春死亡的凶手……总之，榴花开败、元春身死之后，预示着四大家族皆彻底败落。

此处的"双星"指钗黛二姝——宝钗之美如皓月当空，静止而温和；黛玉之美如苍穹流星，刹那而晶辉。

花入空门亦色馨

此句指妙玉。汤显祖《紫钗记》有"色到空门也著花"句。

妙玉遗世独立、率性不羁的畸零之美，独具合乎天地自然的另一种美。她懂得赏玩皓月清波，懂得欣赏黛玉、湘云联诗的清雅，懂得玩味笛音的清越。她一人在龛焰犹青、炉香未尽的栊翠庵中过的是孤寂的修行生活，却也能在琴棋诗茶中品味生活的点滴诗意，以充沛的精神与天地精神相往来。

清代姜祺《红楼梦诗》说她："芳洁情怀入定中，浓香色相未全空。本来人较梅花淡，一着东风便染红。"就像那严冬的寒雪挡不住红梅的怒放一样，身在佛门的妙玉，在危急关头会主动牺牲自己，做出一番"哪管世人诽谤"的骇俗行为（参见第266页《咏妙玉》篇）。

醉后枕霞招白鹤

史湘云有"枕霞旧友"之称号。在《红楼梦》里，鹤是独属于湘云的生命象征。

然而，当湘云吟出令黛玉称绝的"寒塘渡鹤影"诗句时，当时的情景是仅有一只鹤飞起。须知鹤性情笃而不淫，自来雌雄相随不分离。《红楼梦》有几处描写仙鹤时，都是成双成对，唯有这一次是单飞之鹤，据此也可以推断其伴侣夭亡的命运，预示着湘云婚姻的"乐中悲"结局。同时，从酒令"落霞与孤鹜齐飞"、《咏红梅花得"花"字》"闲庭曲槛无余雪，流水空山有落霞"等文笔来看，也是隐喻湘云晚年孤独终老，不再另寻良配。

古人多用翩翩然有君子之风的白鹤，比喻具有高尚品德的隐逸之士。湘云自诩"是真名士自风流"，推崇"唯大英雄能本色"，不愧为高标洁行的"鹤鸣之士"。

痴来书诔质苍冥

质：质问、指责的意思。苍冥：指苍天。文天祥《正气歌》："於人曰浩然，沛乎塞苍冥。"谭嗣同《有感》诗："世间无物抵春愁，合向苍冥一哭休。"此句指贾宝玉因晴雯之死，愤然书写《芙蓉女儿诔》以质问苍天。

在大观园这一相对封闭的闺阁世界中，其交往圈仅限于家族中的姊妹、姑嫂及女性亲友，唯一能参与活动的男性只有宝玉。宝玉虽是男子，但脂批称其为"诸艳之冠"，他在书中的角色为"总花神"，有"绛洞花王"之称。作为诸艳之冠的贾宝玉还有一个别号叫"怡红公子"，"怡红"即令诸女儿快乐。宝玉还有爱红的癖好，整日在内帏厮混，成年家扎在女儿堆里，难怪贾母疼爱之余也曾无奈地说："想必原是个丫头错投了胎不成。"香菱等人的"斗草"原是女孩儿的游戏，"可巧宝玉见他们斗草，也寻了些花草来凑戏"——这种女儿家的游戏，贾府中恐怕也只有宝玉这一个男性会乐于参与。宋淇先生据此分析贾宝玉"在心理上恨不得身为女孩子"。的确！从其气质与性情来看，宝玉大可算作红楼群芳中的一员，他的存在不影响大观园作为女儿世界的特质。

警幻仙子曾赞宝玉是闺阁中的良友，并且说他可为闺阁增光。况且宝玉自幼号称"绛洞花王"，也说明他的身份是"诸芳之主"。

"痴"是品鉴宝玉其人的核心概念——"原来那宝玉自幼生成有一种下流痴病"。第二十八回黛玉葬花时因闻悲叹之声有感而发："人人都笑我有些痴病，难道还有一个痴子不成？"黛玉出于同病相怜之故，将"痴子"宝玉视为知己。

"痴病"一词，源出佛典，为"愚痴病"的简称。《大般涅槃经》总结众生三病，分别是"贪欲病""瞋恚病"和"愚痴病"。"痴病"指因爱欲纠缠而生烦恼执着，泛指迷恋于世情而不知自拔者。宝玉正因为痴病入髓，所以才会做出一系列惊世骇俗的"问天""质苍冥"等行为。

耽棋不耐繁霜重

此句指贾迎春。迎春善弈，故命名其丫鬟为"司棋"。贾宝玉《紫菱洲》诗："蓼花菱叶不胜愁，重露繁霜压纤梗。不闻永昼敲棋声，燕泥点点污棋枰。"

在第三十八回螃蟹宴中，曹雪芹特意写到了迎春的一个细节："迎春又独在花阴下拿着花针穿茉莉花"。众人吃了一轮又一轮，其间调笑打闹，好不喧哗，然而在这热闹纷繁的欢乐场景中，曹雪芹捕捉到的迎春这一细节，非常富有象征意味地表现了迎春对于眼前的欢乐幸福的满足——对于生活，她所求无多，只希望能在这无尽的花儿般的幸福欢乐中，获取到一点点幸福宁静的时光，守住那一点点属于她的渺小而自足的幸福。就像她拿针线细细地"穿茉莉花"一样，她希望能够把属于她的美丽宁静幸福，用一根针儿细细地穿起来，她就心满意足了。

然而，重露繁霜最终压断了她那如花梗般的纤细生命……

远适堪绥海国宁

远适：指远嫁。贾探春《咏白海棠》诗句"芳心一点娇无力"使人联想到断线风筝，而脂砚斋曾批语探春的风筝谜语："此探春远适之谶也。"

探春才清志高，精明干练不输于男人，因此菊花诗中"短鬓""葛巾"等字样都是以大丈夫自况。所谓"高情不入时人眼，拍手凭他笑路旁"，正表明了她不屑于朱紫，不跟风流俗的清高态度。探春精明睿智的理性、高远爽朗的诗性与自身独具的女性意识高度融合，成了《红楼梦》中最具前瞻意义、富有启示性的人物形象。

此句喻探春在异国辅佐君王会大展宏图、大有作为。

探春群芳夜宴时抽中的是杏花签，那红字写着"瑶池仙品"四个字，诗云："日边红杏倚云栽。"然而，在预示贾惜春命运的曲子《虚花悟》中，又有"将那三春看破……说什么，天上夭桃盛、云中杏蕊多。到头来，谁把秋捱过？"若按照这首曲子的提示，则探春结局与元春同样悲惨。吾不忍信之也。如果"谁把秋捱过"指的是探春不得不在清明时节永别家人，则之后十二钗中只有她才能实现触底反弹，在异国得以大展身手，甚至创造贾府诸人皆不能及的辉煌。

须转一情成十力

十力，指佛所具有的十种力用。菩萨也具有十力，即深心力、增上深心力、方便力、智力、愿力、行力、乘力、神变力、菩提力和转法轮力。

红楼诸芳都有一颗敏感的心灵，她们都有着浓烈的诗意情怀及青春梦想，但是她们面对业力却无法改变任何事情，只能眼睁睁看着命运的轮盘转动。这种明知大厦将倾、悲剧将至的无力感，加倍烘托出《红楼梦》的悲剧性。

庚辰本第二十一回有如下一段评语：

有客题《红楼梦》一律，失其姓氏，唯见其诗意骇警，故录于斯："自执金矛又执戈，自相戕戮自张罗。茜纱公子情无限，脂砚先生恨几多。是幻是真空历遍，闲风闲月枉吟哦。情机转得情天破，情不情兮奈我何？"

这首诗中的"情机转得情天破"含义深刻！"转得"一语出自佛家，大乘佛法宣扬"转识成智"，即只有舍弃世俗认知，才能证得无上智慧，这在修行上叫"转舍"或"转得"。

红楼诸钗的"情"之表现令人印象深刻——黛玉的痴情、宝钗的适情、湘云的豪情、探春的高情、妙玉的幽情、迎春的悭情、惜春的冷情……世间人只有情难尽、情难了、情难诉、情难解。曹雪芹受冯梦龙"情教"思想的影响，所塑造的贾宝玉天生具备"情不情"的禀赋——至情、纯情和形而上之情，但是这种"情"最终并没有改变众儿女的悲剧结局，对扭转现实社会的进程也无能为力。从这个角度看，曹雪芹理解的佛教，只是追求涅槃出世的小乘佛法，与大乘佛法推崇的"我不入地狱谁入地狱"的菩萨道思想还是有很大区别的。

免教造化误诗灵

曹雪芹对于造物主、神仙之道是持批评态度的，书中对贾惜春于家道败落后的出世为尼、对芳官等人被逼无奈后被圆信等人拐入佛门，颇不赞赏。对于净虚等人借佛门干谋财害命的勾当，更进行了辛辣的嘲讽及抨击。

警幻仙姑"司人间之风情月债，掌尘世之女怨男痴"，但是警幻仙姑并不会主动下世干预众儿女命运的走向，她只是一个审判者，而非拯救者——在每一个诗灵都如花朵般绝望凋零的暗黑当下，《红楼梦》的读者会希望有一个什么样的拯救者出场呢？

综　　述

当代诗词大家叶嘉莹先生在评价清代词人朱彝尊的《静志居琴趣》时指出："德有很多种，有健者之德，有弱者之德——这是我假想的一个名词。它有一种持守，有一种道德，而这个道德是在被压抑之中的，不能够表达出来的，所以我说这种美是一种'弱德之美'。我把它翻译成英文 the beauty of passive virtue，这是我的新名词。"

何谓"弱德"？按照叶嘉莹先生的诠释，这里的"弱"不是软弱，其表现不单单是一种自我约束和收敛的、属于弱者的感情心态，而是在约束和收敛中，还有着对于理想追求之坚持与品德秉性之操守，其为形虽"弱"，但却含蕴着一种"德"之操守。就是说"在弱的形式之中，你有一种坚持的持守的力量"，在苦难中，人要有所持守，完成自己，以柔韧的意志力跨越苦难、活出诗意——这就是弱德之美。

白居易的《简简吟》"大都好物不坚牢，彩云易散琉璃脆"，道出了美的短暂，美的弱质。《红楼梦》一方面借用佛家话语否定生活的魅力，另一方面又比任何一位作家都鲜明地渲染生活的美好；一方面说生活的美好是幻觉，另一方面又对这美好反复流连。这种内在的矛盾，就是"弱德之美"的张力、叙事的张力。

令人遗憾的是如果说在《红楼梦》的前半部分，曹雪芹的人文关怀主要表现为对众儿女"弱德之美"的歌颂的话，读者在后四十回续书中并没有感受到梦幻破灭后对世情沧桑的忧患和关怀。众女儿的死亡是美的死亡，曹雪芹将自己所有的诗意都赋予了她们，然而续书的终局却是宝玉出家一走了之，无疑等于放弃了救赎她们的痛苦和不幸。难怪历来都有人指责《红楼梦》是一部安雌守弱的作品，并不利于国人刚健雄魄精神的培养。

"弱德之美"的养成，还在于意志的坚忍、胸襟的开阔、心智的清明、人格的挺立等自我修炼。意志坚韧，使其有足够的耐性在强势压迫下隐忍下去，而不至于以卵击石；胸襟开阔，使其有足够的心量来消纳并包容常人难以承受的种种艰难，而不至于一蹶不振；心智成熟，就是要以清明的理性对待外界的危机，而不至于麻木自欺；人格挺立，意味着在持久的压力下不至于屈节折腰丧失自我。故"弱德之美"虽然表面上也显现为承受的姿态，却不同于麻木苟且、被动消极的承受。

用叶嘉莹的话说："这种美感所具含的，乃是在强大的外势压力下所表现的不得不采取约束和收敛的一种属于隐曲之姿态的美。如此我们再反观前代词人之作，我们就会发现，凡被词评家们所称述为'低徊要眇''沉郁顿挫''幽约怨悱'的好词，其美感之品质原来都是属于一种'弱德之美'"

关于这种"美感之品质"，尼采在《悲剧的诞生》中有不同的阐释，并有相对更哲学化的解析。尼采提出了"酒神"和"日神"这两个概念："日神阿波罗是光明之神，其光辉代表着人类的理性和穆静。酒神则象征着原始冲动的放纵，是一种痛苦与狂欢交织着的癫狂状态。"而当酒神与日神相矛盾时，一切悲剧便从此中诞生。能完全归顺于诗意生命，达到孔子所云"从心所欲，不逾矩"的人，在这世上终究只是少数中的少数。对于绝大部分人来说，处在这种酒神与日神的矛盾中、处在悲剧中是一种人生的常态。而"弱德"本身，便是一种人们应对如此悲剧终局的具体对应。

在尼采的眼中，人是"为了人生而艺术"的。在他看来，"生存充满苦难，悲剧不可避免"，但不应因此否定生命的意义，而是"肯定悲剧的存在，以审美的眼光笑着面对人生的悲剧性。"正如同他的名言一样："受痛苦者渴求美，也产生了美。"

"弱德之美"能够对抗尼采所云的"审美悲剧性"吗？这让我联想到"消极自由"这一概念。

当代自由主义一代宗师伊赛亚·伯林指出，在思想史上，有两种含义和意义非常不同的自由概念，即"消极自由"与"积极自由"。消极自由争取的是不让别人妨碍我的自由；积极自由则以做自己主人为要旨。

或者用另一种描述：第一个维度的自由，就是个体活动免于干涉、阻碍、强制和侵犯，伯林将其定义为"消极自由"；第二个维度的自由，"起源于个体成为他自己的主人的愿望"，也就是说用自己的意志来做决定，按照自己的意思来行动，伯林将其定义为"积极自由"。与消极自由被动地"排除干涉"不同，"积极自由"是个体主动掌控自我的行为。

我们用中国式审美范式来分析：消极自由就像水一样，顺势而为，利万物而不争；积极自由却像山一样，是一个伟岸、强硬，喜欢"战天斗地"的形象。

所以叶嘉莹先生的"弱德之美"，更接近于"消极自由"；而尼采的"悲剧的诞生"，则更倾向于"积极自由"（尼采后来也果然走向"超人"哲学）。

在对两种自由概念的分析中，伯林始终强调"消极自由"是更为真实的自由。这是一种不让别人妨碍自己的选择为要旨的自由，它的含义是当个人的主动选择处于非强制或不受限制的状态时，个人就是自由的。

"消极自由"并不意味着只能一味消极地等待这种自由降临，或者被动地回到自己的内心世界不问外界事务。恰恰相反,"消极自由"是一种自持的守候、坚韧的争取,正如红楼女儿面对大观园之外的风刀霜剑,她们的诗意绽放就是对自由生命的委婉争取。从这一意义看,争取消极自由又何尝不需要积极的态度呢?

值得注意的是《红楼梦》诸钗中还有一些人物,颇符合"积极自由"的人格类型。典型如史湘云、王熙凤、尤三姐、探春、晴雯、鸳鸯等,颇有男子式的豪爽旷达、阳气蒸腾,可谓独调别弹。

面对大观园之外的"暗黑世界",红楼女儿并非认识不到黑暗的政治环境、人心叵测的家族内斗,她们沉浸于琴棋书画中,为短暂的生命带来刹那的光亮,这也是一种无声的反抗。而像黛玉、宝钗、妙玉这类真正的至人高士,她们虽被放逐于人世,徘徊在社会边缘,成为"世难容"的一类存在,但面对黑暗逼仄的人间世,她们释放出的诗灵光辉更显珍贵。

曹雪芹对红楼诸钗的塑造乃是集"美姝"与"士人"为一体。如果我们忽略她们身上秉具的追求自由精神的"文化人格",便极易造成对红楼人物诠解的表层化、庸俗化、面具化。

子曰:"天何言哉?四时行焉,百物生焉,天何言哉?"意思是说四季运行不息,百物自然生长,"天"又何曾标榜了些什么呢?这叫"美不外现"——自然有大美而沉默不言,人有大美也不必伸张。美德讲究的是自守,而修德到一定境界,便认为这是人性的自然状态,并没有什么值得炫耀自夸的地方。

曹雪芹以最优美的文笔展现了花季少女的诗意生存,同时又处处埋下伏笔,预言这种诗意存在是不堪一击的。红楼群芳借助于诗情竖起的心灵高墙是那么脆弱,脆弱到风刀霜剑就可以令它垮塌。她们嫩弱的诗灵尚需要菩萨的金刚威力作为加持——这种向上转化的力量,即便是曹雪芹也不能赋予她们，只能寄希望她们的自我觉醒与努力奋争。

最后，我们谨用叶嘉莹先生的现实案例，进一步说明关于红楼诸钗"弱德之美"的讨论——

"叶老师啊，你们的叶老师命苦。"这是叶嘉莹的父亲对她的学生常常发出的感慨。用叶嘉莹自己的话说："我是在忧患中走过来的，诗词的研读并不是我追求的目标，而是我走过忧患的一种力量。"

人们之所以对叶嘉莹饱经磨难的一生以及她与诗词融为一体的生命有所触动，就是因为她那莲心不死的"转情成力"的诗灵感应——"诗词拯救了她，她复活了诗词"。

红楼诸钗的诗灵能再次复活吗？

《黛玉葬诗》：林黛玉此岸存在的隐秘使命

《黛玉葬诗》

半缘灌玉半缘恩，还泪分明帕上痕。
碎绿摧红归幻境，葬花瘗稿付灵根。
荒崖鹤懒三生误，斑竹风沉一梦惛。
取次芳溪寻旧迹，姑苏路远莫招魂。

半缘灌玉半缘恩

《红楼梦》并没有文字直接描述三生石畔的绛珠草究竟遭遇了何种苦难。读者亦可以私下脑补：绛珠草已干渴得奄奄一息、生命垂危了，神瑛侍者发现它后，需日日灌溉甘露，方能使它"久延岁月"。这一行为也就意味着，神瑛侍者无论出于何种动机，都是她不折不扣的救命恩人。因此，后来"得换人形"的绛珠仙子，才会一心想"酬报灌溉之德"、救命之恩。

宝黛初相见，就有一种对彼此极为熟悉的感觉，这并非偶然，而是来自前世的注定——他们前世的"天缘"促成了今生的相见，他们才是命定的恋人。在仙界，他们因灌溉之恩而无意结缘，又因主动报恩将此因缘转化成下世的姻缘，从而具有了夙世因缘的意味。曹雪芹将这种夙世因缘与补天神话相结合，使得这一旷世奇缘有了形而上的特殊隐喻。

《红楼梦》中的"宝玉"有诸多象征意义，其中首要的象征就是"本自具足的灵明本性"。然而这灵明的本性为声色货利所迷时，就会失灵，所以小说中宝玉一次次痴呆、疯病发作。对此《红楼梦》甲戌本第一回特别有一段脂批："按'瑕'字本注：'玉，小赤也。又，玉有病也。'以此命名，极恰！"通灵玉的蒙蔽状态，在一些版本的回目中也有明示。如蒙府本、戚序本和舒序本第五回的回目皆作"灵石迷性难解仙机　警幻多情秘垂淫训"，均点出灵石"迷性"的现实性。

林黛玉的"还泪"，其实就是在洗濯荡涤宝玉的迷性，这是中国文学传统中极具隐喻性的报恩母题。

还泪分明帕上痕

黛玉的《题帕三绝》诗云："眼空蓄泪泪空垂，暗洒闲抛却为谁？尺幅鲛绡劳解赠，叫人焉得不伤悲！"

黛玉有着一颗热烈的心，她爱宝玉爱得脸颊烧痛，她也要求对方有同等程度的回应。任何疏忽和怠慢，哪怕在别人看来细微如尘，也会使她感受到深入骨髓的痛苦。

薛蟠从南边带来的礼物，宝钗会分一份给贾环；黛玉回苏州去带回来的东西就没准备贾环那份，却特别送了一份给宝玉——自然比其他姊妹的礼更厚些。黛玉没有像宝钗那样特意显得看待贾环同宝玉一样，她想厚此薄彼就厚此薄彼。何况黛玉只是来还泪的，她的时光那么少，要葬花、要写诗、要流泪，哪里还有多余的精力去应付赵姨娘这些不相干的人呢？

黛玉的眼泪一滴一滴，还着前世三生石畔的债。再后来，她只觉得辛酸，眼泪却少了——宝玉却不知尘缘将尽，别离在即，还只当她哭惯了心里疑的。

碎绿摧红归幻境

汤显祖《牡丹亭·闹殇》有句："恨西风，一霎无端碎绿摧红。"

《红楼梦》所呈现的是鲜活具体的、就在每个人身边的诗意源泉，这就是"女儿"（青春少女）身上所负载、蕴含的"灵秀之气"。这些生命不是天使般的彼岸存在，但她们都带有超越此岸的美，因此她们在太虚幻境中都入了"册"。宝玉只有在这些诗意生命面前，遮蔽的存在才充分敞亮，他才会陶醉在灵秀之气中不知今夕何夕。这些青春少女是现实的人，但又都具备超逸于现实泥浊世界的资质或灵智。她们提供的爱，虽非圣爱，但是她们的诗情与毁灭，既让灵魂暂有所依，又让时间化作虚无。

葬花瘗稿付灵根

瘗：掩埋，埋葬。"葬花"一词，可谓其来已久源远流长，南北朝时期的庾信就写过一首《瘗花铭》。《瘗花铭》是悼念花的文字，"瘗花铭"换一个词就是"葬花吟"。南宋词人吴文英在他的《风入松》里这样写道："听风听雨过清明，愁草瘗花铭。"但现在庾信的集子里已经找不到这个作品了。北宋王山的《笔奁录·盈盈传》中，主人公盈盈是一位林黛玉式的女子，传中引录盈盈诗词多首，其中《伤春曲》一阕就有"一旦碎花魂，葬花骨，蜂兮蝶兮何不来，空使雕阑对寒月"的句子。明末著名才女叶小鸾也有"勉弃珠环收汉玉，戏捐粉盒葬花魂"的诗句。

黛玉深知自己宛如花儿般的生命，终将会面对"如花美眷，似水流年""花落水流红，闲愁万种"的结局。当林黛玉使命完成，深刻意识到生命的无常本相之后，她反而回到"葬花"的行动中来——"质本洁来还洁去"，她以保持自身的洁净作为自我的归宿，在精神的坚守中宁可与道共沉。可见黛玉葬花，其实也是在葬自己。

这里务请注意：无论是"葬"还是"瘗"，都不是销毁，更不是带着恨意与绝望的销毁。原著中两次写到黛玉葬花，她对落花的怜惜与爱护，仿佛是她的自葬一般——《葬花吟》如同自祭文一般，与宝玉后来所作的《芙蓉女儿诔》遥遥呼应，异曲同工。

在《葬花吟》之后，林黛玉的心性反而转向对自我的肯定与对生命的执着，以此来对抗现实生活与个体生命的悲剧，从而拥有了强烈的自我意识主体性。"未若锦囊收艳骨，一抔净土掩风流"是黛玉面对生之悲剧的绝不苟且之立场，她是站在"死"的立场上回顾"生"，所以再看"花落人亡两不知"，情绪反而淡然了——正因为看破，才有了超越的迥异人格。所以，葬花的行为也具有了新的意义：它不再只是伤春的仪式，而是林黛玉以"情情"的方式承担此岸悲剧的主动选择。

需要强调的是，林黛玉为自己举行了两层意义上的精神祭礼：一次是"葬花"，另一次是"瘗诗"。这两个仪式是黛玉生前为自己举行的生命葬礼。如果说《葬花吟》是她为自己的"花魂"所做的挽歌，我们相信她在生命尽头葬诗时，亦会有诗词绝唱作为"诗魂"的挽歌——诗稿如花，不可零落，更不可毁弃，当珍重葬之。葬花只是瘗诗的一次排演而已。

诗是黛玉的灵根。黛玉有着卓越的风度与才情，这是由仙界带来的天赋特质。作为下世的诗灵，黛玉的诗文乃还泪之载体、报恩之凭依。除了极大部分的应制诗，黛玉写诗毫无功利性目的，纯粹为抒发自我性情，熔铸人生理想，同时也承载着她既不屑于此岸，又执意于"闺阁自可立传"的自许。

试问黛玉会将诗稿悄悄葬于何处？列位看官只需留心己卯本第十七回至第十八回的夹批："至此方完大观园工程公案。观者则为大观园费尽精神，余则为若许笔墨，却只因一个葬花冢。"黛玉认为落花埋土里最干净，故每年花神节，都要去建"花冢"。她想象自己也要像花儿一样，清清白白地活，干干净净地去，如第二十七回"埋香冢飞燕泣残红"中的《葬花吟》："侬今葬花人笑痴，他年葬侬知是谁？""一朝春尽红颜老，花落人亡两不知！"

说到花冢，更令人联想到：花冢是谁筑的？没见黛玉让宝玉、紫鹃等帮忙弄啊，难道是她在一个犄角上自己刨土挖洞，边哭边造的？对体弱扶病的黛玉而言，这个工程也并不轻松——她为什么要这么做呢？

试想黛玉那般"一身多病""风儿一吹就倒了"的柔弱美人儿，如何能为了葬花而"长途跋涉"？而且不仅是步行，还得承受着花具的重荷："肩上担着花锄，锄上挂着花囊，手内拿着花帚。"如果不是为了安放自己的灵根所系——诗稿，黛玉至于舍命做这一系列缜密的筹备吗？

荒崖鹤懒三生误

荒崖：大荒山无稽崖，通灵宝玉的来处及归宿。

《红楼梦》最重要的超现实循环圈，就是作者构想了由神降世为人，又由人复归为神的生命历程。在这个循环圈里，既有顽石被僧道夹带着到红尘世界经历一番，又在"几世几劫"之后回到了原点；也有随神瑛侍者下凡的一干情鬼，按警幻仙子的安排走完红尘；还有绛珠仙草为了神瑛侍者而下凡报恩，最后泪尽而逝，魂归离恨天——她们皆由"太虚幻境"挂号，在红尘历劫之后又复归"太虚幻境"销号，这一个个循环圈呈现出相互共存、相互映射的关系。

然而，如果贾宝玉在应一僧一道的要求还回通灵宝玉后，选择放弃超度，甘愿滞留在此岸世界，这一在僧道看来"梦中自误"的选择，又将导致《红楼梦》的结局如何收尾？

斑竹风沉一梦惛

惛：痴也（《广雅·释诂三》）。也有昏昧迷矇的意思。

曹雪芹主张文学创作应"远师楚人"（第七十八回借宝玉之口道出），他从屈原与宋玉的歌赋中摄取了大量素材，黛玉形象的原型，相当一部分就是以巫山神女的命运遭际为架构，同时融合了湘水之神的诸多质素而形成。同时，曹雪芹还通过翠竹的文化寓意，借鉴了巫山女神的神话传说、娥皇女英的爱情传说、"有凤来仪"凤凰栖竹的历史典故等，来塑造林黛玉的居所环境及精神风貌。使得竹子这一自然物，具备了浓厚的、与黛玉紧密关合的人文意象。

黛玉去世后，想必宝玉或号恸崩摧、或临水洒泪、或焚纸清明、或夜月泣诔，句句印证了《红豆曲》的谶言。而如续书所写"欲求一梦而不得"，才是最令他哀伤与失落的吧。

取次芳溪寻旧迹

取次：草草，仓促，随意。这里是"匆匆经过""仓促经过"或"漫不经心地路过"的样子。唐代元稹的《离思》有名句曰："取次花丛懒回顾，半缘修道半缘君。"芳溪：指大观园的沁芳溪。

林黛玉的《题帕三绝》有"湘江旧迹已模糊"句，似乎可以与第三十八回黛玉评众人菊花诗："据我看来，头一句好的是'圃冷斜阳忆旧游'"相互参照。此句指宝玉寻遍大观园，但所有与黛玉相关的事物皆成尘封旧迹。

在黛玉的文学形象中，无疑也寄托着作者超然脱俗、洁身自好的人格理想。当她以病体写出"湘江旧迹已模糊"时，其实已有赴死之心。鲜活的生命会化成灰和烟散去，相亲相爱的人们会横遭祸患最终分离，崇盛赫奕近百年的大家族也会烟消云散，变成一片茫茫白地——这确实是天地间最无情的事。但"天地不仁，以万物为刍狗"，大观园的流水依旧溶溶脉脉地流淌着，丝毫不以人世间的悲剧为意。或许这无情流水所象征的单向时间，正是一切悲剧无可避免的真正根源。可以说，没有什么可以抵挡时间之流的侵蚀与消磨。

在沁芳溪来回逡巡的贾宝玉，会在时间之流面前认命吗？

姑苏路远莫招魂

此句指宝玉最终会去姑苏陪伴黛玉。

自黛玉身死、贾府被抄后，现实世界对贾宝玉而言已经是漠不相关的"他者存在"，自己的"灵魂故乡"只能在遥远的别处。正如甄士隐对《好了歌》注解一番后，对跛足道人道一声："走罢。"这句"走罢"就是由"他乡"向"故乡"的回归。

综　　述

钱钟书先生的《容安馆札记》第七九八则专论《红楼梦》，他非常推许高鹗续书中之"焚稿"情节，认为这种"一死双杀"的设计是续书难得之"胜笔"：

"第九十七回黛玉焚稿一节，皆兰墅续书中最警策之文。黛玉焚稿，写厌生者之心坚意决。身亡命绝，而亦求声名俱灭，神理不存，斩葛断藤，烧灰扬烬。借但丁语，谓之一死而兼'第二死'可也。袭人嫁夫，写忍死者之意转心回。委蛇迤逦，情逐事迁，由忍死而不忍死，渐易初衷，仍萌故态。使四十回中更多此类笔墨，则曹规高随，庶乎可尔。"

同样，杨绛先生《漫谈〈红楼梦〉》对此亦有相近之评论，真可谓夫唱妇随矣：

"第九十七回，林黛玉焚稿断痴情，多么入情入理。曹雪芹如能看到这一回，一定拍案叫绝，正合他的心意。"

钱、杨二先生的观点依据，其实根源于中国人的文化心理——国人特别看重立言立名，认为这是到达"不朽"境界的核心途径。如欧阳修《新五代史·王彦章传》："彦章武人不知书，常为俚语谓人曰：'豹死留皮，人死留名。'其于忠义，盖天性也。"不知书的武人王彦章尚且如此，《儒林外史》第二十回牛布衣的行为就更容易理解了。作为一名落魄士子，牛布衣至死都幻想着立言士林，于是临殁以两本诗集托付给老和尚："替我流传，死也瞑目！"。

林黛玉的心态及诉求，却与牛布衣完全相反——她已经于身名了无顾忌，以至于决绝地自焚其稿，可见其凄凉绝望之至极矣！所以历来读者对续书这一情节普遍比较认可。

黛玉焚稿成为她特殊的"向死而生"的生命抉择，倒是照应了其葬花时所唱出的理想——"质本洁来还洁去，强于污淖陷渠沟"。这种照应使得黛玉的形象相对完整：她宁愿把自己孤独的背影没入沁芳溪，也不愿意把自己的诗稿留在这泥淖浊世（就像妙玉舍弃刘姥姥用过的茶杯）。

至于黛玉焚稿这一极其重大事件的诱发原因，前八十回中毫无伏线。而后半部小说中，我们能够看到的直接解释只有"紫鹃早已知道她是恨宝玉"这样一句话。此交代甚为突兀，在此之前丝毫没有铺垫。按续补者所写，黛玉之所以发生这么重大的心理转化，仅仅是从旁观者紫鹃的角度来给出结论的——单单凭一句"恨宝玉"来解释黛玉焚稿的动机，是表象肤浅的，这种交代明显是将黛玉的形象过度情绪化了。

如果按照普通小说的角色心理去推理，读者倒是很容易理解黛玉的"焚稿"行为——黛玉的很多诗属于宝黛之间的爱情秘密，这种内心深处的秘密怎能公之于众？尤其是两块诗帕，更代表了两人的相知相爱，所以黛玉一旦知道自己即将走向生命尽头，烧掉诗稿、诗帕就成为一种必然行为。

但是，我们的看法与钱钟书、杨绛二先生颇有不同——《红楼梦》续书中的"焚稿"情节，在当时恰恰是堪称俗套的惯常笔法。

在中国古代文学史上有一种特殊现象，就是一些在艺术上造诣颇深的女作家，对自己的呕心之作却不愿珍藏流传，有的随写随弃，有的自赏之后或瘗或焚。只有偶然的机缘，被仆婢藏匿或见者窃抄，才得以部分流传，如吉光片羽，为人珍视。这从另一方面说明了创作者"得失寸心知"的自觉。这种省思的目光求诸诗文，便化为"良工不示人以朴"的品质与价值坚持——所谓朴者，未成器也。既未成器，毁灭便是自求其洁、自求其全的一种价值诉求。

这种严苛且极端的自我求全方式古已有之。曹植在《前录自序》称："余少而好赋，其所尚也，雅好慷慨，所著繁多。虽触类而作，然芜秽者众，故删定别撰，为《前录》七十八篇。"这是文人自我删选作品的较早记载。

才女自焚其稿的行为，宋代以后较多，这与唐代以后社会上普遍强化女德教育有关。这种焚稿现象，正是"女子无才便是德"的社会氛围在知识女性身上造成的畸形反映。到了明代，女性焚稿的事迹频频出现在各类记载中，表明这种文化惯习已形成一种流行现象，其心理强度也超过唐宋文人，而其行为方式也更常态化了。总之，明清两代（才女）

焚毁诗文事件频繁出现，构成了一种"现象级"的文化事件。其中清人焚稿的行为较之明人更为激烈。

还有研究者指出黛玉焚稿情节，乃因袭明代冯小青的故事。小青嫁与冯生为妾，冯生之妇奇妒，命小青别居孤山，遂至凄婉成疾，死前将其所作诗词稿焚毁，后其姻亲集刊其诗词为《焚余草》。

以曹雪芹的才气，未必肯抄袭冯小青的故事。若从思想立意分析，续书对黛玉焚稿的情节刻画，也偏离了曹雪芹"以诗补天"的写作动机，反而向着传统言情小说遇人不淑、佳人薄命的层面着意强化。

当然，续书作者也有他的考量：焚稿对黛玉是诗魂的死之仪式。她是真正的诗人，诗就是黛玉的生命本身，诗自然会与其共存亡。作诗不是为了流传，而是为了消失——为了给永别人间作证。这一情节似乎是黛玉悲剧命运的一个最合理结果。

然而，续书者和解读者都有可能轻视了黛玉那柔弱病体下爆发的"心能"——那是沛然莫之能御的诗灵的高能，黛玉或许有某种程度的自怜自恋，但她绝对不会自轻自贱，难道她会臣服于命运的悲剧安排、听凭情感的冲动，以至于亲手焚掉彰显自己超逸人格的诗稿吗？

若说黛玉的灵台之清明，首先集中地表现在她对彼岸超度的排斥态度上。曾经一僧一道中的"僧"就曾亲往林府，要化她出家，可是黛玉的父母固是不从，那僧无奈，只得留下赠言："既舍不得他，只怕他的病一生也不能好的了。若要好时，除非从此以后总不许见哭声；除父母之外，外姓亲友之人，一概不见，方可平安了此一世。"以还泪报恩为先天动机的她却被箴戒"总不许见哭声"；命定要与下界之恩人相会的她又被警告不许见"外姓亲友之人"。在这种充满荒诞感、注定无法解脱的怪圈中，悲剧也就不可避免了。

我们可以在脑海中浮现这样一幅画面：流泪葬诗的林黛玉，象征着每一个无情无诗的时代,总有不甘于被黑暗吞噬的灵魂,他们撒播下希望的种子,期待着这个石头世界有朝一日的繁华着锦。

或许,偶尔我们也会仰望苍穹,能够撑起天幕的那些或明或暗的星辰,其中最亮的一颗,可能就是黛玉诗灵的显化吧……

《李林补书自嘲》：《红楼梦》的鉴赏及续补问题

《李林补书自嘲》

欲补斯书别样工，我今一怒逞雕虫。
妖氛迷眼轩辕镜，残局搜肠碧眼瞳。
诗化贞珉惊匠石，玉成情种辟鸿蒙。
神瑛传牒招新侍，纵许投名懒引弓。

欲补斯书别样工

"红学"应该是有门槛的，在笔者看来，这个门槛就是以诗眼阅之、以诗心悟之、以诗灵会之、以诗笔评之。

曹雪芹"著书即传诗"，即"志在自写其传，又最善于诗笔传神"。《红楼梦》整本书不仅语言是诗意的，其整体的意境也是诗意的。在《红楼梦》的研究中，务必要认识到意境比情节更有价值、妙手比本手更有价值、美学比哲学更有价值。就此原则而言，如果红学家还沉迷于"自传说"或"探佚学"等分块学科研究中，虽然自以为条条有理、头头是道，但是由于忽视了《红楼梦》作为诗意文本的思想价值和艺术价值，带来的却是"文脉诗情"的萎缩割裂，直接导致读者的"审美降级"。

至于那些满脑子阴谋论、索隐派的点评，读起来真是有辱斯文、愧对雪芹。如吴世昌在《〈红楼梦〉原稿后半部若干情节的推测》中说，袭人是怡红院两派斗争的主角、王夫人的特务。对"袭人"这个名字，他解释说："'袭人'者，乘人不备时暗中对人的袭击也。其实，花气固然可以袭人，恶狗也可以袭人，因为它也往往从后面袭来，令人防不胜防。"如果带着这种观念去读《红楼梦》，估计好端端的一场审美体验也会变成梦魇。

《红楼梦》是一本残缺的棋谱（目前研究发现前八十回中也有些招数是他人捉笔代下的），即便是曹雪芹本人，固然妙招迭出、绝招封喉，也难免存在失招、漏招、败招。只有养成某种"诗意直觉"，才能辨别棋谱中的精微粗陋、胜败关键。对于职业棋手而言，简单复盘一次就可知彼此的失误，然而同是世界冠军，所有的超一流棋手都承认："李昌镐的棋需要看两三遍才能懂"——如果你缺少行内所言的"棋盘感觉"，你都没资格领教专业棋手的功夫恐怖如斯。

我今一怒逞雕虫

虫：虫书、刻符分别为秦书八体之一，西汉时蒙童所习。以"雕虫篆刻"比喻辞章小技。《三国演义》中诸葛亮舌战群儒云："若夫小人之儒，惟务雕虫，专工翰墨，青春作赋，皓首穷经；笔下虽有千言，胸中实无一策。"

《红楼梦》既是"悟书"，又是"误书"。目前看来，"误读《红楼梦》"的倾向越来越明显。读《红楼梦》，一颗端正灵慧的心比一个好的版本更重要。读到不好的版本，不过是多绕一点路，倘若读到阴谋论与斗争论的调子上去，不啻是南辕北辙，越读越会与作者的本意背离。至于续补这部文学艺术性已达化境的伟大名著，如果思想庸俗、见识鄙陋，就难免成为续貂的狗尾。

百年红学眼下已经步履维艰，屡遭危机，屡陷困境。我们需认真自省，彻底反思，要对既往学术史进行更为深刻的批判性重构。

妖氛迷眼轩辕镜

轩辕镜：传说可以照妖辟邪的古镜。宋人梅尧臣有诗："世无轩辕镜，百怪争后先。"

近些年来，随着媒体的发达，对《红楼梦》的研究"乱花渐欲迷人眼"，提出红学新说的人越来越多，观点也越来越骇人听闻。几乎每隔一年半载，红学研究领域都要出现几个热点，再加上媒体的造势，使红学领域如自由市场般热闹非凡。有意思的是，越是是非之地，涉足的人却越多，红学大军越来越庞大，成了乱哄哄你方唱罢我登场的"拥挤的红学集市"。

当然，上述现象的形成倒也不能全怪红学界，如龚鹏程就说过："《红楼梦》乃我国第一妖书，读者常要发狂，或痴迷不已，或恨不得拉杂摧烧之。"之所以说它是"妖书"，就因为它善于迷魅人，能令人昧惑。关于它的内容、主旨、来历、文本、指涉、寓意，从没有两个人看法是一样的。至于红学专家们的争论就更厉害了，虽不至于拳脚相向，但彼此衔恨的情况却极普遍，谁也不能说服谁——令人不由得想说一句："都怪曹雪芹！"

百年红学逐渐形成了某种"学术反噬"现象，红学本身成为其发展桎梏。新红学的未来必须另辟蹊径，"眼前无路想回头"——这便需要新红学家们以"诗意的慧眼"和"诗灵的感应"去对待《红楼梦》，这就首先要求拨开红学自身的迷雾，再次与文本坦诚相见。

残局搜肠碧眼瞳

"碧眼方瞳"喻指神仙。传说在仙人眼中，尘世中的一切毫无掩饰，盖因其瞳炯炯有神、神光棱棱而显方形。道经还由此附会说，修道有成时，两眼会呈蓝色，眼瞳定而有力，发出方楞似的光芒。故唐人李咸用诗曰："麻姑山下逢真士，玄肤碧眼方瞳子。"苏轼亦云："何处霜眉碧眼客，结为三友冷相看。"

据说神仙下凡"度人"时，往往很低调，常以邋遢、龌龊的"凡相"示人——如《红楼梦》中的癞头和尚、跛足道人，以及道家传说中的铁拐李、吕洞宾等，并且还可能故意装疯卖傻给予凡人各种试探，这就是所谓的"试炼"。但反过来，我们如何去辨别矫饰、美化了的妖魔鬼怪？方法其实很简单，即如《登真隐诀》所言："仍看其眼中，瞳子若暗者，知非是仙，则邪鬼耳。"

诗化贞珉惊匠石

贞珉：石刻碑铭的美称。匠石：喻指技术出神入化的工匠。《庄子·徐无鬼》："郢人，垩漫其鼻端，若蝇翼，使匠石斫之。匠石运斤成风，听而斫之，尽垩而鼻不伤，郢人立不失容。"后亦以匠石称擅长写作的人。

既然曹雪芹写《石头记》的目的就是"为闺阁昭传"，难道贾宝玉发现黛玉埋下的诗稿后，就不能化身为笨拙的石匠，用稚嫩的技巧把这些文字镌刻在石头上？正是这些"石上之诗"的显化，贾宝玉得以成就自己的生命"史诗"。

玉成情种辟鸿蒙

"顽石化玉"作为《红楼梦》最核心的情节框架,可追溯到"玉—石"意象组合深远的文化背景和文学传统。玉石在火山喷发、地壳运动等过程中,往往被其他普通石料所包裹,此为玉原石,须经精雕细琢方可加工成晶莹剔透之美玉,如著名的和氏璧。

《红楼梦》唯一贯穿全书的故事是贾宝玉和林黛玉的爱情悲剧,然而这个爱情悲剧真正要表达的并非"百年合好""白首双星""报恩还愿"等传统主题,而是如何开辟鸿蒙,让蒙昧遮蔽的诗灵发芽成长,以撑起那倾斜的"情天",填平那深渊般的"恨海"。无论是爱情主题说、阶级斗争说、色空观念说,都没有很好地把握住上述的深刻主题。

《红楼梦》有一个万古不磨的"思想纲领",就是"以情补天"或"以诗补天",这是统率全书的枢纽。面对此岸的残缺之天,以情所酿的诗能否替代以石所炼的玉作为补天之新材?女娲补天的传统神话,在曹雪芹的"问天"意向下得以升华成迥然不同的价值意向。当这种重新演绎的神话意蕴投向这个枯木寒岩般的无情世界时,以泪融化之、以诗炼化之的《石头记》,便与这个"石头世界"发生了互喻关系。

神瑛传牒招新侍

神瑛侍者(这里可理解成"为神瑛服务的侍者")是被警幻仙子"任命"为神瑛侍者的。贾宝玉滞留凡间迟迟不归,可以说是公然违背了天条。然则这个天界的职位又不可能长期空置,所以神瑛就需要从下界找个灵秀之人来补缺。滞留此岸的贾宝玉,还有机会重返赤瑕宫做回神瑛的侍者吗?或者也可以这样问:放弃了贾宝玉的神瑛,会把哪位令他满意的补书者接引到仙界,作为新的侍者?

这句诗其实是一种虚拟的"代神而问",笔者这种写法,也有向曹雪芹致敬的意思。中国长篇章回体小说的文本形态，基本都是平面线性的叙事设计，直至《红楼梦》的出现，才有了时空维度叠加的立体叙事方式。所谓立体叙事，要求作者必须擅长运用虚拟写法，这样才能造成故事情节重重无尽的层次感。

相信再过千年，仍有人欲图重补《红楼梦》，让人不由得产生"文脉不绝"之感慨；然而面对这线索多端到令人绝望的残谱，又不由得替曹雪芹发出"广陵绝响"之感叹。

纵许投名懒引弓

面对神瑛传来的招聘牒，只需发弓应答，即可从此位列仙班。但贾宝玉会引弓向天吗？或者说曹雪芹会让他主动应答吗？那些《红楼梦》的续补者，倘若遭遇如此情节，又将如何下笔呢？我总在揣测：面对传抄杂糅、书稿佚失，人生最后十年掷管封笔、裂弓断弦的曹雪芹，究竟是怎样一种心态？

但我基本可以肯定：曹雪芹完成《石头记》，尤其是决意不再动笔复补后，他的世界便处于"归零态"——世俗世界中的一切权力、地位、荣耀都被屏蔽，他似乎已经处在主动放下的虚空状态。这种"万古长空，一朝风月"般的归零态，不屑于抑扬任何人的点评或续补——他已经同宝玉一起石化……

综　　述

如果按照经典小说的考评标准来衡量，《红楼梦》的存世文本并不完美。学术界一般认为前八十回是曹雪芹写的，其实这只是个笼统说法——即便前八十回的文字中也存在"非曹雪芹文笔"，如在抄写过程中难免会有抄手出于自己的理解而顺手改动的地方。这是人之常情，但是普通读者对此几乎无法辨析，非专业读者可不予深究而已。况且，前八十回从整体上看也并非紧凑连贯，尤其是重大情节章节上的不连贯，可能是多个文本无法兼容的结果。

并且《红楼梦》并非全璧，流传下来的是个残篇，由此形成的诸多谜团反而使该书凭空增加一层神秘的魅力，对各个阶层的读者形成强大的吸引力，让人欲罢不能，苦苦寻找那些也许永远都无法得到的答案。这一现象或许令读者遗憾，但反而给后续者或探佚者留下了展示才艺的更大空间。正如芦雪庵联句王熙凤起首说出"一夜北风紧"时，众人都相视笑道："这句虽粗，不见底下的，这正是会作诗的起法。不但好，而且留了多少地步与后人。"

所以，《红楼梦》"玉璧不全"的遗憾又给解读者带来了极大的开放性和扩展性：它的每一个情节冲突，它的每一种人物关系，都有无穷的可能性。尽管曹雪芹在开始的时候，通过金陵十二钗的判词等对一些主要人物做了大概框定，但这个判词本身就是很玄妙的、模棱两可的。

某种意义上可以说，《红楼梦》压根儿就是难以结局、无法结局的。因为前八十回实在是写得层次太多、线索太多、可能性太多了，若想把它变成一部能收拢无痕的书，前后的线头必须对接精准，这样才能实现封闭无漏的完整结构。

历史上有多部续写的《红楼梦》，甚至今天还有人不停贡献出所谓"红楼真本"。如果综合判断，写得最好的是哪部呢？还是高鹗主笔的"程高本"（后四十回究竟是不是真出自高鹗之手，现在学术界尚有争议，但我们在此姑且这么称呼）。

须知语言是不断变化的，从曹雪芹所处时代到今天，语言变化尤其剧烈。语言是活生生的东西，体现在你的一举一动一言一行，就像你呼吸的空气一样。现代人不可能像曹雪芹一样,自如地使用那个时代的语言。尤其是口语、俗语、方言,即便拿腔拿调强行模仿也免不了走形。所以说,若想给《红楼梦》写本合格的续书,理论上是存在一个"时间窗口"的,过了这个时间窗口,就永远不可能了,而高鹗恰好处在这个时间窗口里。至少在语言习惯上,高鹗和曹雪芹是大致接得上的。

客观地说,以后永远不可能有人再写出一本超越高鹗的续书了——语言环境变了,这是人力无法更改的事情。可以毫不夸张地说,没有任何一个作家能做到这一点——所有现当代作家都过不了语言这第一关。

我很认同舒芜先生在《红楼说梦》"自序"中所言——

"自从一百二十回本问世以后,胡适的《〈红楼梦〉考证》发表以前,一百多年间的普通读者的绝大多数,全都相信后四十回确是曹雪芹的原作,读得最感动乃至抛书痛哭的地方都在第九十七、九十八回。这就是说,即使后四十回全是高鹗手笔,广大普通读者实际上已经肯定他续得成功……因此,我也不相信一切否定、贬斥后四十回之说。我甚至相信程伟元、高鹗确实得到八十回以后的曹雪芹原作的残稿,他们又做了不少连缀补充,由于他们的思想和才力与曹雪芹的差殊,所以今本后四十回才会这么不统一,好的地方太好,坏的地方又太坏,不可能是出自同一人之手笔。相比之下,可信度最高的说法应该是:后四十回主要属于原作者的遗稿,或者是高鹗、程伟元根据原作者的残稿整理、修补而成。"

当然,跟前八十回比起来,高鹗的后四十回写得确实不够好。其中原因就是高鹗在知识背景、生活经历等多方面的先天欠缺。高氏并没见识经历过真正贵族阶层的生活,写起来就难免左支右绌。比如在前八十回里,黛玉吃的是洁粉梅片雪花洋糖,到了高鹗笔下,她却开始吃五香大头菜,上面还要点几滴香油,结果就成了笑柄。再加上高鹗的思想境界和精神气质都比较平庸，所以与前八十回灵气满纸的文笔情节相比，补书越到最后越显得灰暗呆板起来，人物也变得干瘪，就像从三维空间渐渐进入了二维空间。

一本小说之所以能够成为经典，应该是知识性、艺术性、故事性、思想性四者具备的。《红楼梦》的知识性及艺术性几乎可以说前无古人后无来者——整部书犹如一幅巨幅画卷，上及天文，下包地理，纵摄满汉，外延番邦，更有历史典故、官制礼仪、地理经济、宗教术数、草木虫鱼、饮食服饰、谜语俗修、酒令博戏、器用工艺、医药养生、建筑园林……真是名目复杂，常令人不明所以。正如曹雪芹的开篇交代：《红楼梦》故事的"离合悲欢，兴衰际遇"，都是如实的"追踪蹑迹，不敢稍加穿凿"，这就导致其笔下对家庭闺阁中的一迎一送、一饮一食也"比历来风月事故更加琐碎细腻"。如婚丧嫁娶、生日饮宴、题赠送礼、穿衣吃饭、延医看病、种树养花、打醮看戏、斗嘴取笑等，书中对这些日常生活细节的描写简直到了抛尽一切夸饰的地步。

当代读者面对这本小说的巨量知识，没有不望洋兴叹的。偏偏就是在一些细节上，许多人以为无足轻重常常跳过之处，往往正是曹雪芹暗藏玄机之地——这就是所谓"小说家的伎俩"。读者通常只追着情节走，殊不知情节需要铺陈、故事须有场景，缺了那些衣食器用、典制仪轨、宗教术数、草木虫鱼等，就如《辕门射戟》的吕布头盔上少了翎毛、《空城计》的诸葛亮手上没了羽扇，场景气氛出不来，情节也很难铺层推进。况且曹雪芹尤其擅长在细节处特弄狡狯，连环埋雷，而破解其伏线，更需要在术数、名物、字眼、仪制等看似琐末之物事上用功。

既然我们已经不具备续写《红楼梦》的语言环境，并且在知识性、艺术性上几乎无法望曹雪芹之项背，那么我们只有在故事性和思想性上，尽量为这块残璧赋予新的价值。

《红楼梦》的价值之所以远远高于一般的话本小说、言情小说以及清末的谴责小说，并且也远高于《金瓶梅》，就在于前者充满深刻思想和哲学格调，因此在艺术美学境界上为后者所不及。如果抽掉其哲学意蕴，《红楼梦》也不过是一般小说而已。

现在市面上关于《红楼梦》的导读、评点类图书每年都是出版热点，但有的是过度阐释，有的是碎片化分析，有的属于心灵鸡汤式的解读，大都脱离文本借题发挥。这些解读，不能说错，只能说审美角度偏狭，审美趣味也不高。还有的导读只知蹭热度，毫无思想审美深度，相当一部分以庸俗的误读消解了《红楼梦》的深刻和雅致，真如林黛玉所言："不悔自家无见识，却将丑语怪他人！"但因为它可以满足大众猎奇与短暂愉悦的心理，而受到大量粉丝的拥护。

常有人以脂砚斋批语中所说的《红楼梦》"一字不可改"为由，禁止后人对曹雪芹的文笔有任何负向评论，这种将《红楼梦》视为谱牒史料的做法势必会作茧自缚，画地为牢，使得红学研究越来越抱残守缺，故步自封，必将日趋僵化，难以为继，有"死于文本"的可能。须知脂砚斋读的是曹雪芹的原本，并且原本里面存有脂砚斋甚或其他人的代笔，而我们读的文本都不知道是几传手的文字，如果没有一代又一代学人辛辛苦苦地校勘考证，根本就没法连贯地读下去。

同时，我们还要从另一个方面来看待这一问题：以接受美学的观念来看，文本从它诞生的那一刻起便不属于作者，而是属于读者。作品的意义是在读者的理解中产生的，不同阶层、不同时代的读者对作品的解读或多或少地带有个人的生命体验和文化心态。

看来，我们仍需要继续领会《红楼梦》里那浓酽而深隐的"文心诗灵"，以便与曹雪芹展开更加深度的对话——不但要"听他说"，还要"跟他说"，甚至"对他说"。

作为经典文本,《红楼梦》以丰富的知识内涵和精神容量具有无限的可言说性,它一直是向每一个时代的读者敞开的。事实上,那些伟大的经典永远在等待我们去重新解读和诠释,去激活那些沉潜在文本深处不为前人所注意的秘密宝藏或吉光片羽。

《雪芹悲心》:《红楼梦》的创作动机初探

《雪芹悲心》

忍把文章博酒钱,痴痴披阅费增删。
应怜傲骨诗边瘦,每审悲心佛外参。
境幻情真曾隔世,云高鹤懒未逢仙。
弥天华雨皆成泪,可为梅花化雪衫?

忍把文章博酒钱

敦诚曾有《赠曹雪芹》诗曰:"满径蓬蒿老不华,举家食粥酒常赊。"又据清代文人裕瑞《枣窗闲笔·后红楼梦书后》记载:"又闻其(指曹雪芹)尝作戏语云:'若有人欲快睹我书(指《红楼梦》),不难,惟日以南酒(即黄酒)、烧鸭享我,我即为之作书'云。"雪芹嗜酒,见于其多位友人的记载,此不赘述。

曹雪芹有字曰"梦阮",此"梦阮"梦的是"阮籍"。阮籍"青眼聊因美酒横",曹氏亦为诗酒放诞之人;阮籍所处之魏晋六朝政治黑暗,酒便成为躲避苦痛，借以消愁之物。曹氏虽处于所谓"康乾盛世"，但其家族盛极而衰一败涂地的现实境遇，使得他也只能用狷狂的醉态来麻痹精神的苦痛，故他与阮籍一样，诗酒放诞的背后是对现实的无奈妥协与无声抵抗。历朝历代都有一些敏感细腻的灵魂，他们常常处于矛盾之中，也常常在酒中找到痛苦与失落的代偿，让自己暂时忘记现世的黑暗与苦痛。

痴痴披阅费增删

《红楼梦》第一回记曰："《石头记》……后因曹雪芹于悼红轩中披阅十载，增删五次，纂成目录，分出章回，则题曰《金陵十二钗》。"

经过红学界多年的研究发现，《红楼梦》的成书应该存在三个阶段：第一阶段即"素材"时期；第二阶段即"底稿"时期；第三阶段即"增删稿"时期。曹雪芹应是在素材准备充分后，在第二阶段的《风月宝鉴》底稿的基础上，着手增删改写的。

裕瑞所言："闻旧有《风月宝鉴》一书，又名《石头记》，不知为何人之笔，曹雪芹得之，以是书所传叙者，与其家之事迹略同，因借题发挥，将此部删改至五次，愈出愈奇……"这一段话中，我们认为《风月宝鉴》乃雪芹旧文，他以之为底稿，增删扩充（主要是扩充）成为《石头记》。

总之，《红楼梦》一书并非从零起笔，一路写下去，而是多部作品杂糅而成的（对此笔者有专文论述）。在写作过程中，曹雪芹也在不断调整整部书的情节框架，甚至直至其去世，该书仍未完全封笔杀青。

应怜傲骨诗边瘦

曹雪芹的另一位朋友敦敏有《题芹圃画石》云："傲骨如君世已奇，嶙峋更见此支离。"

雪芹笔下的女儿们面对外在压力，往往比贾宝玉等须眉男子更能呈现出某种"弱德之美"。宝玉的性格缺陷，经常因为众女儿的锤炼走向圆满。

这种"弱德之美"与曹雪芹的"狂狷人格"，恰好形成某种阴阳对映。现实中的曹雪芹经历的苦难，丝毫不比贾宝玉少，但这种苦难会成为一种淬炼，反过来不断激发并增进其意志的强度、心灵的广度与担荷的力度。这种经历了"淬炼"的傲骨诗灵，会成为其在困境中继续坚持下去的强大支撑，使得现实生命不至于因生活的苟且而垮塌。

每审悲心佛外参

蒙府本在第二十二回指出："作者具菩提心，捉笔现身说（原作设）法，每于言外警人，再三再四。而读者但以小说古（原作鼓）词目之，则大罪过。"

某种意义上，曹雪芹是借助于《红楼梦》来"照鉴自己"。人类思维最重要的特征，就是能够审思。审思即反过来看到自己，进入一个更高的层面来自视自鉴。这一颇具哲学意味的行为就是聚焦于自我，把思维的主体变成反思的客体，通过自我反思、自我觉察、自我内观，对自我认知进行批判性的自我解放和重新赋能，实现心灵、心理或意识的重构。

《红楼梦》一书涉及多处佛教教义，甚至有人建议把《红楼梦》当作佛经来读。但是续书中宝玉出家体现出的"色空观"，并没有使这部书成为一本伟大的悲剧性经典，原因就在于续书者对大乘佛教的"菩萨道"悲心缺乏深入体证。

按照续书的情节补缀，就算贾宝玉的出家是因为他已经证得了无我无他无悲无喜的"无分别心"，从而潇洒来去归彼大荒，但这样的自我解脱还远远不够。按照大乘佛法的教义，斩断一切尘缘充其量只能算是罗汉果位，离菩萨果位乃至佛的境界尚有很大的距离。况且，宝玉只是"被动出家"，本质上是一条自欺欺人的逃避性选择。贾宝玉唯有返身重入尘世，发愿不辜负任何一位女儿的心愿（无缘大慈），以她们的痛苦为己痛（同体大悲），为她们昭传，才能算功德圆满。

曹雪芹亦秉持此心性——他比普通众生更具忧患感和宿命感，这个世间并不值得留恋，所以他不屑于红尘的同时，又怀有万般难以割舍的悲悯情怀和至情至爱。

戚序本第五十七回前评曰："作者发无量愿，欲演出真情种，性地圆光，遍示三千，遂滴泪为墨，研血成字，画一幅大慈大悲图"。第十六回后总评曰："大抵作者发大慈大悲愿，欲诸公开巨眼，得见毫微，塞本穷源，以成无碍极乐之至意也。"如果读者把众女儿"滴泪为墨，研血成字"在石头世界中凿刻诗情的大悲剧，弱化为宝黛钗三角婚姻惨遭迫害的庸俗化小悲剧，不仅削弱了《红楼梦》的悲剧分量，更辜负了曹雪芹的大悲心。

境幻情真曾隔世

第十九回脂评："后观情榜评曰：'宝玉情不情，黛玉情情。'此二评自在评痴之上，亦属囫囵不解，妙甚！"又第二十五回脂评："玉儿每'情不情'，况有情者乎？"第三十一回脂评："撕扇子，是以不知情之物，供娇嗔不知情时之人一笑，所谓'情不情'。"

宝黛初会中最出人意表、最不谐和的事件，就是宝玉摔玉。由于他出生时就命定了人玉合一、不可分割的宿命纠缠，所以"摔玉"这一行为就等同于灵魂的"自戕"，这恰恰是贾宝玉对"金玉良姻"前定安排的第一次挣扎——他宁可不要这代表灵气与福报的通灵宝玉，也要追求此岸的灵魂完整。

《红楼梦》隐含的故事主线：贾宝玉如何处置"木石前盟"与"金玉良姻"的冲突。或者说，贾宝玉对这一冲突的处理，决定了他此岸的生存意义及价值，以及价值破灭后能否在"无立足境"的白茫茫大地上完成自我救赎。

黛玉从仙界下凡，托生于凡世，她先天的"阆苑仙葩"品格与俗世格格不入。宝钗虽然也得到过癞头和尚点化（冷香丸与金锁都是实际发生的，并非杜撰），但她前世似乎并非仙品，只是凡胎被一干风流孽鬼附体后，后天修成的"山中高士"。所以"金玉良姻"虽然同样经过了僧道的点化与授记，但其属性却是世俗的姻缘。

作为《红楼梦》主线的爱情悲剧，就在于同为仙界的宝黛二人，此生既不能兑现良姻，后世也不能携手仙界，这种"碧落黄泉两相隔"的结局，才是整部大书的悲剧所在。

云高鹤懒未逢仙

在《红楼梦》前半部分的伏笔中，通灵宝玉肯定是要返回大荒山无稽崖的，这就造成了读者的一个惯性投射：贾宝玉也一定要回归太虚幻境销号。然而书中贾宝玉屡屡"诽僧谤道"，对癞头和尚一向缺诸好感，甚至不愿意听之见之，更不愿意听从他的宿命安排。

贾宝玉并非看不穿凡尘丑陋的人性，但他仍葆有悲天悯人的本心，并以"恕道"对待这些泯然的灵魂。

或许，贾宝玉会在一切毁灭后，反而具备了强大的自由意志，拒绝被仙人接引返回仙界？

弥天华雨皆成泪

弥天华雨：佛教称佛陀以大慈悲普降华雨，众生因为得到无量无边的法雨而解脱。

无论是《红楼梦》中的贾宝玉，还是曹雪芹本人，都本能地具备一种"已识乾坤大，尤怜草木青"的悲悯情怀，他们为弱小人物带去关怀，用深挚的同情去观照人间百态。梁启超在《论中国学术思想变迁之大势》中提到："屈原以悲悯之极，不徒厌今，而欲反之古也，乃直厌俗而欲游于天。"像屈原这样有悲悯意识的作家，"必能审视人类生存的困境，观照底层人的生活，以一种悲悯风格来建构他们的文学世界……"。

曹雪芹的精神气质与屈原类似，只不过前者更多地受到了佛教思想的影响。

大乘佛教的"菩萨道"所提倡的"同体大悲"，源自主体对客体众生的毫无缘由的高度同情，意即一种来自灵魂深处的慈悲情怀。贾宝玉就是这样带着一颗敏感而痛苦的心与众女儿相处的。一旦现实环境造成女儿们丝毫伤痛，贾宝玉的逍遥旷达便沦为沙丘巨塔——他对来自大观园外的风雨侵蚀带有本能的警觉，时刻提防着女儿的纯净会被玷污，这份警惧使得贾宝玉的情感时时刻刻处在与每一个女儿"感而遂通"的张力状态，所以每次有女儿流泪，他的泪就先已逆流成河……

可为梅花化雪衫

有评论说"贾宝玉是人类文学史上最纯粹的一颗心。"诚然！贾宝玉守着这颗"纯一之心"，呈现出一种特殊内蕴的"情不情"的悲悯意识。这种异乎常人的悲悯意识来自曹雪芹赋予他的人性中最原始淳朴的生命感动，有一种直逼灵魂底层的优美感及崇高感。

"纯一之心"亦可以用来形容曹雪芹的创作动机。

《红楼梦》在大量描写人际关系和家庭关系的同时，还把"情"的触角伸展到了人与自然万物的关系。虽然中国古代文学作品中也不乏这样的描写，但明确提出"情情"和"情不情"的二元互生观，并将其上升到哲学的形而上高度，则是《红楼梦》的独创。"情情"与"情不情"不单单是小说中对两个主要人物的评语，更是曹雪芹"以情补天"意识的凝练概括。

白茫茫大地上，宝玉彳亍而去，望着雪地上两行深深浅浅的脚印，读者诸君能感受到那足以融化冰雪的泪流成河吗？

或许行走着的宝玉，仍在想着黛玉冰雪般的容颜、冰雪般的洁质、冰雪般的聪慧——路旁的梅花莫不是她诗灵的显化？花瓣上的冰雪落在宝玉温暖的掌心中，花魂亦随之而化到三生石畔去了……

综　　述

敦诚的诗"扬州旧梦久已觉"（《寄怀曹雪芹》）、"废馆颓楼梦旧家"（《赠曹雪芹》），敦敏的诗"秦淮风月忆繁华"（《赠芹圃》）等，都点明曹雪芹早年应该曾在南京一带度过一段繁华富贵的生活。然而曹雪芹寓居北京西山之后，敦诚笔下所描述的境况则与之构成了强烈的反差："于今环堵蓬蒿屯"（《寄怀曹雪芹》）、"满径蓬蒿老不华""衡门僻巷愁今雨"（《赠曹雪芹》）、"且著临邛犊鼻裈"（《寄怀曹雪芹》）……僻巷草庐，蓬蒿满径，落魄穷困如司马相如般着犊鼻裈涤器。

曹雪芹的人生经历让人不由得联想到陀思妥耶夫斯基。两位作家都具备深刻的现实主义笔触，他们小说中的情节既凌空蹈虚，又完全真实，丝毫没有作者的臆想矫情在里面。这种集浪漫主义与现实主义于一身的经典创作，使得他们的作品成为各自民族最彻底的悲剧、最苍莽的史诗。

陀思妥耶夫斯基笔下的梅什金公爵，精神气质颇似贾宝玉：梅什金公爵(小说《白痴》的主人公)同贾宝玉一样,一心想要用美好的心灵感染这个世界,他所到之处充满了"白痴"的讥嘲。这一点与曹雪芹不谋而合——贾宝玉也有痴病,也有性格缺陷。两本书中富有灵性和热情的主要人物几乎均以毁灭告终,主人公的出现作用仅仅是一面镜子,映照出了世界的丑陋本相,但他们都欲图以浮沤般的清流洗刷那些人性中顽固的污渍——当然最终都一败涂地,一个痴傻,一个出家。

梅什金公爵不仅有一个伟大的心灵,他还进行了伟大的尝试,他是一个行动者。虽然他最终疯癫了,他却给身边每个人(包括每个读者)留下一点微弱的希望——从这个意义上说,悲剧才是有意义的。

贾宝玉是天生的情痴情种,在人生的前半程,他一路凭借"意淫"的冲动在情场狂奔,执着地钻入一个个情的魔障,没哪一样情不让他执着。他曾经想得到所有女儿的眼泪,通过"情悟"他才打破了这个我执:情悟之后,他只想与黛玉相守,但命运又让他求而不得。随着前世的慧根的失落(返还通灵宝玉),主动返回尘世的他试图再次破除心中的情障。

《红楼梦》"大旨谈情",但此"情"既有一人一家之恨,更有兆民万世之悲。诚然!古之成一代文豪大家者,莫不遭际时艰,命运多舛。雪芹著书,其间心事亦真亦幻,实则一腔郁愤无从宣泄,气郁难平借以解之。但曹雪芹之所以伟大,就是因为他超越了自身,超越了时代,超越了现实世界的所有羁绊,进入了自由自在的神化空间。作者悲悯若神佛——"背负青天朝下看,全是人间城郭"。

但曹雪芹并没有自居佛菩萨居高临下式地裁决生活,开设道德法庭,对人事进行义正词严的判决,而是写尽人物心灵的颤动、令人参悟不透的幽冥人性、人生无可回避的苦涩和诸多炎凉冷暖,让读者品尝人生高下的况味。其笔下喷涌的不是只文思,更是悲心,正是这种悲心成就了曹雪芹"非经典佛教徒"的菩萨般的存在。

但宝玉出走或出家后又会怎样呢？按照高鹗的续书，毗陵驿头的大红斗篷轻轻一展，转身悠悠几拜便算是还了父母的养育之恩，从此以后，随着癞僧跛道"归彼大荒"，再也不过问人间的是非恩怨了。但这种结局和曹雪芹的原意毕竟有一些出入，据脂批所留下的一些蛛丝马迹分析，宝玉确实是做了乞丐，又做了和尚。但是，半僧半丐的贾宝玉，能否为这白茫茫一片的大地重新带来希望？这是历代读者的痛楚呼唤，也是陀思妥耶夫斯基对"新人"的呼唤。

曹雪芹笔下的"新人"使命何在？或者说《红楼梦》的思想主旨何在？那就是给无情之天"补情"——天因为失情无情绝情而倾塌，贾宝玉即便跟随僧道返回太虚幻境，但那里仍然是一个"太上忘情"的世界。至于业已返回的那块通灵宝玉，不也是再次成为顽石，继续忍受大荒无稽的孤寂清虚吗？贾宝玉最终会悟到：恰恰是在这个花朵飘零的娑婆世界，才有"情"的发生的可能性。他不愿意重返赤瑕宫，正如通灵宝玉不愿意成为一块"无知、无识、无爱、无憎"的石头。

作为情痴情种的花样生命，偏偏要在这个白茫茫的"石头世界"扎根生长，还有比这更荒谬的悲剧尝试吗？

曹雪芹写死亡，尤其这些美好的诗灵的死亡，是痛苦绝望，但同时也是一种昭示呼唤——腐朽的东西终究也会死亡，深渊反而寓意着希望、寓意着新生。正如庞德所言："我一直努力不让花凋落。"——这句话是对曹雪芹的最佳诠释，也是读者对"新人"宝玉最强烈的希望。

同大观园众女儿的"诗灵"一样，曹雪芹的"才情"在现世的恶中一无用处，但曹雪芹仍然执着地让诗情进入石头世界的历史时间。《红楼梦》并非要构筑出满是花和诗的世界，也并非仅仅是因为同情那些不幸的女儿，而是要与这个石头世界本身同在同苦。

渺渺茫茫的大荒山既是红楼故事的起源与开始，也是作者提前设定的最后归宿与结束。在这部悲凉之气遍布始终的大书里，我们所感受到的不仅是大荒山、无稽崖这地老天荒的无限空间，同时也感受到了循环往复、永劫永世的永恒时间。"石头"在书中的存在，不但是作为顽石的物质化实存，也是一种时间的象征指向——它意味着所有的意义建构与价值建构，终将在石头世界里"归零"，这就是《红楼梦》的悲剧密码。

在中华主体思想的语境中，所谓的"诗意栖居"不是上帝设计好的天堂，而是苦难大地上的现实耕作。通向解脱与救赎的路要靠自己去寻找——即便没有路，也要靠自己的双脚走出一条路来。宝玉全部生命意义就在他出家后悲剧性的前行中。这种没有天使翅膀的引领，全靠自己身心负重的前行，比靠圣爱庇护的前行，自然更加坎坷、痛苦，其悲剧性也更加深刻。

中国式悲剧的最高境界，通常是领悟人生如梦后的皈依佛道。对于参透了石头世界密码的曹雪芹，我们相信他能够在《红楼梦》的结局处带来不一样的思想突破。

西方的悲剧精神大多借助于宗教神学的"末日拯救"观，主人公往往会重新返回现实社会，有把分崩离析的世界进行重新整合的宏大气魄——即便这种整合的努力最终仍会失败，但是这一结局恰恰凸显了作品的悲剧性。

陀思妥耶夫斯基曾说："我们一定会复活的，我们会快乐地相见，互相欢欢喜喜地诉说过去的一切。"

黛玉会复活吗？宝玉会新生吗？他们会快乐地相见吗？见面之后，曹雪芹又会让他们诉说什么呢？

可惜，我们现在无法看到曹雪芹的亲笔结尾。然而"红楼未完"，不排除是作者有意而为之！这一观点或许超出了大部分人的揣度，但是二百年前的戚蓼生反而看得更真切："作者慧眼婆心""不必再作转语"。换言之，前八十回已经足够表达曹雪芹自己要表达的内容，虽然表面上尚未写完，实际上却是无须赘言。"未窥全豹"或许会让读者感到遗憾，却也避免了小说艺术上一览无余、尽收眼底的尴尬和无奈，从而给读者留下了再创作、再想象的艺术空间。故作者老婆心切，留下此千古公案，而万千领悟，便具无数慈航矣！

我常常想，在"石头世界"吟唱的曹雪芹，就像徐志摩《猛虎集·自序》里描写的"痴鸟"——"他把他的柔软的心窝紧抵着蔷薇的花刺，口里不住的唱着星月的光辉与人类的希望，非到他的心血滴出来把白花染成大红他不住口。他的痛苦与快乐是浑成的一片。"

《对景悼颦》：黛玉之后应无诗

《对景悼颦》

茜窗敧枕竹森森，露自泠泠鸟自喑。
托梦长祈蕉上雨，穿帘曾度晚来砧。
心多一窍因诗苦，帕重三分是泪沉。
鹤信鸾音空引睇，遗香端恐垄中寻。

茜窗敧枕竹森森

茜窗：指茜纱窗。贾宝玉曾接受黛玉的指点，修改《芙蓉女儿诔》的一句诗为"茜纱窗下，我本无缘；黄土垄中，卿何薄命。"黛玉闻之怵然变色。

敧枕：第十九回"意绵绵静日玉生香"堪称《红梦楼》中最甜蜜的桥段。黛玉让宝玉坐在椅子上说话，宝玉偏要倒在床上，并且嫌外边的枕头脏，要求和黛玉共用一个枕头，黛玉只好"将自己枕的推与宝玉，又起身将自己的再拿了一个来，自己枕了，二人对面倒下。"

第七十九回描写了迎春出嫁后贾宝玉所见紫菱洲一带的寥落景象，有脂批云："先为'对境悼颦儿'作引。"迎春出嫁令宝玉怆然泪下，尚且吟诗以志哀伤，可见后文一定有与黛玉逝后有关的荡气回肠文字，惜乎读者无缘见到，我们这里也只好诉诸想象了。

以脂砚斋的批语为根据来探佚，黛玉之逝，应发生在金玉成姻以及贾府抄没之前，否则宝玉不可能再回到空园或废园去哀悼黛玉。曹雪芹偏爱林黛玉，想必也不忍心让黛玉经受抄家的折磨。树倒猢狲散之际，黛玉的处境令读者不忍想象，倒不如让她提前逝去，也是作者菩萨心肠的体现。

黛玉去世之后，宝玉对此岸世界尚存一丝希望，于是他秉承"若一味因死的不续，孤守一世，妨了大节，也不是理，死者反不安了"（藕官语）的原则，在大人们的强制要求下与宝钗成亲了，过了一段没有夫妻生活的举案齐眉的日子。然而贾家抄没的命运随之而来，大厦倾覆后白茫茫一片大地真干净的景象也就这样忽喇喇到了眼前。

露自泠泠鸟自喑

第三十五回写黛玉回到潇湘馆。一进院门，只见满地下竹影参差，苔痕浓淡，不觉又想起《西厢记》中所云"幽僻处可有人行，点苍苔白露泠泠"二句。

托梦长祈蕉上雨

高鹗所续《红楼梦》第一百零九回，写宝玉为了迎候黛玉芳魂，借用《长恨歌》词"悠悠生死别经年，魂魄不曾来入梦"以相印证。他独宿外室，备感遗憾的却是一夜无梦。

此刻潇湘馆的景象是"'芭蕉'更兼细雨，到黄昏、点点滴滴"，宝玉该怨那雨声"聒碎'思'心梦不成"吗？

穿帘曾度晚来砧

《芙蓉女儿诔》有句云："露阶晚砌，穿帘不度寒砧；雨荔秋垣，隔院希闻怨笛。"第六十二回黛玉行酒令时，曾拈了一个榛穰，说酒底道："榛子非关隔院砧，何来万户捣衣声。"

"砧"作为一种文学意象，在书中衬托营造出某种独特的氛围。本书的几句诗，对此也有借鉴。

心多一窍因诗苦

黛玉作诗，全由自己的内心触动而感发，故成其独一无二的别样境界。黛玉写出了自己的悲、自己的苦，因此是带有真景物、真事件、真感情的诗。正是这种诗，具有打动人心的力量，使人读之不由得动容感喟。尤其是那些生命易逝、人生无常的吟咏，由这位花季少女说出来，更令人心肠易碎，悲恸难耐。

王国维说李后主的词是"血书"，难道黛玉的诗就不是血书吗？李后主的词是家国人生的血书，而黛玉的《葬花吟》就是她昂首问天的血书。

未哭过长夜的人，不足以语人生；没有为花瓣的凋谢感怀过，生命将是不可承受之轻。宝黛二人用全部身心去感怀一朵花的凋零，这是一份高度同频的关系，在这种人与花、心与心的同频共振中，他们听见了花瓣的叹息，也听懂了彼此的心声。

黛玉的诗才凌驾众人之上，因此作者对她才有"孤高自许，目下无尘"之评价。黛玉诗才超人，可是每次赛诗，她总是真诚推崇别人写得好，从不计较高低；与湘云凹晶馆联句，每当湘云说出佳句，她总是"起身叫妙"，甚至还说："我竟要搁笔了。"其心如玉壶般晶莹剔透，其行如赤子般纯真天然。

最懂诗王黛玉的人是谁呢？当然是宝玉。宝玉闻《桃花行》落泪，当下即判断此乃"潇湘子稿"，因为如此哀音，只有曾经离丧的人才写得出，必是林妹妹所作。言外之意，是指众人都是"以笔作诗"，只有黛玉是"以命作诗"。

对黛玉这种"天命诗人"而言，必须经由"苦"，才能进入"诗"的世界——在诗的世界里，灵魂的灼痛反而成为灵感的源泉。

帕重三分是泪沉

甘露是前世绛珠的生命之源，泪水是今世黛玉的诗意之本。

黛玉一生爱哭，所以给人的感觉是太过"小性儿"。如果黛玉只为自己处境的不幸而怨恨宝玉之无情，那么她的流泪，对宝玉来说，并没有报恩的性质，也不是作者所构思的"还债"——用恨的眼泪去还爱的甘露，是以怨报德，怎么能说"也偿还得过他了"呢？

一个人的哭，或是为了自己，或是为了别人；或是出于怨恨，或是出于痛惜，其性质是不一样的。黛玉进贾府后第一次流泪，就是因为宝玉险些自毁了"命根子"，这也就是脂评所谓："惜其石，必惜其人。其人不自惜，而知己能不千方百计为之惜乎？"它告诉我们后来黛玉泪尽夭亡，正是由于宝玉各种"不自惜"的行为而引起的怜惜伤痛；黛玉后来主动自沉，就是为了让宝玉在面临家族内外的巨大危机下，不至于因为自己的存在而陷入两难境地。

眼泪象征了林黛玉一生的苦难，也象征了她不屈的抗争。她像一名战士，伤痕累累，却从没有离开战场，她一直在和命运做斗争，尽管她常常泪眼婆娑。

每次宝玉拿起黛玉甩给他的素帕，都会感到沉甸甸的真情厚意，只是如今诗帕何寻？

鹤信鸾音空引睇

　　第五十回贾宝玉曾作灯谜诗云："天上人间两渺茫，琅玕节过谨提防。鸾音鹤信须凝睇，好把唏嘘答上苍。"续书第九十八回"苦绛珠魂归离恨天"的时候，"远远一阵音乐之声"，亦似有鸾鹤迎黛玉回仙境。

　　一个是凡心偶炽，一个是以泪还愿；泪尽者终了心愿，问天者凡心仍炽——汝自从来处魂归，我却宁候这一世蹉跎。

遗香端恐垄中寻

　　《红楼梦》第十九回说到宝黛二人面对面躺着，宝玉愉快地被黛玉骂过"放屁"，又安心地让黛玉拿手帕揩拭脸上的胭脂膏子。此时一股"醉魂酥骨"的幽香从黛玉的袖中发出，宝玉笑道："这香是那里来的？"黛玉道："连我也不知道。"宝玉说："这香的气味奇怪，不是那些香饼子、香毬子、香袋子的香。"黛玉冷笑道："我有的是那些俗香罢了。"接着黛玉又问："我有奇香，你有'暖香'没有？"这又引出了薛宝钗的"冷香"公案——黛玉、宝钗都有体香，但区别在于薛宝钗的冷香乃药力所为、人为炮制；林黛玉的奇香乃天然合成、浑然一体。

　　第二十六回描写了宝玉第二次闻香。宝玉信步走入潇湘馆，只见"湘帘垂地"，刚走到窗前，"觉得一缕幽香从碧纱窗中暗暗透出"。"发幽香"的黛玉干脆顺带"发幽情"，细细地长叹一声："每日家情思睡昏昏。"

　　钗黛二人都具有灵秀所钟的书卷诗香，但是黛玉更有前世"饥则食蜜青果为膳，渴则饮灌愁海水为汤"的特殊加持，所以迷恋过宝钗"冷香"的宝玉，更沉醉于黛玉的"幽香"。

审美不仅是一种文化现象,而且是一种生命现象,嗅觉沉醉恰恰是人之六根中最为深幽的审美发生。闻香止恶,多是宗教譬喻;闻香生情,却是凡尘痴意——"当它还在枝头的时候,我要嗅一嗅它的芳香。"如今芳香不在,宝玉又将何寻?

综　　述

太虚幻境宫门上书写的对联是:"厚地高天,堪叹古今情不尽;痴男怨女,可怜风月债难偿。"问题是,曹雪芹想借"风月之债"否定古今之情,还是要肯定古今之情?他所要酬答的又是什么样的情债?

女儿的死亡是美的死亡,宝玉将自己所有的爱都给予了她们,然而他最终能否承担起她们所有的痛苦和不幸?面对黛玉的死亡,宝玉此刻是恍惚的,他并不明确自己未来会面临怎样的考验与选择。

在"凤尾森森,龙吟细细"的潇湘馆中,林黛玉以诗魂为伴完成了她的"还泪"夙愿,如今她又在"落叶萧萧,寒烟漠漠"季节安静凋谢——"世外仙姝"已经有了她的去路,宝玉又将何往?

这让我们想到黛玉留下的一个谜语,这个谜语两百年来读者一直都在试图破解,因为宝玉的命运,似乎答案就在谜底中。第五十回"暖香坞雅制春灯谜",林黛玉所作灯谜:"**騄駬**何劳缚紫绳,驰城逐堑势狰狞。主人指示风雷动,鳌背三山独立名。"多数读者及专家都认为谜底是走马灯,并认为它喻指了黛玉的命运。

然而,我们在此提供另一种思路:谜底可能是赑屃,并且这个谜语喻指的就是宝玉的命运。因为这个谜语与第二十三回宝玉对黛玉赌咒发誓时说的一番话关联性实在太贴近:"好妹妹,千万饶我这一遭,原是我说错了。若有心欺负你,明儿我掉在池子里,教个癞头鼋吞了去,变个大忘八，等你明儿做了'一品夫人'病老归西的时候，我往你坟上替你驮一辈子的碑去。"

宝玉发誓要变的"大忘八"就是赑屃。需要注意的是，他口中的"癞头鼋"分布于江浙地区，在北方是见不到的。可见宝玉后来的活动轨迹是在江浙地区。

赑屃又名霸下、鳌、龟趺、龙龟等，是古代汉族神话传说中龙之九子之六子。传说赑屃常背起三山五岳来兴风作浪，狰狞顽劣四处驰骋，后被大禹收服，按照主人的指示开山辟岩，为治水立下汗马功劳。大禹后来就用一块大大的石碑表征它的功绩，让它自己背起。故历代帝王圣贤树碑立传，歌功颂德，常用巨大的石碑立于赑屃背上，意在依靠他的神力，可以经久不衰，千秋永存。黛玉灯谜中"鳌背三山"的"鳌"就是赑屃，而其背上三山具有一个独立的名字（也可以理解为与众不同的名声），这个独立的名字是什么呢？难道不是宝玉刻下的《石头记》吗？

第七十六回妙玉中秋联句有"赑屃朝光透"，意为驮着石碑的石龟透露出一丝曙光，似乎也可以理解为众女儿在漫漫长夜中对宝玉寄托的那丝希望。

作者为了让宝黛悲剧的震撼之美深入人心，在故事构架中早早将宝黛爱情描绘成贾府的共识，如第二十五回王熙凤的玩笑，第六十二回小厮兴儿的预测等，皆可为证。脂批也曾言："二玉之配偶，在贾府上下诸人，即观者、批者、作者皆谓（原作为）无疑"。如果说"木石前盟"是两情相悦的前世之约，"金玉良姻"则基于世俗人情的合理抉择。王夫人明知晴雯是贾母挑选出来、宝玉未来姨娘的人选，仍因其不合己意而一力清除，反映出其作为母亲主导宝玉婚配的强烈意愿。其实，宝黛二人的悲剧结局在"元春省亲"时就已经埋下了伏线：元妃修改怡红院匾额的"红香绿玉"为"怡红快绿"，去掉了"香玉"，就暗示宝黛姻缘会被强行拆散。从"绛芸轩"到"怡红院",影射无论贾宝玉怎么腾挪,都不能扭转这一结局。

如今宝黛二人已是阴阳两隔,宝玉重回潇湘馆,其情之痛、景之哀、悔之切,直教人肝肠寸断!

晴雯死后,贾宝玉凝聚所有的才气撰写了《芙蓉女儿诔》。晴雯被看成是黛玉的影子,宝玉祭奠晴雯就是影射日后祭奠黛玉。按照《红楼梦》善于伏线的写作方式,黛玉日后"病老归西"时,也应该会有墓碑,那墓碑上刻满的文字,只能来自宝玉的手笔。

写《芙蓉女儿诔》时,宝玉尚有通灵宝玉的加持,那时候的他少年才气、钟灵毓秀,所以才能够为晴雯作出那样文采斐然、感情炽热的长篇祭文。黛玉死后宝玉的表达只会更加丰富真挚,可惜,通灵宝玉即将如约还归大荒山(参见第166页《宝玉还玉》篇),心死灵枯的宝玉,又如何写出哪怕只言片字的祭文?

我们可以驰骋想象:黛玉死后,宝玉会为她刻碑立传,然而这份传记的底稿就是黛玉留下的诗稿,也是《石头记》这部书的"元素材"。曹雪芹据此演绎出《红楼梦》一部大书。

这一切都是由石头记录下来的,通过石头既可以回溯到故事最开始的时空,又可以草蛇灰线梳理出故事最后的结局。如此,小说呈现出的时间循环,是个首尾相衔的圆圈。因此读者对"红楼一梦"就带有"头即是尾,尾即是头"的感观。

《红楼梦》之后,产生了各种补梦、续梦、圆梦的续书,多是企图为黛玉雪冤:宝玉还俗,生黛玉,起晴雯,死宝钗。然后,宝玉发达,黛玉扶为正室……减人唏嘘,以快人意,然实为蛇之虚足,徒供人喷饭而已。这些各种形式的"大团圆"结局,无论是故事中的人物还是故事外的读者,大家皆大欢喜——"到处都是欢声笑语,再也看不到在笑声掩

盖下为世人看不到的任何眼泪了。"（陀思妥耶夫斯基《群魔》）

宝黛悲剧乃天缘注定，岂人力所能为者乎？此正是曹雪芹冲冠一怒为写书的动机，非众续书作者能所及者。

贾宝玉曾因家长的安排离家避祸，等他重回大观园，与黛玉已经是阴阳两隔。曾经的"怡红之院"，是女孩们的庇护所，宝玉也自认为是这女儿王国的保护神。群芳夜宴是怡红院的诗意绝响，每枝花签都预示了众女儿无奈凋谢的命运。当抄检大观园开始后，怡红院反而首当其冲成了重灾区（晴雯被驱赶后死亡）；随后而来的就是越来越严重的家族危机，他的"怡红之愿"无可挽回地成为"遗红之怨"：一个个如花似玉的女子接连离开自己，远嫁的远嫁，死的死，走的走，怡红院只留下千红万艳的无限悲怨。

《红楼梦》的基本构架与《三国演义》《水浒传》及《金瓶梅》等其他小说类似，写的都是由盛转衰的事件。曹雪芹在前八十回中运用"乐景"与"哀音"相成、"天书"与"人书"相融的写作方式，以细腻精微的谶语预示、宏大渊博的诗意美学，营造出别具一格的诗化悲剧。从篇幅解构分析，中国长篇小说在整体布局上一般都是"头重脚轻"，从篇幅分配上来看是"盛多衰少"。按照曹雪芹一贯的辩证用笔——乐中见哀、盛中见衰的反衬写法，《红楼梦》在分量上也不应该是盛少衰多。所谓"忽喇喇"似大厦倾，衰败之快才能造成反衬效果。

如果按照周汝昌先生《红楼梦的真故事》的写法，后半部分再以大量篇幅写"宝湘结合"，把衰败、流浪的分量与盛世繁华的分量描写得等同，就与前半部分的"繁华大梦"产生了巨大隔离感，整体文本变成了一盛一衰，失去了红楼一梦"电光石火"的沧桑惊魂之感。

《红楼梦的真故事》中，令吾人最虐心、最难以接受的情节就是"宝湘联诗"。须知"黛玉之后应无诗"，在此我们引述一个关于"情僧"苏曼殊的故事，以期"周派红迷"们能够有所反思。

1905年春，江苏丹徒的赵伯先向至交苏曼殊求画。曼殊当即慨然允诺，但由于忙着东渡日本，未能及时交画。1911年4月27日，赵伯先具体策划、组织并领导了震惊中外的"黄花岗起义"。作为起义总指挥，起义的失败令赵忧愤成疾，不久便抑郁呕血而死。苏曼殊得知噩耗后，伏地痛泣，含悲作一幅《饮马荒城图》，焚于故友墓前，以示悼念——曼殊从此便不再作画，于是《饮马荒城图》遂成绝笔……

德国著名哲学家、美学家西奥多·阿多诺有一句名言："奥斯维辛之后，写诗是野蛮的！"我们在这里也可以说："黛玉之后，写诗是可耻的！"

《红楼梦》前八十回是"乐景写哀"，则其后半部分必然是"哀景写乐"。当然，这种"乐"必须是悲剧意义上的"荒诞之乐"，而绝非"宝湘联诗"式的世俗快乐。

中国人对待事物发展的哲学观念，是"盛衰相依，哀乐互转"，体现在长篇小说构思上，就是不会让悲剧在高潮时戛然而止，其后一定会有较长的收拾。在收拾的过程中，悲喜哀乐的因子也就有可能悄悄发生转换。故金圣叹云："《周易》六十四卦之不终于'既济'，而终于'未济'。《春秋》二百四十二年之不终于十有二年冬，而终于十三年春。《中庸》三十三章之不终于'固聪明圣智达天德者'，而终于无数'诗曰''诗云'。《大悲阿罗尼》之不终于'娑罗娑罗，悉唎悉唎，苏嚧苏嚧'，而终于十四娑婆诃也。"

长篇小说这种结束于循环未止之处的处理方式，正好符合中国人对生命轮回及天道循环的认识。对于悲剧小说而言，叙述更不能止于前一故事的圆满结束，而应止于另一故事的绝望开始，这样的叙述才真正构成完整无缺的循环。

曹雪芹一再警示：天已经倾覆了，"诗才"要扎根深渊从大地上重新生长出来，而不是挂在虚无缥缈的半空。"黛玉魂归后，写诗是可耻的"——周汝昌先生在《红楼梦的真故事》里，浓墨重彩铺陈的"宝湘联诗"情节背后，是作者带着自恋情肠对白茫茫大地的"媚俗"：借情爱之姿以"媚人"；假笔锋之戏以"媚心"；耽辞章之悦以"媚道"。对此我们将在本书第282页《红楼梦呓》篇作进一步剖析。

此刻，潇湘馆的雨打芭蕉之声仍萦绕耳畔，一种若有似无的回响浸润着宝玉的心灵，宝玉似乎听到了"鹤信鸾音"，但是凝眸望去却一无所得，惶然失措的他仍将在此岸无神地漂泊，直到他偶然发现了黛玉遗留下的诗稿。

黛玉之后应无诗！宝玉会在这无诗的石头世界刻下"红楼梦的新故事"吗？

《宝玉寻诗》：那宛如星光的萤火

《宝玉寻诗》

菱花何事觑眉颦？认取溪边旧帕巾。
一逝异乡哀宝婺，双生同穴荐中宸。
当时斑竹无还有，别后鲛绡假亦真。
此去潇湘宜趁马，吴山含黛黛含嚬。

菱花何事觑眉颦

按照目前通行本《红楼梦》的前书伏线及续书结尾，林黛玉洁质来去，魂归太虚；贾宝玉由色悟空，撒手悬崖。这一结局的内在逻辑是黛玉为还泪而必夭，宝玉为偿情而必遁。

但是，从中国文化的传统精神资源里细细寻找，曹雪芹有没有可能提供别样的结局？

我们之所以强调要从中国传统文化的思想资源里寻找，就是要突破对中西文化"拯救与逍遥"的二分法，试图证明中国传统思想中同样具备拯救精神。具体说来，中国传统思想中的拯救精神，突出地反映在墨家思想与大乘佛学的"菩萨道"思想上。

宝玉会发现自己悄悄埋下的诗稿吗？黛玉对此并不确定。

或许宝玉会耽溺于此岸，成为一个得过且过的"禄蠹"；或许他会履行"当和尚去"的诺言。然而，上述两种生活，都意味着此岸的世界不再需要诗意。但是万一有那么一天，那个已经变得满身油腻或身穿缁衣的宝玉，会偶尔想起寻找诗稿的下落并希望从中得到哪怕片刻的安慰呢？

认取溪边旧帕巾

首联指宝玉发现了黛玉的诗稿，并通过菱花镜告诉黛玉：你埋在沁芳溪边花冢里的诗稿已经找到，只是包裹诗稿的旧帕巾因为时间太久，已经朽坏不堪用。

此岸是不可羁留托付的深渊，彼岸是无情绝虑的虚无。曹雪芹让黛玉和宝玉，一个面对死的绝望，另一个面对生的荒诞。随着此岸希望的全然幻灭，宝玉一度也曾迷失了方向，其生命或如迅急流星般一闪而逝，或如隔夜优昙般旋开旋落——除此难道还有别的出路吗？

一逝异乡哀宝婺

曹植《洛神赋》有句："悼良会之永绝兮，哀一逝而异乡。"

宝婺：指的是婺女星，常用来借指女神。此外，宝婺也被用作妇女的美称。在古代文学中，宝婺常与月亮和仙女的形象联系在一起。第七十六回黛玉、湘云的联诗有"宝婺情孤洁，银蟾气吐吞。药经灵兔捣，人向广寒奔"等句，皆与主要人物的命运相关。

第二十九回宝黛二人矛盾最终因老太太一句"不是冤家不聚头"化解——"这话传入宝林二人耳内。原来他二人竟是从未听见过'不是冤家不聚头'的这句俗语，如今忽然得了这句话，好似参禅的一般，都低头细嚼这句话的滋味，都不觉潸然泣下。虽不曾会面，然一个在潇湘馆临风洒泪，一个在怡红院对月长吁，却不是人居两地，情发一心。"曾经的"人居两地"，如今已是"一逝异乡"（只是这里的"逝"不是分别，而是永别）。

双生同穴荐中宸

宸，古人将北极星称为宸，后引申为天地交宇、天穹交合之所。

对于神瑛侍者与绛珠仙草而言，"施露"是因，"还泪"是果，所以，贾宝玉与林黛玉初次见面时似曾相识，实际早已牵缘。"泪"成为牵连这对冤家的红线：一个愿施予，另一个愿接受，共同敷演一段生死不渝的天缘之情。

但黛玉去世后，重新牵连起亡灵与生者的红线信物，居然是一部诗稿；而其肉身交汇点，就在黛玉的坟茔。

决定自沉的黛玉，特意选择了宝玉离家避祸的时间段，这一行为不是油尽灯枯的无奈，不是僧道提前预言的注定，不是幽冥仙界的召唤，而是以绝望的自由意志彰显出希望的自我担当。

当黛玉没入黑暗时，却留下了诗稿宛如萤火之光。这让我们联想到第五十回"暖香坞雅制春灯谜"，李绮的谜面是"萤"字，打一字。薛宝琴猜出是"花"字。众人都不解其意，独黛玉解释说："妙得很！萤可不是草化的？"

黛玉单薄的肉身同样会很快化如腐草，然而她的诗灵却宛如受到神秘意志的加持，使她幽处却洞烛大观，微荧却遍照大千。

或许，只有当宝玉同样陷入绝望暗夜之极暗，他才能发现那抹腐草所化的微弱萤光？

萤火之光，如宝婺、如中宸，靠着它的指引，宝玉一路跌跌撞撞走向他人生逆旅的终点站（参见第174页《宝玉赴苏》篇）。

当时斑竹无还有

宝玉已经不可能再回到大观园，也不可能再见到潇湘馆的斑竹。但他随身所带的三个物件，却是由潇湘馆的斑竹制成的：打更用的竹柝、行路用的竹杖，以及每一个月圆之夜吹奏的短笛——他是在为长途跋涉做准备吗？

别后鲛绡假亦真

林黛玉《题帕三绝》有句："窗前亦有千竿竹，不识香痕渍也无？""尺幅鲛绡劳解赠，叫人焉得不伤悲！"《红楼梦》有正本和蒙古王府本在回前总评中有一条评语："两条素帕，一片真心；三首新诗，万行珠泪……"

此句指宝玉告诉黛玉：你包裹诗稿的旧帕已经腐烂，如今换了块粗布帕，诗稿已经重新仔细包裹好，这就准备上路了……

此去潇湘宜趁马

此句指宝玉只想乘马尽快到达黛玉身边，奈何前途的困阻超出他的想象。

吴山含黛黛含嚬

古代妇女大多爱使用黛色画眉，色如远山，故称。"卓文君姣好，眉色如望远山。"又据《汉书》记载，远山黛是汉成帝皇后赵飞燕之妹美女赵合德所创的一种眉形，眉如远山含翠，因其秀美，世人争相效仿。

汉伶玄《飞燕外传》:"女弟合德入宫,为薄眉,号远山黛。"

此句指吴山青峦,宛如痴等已久的黛玉蹙眉。

综　　述

作为"新红学"开创者的胡适,却彻底否定《红楼梦》的文学价值:"在那个贫乏的思想背景里,《红楼梦》的见解当然不会高明到那儿去,《红楼梦》的文学造诣当然也不会高明到那儿去。"胡适既然主张"全盘西化",就难免对中华文化尤其是小说这种"文学末技"有所忽视,甚至刻意贬低。

当然,曹雪芹因为时代的局限,《红楼梦》中难免蒙上了虚无主义和天命论的迷雾。所以有评者云他只是想"补天",而不想"翻天"。

当代知名女性作家残雪也表达了类似观点:"传统的审美提倡的是化解内心矛盾,用虚无来替代矛盾的模式,在这种表面淡泊,实则不无伪善退缩,遁世甚至厌世的模式中,人不可能获得真正的和谐。"所以在残雪看来,"中国文学包括像《红楼梦》里面的人物的精神层次都是儿童式的。之所以这样说是因为它是没有矛盾的,没有自我分析的,看上去很好玩……缺乏的就是一种人性上的张力。"

残雪追求的"自我人性的觉醒",是通过揭示人性善恶二元的矛盾、斗争到战胜的过程,找到人类思想的拯救之维。而对《红楼梦》这种一味调和内心矛盾,忽略个体和人性中的底层冲突以及去崇高化、去戏剧性的创作,她认为是一种不彻底、不纯粹的文学书写模式,人在阅读这样的文学时,也不可能获得自我解放。

在残雪的观念里,文学作品有无人性的张力,是以她欣赏的卡夫卡、博尔赫斯、贝克特等西方作家来作为评判标准的。但是,我们这里必须要提醒的是如果站在东西方文化的比较学视野来公平审视，可以发现《红楼梦》同样蕴含着强大的文化张力、审美张力。

首先要指出，中国文化中从来就不缺少"翻天"元素：孩子一出生，就听哪吒闹海、大闹天宫、夸父逐日，个个都在反抗神权或皇权。共产主义的革命精神之所以很容易就在中国落地生根，看看《国际歌》的歌词就会明白，这简直就是为中国人写的："从来就没有什么救世主，也不靠神仙皇帝。要创造人类的幸福，全靠我们自己……"

这种充满斗争精神的"翻天"元素，最集中地体现在墨家思想里。所以我们对贾宝玉的形象进行了合乎中华传统思想的重铸：他前半生倾心庄禅道家，后半生却成功变形为墨家（这一转变的内在逻辑，参见第227页《宝玉变形记》篇）。

前半生的贾宝玉是"情不情"——以"情"心来对待那一切无情、不情之人、物、事、境。在佛眼看来，这却是另一种形式的"情执"。这种情执如果仅凭"天然"或"童心"去挥洒放纵人生，是十分危险的——他会让人过度沉溺于才情的自恋自负，而逃避苦难的雕琢与超越的诉求。

所以，宝玉在转型为墨家的同时，又汲取了大乘佛学的"菩萨道"思想来进一步陶冶自己的心性。因为"情不情"的宝玉，本身就具有菩萨的情肠，这种情肠在历经苦难的熔铸后，就升华为具备位格属性的形而上情感意向——这种"我不入地狱谁入地狱"的情感意向超出客观事实的理性决定，也超出神明仙佛的先验决定，它是由黛玉的诗稿激荡出的独特心灵感应。因为宝玉只有领会到黛玉身上体现出的女性独有的诗灵，才不至于被枯寂无情的世界石化成"槁木死灰"，才能够在这个石头世界上重建"潇湘世界"。

如是，倘若能够有"新人"出现，在此岸的石头世界之上，建构出一个崭新的"潇湘世界",不也就意味着"翻天"了吗?

曹雪芹对贾宝玉这一形象的塑造,可谓是中国文学史上一次"新人的觉醒"。如果说魏晋时期,人的品鉴标准由才情、气质、格调、风度代替了汉儒的道德、操守、气节、法度,由伦理之维转向了审美之维,发展到曹雪芹这里,品评人的标准更不再是以身份地位、道德操守、品貌才学为要素,而是摆脱了一切外在的束缚回到了生命本身,"情"能否自然地发生流露成为品鉴的终极维度。

这种新的生命形象是一种超功利、艺术化、心灵式的价值诉求,它甚至可以在苦难与解脱、逍遥与拯救、优美与崇高、病态与疗愈、出离与担当的巨大张力中呈现出终极的审美之维。

如果从中西文化比较学角度考察,胡适、残雪的思想来源及批评言路非常清晰明了,那就是他们推崇的是西方精神中的"父性崇拜",而轻视或消解了中华精神的"母性崇拜"。

中西审美文化是双峰并峙各有千秋的两大异质文化范型。所谓"母性崇拜"与"父性崇拜",在这里不完全是宗教意义上的术语,也不等同于精神分析学中的类似概念。它们大致可视为一种文化本体范畴,具体地说,是关于文化始源、根柢、依据、归属等的一种人类学表征,是关于最崇高、最伟大、最神圣的事物的一种永恒喻体,是特定民族所普遍趋同的一种源远流长的文化隶属感和虔敬感。

"母性崇拜"在中国算得上是一种根深蒂固的文化情结,而在西方,"父性崇拜"则可谓是一以贯之的文化传统。

在人类文明几千年的父权社会中,母性崇拜这种在起源上更为古老原始的文化情结非但没有被遮蔽驱除,相反一直是中国精神领域中核心的组成部分。比如"神圣"作为表述崇敬、仰拜等极致性、审美性情感的一个词汇,在传统话语中却常常指涉于"人母"而非"人父"。《说文》曰："古之神圣人母，感天而生子，故称天子。"关于那位抟土造人的大母神女娲，《说文》释曰："娲，古之神圣女，化万物者也。"但古文献中鲜见"神圣人父"之说。它实际上正反映了一种悠久深沉的"母性崇拜"的历史文化情结。

然而，西方人心目中最崇高、最伟大、最神圣的事物的象征，却是"父亲"。比如，至高无上的宙斯是"众神与世人之父"，给人类带来火种的普罗米修斯是"人类之父"。总之，"造物主即父亲"（柏拉图）。在基督教文化中，万能的上帝是"圣父"，他"照着自己的形象"创造了男人亚当，并用亚当的一根肋骨创造了女人夏娃。上帝派往人间的特使叫"神父"，神学上的权威叫"教父"。所以罗素说："在古代文化中，父亲就是上帝，而在基督教中，上帝则是神父。"在这种近乎狂热的父性崇拜中，"母性"隐匿了，退场了，或者说，被取代了。

在莎士比亚的《哈姆雷特》中，"母性"则被"贬黜"为行为不检的、罪孽深重的角色，而父亲即使已死，其魂灵仍以"神"的声音和"王"的影像出现在儿子面前，全方位地控制和导引着儿子的复仇意志与行为。总之，"父性崇拜"是我们解读西方文学叙事的一个独特的文化视角。

但是曹雪芹把中国被父权社会遮蔽千年的"母性"精神重新挖掘并弘扬出来，难道这不是"翻天"？《红楼梦》开篇即以"女娲补天"神话作为全书的引子，娲神的形象进一步折射到警幻仙姑身上、折射到绛珠仙子身上、折射到黛玉身上、折射到大观园众女儿身上……与这些水性的女儿相比，宁荣二府里的男子们都是些无所作为的污浊之物。

所以，曹雪芹恰恰致力于对中国几千年"父系神权"的消解及重构，只不过这一消解及重构的动力之源是女儿般纯洁的"诗"与"情"——"母性"恰恰是女性特有的、高贵的、能给人类带来福音的神圣品格之一。所以曹雪芹以女儿为救赎的载体，怀着神圣的慈悲，描摹人间至美的生命力。女儿以诗情"反哺"着这个世界，造物因为诗情而"美着"、人因为诗情而"在着"，这是何等奇妙的相互救赎！

百年来，中国思想文化界推崇的以一神教信仰为底色的西方"父性崇拜"思想，其思维实质是"非此即彼""非神即魔""非天堂即地狱"的二元对立思维模式。这种价值二元论是以矛盾的一方压制、驱逐、消解另一方为前提和归结的，这和主张"阴阳互生""刚柔并济""和而不同"的汉语思想存在巨大的思维差异。

从古至今的文明史，细究其发展演进过程，都是一次次秩序破碎与重建的"翻天"历史。历史经验告诉我们：要以乐观的心态为悲观的场景做好准备，纵使明天真是所谓的末日，我们也应该为了后天在这废墟上种下一朵花做好准备。毕竟除了打碎旧世界，建立一个新世界是更重要的；或者说，只有在充分具备建立新世界能力的前提下，才能主动去打碎旧世界。

俞平伯曾赞誉《红楼梦》的美学思想是"怨而不怒"："全书中之题材是十二钗，是一部忏悔情孽的书。从这里所发生的文章风格，差不多和那一部旧小说都大大不同，可以说《红楼梦》底个性所在。是怎样的风格呢？大概说来，是'怨而不怒'。""怨而不怒"确实是汉语文艺美学追求的含蓄之美，《红楼梦》运用各种委婉蕴藉的修辞手段，使得作品具有幽深悠远的审美情韵。俞平伯进一步指出："所谓百读不厌的文章，大都有真挚的情感，深隐地含蓄着，非与作者有同心的人不能知其妙处所在……含怒气的文字容易一览而尽，积哀思的可以渐渐引人入胜；所以风格上后者比前者要高一点。"这种"怨而不怒"式的美学主张不仅关乎《红楼梦》的文学风貌，更关乎中国人在天翻地覆的历史裂变面前的精神备守。

中国的"母性崇拜"如水，西方的"父性崇拜"如火。这是两种截然不同的哲学意象，从而导致各自文化范型在根源上就发生了路径差异，那就是西方文化的"零和博弈"精神和中国文化的"中和位育"精神——《红楼梦》的"怨而不怒"，就是这种"致中和"思想的典型表现。

同时还要指出，中国思想中也有类似神教信仰的"火"的精神元素。我们这里以"火"喻中国墨家思想，以"光"喻中国大乘佛学的"菩萨道"，并进一步探索宝玉如何在火光照耀下，行走出一曲具备浓厚中国古典精神史的悲怆交响曲。

既然已涉足劫难的世界，就不可能与苦痛无辜绝缘。"怨而不怒"并非无所作为，相反，是以坚韧的态度去主动背负苦难。其实，曹雪芹只需向前一步，就能找到对应于中华文化精神中属"火"（墨家信仰）与"光"（菩萨信仰）的救赎力量！本书的言路就是通过对宝玉形象的重铸，为这个冰冷黑暗的石头世界带来"火"的燃烧和"光"的照耀，这种饱含信仰特质的言路使《红楼梦》的审美趣向在"优美"之外具备了"崇高"的元素。

化入"水→光"的转化，意味着宝玉在与黛玉诗稿亲密相拥又刹那撕裂的张力中，得以深味炼狱之"火"的痛苦，并让诗灵之"光"灿烂地涌流。由"水"到"光"，意味着出家后的宝玉已经觉悟必须向着拯救精神实现心性转化——没有任何一位众生敢断定已经拥有了这种转化的力量，然则寻找这种力量的过程本身就是救赎的发生。

在"水→光→火"的价值意向转换中，宝玉的灵魂因黛玉的诗稿得以升华与净化——他的"新生"在悲剧中孕育诞生，以后的旅程，脱离襁褓的他只能自己蹒跚着去探索了。

柔情似水，萤光如星。苦难与救赎的张力，使宝玉必须兼有

"水""光"与"火"的风骨。这种风骨不是将尘世的痛苦消解为逍遥，而是将痛苦转化为荣耀——正如地藏菩萨"地狱不空，誓不成佛"的宏愿。

中华文化有"水光交映""水火既济"之说，可谓极高明而道中庸。领悟了黛玉如水深情的宝玉，能否在其诗灵萤光引领下，最终实现"水火既济"般的功德圆满？

《宝玉还玉》：灵魂的饕餮或灵玉的梦貘

《宝玉还玉》

信知离玉宕冥思，汝自归山我自痴。
萧寺无砧锥起落，新幢成册字参差。
诗魂化石酬贞愿，菱镜堆尘照大悲。
梦里春容都不识，青天碧海两由之。

信知离玉宕冥思

宕冥：昏暗，愚昧。王褒《洞箫赋》："于是乃使夫性昧之宕冥，生不睹天地之体势，闇于白黑之貌形。"李善注："性昧宕冥，谓天性过於幽冥也。"此句指贾宝玉还玉之后，会慢慢失去灵秀之气。

通灵宝玉正面被神僧特意刻了八个字"莫失莫忘，仙寿恒昌"，这八个字不难理解，就是提醒佩戴它的人：不能弄丢了，不能遗失了，要时时刻刻形影不离，能做到这些，那么这个人就可以平安长寿。倘若我们反着来理解这句话，也就意味着：如果这块玉丢了或者忘记佩戴了，主人公就会出事,甚至有性命之虞。这块玉既然是宝玉出生时衔在口里的,就预示着从出生起,这块玉就跟贾宝玉的命运紧密联系在一起,与之结成了"生命共同体"——这块玉与宝玉都不能出事:通灵玉丢了,宝玉就会失魂落魄,如同活死人;宝玉丧命,那么通灵玉也就没有了依附,"顽石下世造劫"的任务就会中断,所以它也会发出预兆,召唤僧道前来施救,确保宝玉不会出事。

通灵玉不但有超出凡世的特异功能,也给贾宝玉带来了尘世的额外福报——含玉而生为他平添了神秘色彩,于是乎走哪都是瞩目焦点。贾府上上下下都是以他为中心自不必说,平民百姓都在津津乐道传颂这个公子哥的神异,就连皇亲国戚如北静王,都特地点名要见他并细睹通灵玉。至于各路清客方士,每次见到他都好像看到活龙般开心。

贾宝玉也曾本能地拒绝为玉所役,所以他才会在与林黛玉首次见面时狠命地摔玉,称他所佩的玉是"劳什子"。他把林黛玉这个"人"看得很重很重,把所佩之"玉"看得很轻很轻。他绝对不允许让"物"(玉)成为"情"的障碍与负累。"摔玉"的行为语言说明贾宝玉天性中就有反物化、反异化的灵智。

醒悟过来的贾宝玉宁可放弃自己的精灵之身、灵秀之气,也断然舍掉了这块侵蚀心灵的"劳什子"。续书中写他坦然笑道:"你们这些人原来重玉不重人哪。你们既放了我,我便跟着他走了,看你们就守着那块玉怎么样!"未悟前的贾宝玉也曾因丢了通灵玉而迷失了本性,这正说明他对尘世情缘与福报的难以放下。终于,在和尚第二次出现时贾宝玉彻悟了:"石头"之所以成为"宝玉",正是因为下界的荣华富贵、香艳风流所侵蚀,致使本性迷失。所以贾宝玉坚持"还玉",正是彻底的"明心见性"的表现。从此"走出名利无双地,打出樊笼第一关"。

这让我们联想起托尔金的《魔戒》——人对戒指的欲望越强,越想戴上它，固然就越长寿，甚至具备隐身等特异功能，但这样一来，戒指对持有者的侵蚀就越大。它就像饕餮一样，吞噬着宿主的灵魂，直至把主人公变成妖怪鬼魅（史麦戈就是因此变成了咕噜）。

　　周汝昌先生对通灵宝玉的"魔戒"属性毫无察觉，在《红楼梦的真故事》里，他仍让失玉的贾宝玉"虽到了庙里存身，却还带着冯紫英等好友为他仿作的通灵玉佩——虽是假的，到底比市上胡乱冒充的精致可爱，也是件东西。"看到这段文字，令我脑海中不由得浮现一幕戏谑场景：一个经历了那么多劫难痛苦的满面沧桑的贾宝玉，依然不愿意长大似的幻想着通灵宝玉的加持，就像大老爷们脖子上仍带着围嘴、肚皮上仍围着肚兜！

　　关于元妃省亲时所点第三出戏《仙缘》的寓意，脂批云此戏伏"甄宝玉送玉"。而在八十回后甄宝玉所送的"玉"到底指代的是什么，历来争议颇多。有人认为是甄宝玉得到了丢失的通灵宝玉并送回贾府，才让宝玉得以清醒痊愈；有人认为是甄宝玉把贾宝玉送到了寺院，帮助他出家超脱；周汝昌先生则认为是通灵宝玉无意中被王熙凤找到，委托甄宝玉千里迢迢送还给贾宝玉……我们认为也可能指贾宝玉决意出家后，委托甄宝玉把它送还给癞头和尚。

　　总之，贾宝玉若想圆满自身，必须舍弃通灵宝玉——幻界的"石头"与凡界的"宝玉"形成的纠缠终将断裂，就像婴儿终将脱离他的脐带。

　　可惜啊！历来续书者未能更深一步思考（周汝昌先生的思想都未能涉及如此深度）：如果贾宝玉把通灵玉还给和尚，自己却决然留在此岸，那么《红楼梦》的故事结局又将怎样？

汝自归山我自痴

　　汝：指通灵宝玉。此句指贾宝玉主动舍弃通灵宝玉，让僧道将它带回销号。

警幻仙姑特别认同贾宝玉的地方,是他"天分中生成一段痴情"。"天分"二字强调了这种"痴情",是生而有之、本源意义上、未经污染的情。所以这个"情"不是一般七情六欲的俗情,而是天地中灵秀之气的禀赋显化。

一僧一道把石头携入红尘时,就说要把它带到"昌明隆盛之邦,诗礼簪缨之族,花柳繁华地,温柔富贵乡"去安身乐业。脂砚斋看到这儿就说:"何不再添一句云:'择个绝世情痴作主人'。"果然,通灵宝玉选择了"绝世情痴"贾宝玉作为它的宿主。

在曹雪芹笔下,宝玉的"痴"发端于灵秀之气带来的"赤子之心",那是最纯洁、最透澈的灵性状态,是和天地贯通的心灵世界。人生而有情,发乎天然,不需要任何理性的考虑和造作。"痴"进而上升为不受现世拘束的、超越生死的自由意志。

萧寺无砧锥起落

萧寺:这里指扬州智通寺。王实甫《西厢记》崔莺莺有唱词:"可正是人值残春蒲郡东,门掩重关萧寺中。花落水流红。闲愁万种,无语怨东风。"敦敏的《河干集饮题壁兼吊雪芹》:"凭吊无端频怅望,寒林萧寺暮鸦飞。"此是曹雪芹逝后的凭吊之作,虚拟与现实交错,使得"萧寺"在《红楼梦》书中宛如情景再现。

砧:在《红楼梦》中多有提及,如贾宝玉《咏白海棠》"清砧怨笛送黄昏"。此句指宝玉到达智通寺后,已经不再打更击柝,而是专心刻诗,从寺院经年累月传出的是铁砧的敲石之声。

第二回贾雨村被智通寺楹联吸引,心中暗忖"其中想必有个翻过筋斗来的亦未可知"。进寺之后,只看到有个龙钟老僧在煮粥,这僧人

"既聋且昏，齿落舌钝，所答非所问"，贾雨村深感失望。然而，此处有脂批重复强调："是'翻过'来的。是'翻过'来的。""毕竟雨村还是俗眼，只能识得阿凤、宝玉、黛玉等未觉之先，却不识得既证之后。"俞平伯先生就比较肯定："书中甄士隐、智通寺老僧，皆是宝玉底影子。"

此联指宝玉出家后，赶赴扬州智通寺与黛玉为伴，从此"以锥为笔"，为众儿女昭传也。

新幢成册字参差

幢：刻着佛教经文或咒语的柱子。一般刻于石上，此句指宝玉刻诗成册。

整部《红楼梦》的主旨，就是以"诗化的生命"对抗"石化的生命"。

贾宝玉不愿意销号成为忘情的神仙，更不愿随通灵玉回归无稽崖化为顽石一样的冰冷存在。

鲁迅先生敏锐地指出："曹雪芹实生于荣华，终于零落，半生经历，绝似'石头'。"曹雪芹擅长画石，雅爱写石，可谓有"石头情结"。

然而，曹雪芹的石头是"灵石""痴石""傲石""犟石"，他断不能和光同尘于这个无情忘情绝情的石头世界，所以他笔下的贾宝玉，必然会奋然一击，为这个石头世界撰写一部研血成墨、滴泪为痕的《石头记》。

诗魂化石酬贞愿

同样面对生命的幻灭感与虚无感，黛玉为诗灵的毁灭而生，宝玉则为诗灵的复活而生。

黛玉葬花，以物体人，安葬的虽是花魂，悲悼的却是即将夭亡的自己。为着还泪而来的黛玉先验地预知了"花落人亡"的结局，可以说从开始便是向死而生。前生为护花使者的贾宝玉，如今是爱红的公子，对于暮春花落也是满怀惋惜哀痛。只不过年少轻狂的他曾经以为每个女儿凋零后都可以上界成为"花神",但石头的世界留不住花魂、扎不下情根。

宝玉必须返回这个由泥淖沭水及顽石组成的世界,为这些花朵"招魂"。恰如陀思妥耶夫斯基在《卡拉马佐夫兄弟》中所言:"建塔的目的并不是为了从地上登天,而是把天挪到地上来。"黛玉的诗魂,在宝玉的铁锥下得以复活,这就是宝玉出家后的"正业""正精进"。

菱镜堆尘照大悲

大悲:大乘佛法主张的"四无量心"之一。

第五十七回紫鹃谎说林妹妹要回苏州去,把个宝玉吓得半死,贾母问明原因后并没有怪罪紫鹃,让她在怡红院服侍宝玉。几日后宝玉病情好转,紫鹃要回潇湘馆去,临走收拾妆奁之际,宝玉笑道:"我看见你文具里头有三两面镜子,你把那面小菱花的给我留下罢。我搁在枕头旁边,睡着好照,明儿出门带着也轻巧。"紫鹃听说,只得与他留下。

贾宝玉身边唯一保留的与林黛玉直接有关的物件,就是这面小小的菱镜。

宝玉无法容忍那些清澈的眼神变成"死鱼珠子",也同样不能接受自己变成一块无情的石头。菱花镜见证了他的衰老及悲心,想必黛玉在镜子的那端,也看到了已经"尘满面鬓如霜"的怡红公子……

梦里春容都不识

此句指宝玉已经老至昏聩,梦里出现的众儿女,如今一个都辨认不出了。

"花"和"诗"象征的潇湘世界最终被"泥"与"石"象征的石头世界埋葬——这是个劫难的深渊,大观园早已变得"落叶萧萧,寒烟漠漠"。那曾经充满生机的花园不再姹紫嫣红开遍，那些如水一样干净的女儿流落散失在这个肮脏世界的每一个角落，承受形形色色的屈辱和糟蹋：宝钗"焦首煎心"、惜春"缁衣乞食"、妙玉"终陷淖泥"、巧姐"流落烟花巷"……假如宝玉再梦到她们，会回想起每一个女儿曾经的如花容颜吗？

青天碧海两由之

李商隐《嫦娥》诗："嫦娥应悔偷灵药，碧海青天夜夜心。"

按照续书第一百二十回所写宝玉出家后的去向，他并未栖身于世俗的寺庙或道观，而是跟随一僧一道重新回到了青埂峰无稽崖——"我所居兮，青埂之峰。我所游兮，鸿蒙太空。"

这一结局有两个明显的硬伤。一是在情节处理上，通灵宝玉与神瑛侍者的归宿并不是同一个目的地——通灵玉是回归大荒山无稽崖青埂峰，重新变回顽石，此点不需赘述；神瑛侍者是销号后回归赤瑕宫，这在前半部分书中伏线也很明显。

二是这种结局最大的硬伤还是思想性的：从世俗的观点来看，宝玉是出家了，实际上在续书作者笔下他是功德圆满、自在解脱、得道成仙了，最终到了不同于凡尘的仙界。这是令多少修行者羡慕不已的结局啊！从这一意义上来说，宝玉出家不仅不是悲剧，而且应该是值得庆幸的喜剧——他从凡人一下成了神仙！如果真的如此，宝玉出家后大家都应该替他高兴才是，所谓"一人得道，鸡犬升天"，况且后来又得到皇帝赐号"文妙真人"，他的家人更应该感到荣耀。既然人生的命运有仙佛兜底，宝玉的抗争又有何悲剧性可言呢？

贾宝玉对这个世界绝不苟且的抗争，应该是多重意义上的：舍弃通灵宝玉，是他对自我命运的反抗；出家成为和尚，是他对神佛僧道的反抗；为闺阁昭传，则是他对灾难现实的反抗。

如果不能实现"昭传闺阁"的初心，他在此岸世界就不能说"所作已办"。然而，若想成就这一功德，就必须无问福祸命运、任凭地狱天堂，这才能体现他"行为偏僻性乖张"的稀有心性——他的"痴情"不会任凭僧道摆布，他的"情极之毒"也不会允许他忘记与黛玉的前盟。

综　　述

《红楼梦》的叙事架构大有学问：为什么作者有了神瑛侍者的故事还不够，更要安排一个通灵宝玉穿插其间呢？原来，曹雪芹通过神瑛侍者的故事牵连出宝黛二人的前世缘起，此为显性的宏观主线；通灵宝玉的故事则折射出贾宝玉的性格品藻，此为隐性的微观次线。通灵宝玉有力地辅助了神瑛侍者的故事演进，两者不能互相取代。

既然通灵宝玉没有行为自主权（它只是被"夹带"着下世的），只能如约归彼大荒，那么宝玉的结局只能有如下两种答案可供选择：

其一，玉还人亦还——回彼岸销号；

其二，玉还人不还——在此岸坚守。

根据曹雪芹的佚稿分析，书末有所谓"情榜证情"，以对这一干下界历劫的冤魂进行一个总体的功德评价。

许多续书中的宝玉出家情节，不过是他回彼岸销号之前的准备状态——宝玉既然已经出家，也就意味着要跟随僧道回太虚幻境销号。销号就意味着所有的功德都要交由警幻仙姑来判定，这一情节其实在宝玉梦游太虚境中也已经有所揭示。

虽然脂评本系统中关于宝玉出家的描写与程高本系统中可能有所不同，但是他最后出家离世的结局是没有疑问的。目前《红楼梦》后四十回中对贾宝玉出家的描写并不精彩，但还是比较真实地照应了前八十回的伏线，也反映出当时文化思想界的精神指向及信仰状态，因而有一定借鉴价值。

普通读者关注的焦点在于宝玉什么时间、以什么方式出家；而我们关注的一直是"宝玉出家后怎样"？

或许宝玉在"还玉出家"后，虽然"世间智"不再聪明灵秀，但反而有了灵台清明的"出世间智"——那就是他已经观照曾经的幻境经历，洞彻所有情痴情种的众女儿都无一例外归属于"薄命司"。

太虚幻境不但有仙醪芳髓，也有石头般的清冷情肠——他怎么能够忍受这些女儿无声无息地此岸凋零并在彼岸归化成一个个冰冷的名字？这才是贾宝玉坚持留在此岸的终极理由。

大乘菩萨道秉持不舍众生的大愿，不忍独趣涅槃，所谓"众生无边誓愿度"，就是要求修行者一直保持着对现世苦难的同体大悲。宝玉清醒地知道还玉返身后将要面对无穷的劫难，这是他未来生命中不可消除的生存事实。他同样清醒地知晓：不离浊境方能修得正果，然而仅凭"花与诗"的痴心痴情并不能对抗这个五浊恶世，但是这种"还玉返身"的行为本身，就是在石头世界上建设一个"潇湘世界"的希望所在。这种渺茫的希望，虽然最终必然以悲剧落幕，却是宝玉由"石性"向"玉性"转化的终极力量。

以曹雪芹的思想之深刻，不会让"宝玉出家"作为这部伟大作品的平庸结尾，他在开篇就暗示：这块顽石会"又向荒唐演大荒"。贾宝玉已经看透了这个大荒无稽的世界，这个世界最荒唐的潜规则就是通过"因空见色，由色生情，传情入色，自色悟空"的循环，让一切有情变回冷漠的石头，所以他将勇敢地返回这个石头世界，并且要在石头上刻下众儿女的诗！

受日本著名禅师一休和尚的影响，作家川端康成终其一生都在参悟"佛魔一体"这个难缠的话头。他说："我藏有两幅一休的书法。一幅写着'佛界易入，魔界难进'一行字。我深为这几个字所吸引，我自己也常常挥毫写这几个字。其意义可做多种解释，若要深究，必可臻于无限。'佛界易入'之后，随即加上了'魔界难进'，得此禅悟的一休深获我心。以终极点来说，大凡目标指向真、善、美的艺术家，'魔界难进'的愿望和恐惧的、通往祈念的思维不是表现于外，就是潜藏于内，这想必是命运的必然。没有'魔界'，就不会有'佛界'。而入'魔界'比较困难，内心懦弱者就不能进入。"

一休的宗教思想特征也可以用"佛界易入，魔界难进"加以概括——他并不追求在清净的禅境去游戏三昧，偏偏要在欲望与苦痛的"魔界"中求得"痴情"的自由。一休本人的生涯也是痛苦的，他曾几次企图自杀。他以"魔界难进"为自己的开悟之词，说明他感悟到了切入人间苦难的、宿命般的信仰悖论。

一休的"痴情"与宝玉的"情痴"颇可以参照来解读：在世人眼里，放弃已经到手的金榜题名、舍弃佳偶宝钗出家，并且出家后拒绝渡劫升仙、进而孜孜矻矻带着残躯病体为闺阁刻诗的贾宝玉，肯定也"魔怔"了。宝玉是明明知道一僧一道在顽石下界前提醒的"好事多魔"的，这就意味着"魔"在他的生命历程中是必然的、宿命的。在那个"飞鸟各投林"般的剧终时，一定会有人走向沉沦，走向堕落，走向绝望，走向疯狂。然而，只有那些真正知道佛界之圆满的人，才会义无反顾地返身进入魔界。

感受到"佛界易入，魔界难进"的一休禅师不失为一位真诚的诗人（苏曼殊在精神气质上和他极为相似），至于"因情证空"为何未能平抚他焦灼的情感，我们将在后面的篇章展开来谈。在此需要强调的是一休禅师或许不是个合格的僧人,但他是个真正的诗人,因为他懂得了痛苦——只有懂得了痛苦,才能学会去爱。

经过苦难打磨的贾宝玉,才是一块真正的美玉。这就是贾宝玉身上体现出的"石玉二性,佛魔一体"。

宝玉最终总算领悟了这纵贯黄泉碧落的"双重陷阱":遣香洞的兼美之遇就是繁花遮盖下的"灵魂饕餮",高天离恨的仙界固然会满足少年宝玉以梦为马纵情驰骋的各种愿望,但在终点等待他的极有可能是黑溪迷津,所以仙姑赐给他的不过是令他灵魂自噬的"幻境一梦";而在凡界加持他的那块石头不啻是"灵玉梦貘",它给了宝玉无尽的灵秀福报,让怡红公子沉迷于造梦、做梦、醉梦,然而归山的石头却最终毁灭了这"红尘一梦"。

宝玉必须尽快从这两场幻梦中醒来。首先就是要清醒认识到太虚幻境与通灵宝玉的饕餮、梦貘本相,这样才能觉悟:"潇湘世界"不能建立在他乡的"真如福地"或"大荒无稽"上,只能建立在此岸冰冷坚硬的石头世界之上。

贾宝玉的心性本相,其实似玉实石:"纵然生得好皮囊,腹内原来草莽……富贵不知乐业,贫穷难耐凄凉。可怜辜负好韶光,于国于家无望。"曾经得之于通灵宝玉加持的灵性,如今在石头世界中已经完全错位。一片哀景中,希望却丝丝缕缕般地弥漫着——让"灵性"归于"零性",这便是"宝玉还玉"的价值现象学。

还玉之后"以诗为灵"的贾宝玉,会带着痛苦的爱在这个无诗无灵的石头世界镌刻出一部完整的《石头记》吗?

《宝玉守更》:"消极自由"还是"积极自由"?

《宝玉守更》

落英成阵各寻门,宁寄芳溪不寄盆。
离恨天高无鹤使,赤瑕宫闭误湘魂。
淹留淹去风中蕊,如失如忘玉上痕。
隔岸花香舟楫绝,甘持竹柝守晨昏。

落英成阵各寻门

《红楼梦》作为一部彻头彻尾的悲剧小说,"千红一哭""万艳同悲"是作者在第五回即向读者明示的结局。第二十三回写宝玉在沁芳桥边桃花底下展开《会真记》,正看到"落红成阵"处,只见一阵风过,把树头上桃花吹下一大半来,落得满身满书满地皆是。此时"宝玉要抖将下来,恐怕脚步践踏了",庚辰本在此有夹批曰:"情不情",指的就是宝玉对落花的怜惜爱护。于是宝玉"只得兜了那花瓣,来至池边,抖在池内。那花瓣浮在水面,飘飘荡荡,竟流出沁芳闸去了……"其实这个场景已经暗示了诸女儿即将零落的命运。

红楼诸钗或病死、或出家、或自杀、或被杀、或被休、或远嫁……众儿女在这些悲剧里的个体表现，有晴雯的刚烈、有鸳鸯的决绝、有黛玉的自沉、有宝钗的孤守、有金钏的瞬间熄灭、有凤姐的英雄末路等。所有女儿的命运都只能用"红颜命薄"来形容——人间世活脱脱就是薄命司在娑婆世界的投影。

《红楼梦》在前半部分淋漓尽致展现了诗意生存下的美好状态，然而在后半部分，作者会让我们看到：这种诗意生存的方式是很脆弱的，大观园就像惊涛骇浪中的一座孤岛，在瞬息沤灭中苦苦沉浮，欲图守护这最后一片独属于女儿的净土，然而它最终是不堪一击的，最后终将"各自须寻各自门"。

西方基督教信仰影响下的"门"，与《红楼梦》结尾为贾宝玉提供的"门"，有着巨大的价值意向差异。陀思妥耶夫斯基让《卡拉玛佐夫兄弟》中的阿廖沙返回苦难的大地，读者因与主人公的灵魂共振也会产生如许自我牺牲的崇高感。但中华文化除了墨家外，并不以苦为甜，不以苦难为幸福，而是期望摆脱苦难，超越苦难。所以贾宝玉的结局是离家出走，最终逃离苦难的大地。

如果贾宝玉不具备返身大地并且担负起"昭传闺阁"的责任，《红楼梦》就很难说是结局圆满。

随着众儿女的花果飘零，贾宝玉此刻面对的宛如禅宗的"无门关"——若寻门而不得，又谈何"破关"？

宁寄芳溪不寄盆

既然所有生命的结局都是"一朝春尽红颜老，花落人亡两不知"，大观园女儿们最好的结局确是"质本洁来还洁去，强于污淖陷渠沟"。

这就是大观园中沁芳溪存在的意义。周汝昌先生说"沁芳"二字才是《红楼梦》全部之核心——此说诚为的论。从《红楼梦》的创作主题来看,"沁芳"二字对应《西厢记》中崔莺莺"花落水流红,闲愁万种,无语怨东风"的唱词,又与南唐后主李煜"流水落花春去也,天上人间"的意境完全一致。

宝玉曾经以为,大观园的女儿可以像放生鸟儿一样让她们高飞,让她们不再是为盆所拘的花朵。但业力之轮又是那么迫不及待,在她们来不及变成鱼眼珠时,就让她们花谢花飞般风流云散。

离恨天高无鹤使

古语有云:三十三重天,离恨天最高;四百四十病,相思病最苦。此句指绛珠仙子一去而不复返回红尘也。续书中有"苦绛珠魂归离恨天"一章,亦可借鉴。

《红楼梦》以神瑛侍者施绛珠草甘露之惠为因,以绛珠仙子酬神瑛侍者灌溉之恩为引,以贾宝玉与林黛玉的痴恋真情为线,着重讲述了宝黛二人前世今生的情感故事。其中"大荒山无稽崖青埂峰"是连接幻界到尘界的枢纽:女娲在这里炼石补天,顽石在这里修行枯守,空空道人来这里访道求仙,它的重要性不言而喻。此处既是顽石凡心偶炽心向红尘的出发点,也是通灵宝玉历经繁华悲欢之后的退归之处。

通灵宝玉一旦回去销号,便会一去不回。这预示着贾宝玉一旦还玉,便失去了通灵宝玉带给他的灵秀之气,同时也就主动放弃了返回仙界的机会。

赤瑕宫闭误湘魂

神瑛侍者居处名为"赤瑕宫"(有的版本错抄成了"赤霞宫"),而

"瑕"字，本指玉的斑点。在这里，这个"瑕"字正是指向了凡心——此点预示着神瑛侍者本身并非一个完全清静无为的仙人，他生出凡心要求下界自然不是什么很奇怪的事情。在佛家看来，凡心即无明，既然无明生起，就需要将之尽除（无明尽），才能修为圆满，达到合于道（阿耨多罗三藐三菩提）的状态，从而继续居住于仙境之中（不生不灭不垢不净）。按照中国人信奉的因果报应哲学，正所谓一劫一循环——还泪故事完结，历劫后的神瑛侍者也要回去销号。

所以，许多《红楼梦》的续书都延续了上述路数——如《续红楼梦》《红楼梦补》等写的都是宝玉出家后，回归太虚幻境，终得与黛玉婚配。宝黛的结局是在仙界过上美满的神仙眷侣之生活，这种价值取向是那个时代红楼续书者为迎合读者心理的选择。

然而，我们这句诗写的却是当黛玉历劫后回到灵河岸，她的生魂去赤瑕宫寻找神瑛侍者时，却屡屡碰壁——还玉出家的贾宝玉并没有随一僧一道返回仙界，这是为什么呢？

淹留淹去风中蕊

以花喻人在中国文学史上源远流长，但以百花喻群芳却是曹雪芹的大手笔，且喻得那么贴切生动、富有诗意、天衣无缝：艳冠群芳的牡丹是宝钗、风露清愁的芙蓉是黛玉、香梦沉酣的海棠是湘云、热烈如锦的榴花是元春、娇艳旖旎的桃花是袭人、晓寒清姿的蜡梅是李纨、韶华胜极的荼蘼是麝月……在《红楼梦》中，我们看到作者一颗爱花、护花、怜花、惜花、赏花、赞花之心。因爱之切，遂歌之咏之；歌之咏之不足，继而哀之叹之；哀之叹之不足，便有了"葬花"的极致美学。

《红楼梦》第二十七回写道：（宝玉）因低头看见许多凤仙、石榴等各色落花，锦重重的落了一地，因叹道："这是他（黛玉）心里生了气，也不收拾这花儿来了。待我送了去,明儿再问着他。"……便把那花兜了起来,登山渡水,过树穿花,一直奔了那日同林黛玉葬桃花的去处来。这一幕极具象征意义:贾府繁荣不繁荣,宝玉不关心,但女儿们的命运,宝玉日夜挂在心头。当眼看着她们凋零、毁灭,宝玉内心是不能承受的。第六十二回所写的"宝玉葬花"更是反映出他的惜花情怀:对香菱等抛下的"夫妻蕙""并蒂菱"垫以落花,覆以落花,然后才撮土掩埋——黛玉葬花都未必有他的细腻、细致和细心。

曹雪芹把人生的悲愤之情和痛苦的眼泪洒向闺阁之中,所以书中第一个出场的女儿甄英莲(谐音"真应怜"),象征着对"有命无运"的世情悲愤和对业报循环的苦闷与无奈。

《红楼梦》一方面借用佛家话语否定现实生活的魅力,另一方面又比任何作家都明确地渲染此岸生命的美好;一方面说生活的美好是幻觉,另一方面又对这美好反复流连。花儿开了、花儿谢了、花儿谢了不再开了——这种似存实逝、似留实去的艺术张力,使得《红楼梦》的叙事一直笼罩在悲剧意识中。

当遇到生命中不能承受之重,宝玉对彼岸的质问便油然而生:这些挽留不住的花儿,难道就这样随风而逝了吗?

如失如忘玉上痕

就《红楼梦》的故事结构而论,黛玉还泪使命完成之后,宝玉也会兑现他的誓言:在黛玉死后出家为僧,神瑛侍者的凡尘之旅至此完结。没有神话中绛珠还泪之初心,就没有《红楼梦》,因为这是整部大书情节的"第一推动力"。同时,曹雪芹给予"石头"举足轻重的结构功能,更赋予它寓言主体的职能:借助神力幻它成美玉,赋予它"至贵者'宝'、至坚者'玉'"的质性,并通过石头随神瑛侍者下凡历劫的叙述,最终构成此部大书。

大荒山无稽崖青埂峰下顽石之上点点斑斑的字迹,可以视作曹雪芹创作《红楼梦》的"元文本"。

宝玉的"悬崖撒手"——还玉出家,历来被误解成神瑛侍者和石头这"一人一物"从肉体到灵魂的双双回归。然而,贾宝玉的"还玉出家"是无才补天的那块顽石结束红尘"受享"的回归,但未必是神瑛侍者下凡之旅的完结。因为这牵涉到《红楼梦》故事结构的最大漏洞:如果贾宝玉也跟随一僧一道回太虚幻境销号了,那么石头上的历历字迹是哪里来的?

我们知道《红楼梦》写作技法中的一大特点是草蛇灰线,即预设与照应之法。小说第一回设置的神话故事,即赋予补天顽石以原生意志——被女娲所弃之石因无才堪用,日夜嗟叹而至绝望,终至弃意志而求享用,哀求一僧一道携带下凡历世,才得以载录离合悲欢炎凉世态之一段"石头记"故事。顽石对于小说是一个首尾相连的道具:作为记录贾宝玉生命历程的唯一载体,也是宝玉生灭周期的唯一见证者。

须知顽石一旦销号,便会"石归山下无灵气,纵使能言也枉然"。空空道人所抄的"石头记",既然记载的是一干风流孽鬼凡尘历劫的悲欢故事,那么顽石返回大荒山无稽崖之后就会"记忆清零",除了贾宝玉自己,谁又能完整刻录下灵玉入场前后,包括"木石前盟""还玉出家"在内的所有生命历程?

对于这一段铭心刻骨的记忆,贾宝玉究竟是"如失如忘"还是"莫失莫忘"?

隔岸花香舟楫绝

第十七回《大观园试才题对额》,贾宝玉为沁芳桥亭所题对联:"绕堤柳借三篙翠，隔岸花分一脉香。"

沁芳溪很窄，似乎一跨即过；沁芳溪又很宽，宝玉后半生似乎一直没有能够跨过去，以继续成为守护众儿女的"绛洞花王"。写《四时即事》诗的贾宝玉彼时感觉诗意风流好像会永远存在，然而贾府被抄的一瞬间他仿佛感到大地陆沉，虚空迸裂，他独自悬挂在一片白茫茫的半空中……曾经，绮罗丛中的他是多么欣赏《寄生草》"赤条条，来去无牵挂"的机锋妙趣，那时他的倾心激赏只是诗情的耽溺，他羡慕的只是台上角色的那副狂放的皮相。而今，他的生命彻底翻转，他生命中所有牵挂的人也只剩余香。

沁芳溪已经回不去了，如今宝玉要面对的，宛如当年梦中由木居士、灰侍者把持的黑溪迷津。他上哪里寻找舟楫？或者他会自做舟筏，宁可冒着沉没的危险也要争取摆渡过去？

甘持竹柝守晨昏

柝：指巡夜打更用的梆子，多用空心木头或竹子制成。

关于宝玉的结局，纪晓岚《阅微草堂笔记》一书中曾记曰"荣、宁籍没后，皆极萧条，宝钗亦早卒，宝玉无以作家，至沦于击柝之流。"其他如《红楼佚话》《痴人说梦》以及传闻中的"三六桥本""端方本"等，也都有贾宝玉流落街头，沦为"击柝之役"或"看街兵"的记载。

这句诗可以有如下四种表达方式，它们各自对应的哲学态度也是有微妙差异的：

- 甘持竹柝报晨昏——积极自由；
- 幸凭竹柝守晨昏——一般自由；
- 哪堪竹柝伴晨昏——消极自由；
- 不忍竹柝度晨昏——逃避自由。

请注意以上四句的区别:报者,主动履职报时也;守者,被动履职报时也;伴者,被动跟随时间脚步也;度者,被动等候时间来临也。宝玉会选择哪一句作为本诗的结尾呢?我在"积极自由"与"一般自由"之间做了一个折中选择:甘持木柝守晨昏。

另请列位看官留心:我们这里为何用的是"竹柝"而非"木柝"?

综　　述

当代自由主义一代宗师伊赛亚·伯林指出,在思想史上,有两种含义和意义非常不同的自由概念:"消极自由"与"积极自由"。消极自由争取的是不让别人妨碍我的自由;积极自由则以做自己主人为要旨。

或者用另一种描述:第一个维度的自由是个体活动免于干涉、阻碍、强制和侵犯,伯林将其定义为"消极自由";第二个维度的自由"起源于个体成为他自己的主人的愿望",也就是说用自己的意志来做决定,按照自己的意志来行动,伯林将其定义为"积极自由"。与消极自由被动地"排除干涉"不同,"积极自由"是个体主动掌控自我的行为。

贾宝玉的"悬崖撒手",根据《红楼梦》前半部分的暗示,意味着顽石随同神瑛侍者历劫之后,回归青埂峰(后者回归赤瑕宫),此乃各自的不二归宿。他们原本在下凡之时就已在警幻仙姑处挂了号,红尘历劫后自然得去销号,之后才是各归本位。此乃曹雪芹对整部大书的全盘构思,后四十回对"悬崖撒手"情节的具体书写或许不尽如人意,但旨归不误。

上述意义上的"悬崖撒手",谈不上"积极自由",甚至谈不上"消极自由",更大的哲学底色是"逃避自由"。

所以我们用了"甘"与"守"这两个字,赋予"宝玉守更"一个稍稍偏向"积极自由"的哲学底蕴，这样才能展开之后"宝玉出家后怎样"的故事情节设定。

宝玉如今面对的是一个"枯木寒岩"般的石头世界。欲从这样一个世界解脱有三条路可走：一是"逃避自由"的方式，让自己也变成石头，就像四姑娘惜春般在内心竖起屏障壁垒，以对抗外界的侵蚀；二是"消极自由"的方式，与这个世界一起沉浮，就像屈原投江时前来劝慰的渔夫；三是"积极自由"的方式，强行赋予这个世界以诗意，如禅者般游戏三昧出入不二。

貌似贾宝玉最适合选择第三条道路，因为他曾一度倾心庄禅，在庄禅精神的观照下，他既可以领受清虚的孤寂，又可以挥洒灵秀的诗情，因为他要的只是"解脱"，而非"解救"，他可以在意趣机锋中"心如沾泥絮，身追春风狂"，这就是禅宗"曲调别弹"的殊胜法门——"平常心是道"。

中国禅宗进一步推进了佛教"色空不二"的理论，主张彻底打破色与空、出世入世、彼岸与此岸的界限，以"立处即真"为口号，使主体心性成为无规定性的、非伦理性的发用。体现在贾宝玉身上，就是在大观园倾覆之后，他还能够做到甘苦自若——这比出家遁世式的"逃避自由"更具考验力。

我们希望出家后的宝玉，在黛玉的引领下、在宝钗的首肯下，能够成为一个顶天立地的诗人——不再无病呻吟，更不会只囿于自己之前的小天地，有足够心量来消纳并包容常人难以承受的种种悲剧，而不至于被挫折击垮一蹶不振，并正视造成众儿女悲剧命运的灾难现实，且在余生主动担负起为她们立传的使命。

此诗透露了我们对《红楼梦》重新解读与续补的基要思考。基于"积极自由"的宝玉结局并非消解《红楼梦》的悲剧性，恰恰相反，明知结局是一场悲剧反而选择了"积极自由",才更能够凸显《红楼梦》"悲剧之悲剧"的伟大意义。

"满纸荒唐言,一把辛酸泪",曹雪芹的辛酸泪中有社会史、家族史、人生史的多维记录,荒唐言中有神话学、宗教学、审美学的深刻解构。

《红楼梦》是中国文学和中国文化的永恒话题。西方有"说不尽的莎士比亚"的说法(据说这是歌德的原话),在中国,《红楼梦》也是说不尽的,已经说了二百多年,相信今后还要说下去。但是在言说《红楼梦》时,还是有不少歧途需要避免的。比如,将隐喻附会化或将虚拟实对化的思路,造就了旧索隐派和新索隐派的陈陈相因反客为主。

《红楼梦》在20世纪享尽殊荣,但是真正文学性的文本研究却没有得到足够的重视、获得足够的成果。当下的红学作为"显学",某种角度看也是"大杂烩"或"大俗学"——它越来越丧失了作为一门学科最基本的"科学性",变成了曲解文献、附会历史、随意联想的失禁呓语或众声喧哗。

所以我们主张"艺术地进行艺术批评",对于艺术批评理论本身,也要艺术地去看待和进行。这就是说,对于艺术批评本身,不只是按照某些"理论"的规范、准则去看待和进行,而且要按照"艺术"的规范、准则去看待和进行。艺术是一种创作,艺术评论同样也是一种创作。被海德格尔看作是艺术杰出代表的"诗",这个词的古希腊语原义就是"创作"。

其实,"理论"最初就是与"艺术"相通的。"理论"这个词,在古希腊文中是出席、参加祭祀庆典的意思。这样一种出席、到场、参与,都具有直接显现、直接经验、与文本对象直接对话等特指内涵。艺术批评如果想要"艺术地进行",就不能仅凭概念、逻辑,否则得出的只是围绕文本之外的部分真理。西方现代理论以回避古典审美价值为务,故缺乏审美情感的通透性。《红楼梦》乃中国古典文学之集大成者，对它的阅读及解析都应该是一个充满诗性的美学体验，若一味游离在外堆砌各种理论分析，难免凿枘难通。

既然艺术批评过程也是一种创作过程及审美过程，我们希望对《红楼梦》这一"元文本"的翻译、解释和传达，能够赋予这本残卷崭新的艺术价值，进而使点评或续补成为新的艺术佳品。

《红楼梦》作为一个艺术文本，并不是一个封闭的价值集合，而是一个开放的、在一次次阅读中逐步呈现生成的过程。经典之所以是经典，不仅在于它对当时社会深刻揭露的现实性，还在于它具有一定的前瞻性及普适性，这样才能让每一代读者借此反思当下所面临的困境。

宝玉从塌陷的"潇湘世界"被迫出走，曾经几乎就要走向僧道引领的大荒世界，然而他又断然拒绝了大荒世界，毅然返回现实世界——这向着劫难深渊的返身，才是贾宝玉出家后真实的历史时间。

困顿于击柝守更的宝玉，之后又会有哪些作为呢？

《红楼梦禅》：红楼佛学对菩萨道精神的消解

《红楼梦禅》

此书当署石头禅，笑煞看官兀兀参。
牙板拍催红豆曲，峡波源指绛芸轩。
从来多事嗟僧道，犹自倾身问絮兰。
满纸补天填海意，证空悟色两无关。

此书当署石头禅

相信不少爱好者是将《红楼梦》当作佛经来读的。阅读此书颇似禅家的"参悟"过程：霎忽儿喜中现悲，霎忽儿苦中藏甜；霎忽儿痴中带恨，霎忽儿乐中有哀；霎忽儿亦哭亦笑，霎忽儿又哭笑不得……在痛感悲欣交集的幻灭时，偏偏又体味到诗意灵化的审美发生。正可谓"读罢楞严香未冷，又借红楼悟禅机。"

整部《红楼梦》，如果用佛家的眼界来看，不啻是一本"文字禅"式的传灯录。在曹雪芹的笔下，偈语机锋烘托情节，慧心灵悟贯穿全书，书中人物也各有不同层次的宗教表现：有宝钗式的学理通达、有惜春式的虔诚领悟、有黛玉式的神会于心、也有宝玉式的痴迷自缠……

但是，简单用禅或者道、仙、儒、佛、玄、易中的某个标签贴在《红楼梦》上的做法似乎又是不妥的。这本书既然在思想艺术上被认为集中华文化之大成，读者自然不能管中窥豹，正所谓"幻境偏迷幻，说禅不解禅"，故此公案仍需不停参悟之。

笑煞看官兀兀参

兀兀：用心的、劳苦的样子。六祖惠能《临灭偈》："兀兀不修善，腾腾不造恶。寂寂断见闻，荡荡心无著。"

《红楼梦》最初出场的人物即满纸玄机，一僧一道的高深莫测自不用提，贾雨村的长篇大论、甄士隐的荣枯感悟，使得读者初阅此书，即会被其中的禅理禅机禅风禅骨所吸引。

《红楼梦》的语言特点颇似禅宗公案：结论不轻易明示，不轻易褒贬，而能微言大义，需要人细细阅读，如"参话头"般前后思量，慢慢参悟，才能确定曹公的真实意图。至于故事情节又采取重重无尽的对比、回环、反转，如华严楼阁，重重无尽。

为什么有人会讨厌或喜欢书中的某个角色，其实原因很简单：因为在《红楼梦》这本禅书中，有你的意象投射，所以你才会兀兀腾腾强化自己的价值取向。这在禅家称为"禅病"或"禅障"，乃修行之大忌。

当然，因为这种"文字禅"，缺乏宗门的真修实证，是不能导向佛教所说的涅槃解脱的。然而对普通读者而言，只需从中体验到初果的"禅悦"，也就足以自得了——哪怕这只是个"路上风景"，但片刻的领悟不也是难得的一段人生体验吗？

牙板拍催红豆曲

牙板：唱歌时打拍子所用，多为红色檀木制成。据俞文豹《吹剑录》记载，苏轼曾经问一位幕士："我词何如柳七？"幕士说："柳郎中词，只合十七八女郎，执红牙板，歌'杨柳岸，晓风残月'。学士词，须关西大汉、铜琵琶、铁绰板，唱'大江东去'。"东坡为之绝倒。

第二十八回写贾宝玉唱完《红豆曲》，大家齐声喝彩，独薛蟠说"无板"。中国传统音乐中的强弱拍分别用"板"和"眼"来表示，"板"为强拍，"眼"为弱拍。薛蟠的意思是说宝玉唱得虽好，但是缺少强拍的节奏感。

此处看似不经意的"无板"二字，却隐喻了贾宝玉的人生结局，实乃下半部书之大关目——须知牙板乃唱莲花落者必备，暗指宝玉后来靠唱莲花落以乞食。

在旧时中国，有不少靠唱莲花落行乞的乞丐。据史载，清朝苏州的乞丐将竹片截为三寸长的两片，用绳子系起两端，手指活动使之作声，边敲边说唱，唱词多为乞怜及颂祷语，也有讲故事的，称之为莲花落或莲花闹。在北京，唱莲花落的都是有帮派组织的上等乞丐。据《燕市负贩琐记》载，这些打大板唱莲花落的上等乞丐，有黄门、红门之分。唱莲花落在南方江浙地区，则是"瘪三"的一种临时生活方式，他们表演时，一手夹二竹片，或以一筷一碗相击代鼓板。

《红楼梦》中也有提及莲花落。第五十四回荣国府正月十五唱戏，在放罢烟火后，"又命小戏子打了一回'莲花落'，撒了满台的钱，命那些孩子们满台抢钱取乐"。

第三十回写宝玉前来潇湘馆跟黛玉道歉，好话都说遍了，"好妹妹"也不知叫了几万声。没想到黛玉还是哭道："你也不用哄我。从今以后，我也不敢亲近二爷，二爷也全当我去了。"宝玉听了笑道："你往那去呢？"林黛玉道："我回家去。"宝玉笑道："我跟了你去。"林黛玉道："我死了呢？"宝玉道："你死了，我做和尚！"

此句诗即指宝玉出家后，会一路行乞去为黛玉守坟（参见第222页《宝玉赴苏》篇）。

峡波源指绛芸轩

第四十四在庆贺凤姐生日的宴会上，大家所看之戏有一出《荆钗记·男祭》，黛玉为暗讽宝玉外出祭奠金钏之行为，特意借此情节评论："这王十朋也不通的很，不管在那里祭一祭罢了，必定跑到江边子上来作什么！俗语说，'睹物思人'，天下的水总归一源，不拘那里的水舀一碗看着哭去，也就尽情了。"

天下之水，须得倒溯方能找到其源头，这就涉及《红楼梦》在故事情节上独一无二的"倒置式章法"。正如第二回甲戌眉批"未出宁、荣繁华盛处，却先写一荒凉小境；未写通部入世迷人，却先写一出世醒人。回风舞雪，倒峡逆波，别小说中所无之法。"

试问《红楼梦》的万千波澜源头何在？绛芸轩也。

宝玉的居室名为"绛芸轩"，此三字亦是《红楼梦》之大关键。宝玉幼时曾自命为"绛洞花王"。当王夫人向林黛玉介绍宝玉时，说他是"这家里的'混世魔王'"。此处脂砚斋批曰："与（原作占）'绛洞花王'为对看。"第三十七回起诗社的时候，当时大家互起雅号。宝玉道："我呢？你们也替我想一个。"宝钗笑道："你的号早有了，'无事忙'三字恰当的很。"李纨道："你还是你的旧号'绛洞花王'就好。"宝玉笑道："小时候干的营生，还提他作什么。"

绛芸轩是怡红院的前身，是贾宝玉自己称心如意的命名，所以他即便住进了怡红院，回目名称写的也是"梦兆绛芸轩"。绛为红，林黛玉的绛珠仙草为"绛",贾宝玉的绛洞花王也是"绛"。"芸"者为草木,无疑喻指林黛玉。

所以《红楼梦》的后半部分,仍不能偏离宝黛爱情的悲剧主题,即便黛玉魂归离恨天,宝玉也必定会为了她有所作为。此乃全书不容更换的主线,需要读者别具慧眼,见叶寻根,沿波讨源。周汝昌先生平生最得意的探佚成果,就是在后半部书中强行让贾宝玉与史湘云结合,既消解了悲剧主题,又偏离了故事主线。

从来多事嗟僧道

《红楼梦》里有一个现实世界,还有一个超现实世界,把这两个世界联系在一起的,便是半仙似的一僧一道。此二人面目模糊不清,行踪飘忽不定,在书中起到推动故事情节的作用。曹雪芹对一僧一道的形象设定,就是将他们定位为沟通仙凡两界的媒介,是一种人格化的中性存在。如果细细梳理,癞头和尚就是太虚幻境中的茫茫大士,跛足道人就是太虚幻境中的渺渺真人。前者负责度化女性,后者负责度化男性。甄士隐、柳湘莲都是跛足道人度化的,如果照着这种情节演绎,那么贾宝玉最后也会被跛足道人度走。

这让我突然有了一个奇妙的联想:补天弃石是经由僧人幻形度化的,难道通灵宝玉下世后带有"女性特质"?难怪与它二元一体的贾宝玉,抓周时"一概不取,伸手只把些脂粉钗环抓来"。这可能喻指宝玉是"雌雄同体"般的存在吧。

其中的道士给了贾瑞一面名为"风月宝鉴"的镜子,并嘱托他千万不可照镜子的正面。风月宝鉴的反面是一具白骨,正面是妖娆多姿的美女,奈何贾瑞不听道士言,非要去照风月宝鉴的正面。

须知"人性是经不起试探"的,风月宝鉴不啻是陷阱妖物,和尚道士像极了勾魂使者，他们的出现，不是拯救苦人，而是诱惑罪人。这不由得让我们联想到开卷第一回，遗弃在青埂峰下的石头，就是因为听了一僧一道故意造作的高谈阔论，才被勾起凡心。

但绝大多数的苦人和罪人，又怎么能够具备僧道要求的大慧根大觉悟，所以只能在这种难堪的试探中加倍沉沦——贾瑞的可怜，就是在鬼魂来索命之时，他却还在大叫"让我拿了镜子再走"。

需要留心的是续书中写到贾宝玉最后是被一僧一道"夹持而走"，而不是让宝玉自我证悟、自我救赎，对此估计很多读者会像责怪法海和尚干预许仙爱情那样叱喝一句："多事！"

所以这一僧一道也着实可恶，他们只负责诱惑勾引人性中的弱点，却拒绝成为救世主。或许在他们眼里，那忘情耻情的太虚，才是人生应该追求的境界；那大荒无稽的石头世界，才是人的最终归宿。他们在出发前就约定了齐集北邙山的结局——这一干冤孽，本都是来历劫的，岂能证得真正的圆满？所以最终还需要回到警幻仙姑那里听从评判。而警幻仙姑对他们的判决，却是统统归入"薄命司"。

只是贾宝玉会乖乖地服从这个结局吗？

犹自倾身问絮兰

宝玉之所以痴情不移地认定"木石姻缘"，并非因为他遵从宿命论或因果论，恰恰相反，他宁可接受"兰因絮果"的结局，也要逆叛命运的安排。虽然从世俗观点来看，"金玉良姻"并不逊色（并且也有癞头和尚的前缘授记），可惜它并非宝玉之愿——他心中追求的是象征自由意志的"木石前盟"，而非家族责任的"金玉良姻"。这就是宝黛初次见面即发生"摔玉事件"的深沉动机。

宝钗倒是比较认同宿命论和因果论，所以她才会孜孜矻矻不厌其烦地遵和尚所嘱去制作烦琐无比的"冷香丸",才会不辞累赘一直贴身挂着那沉甸甸的金锁。"通灵宝玉"不是林黛玉的幸运物(所以她压根没有太大兴趣探究这一物件的细节),却让薛宝钗萦绕牵挂。所以故事一直发展到第八回"比通灵金莺微露意",作者才借由宝钗带领读者揭开通灵宝玉的神秘面纱——因为薛宝钗才是"金玉良姻"命定的"正主"。

黛玉兰因、宝钗絮果,再加上好事的僧道推波助澜,不知宝玉是否会遵从这个宿命般的安排?

满纸补天填海意

"天"是中华先民尤其是儒者推崇的至上神,《诗经》《尚书》等典籍对此多有记述。儒家的"天信仰",实为尊崇上天、循守天道之"最高权利"的行使和表达。这种"最高权利",是古代中国最重要的"宗教权利"——民众只奉"天"为至高的神灵,认为佛、道等界诸神灵全部都归于天帝属下,受其管辖、统御。

天是最高、最大的神,如果不好好敬奉上天,祭祀其他神灵就没有意义——"获罪于天,无所祷也"。既然人间的规范、伦理、秩序都源于"天",那么作为审判的最高依据以及惩罚的最终实行力量,"天"如果不再公正了咋办?

天裂了、天倾了、天塌了、天"葫芦"了、天颠倒了、天荒唐了、天缺席了,什么力量才能校正它呢?

《红楼梦》开篇以甄士隐一家之悲剧命运为铺垫叙事的"小荣枯"中,就涉及正邪二气、清浊之辨、真假之障、生死之关、迷悟之途、仙鬼之魅,其现世图景和神话幻想同时并陈,儒家教义和谶纬迷信共置一处……这其实已经折射出"天"不再那么清清朗朗明明白白,它必然会造成现实世界的混沌暝曚——这才是红楼悲剧的根本原因。

所以，借助于《红楼梦》，曹雪芹开篇借助于"女娲补天"神话要问的一个核心问题必将贯彻全书始终："谁来补天？"

在贾宝玉的心目中，即使是"受命于天"的皇帝，只要"不圣不仁"，"那天也断不把这万几重担与他了"。"天"的神圣性在他这里也被消解殆尽了，所以宝玉不喜欢读四书五经，因为那里面只有对"天"的种种维护与遮掩，并不能解决他关乎"天裂"与"补天"的疑问。

第九回写贾政听到儿子已读到第三本《诗经》，尤其是提及《小雅·鹿鸣》时，会心一笑，因为这首诗强调等级观念及宗族团结，主要表达的是"忠臣嘉宾，得尽其心"的儒家理想。但是贾政又立即吩咐："哪怕再念三十本《诗经》，也都是掩耳偷铃，哄人而已。你去请学里太爷的安，就说我说了：什么《诗经》古文，一概不用虚应故事，只是先把《四书》一气讲明背熟，是最要紧的。"

贾政为什么要如此吩咐？那是因为同样在《诗经》里，还有如《小雅·小弁》等诗表达了另一种思想："民莫不穀，我独于罹。何辜于天，我罪伊何？"——长大后的贾宝玉在面对众儿女的悲剧时，估计早晚会发出他的"天问"：所有恶人都有好运，唯独女儿们却遭遇患难，不知道什么地方得罪了上天？这些儿女的过错到底在哪里？

这才是曹雪芹的"补天填海意"！

证空悟色两无关

历来不知道有多少读者、续书者及红学家，把《红楼梦》误读成一本宣扬"色空观"的因果报应小说。如万荣恩作于嘉庆年间的《潇湘怨传奇》，全剧虽也以宝黛爱情悲剧为主要内容，但整个剧作宣扬的都是宿命论虚无主义思想，其卷首《情旨》所言："识道空空即色，谁知色色还空？悲欢聚散证元功，天眼禅眉断送。昨日花残月缺，今朝暮鼓晨钟。往来何处觅行踪？顷刻浮生一梦。"类似万荣恩这种庸常的"空空即色""色色还空"和"浮生一梦"的创作旨意，虽然与《好了歌》及《好了歌注》的虚无思想一脉相承，但与《红楼梦》原著言情记恨、昭传闺阁的主旨显然有所差异。

怀抱"以情补天"愚衷的贾宝玉，对那些女儿们有着无限的爱慕和尊重，爱到极处甚至不惜舍命相护。但是他这种天生的"意淫"禀赋发展到故事结尾，居然又会把所有的情感完全放弃——这岂非是最大的荒唐？

综　　述

曹雪芹作为一位深具哲学气质的伟大文学家，他所关注思考的，不单单是文学美学艺术领域的事，也不单单是某个具体历史事件的命运和悲剧，他更进一步还要思考悲剧的形而上学发生及救赎，其中尤其涉及对中国传统儒道佛思想的批判性反思。

《红楼梦》一书以"梦"始，以"梦"终，通篇蕴含着挥之不去的佛教思想，因缘果报、色空观念等充斥着整部小说，使小说渗透着人生如梦、世事无常的宗教色彩。但是我们仍要强调：佛教元素只是作者在构建小说情节、安排人物命运时的借用题材，而不是这本书的主旨。

中国明清时期的小说，往往设计有超验性人物突兀出现于故事情节中，这就使得小说的结构无论叙事怎样头绪纷繁、流动无序，都离不开在结尾时被简化、抽象到或佛或道的彼岸归宿上。如《红楼梦》中由警幻仙姑和一僧一道所代表的超现实力量，一方面强化了情节的悬念与神秘性，另一方面又早早确定了结局不可移易的指向。那么，曹雪芹能不能脱离此窠臼，在故事的下半部分来一个精彩的反转，赢来迥异于一般小说套路的终局呢？

"以禅证情"或"以佛度情"，只是曹雪芹引领读者从别样角度去捕捉故事情节，而并非为了宣扬什么宗教信仰，更非主张"佛门解脱"论。宝玉之读《南华经》、观戏闻禅等情节，也仅是把庄禅当成一种新鲜的生命体验，而非宗教意义上的修行皈依。后半部书中主要人物却一味地谈禅论佛，只不过是掉书袋垒字数罢了，观之乏味而且可憎。

其实，早就有人对曹雪芹主张"佛门解脱"的说法提出质疑了。清代明镜室主人江顺怡在其所著的《读〈红楼梦〉杂记》中说："《红楼梦》，悟书也。其所遇之人皆阅历之人，其所叙之事皆阅历之事，其所写之情与景皆阅历之情与景，正如白发宫人涕泣而谈天宝，不知者徒艳其纷华靡丽，有心人视之皆缕缕血痕也。人生数十寒暑，虽圣哲上智不以升沉得失萦诸怀抱，而盛衰之境，离合之惊，亦所时有，岂能心如木石，漠然无所动哉？缠绵悱恻于始，涕泣悲歌于后，至无可奈何之时，安得不悟？谓之梦，即一切有为法作如是观也。非悟而能解脱如是乎？"我们相信，以曹雪芹的"圣哲上智"，《红楼梦》虽言幻灭，但并不止于走向宗教解脱，而是在正视幻灭中去努力寻求价值和意义，在幻灭中尝试超越于传统思想的自我救赎。

中国佛教主要流行的是大乘佛教，而"菩萨道"思想才是大乘佛法的精髓。红楼人物所选择的佛教信仰，更多体现为小乘佛学的主张，其中最典型的人物就是贾惜春。尤氏说惜春"口冷心冷意更冷"，站在惜春的角度考虑，她居此世间，无可恋之人，无可恋之处，还好有佛门可以皈依；但是站在菩萨的角度，出家人应以慈悲为怀，见己见天见众生，一个满心冷漠的人，怎么可能自暖暖他？

青灯古佛真能安慰得了类似惜春这样过早枯寂的女儿心吗？

大乘与小乘佛学共有的核心命题之一，即是"一切皆苦"。人生本来的"苦"与人性本具的"无明",足以摧垮个体的一切形而上建构(意义建构、价值建构)。假如不能自我觉悟自我救赎,这些"建构"便无所谓终极意义,"苦"和"无明"便可尽情嘲弄这渺小的众生。

照汉地信徒的理解与刻画,与"菩萨"的存在相关联的似乎全是喜悦、自在、福乐,或如惜春想象的那样,遁入佛门便可以获得充足的安详、清净、逍遥。事实上,"菩萨道"的主旨是无怨无悔承担着众生之苦厄的情感意向,这种意向的本质是受难受苦——正是通过主动身处劫难深渊,菩萨才为永劫沉沦的众生带去了救渡的希望。

第二十一回写贾宝玉续《庄子·外篇·胠箧》文曾发狠道:"焚花散麝,而闺阁始人含其劝矣;戕宝钗之仙姿,灰黛玉之灵窍……戕其仙姿,无恋爱之心矣;灰其灵窍,无才思之情矣。彼钗、玉、花、麝者,皆张其罗而穴其邃,所以迷眩缠陷天下者也。"字里行间,宝玉认为之所以会有今天的烦恼,原因不在于自己无故寻愁觅恨,而是因为钗、玉、花、麝等四人过于勤勉灵秀,才让自己对她们产生了深深的依赖和爱慕之情,以致深陷其中而不能自拔,因而才会如此愁闷。如果要想从中解脱,就只能焚花散麝、戕钗灰黛。

庄子要求塞灵窍、黜聪明,虽然也诉求于"吾丧我"式的混沌存在,但更重视凭借强大的内在精神抹去现世中荣辱、祸福、死生、利害的牵缠。所以庄子其实是一个自由意志无比爆棚的超强存在,贾宝玉的被动式切割无疑是一种自戕。难怪黛玉看了之后,要说宝玉是"不悔自己无见识,却将丑语怪他人"了。

禅宗则把老庄的"虚无"及佛教的"空义"推演到极致的反面,打破菩萨道的被动承负感及主动担当感,以"自性自足"的个我心性凌驾一切生命感觉,使得自我主体拥有绝对的自主价值。以"自性自足"而来的"自性自度",进一步要求把五浊恶世当作人间净土。

曹雪芹的目光始终凝视着苍冥之下深邃的深渊世界，他不会从"天"或"佛"等任何心外世界索取生存价值的超越，他要"以情补天"！"众生病了，我也病了"，此乃菩萨之大痛——我们无法确切地知道曹雪芹的辛酸血泪从何来，因为终极的答案只能通过信仰去感悟。

这种"自甘罹苦"意义上的情怀意向，是对众儿女"终陷泥淖"，绝望于救渡不至的最有力的反驳。在黛玉魂归之前，宝玉也有眼泪、也有痛苦，但这种"感时伤逝"产生的痛苦与菩萨的痛苦绝对不可并提——"痛苦"只有跟"救渡"一起发生才具有神圣意义，才能成其为痛苦，才能使痛苦成为通向涅槃的赎祭。

所以，《红楼梦》的深刻不仅仅停留在生存哲学的层次，更指向了每个读者的灵魂深处——精神世界颓塌的根本原因就在于每一个个体都把"补天填海"的希望寄托于他人。

如此一部抒写诗性灵能的"补天之书"，在许多人眼里竟然混同于审美自适或道德自洽的"文字禅"——列位看官若能参破此点，则雪芹九泉足矣！

《红楼后事》：贾宝玉此岸的恩与债

《红楼后事》

大千剥复隙中身，河汉微茫旷紫宸。
悔入禅门求兔角，欣凭涸字解眉颦。
合苞菡萏愁风露，分渚鸳鸯梦洧津。
敢谓红楼书后事，天倾可补有诗人！

大千剥复隙中身

剥复：《易》二卦名。坤下艮上为剥，表示阴盛阳衰；震下坤上为复，表示阴极而阳复。后因谓盛衰、消长为"剥复"。

就大千世界来说，时间是无始无终、无穷无尽、周而复始的；但作为个体的生命，却是直线单程、如露如电、万劫不复的。那些如花似诗的人儿随着时间的演进而消逝，大千时间却仍无动于衷地处在绵绵密密的周流循环中。在无始无终的时间旷野里，作为个体的生命，无论真的、假的、好的、坏的、美的、丑的，都是无可挽回的、不可能到达彼岸的。

正是因为洞察了循环时间与直线时间的运行密码，曹雪芹在八十回《石头记》中，采用的是"内松外紧"笔调：当大观园众儿女松垮垮慢悠悠日复一日演绎着青春之歌时，外界的破坏力量却一步步逼得越来越紧迫，所有人的悲剧结局都注定是一场"青春之殇"，所以我们才能在曹雪芹刻意放缓的诗意笔调中，感受到某种挤压得令人窒息的逼仄气息。

某种意义上，《红楼梦》就是由预兆与谶言串联成的一部关于时间的大书，里面写到了倏忽离合、瞬息聚散、无常荣辱、刹那祸福、永劫轮回……书中人物最忧患的事情，最不希望发生的事情，往往又受某种力量左右成为无法避免的事情，这背后就是所谓"共业"的推动。

石头的下界对个体而言或许充满了偶然性与随机性，但在整个大千世界演进中，一切都是明明历历注定了的——个体无法转变"共业"，生命瞬息浮生，这一干随同下界的风流儿女，看似各有自由意志，然而在共业巨轮碾压下，不过渺小如蝼蚁尘埃。

至于推动这"共业之轮"的主体力量，就是曹雪芹借贾雨村之口道出的"气"。正邪二气的对立转化、盈虚消长就是个体要面对的"业力之海"。这两种对立的力量既相克又相生，还能不停地相互转化，其背后的思维模式就是中国的"天道循环"观。只不过对《红楼梦》里的所有人而言，他们无可奈何地处在"天道下行"的滚滚共业下——这一切都源于由共工等男性争斗导致的"天倾"悲剧。

有情之天已经倾覆，"天老爷"似乎也认命了无动于衷，"补天"的大任却由一位女性（女娲）来承担。曾经从众女儿那里汲取了如许灵性力量的贾宝玉，会听任业力之轮的碾压吗？

河汉微茫旷紫宸

紫宸，北极星，又被称为紫微星，宫殿名，天子所居，泛指宫廷，后借指帝王、帝位。《梁书·元帝纪》："紫宸旷位，赤县无主，百灵耸动，万国回皇。"

中国人寻求拯救时，会不由自主地抬眼吁天，然而河汉暗昧，救世主何在？

两百年来，那些将《红楼梦》读进心灵的读者，都会共情于曹雪芹孤独面向苍天的"天问"。

作曲家王立平在为1987版《红楼梦》电视连续剧谱写完《葬花词》后，边抚琴垂泪边感慨："一首《葬花词》就是一首《天问》。"其实，岂止是《葬花词》，整个一部《红楼梦》都是《天问》，是一部关于有情众生命运的《天问》！

悔入禅门求兔角

六祖惠能有著名禅偈曰："佛法在世间，不离世间觉。离世觅菩提，恰如求兔角。"

在《红楼梦》前八十回文字中，曹雪芹特别安排了两个回目的文字来描述宝玉续写《庄子》和参禅写偈的故事，对于一贯惜墨如金的曹公来讲，不可谓不是用墨如泼了。

宝玉在书中的几次参禅颇似文字游戏，并非要遁入空门，不过是作为小说可读性与艺术性的情节要求，我们要看出曹雪芹在背后的"反讽"笔法——其实他对宝玉沉迷庄禅是不以为然的。

禅宗有别于普通的佛教流派之处，在于它的直接简洁，让人当下觉破梦迷，体会本来是佛、本无烦恼、本来涅槃的本地风光。以宗门之眼评判，宝玉的参禅，尚在"逃禅"与"狂禅"之间游移不定——"逃禅"

包含了"入世之欲"与"遁世之心"价值取向的冲突，现实的痛苦与无奈往往使人避世参禅，可天性欲念又使人渴望破戒入世；"狂禅"则更进一步摆脱逃禅的纠结，痴癫、放任、孤行、傲物足可以"天机自张"，活在另类的生存形态中。

然而，面对众女儿如花瓣般的凋零，贾宝玉终会将生命之根深深地扎向大地，那历经风刀霜剑后所结成的果实，里面满载的莫不是对众儿女的记忆？

欣凭泅字解眉颦

林黛玉的降身凡尘泪尽而夭，是为了报答神瑛侍者的"彼岸之恩"。文学作品中的报恩大多是给予恩人以现世的报答——这种报答大多是在金钱财富上，用以改变恩人的生活状态，或者以身相许，成就一段美好的姻缘。而林黛玉的报恩，则是以生命为代价来加持贾宝玉成就圆满功德。

《红楼梦》毕竟不是一部神魔小说，而只是借用了这样的一种范式来构架小说。在这个构架中，绛珠仙子的下界凡身林黛玉，在"还泪报恩"之余，还给了贾宝玉以"眼泪之外"的某种"额外加持"。可以说，正是林黛玉的"泪"与"诗"促成贾宝玉成长为一位"补天之人"——林黛玉的眼泪，洗涤了通灵宝玉的污尘；林黛玉的诗，则开启了贾宝玉此岸的真正生命。

或者换一种说法，林黛玉的泪濯去了贾宝玉的"石性"，而林黛玉的诗则琢出了贾宝玉的"玉性"。

合苞菡萏愁风露

荷花"未发为菡萏，已发为芙蓉。"林黛玉第六十三回中所抽花签题为"风露清愁"。

第二十三回描写林黛玉偶然听到梨香院排练《牡丹亭》，寥寥几句唱词便深深打动了她——从"心动神摇"到"如醉如痴，站立不住"，再到后来"心痛神痴，眼中落泪"，这一段是黛玉"风露清愁"精神气质的生动表现。

《牡丹亭》里杜丽娘和柳梦梅的爱情，之所以有折磨而少苦痛，就因为有现成的圆满的结局等待着他们，甚至地狱的判官、人间的皇帝都可以站出来帮助他们成全好事——与贾宝玉和林黛玉的爱情悲剧相比，杜小姐和柳公子是足够幸运的。曹雪芹之所以摈弃了以往戏曲小说"有情人终成眷属"的陈旧套路，就是因为他洞察了天道无情的本相——真正的爱情是永远无法与天道抗争的，地老天荒只不过是一种自慰的幻想。

分渚鸳鸯梦洧津

洧津：典出《诗经·郑风·溱洧》，意思是洧水边，借指男女结成恩爱之情。

红尘世界既"太实在"又"太荒唐"：实在到两只鸳鸯可以感受到彼此的体温，荒唐到即便已经随水分流仍在梦中缱绻。其实本没有渺渺，也没有茫茫，正如俞平伯曾经说过这样一句话："以醒为梦，梦将不醒，以梦为醒，梦亦不醒。"

敢谓红楼书后事

"敢谓"这种表达一般都是反问语气的，意指"谁敢说？"

宝玉一直拒绝长大，以避免承担成人的责任，但是他又必须在仕途经济上有所作为，这是荣国府所有长者包括贾母、贾政、王夫人、元春等的共识，宝钗、湘云、袭人等人规劝他，都是基于这个共识。宝玉挨打，是家族里疾风暴雨般的大事件，贾政与贾母的矛盾也由此陡然加剧，而最后让他们达成一致的仍是家族共识。自诩"礼出大家"的贾母曾经对江南甄家来的人说过如下不容置辩的话："可知你我这样人家的孩子们，凭他们有什么刁钻古怪的毛病儿，见了外人，必是要还出正经礼数来的。若他不还正经礼数，也断不容他刁钻去了。就是大人溺爱的，是他一则生的得人意，二则见人礼数竟比大人行出来的不错，使人见了可爱可怜，背地里所以才纵他一点子。若一味他只管没里没外，不与大人争光，凭他生的怎样，也是该打死的。"尽管她溺爱宝玉，但也深知，宝玉的人生目标必须与家族意志保持一致。就连林黛玉也抽抽噎噎地说出一句："你从此可都改了罢！"可见黛玉终将意识到：一味抗拒家族意志是不理智的，也是不会有好下场的。

　　第五十回大观园围炉联诗猜谜时，史湘云所出谜语的谜面是一首《点绛唇》："溪壑分离，红尘游戏，真何趣？名利犹虚，后事终难继？"谜底打一俗物。曹雪芹为什么在书中安排这个谜语一定是只有宝玉才能猜着呢？因为湘云这首词，几乎句句适用于宝玉：神瑛侍者带着大荒山青埂峰的顽石幻形入世，成了佩戴通灵玉的怡红公子——这不正是"溪壑分离，红尘游戏"吗？"真何趣"的感慨与他在《寄生草·解偈》一曲中所说的"到如今，回头试想真无趣"的意思一样；"名利犹虚"，是他蔑视仕途经济的叛逆思想；"后事终难继"，或者说"剁了尾巴去"，正应了宝玉"悬崖撒手"弃家为僧的结局。从整个贾府的一败涂地、树倒猢狲散的下场来看，也完全符合谜语末句所言。

　　足见这个谜语，惟妙惟肖简括了宝玉一生的经历。而史湘云作为旁观者，反而能清楚了知宝玉"后事终难继"的下场。由此也可见周汝昌先生坚持的"宝湘结合"结局是牵强无稽的。

第七十一回尤氏曾讥讽宝玉："谁都像你，真是一心无挂碍，只知道和姊妹们玩笑，饿了吃，困了睡，再过几年，不过还是这样，一点后事也不虑。"宝玉笑道："我能够和姊妹们过一日是一日，死了就完了。什么后事不后事。"甚至黛玉在第六十二回替贾府算计收支以提醒宝玉，宝玉也以"凭他怎么后手不接，也短不了咱们两个人的"搪塞过去。

可见宝玉潜意识里非常恐惧现实的残酷，他的理想情怀、虚无主义态度又严重阻碍着他对世俗社会的接受，这些都在一步步加重他的偏僻乖张，完全不考虑后事、不忧患将来——"人事莫定，知道谁死谁活。倘或我在今日明日、今年明年死了，也算是遂心一辈子了。"和姐妹们在一起就是宝玉生活的全部，至于尘世中的责任与义务，对他来说毫无意义。

家亡人散后的宝玉，经历了爱情的幻灭，目睹了姐妹们的飘零，他原来熟悉的花柳繁华地也翻成他乡。经历人生最惨痛的劫难之后，他固然不能带领家族从低谷崛起，但选择一走了之就是可以接受的吗？读者担忧的应该是他会忘记"闺阁昭传"的初心大愿吗？

天倾可补有诗人

王国维说："诗人对宇宙人生，须入乎其内，又须出乎其外。入乎其内，故能写之；出乎其外，故能观之。入乎其内，故有生气；出乎其外，故有高致。"需要注意：我们这里谈论的"诗人"，不是吟风作对意义上的词人骚客，而是主动担负起"以才情补天裂"的精神存在。

探春在招宝玉结诗社的帖子中曾有这样的豪言："孰谓莲社之雄才，独许须眉；直以东山之雅会，让余脂粉。"这种巾帼不让须眉的气势充分表现了她对自己以及整个红楼才女群体诗文之才的自信。当探春、黛玉听说宝玉将她们的诗作抄给相公们看，二人都埋怨道："你真真胡闹！

且别说那不成诗,便是成诗,我们的笔墨也不该传到外头去。"

在第一回里,空空道人对《石头记》有一句评论:"其中家庭闺阁琐事,以及闲情诗词倒还全备"。我们都知道,全部红楼大部分笔墨写的就是"家庭闺阁琐事",这里把"闲情诗词"和它并列,可见并非"闲情",而是在书中具有重要地位和作用。也是在第一回里,落魄书生贾雨村在甄士隐书房,面对中秋朗月思念丫鬟娇杏,口占五律一首,甲戌本《红楼梦》此处有一条重要的双行夹批:"这是第一首诗。后文"香奁""闺情"皆不落空。余谓雪芹撰此书,中亦有传诗之意。"

以书传诗的曹雪芹,在现实生活中不得不面临的悲剧,可能也在于崇尚生命本真的诗意人格追求,最终被毫无诗意的世界碾压。但是,作为形而上的探求与修为,诗意的存在对于那些饱经苦难后的心灵,又何尝不是一种别具救赎功能的登临与抵达?

综　　述

二百年来,红学家及读者对贾宝玉的结局预测,不外乎"宝玉因黛玉的逝去,终于悟透了情缘而出家"。因为根据开篇第一回中空空道人"因空见色,由色生情,传情入色,自色悟空,遂易名为情僧,改《石头记》为情僧录"的说法,就注定了宝玉出家的结局。没有人敢质疑这一大结局,迄今也没有人超越高鹗续补出令曹雪芹亦感到欣慰的后半部分。

《红楼梦》第一回还特意对比描述了天上人间之别:一边是无生无死,无喜无忧;另一边是有些乐事,不能永恃。在天上人间并存、仙界主宰人世的空间布局下,时间也在发挥作用:前生做今世指引,来世补今生缺憾。正所谓"厚地高天,堪叹古今情不尽;痴男怨女,可怜风月债难偿。"这场天缘大梦始于一张如诗的"恩之券",但故事发展到后来,几乎所有的美好都被摧毁,诗笺零落,成为一张未能兑现的"债之券"。

如果按照惯常的情节发展,林黛玉泪尽而夭亡,贾宝玉为偿情而与世俗决绝,或上界销号重回赤瑕宫,或跟随石头回归于大荒山以遁形保真。但是,宝玉如何偿还那些女儿为他洒下的血泪?偏偏黛玉又悄悄在这人间留下了诗稿,这诗稿承载着以黛玉为主的众儿女的一颦一笑,这份沉甸甸的记忆,是贾宝玉必须要面对的"此岸的恩与债"。

关于贾宝玉的形象及结局,比较流行的观点:贾宝玉具备离经叛道的逆天性格,但他也并没有像屈原那样自杀,而是在经历一系列的挫折和打击之后,乘外出参加科举考试之机,离开了让他厌恶、郁闷的贵族家庭,最后跟随一僧一道飘然而去,正式离家出走。

但是宝玉出家之后呢?宝玉出家之后是散场、剧终?是屏幕上一个大大的"完"字?

可我怎么觉得故事才刚刚开始?

《红楼梦》的开篇立意就是一个宏大叙事:将故事空间放在了洪荒宇宙、大荒山、青埂峰、无稽崖,以全知视角,也就是上帝之眼,看宇宙、看神界、看红尘。所以楔子中编述的两个神话故事——补天顽石幻化成通灵宝玉下凡历世;绛珠仙子随神瑛侍者下世为人造历还泪幻缘。曹雪芹此处刻意描写得缥缈朦胧、遥远寂寥、虚幻空旷,给人以时空上的茫然感和无限感。仿佛这一故事是从深邃洪荒的历史隧道中走来,从悠远绵长的人类文明史走来,给读者留下了非常广阔的想象空间和令人回味无穷的艺术魅力,从而具有了纵深的文化人类学的宏大内涵。

因此,我们的解读倘若离开这个宏大叙事,你看到的都是鸡毛蒜皮:什么薛宝钗是不是在和林黛玉争宠了、薛宝钗给林黛玉的燕窝里边下毒了、顺治董小宛情史揭秘了等宫斗猎奇阴谋论,你的格局一下子就低了。

在这个无限久远的宏大背景下,还意味着精确计算测度瞬息浮生的在世时间,是没必要也无意义的。所以在《红楼梦》中,很多时间概念都是模糊不可考的,许多事件发生的时间线,如贾宝玉、林黛玉、薛宝钗、香菱等的具体年龄都模棱两可,甚至明显对不上榫。这一问题曾引起很多红学家们的浓厚兴趣。如清代评点家姚燮就对《红楼梦》的时间问题做了不少精细的考察。他对百二十回本中每回的事件都推定了干支纪年精确到月日时,功夫之深令人咋舌。然而经过了一连串复杂的推算,姚燮得出的结论是许许多多事件完全"不合"时间线。几欲抓狂的他不由得埋怨曹雪芹:"何作者荒谬乃尔!此等处须酌改之。"这里,姚燮显然是将《红楼梦》当成了实录的编年史而非小说,更误解了曹雪芹特别运用了"虚拟叙事"以反抗现实时间。

我们要带着思想史、文化史上的宏大视角与问题意识,去分析《红楼梦》的时间观。此书是"神话原型—下凡历劫"永恒母题与人类命运的哲理思考与终极关照,这才是曹雪芹故意模糊历史时间的初衷。

故事开篇的那块大石头也是渴望着去"补天"的,但是偏偏因女娲的计划不周而惨遭遗弃。曹雪芹借此话头,牵引出一部大书的写作动机——"补天"。"补天"在神话的原义里带有"重整乾坤"意义上的儒家式济世情怀,而补天功能的丧失,使石头的崇高和神圣被解构,这意味着儒家此岸拯救的价值丧失,不得不还原为顽石般的天然本质。所以《红楼梦》中"有命无运"的谶语,首先并非应验在书中人物身上,而是应验在了补天弃石身上——这对书中所有人物都是一个喻指或映射。

那么,曹雪芹要补的,究竟是何种之"天"?佛家的"天"是三十三重之高的离恨天;陶渊明的"天"是隐逸于红尘之外的武陵桃源;杜甫的"天"是"致君尧舜上,再使风俗淳"的理治之天……曹雪芹的理想之"天"又是什么呢?其实,"大观园"作为乌托邦般的存在,就是显化在此岸的"有情之天"。然而这种理想之天,似乎比离恨之天、隐逸之天、理治之天更难实现——因为它的根基实在太过脆弱,脆弱到如梦幻泡影如露亦如电,所以它既可以称为"情天",也可以称为"梦天"。

在曹雪芹看来,"天"因为无情才会塌陷——离恨之天、隐逸之天、理治之天如果离开"情",早晚都会塌陷。能够从根本上补天的,不是儒道佛推崇的圣人、仙人、真人、至人,只能是"有情之人"。

"天"因为无情已经不再清清朗朗,所以现实世界也越发向着"石头世界"加速转化,必须有人站出来"刺破青天锷未残"——想要女儿们不被浸染成鱼眼睛,想要女儿们的泪与诗不再被辜负,不仅需要明亮的眼睛、高洁的精神、卓越的思想,亦要有轻松拔出紫青宝剑的能力。

作为诗人哲学家的曹雪芹"以笔为剑",使《红楼梦》闪耀着倚天寒芒:他享过富贵,也尝尽炎凉,心中偏还向往着一个更高的生命境界,那便是哲学的或者说是超越的世界。在那里,过往的荣与辱,繁华与冷漠会真正变成生命里的最值珍贵东西,人生所遇所见,都会在那里被消化,被吸收,被塑造成另一个崭新的灵魂。

同样,作为昭传那些远逝诗灵的贾宝玉,亲身见证了"潇湘世界"化为灰烬,然而他记录下的痛苦记忆,却为这个黑暗冰冷的石头世界开启了通向"武陵世界"的满天星光。

《红楼梦恸》:《红楼梦》的悲剧所在

《红楼梦恸》

纵识曹侯料不真,脂批历历亦伤神。
北邙山下来时约,青埂峰前劫后巡。
白骨传情情外旨,红尘开眼眼中身。
一声天命当停笔,最是斯人恸获麟。

纵识曹侯料不真

曹侯:指曹雪芹。清人爱新觉罗·永忠《因墨香得观〈红楼梦〉小说吊雪芹》诗曰:"传神文笔足千秋,不是情人不泪流。可恨同时不相识,几回掩卷哭曹侯。"

《红楼梦》是产生于中华文化沃土之上的一部巅峰之作。曹雪芹的艺术手法更是匠心独运,使得整部大书场面恢宏,故事情节复杂多变,伏线照应,千红映带。全书虽人物众多但叙事不乱,而且结构严谨奇妙,从而把该书推上中国乃至世界小说之林的顶峰。所以读红楼如探骊得珠，其文本本身如"无尽藏"，需要读者用心挖掘，细细玩索，方能体味到个中三昧。

中华文字似乎别有魔力，每个文字都自带"全息功能"，一旦组合起来，便可以有千变万化的解读方式，令读者参悟不尽。再加上曹雪芹独特的"幻笔"运用，使得《红楼梦》的故事情节在谐音法、谶语法、影射法、引文法、化用典故法等综合技法推动下，摇曳生姿柳暗花明，让红学研究者很难凭借其中一种方法去还原《红楼梦》的文本进程，可以说《红楼梦》的结局存在无数的可能性。

王蒙先生曾经花了很大工夫讲解《红楼梦》，越到后来越感觉这本书堪称"伟大的混沌"，令包括他在内的无数读者陷落。米兰·昆德拉认为小说有自身的智慧——它比作者本人的智力水平更高、更远。就像塞万提斯在写作《堂吉诃德》时，一开始他只想写篇滑稽故事，以嘲讽当时的骑士小说。可是写着写着，情况不对了——这本书像是有了自己的生命，连作者也无法控制。它牵着塞万提斯的手，自作主张地一步步朝世界深处走去。有些书是被作者创造的，而《堂吉诃德》创造了它的作者……这句话可以照搬用于《红楼梦》：曹雪芹创作了《红楼梦》，《红楼梦》同时也创造了曹雪芹；每一个读者都在谱写《红楼梦》，《红楼梦》也谱写了每一位读者。

脂批历历亦伤神

《红楼梦》是一部谜书，本来就给世人留下了许多难解的谜，而脂砚斋的出现给这本书增添了更多的谜。

如果"红学"仅仅限于猜谜，还远远不足以与曹雪芹对话。今天，假如我们能够化身脂砚斋参与曹雪芹的创作，不但要"听他说"（如实记录），还要"跟他说"（探佚结局），更要"对他说"（查缺补漏）。

北邙山下来时约

曹雪芹在叙事空间建构上，以虚、实两组时空维度彼此映射，形成小说文本形态的混搭式结构。幻境之虚与红尘之实的时空交汇处，就是作者提前预设的场域——北邙山。

贾宝玉即使最后遁迹做了和尚，翱翔于三界之外，但天依然是"无可奈何天"，地依然是"白茫茫真干净"地，而他身后的三劫过后众儿女会齐的北邙山下，依然是好大块的一片坟场。厚地高天容不下一瓣花、一棵草、一滴泪、一首诗，在一轮滴着血的落日下面，哪里还能从隔年的残枝败叶中去分清什么花冢和坟冢？

青埂峰前劫后巡

对于恍然如天外来客般的通灵宝玉，人世间的一切悲欢聚散、荣衰沉浮，细细算来究竟与它又有何相关呢？女娲娘娘固然炼出它的七情六欲，但是历经劫难后，它不是又化为顽石了吗？它有不死的身体，却未必有不死的灵魂——它曾经记录下如诗如花的大观岁月，也与众儿女共同经历了这一切的毁灭。然而它返回青埂峰后，记忆被封存甚或格式化，又有谁负责记录下众女儿的诗情与苦痛？

潇湘馆的清幽霜冷独配黛玉的孤傲清高；蘅芜苑的满院异芬暗合宝钗的迥脱根尘；秋爽斋的阔朗大气展现探春的高远志向……然而三劫过后，这些曾经活色生香的灵魂又到哪里找寻？

白骨传情情外旨

第八回《嘲顽石幻相》诗曰："白骨如山忘姓氏，无非公子与红妆。"此诗之思想意境，颇似明代唐寅的《和石田先生落花诗》："花落花开总属春，开时休羡落时嗔。好知青草骷髅冢，就是红楼掩面人。山屐已教休泛蜡，柴车从此不须巾。仙尘佛劫同归尽，坠处何须论厕茵。"

明代小说家冯梦龙《情史·序》云："我欲立情教，教诲诸众生。"又曰："六经皆以情教也。"强调小说要写真情，而情始于男女，流注于君臣、父子、兄弟、朋友之间。认为有真情才能激动人心，进而起到根本性的教化作用。

儒家不敢过多谈"情"，把人的真情装裹在伦常、社会的人际关系的箱框里，而曹雪芹则把这"情"从那些箱框里解缚出来，并且赋以更新、更高、更大的精神文化含义和容量。不可否认《红楼梦》是受了冯梦龙《情史》、洪昇《长生殿》等作品的影响，但它更进一步对从《易》以降的"圣人之情见乎辞"到宋玉、曹子建、王实甫、冯梦龙等笔下所有的"情"字加以再扩充、再提升，最后写出了"大旨谈情"的《红楼梦》。

曹雪芹批阅此书于悼红轩，此"悼红"二字即点其"传情"之旨。作者言情，乃是"亲历一番情欲苦，人生始辨幻与真"，既有盛宴之后的落寞，更有挣扎之后的醒悟。

红尘开眼眼中身

曹雪芹抛出了一个中国思想史上的深刻悖论：如果红尘注定就是一场悲剧，如何赋予这悲剧以意义价值并立足于此岸解脱？所以他在小说中不是推崇色空解脱那一套佛道理论，而是做了一场"以情补天"的伟大尝试。

曹雪芹并非空泛地描写崇高博大的形而上之情，他的笔触指向男女之情的精微与实质。这种"写实"手法令读者油然而生感同身受的悲慨喜慰，正是《红楼梦》最打动人心的地方——百转千回的潇湘世界呈现出霁月与潮汐、暧昧与明艳、巫山与瀛洲等多维纠缠，使得我们在同一场景中可以获得不同层次的感悟，至于读后能否红尘自鉴，那就真的需要"别具只眼"了。

让我们试想一下：如果当初林如海夫妇相信了和尚的话、如果黛玉真的自幼就出了家，那她真能逃离这场命运悲剧吗？再假设遵从和尚建议出了家的黛玉，因为种种机缘来到一个侯门富贵之家，寄住在这家精致如画的大观园里，然后在一个漫天飞雪的冬日，有位翩翩佳公子会来到她修行的庵堂，向她乞一枝盛开的红梅……然后一幕幕故事次第展开——她是否依然要把眼泪还给那个命中注定之人？

开了"天眼"的一僧一道，对有缘之人最多只有劝诫的义务，却并不担负救赎的责任——在《红楼梦》里，没有任何人可以逃离悲剧结局，无论他是否听从了僧道的劝诫，终了结局都是一样的。

贾宝玉能够打破这一铁律吗？

一声天命当停笔

走投无路的贾宝玉会返身到这个劫难深渊吗？看来曹雪芹需要停笔重新构思《红楼梦》的结尾，因为他和贾宝玉同样被这个哲学悖论所困。然而正因为绝望，希望才由此生成："可是一个新的故事，一个人逐渐再生的故事，一个他逐渐洗心革面、逐渐从一个世界进入另一个世界的故事，一个直到如今根本还没有人知道的现实的故事正在开始。这个故事可以作为一部崭新的小说的题材——可是我们现在的这部小说到此结束了。"（陀思妥耶夫斯基《罪与罚》）

估计关于"《红楼梦》如何结尾"的争论仍然会持续千年，除非我们对曹雪芹前半部分的悲剧伏线进行脱胎换骨的、解释学意义上的重新阐释，否则贾宝玉断然不会成为担当起这个悲剧的"新人"，《红楼梦》也不可能演绎出另一个世界"再生的故事"。

曹雪芹的临终停笔，正如弗吉尼亚·伍尔夫在小说《达洛卫夫人》中所写的那样："现在她不愿对世界上任何人说长道短。她感到自己非常年轻，却又难以形容地老迈。她像一把刀子，插入每件事物之中，同时又置身局外，袖手旁观……"

最是斯人恸获麟

据《春秋》记载：鲁哀公十四年，鲁国的叔孙氏在钜邑这个地方狩猎，捕获了一只四不像的野兽，于是请孔子过去看。孔子到的时候，野兽已经死了。孔子说它叫作"麒麟"，是一种祥瑞的兽，然后他感叹道："非其时也""吾道穷矣！"说完此话后，夫子就此搁笔。

杜甫说李白"文章憎命达"，虽是愤激之言，却点破了古代诗人的真实境遇，命途多舛的曹雪芹同样是以生命为炉炭融炼出了《石头记》。如果仅仅是借回忆昔日的繁华来安慰眼前的失意，这样理解未必不可，但不免把曹雪芹看低了。

成为一个"诗人"，就意味着与灾难现世的绝不苟合。"诗"在曹雪芹这里构成了守护"情"的最后防线：诗人即便生非其时，仍会守道固穷，从而使得庸俗丑陋的历史时间具备了审美性与超越性。

综　　述

20世纪20年代，顾颉刚在《红楼梦辨·序》中，尖锐指出了"百年红学"的乱象：自从有了《红楼梦》之后，"模仿""批评"和"考证"的东西如此多，但为什么做出的东西都总是浮浅的模仿、尖刻的批评和附会的考证？这种思想的来源在何处？浮浅的模仿出于《尚书》之学、尖刻的批评出于《春秋》之学、附会的考证出于《诗经》之学。

这种思想深入国民心理，凡有一部大著作出来，大家就会在无意之中用了差不多的思想，黏附在它的上面。

又一百年过去了，我们面对的似乎是更加不堪的乱象。

《红楼梦》描写了钟鸣鼎食人家式微的黄昏，也道尽了众女儿刹那明艳后的没入暗夜，揭示的正是末世人事的"好"与"了"——"春梦云散"是时间逆流刻下的记忆残痕；"飞花逐水"是诗灵对生命泡影的无奈挽留。《红楼梦》首回中跛足道人所唱的《好了歌》，开宗明义道出的正是兴衰荣枯、生死悲欢的世事变幻的本相。

鲁迅在评论《红楼梦》的思想价值时曾说，"看见了许多死亡"的贾宝玉作为"爱人者"，一直没有放弃对于解脱及解救的思考——死亡是一种必然降临的悲剧，因而死亡本身并不能成为救赎之道。既然解脱之岸与津梁之渡渺渺茫茫，不如抓住当下，享受生命在每个当下的温情，这就是宝玉"喜聚不喜散"自我麻醉的理路。然而，沉醉于诗意审美只能算是一种"无可寻觅之时"的无可如何选择，所以鲁迅评论"宝玉之终于出家，同一小器。"

《红楼梦》乃"悲剧中之悲剧"，这是不容更改的思想主旨，任何续补者都必须坚持贯彻这一悲剧主旨。借用鲁迅先生的话语："大器"的悲剧能够给予人力量，"小器"的悲剧只能让人自我麻醉。在《红楼梦的真故事》里，周汝昌先生反转了曹雪芹伏下的悲剧结局，甚至擅自把"薄命司"改成了"空灵殿"，把"孽海情天"的匾额换成了"脂粉英灵"：

宝玉想起各司中的簿册，前番阅之未尽，又请带领入司重看一回。警幻说道："单是与你有缘的，也有百余名呢，一时如何看得遍？不如随我到后殿，有一张大榜，尽列了这些女儿的名次，倒还醒目。"

宝玉听说喜之不尽，便随了仙姑，穿过两厢的诸司中间的甬路，来至一座大殿，那殿盖造得玲珑精美，丹碧辉煌，抬头见有一匾，大书"脂粉英灵"四字。进殿后，两侧陈设新雅高洁，观之难尽。正当中一座巨大彩屏风，上面张有一幅绣就的人名品第总目，却大书题着"情榜"二字。

宝玉伫立榜前，从头逐一看去，只见写的是——

"太虚幻境"

"空灵殿"

"《红楼梦》一百零八钗情榜"

……

在周汝昌笔下，"薄命司"不见了、"孽海情天"也不见了，这种改动与宝玉出家"同一小器"。其实，曹雪芹一开始就提醒读者，书中的人物结局都会"花落水流红"——难道众儿女下界的千般苦难，就是为了换回一个仙界金碧辉煌的灵位？周汝昌先生对"情"的理解宛如圣母，一厢情愿地把《红楼梦》的悲剧价值消解近半了。

《红楼梦》第五回写贾宝玉在秦可卿的屋里做了一个梦，宝玉误入迷津，有夜叉海鬼要把他拽下去。迷津有一个小舟，摆渡的是两个人，一个木居士，另一个灰侍者，这里面就隐喻着"枯木槁灰、太上忘情"。全书以神话起，以神话收，看似荒唐无稽，实则是以情为根，各人的悲剧演绎据此开枝散叶，终至万劫不复。

所以说，被明清文学家推崇的"童心说"和"性灵说"，直到被周汝昌极力演绎的"情教"，其实质都不过是抛弃救赎路径而转向解脱，最后无一例外地滑向庄周式的"逍遥自适、自配于天"，以及狂禅式的"色空不二、即心即佛"的生存哲学。

以"童心性灵说"及庄周狂禅哲学为基要信仰的解脱观，是即平常而超越的触类是道，是不羁于现实时空的即事而真，是在出离世界的同时又与之游戏往返。所谓在"一朝风月"中体得"万古长空",就意味着杨枝玉露的滋润已经内化为个体灵性的甘之如饴,在每一个无始无终的剔透与销残中,主体可以对现实世界的灾难视若无睹甚或不屑一顾。

其实,千百年来,人类的悲欢并没有什么不同,衡量一个民族的心灵史,关键还要看这个民族的思想精英对待苦难的态度。陀思妥耶夫斯基曾说:"我一直在考虑一件事情,那就是,我是否对得起我所经历过的那些苦难,苦难是什么,苦难应该是土壤,只要你愿意把你内心所有的感受,隐忍在这个土壤里面,很有可能会开出你想象不到的灿烂的花朵。"

"电影天皇"黑泽明深受俄国文学特别是陀思妥耶夫斯基的影响。1951年,他将《白痴》改编为电影。"我们所说的善良,是指那种看到非常悲惨的情形时不忍直视的感情吧。但他(陀思妥耶夫斯基)不会移开视线,而是直视它,并(与受难者)一起痛苦。我觉得在这一点上,他不只是人,更像神一样。"

人在劫难的生存世界中如何生活的问题,或者说人如何对待生命悲剧的价值选择问题,是曹雪芹与陀思妥耶夫斯基面临的共同问题。他们笔下的主人公都企望通过"情性"或"爱心"排除暴虐、分裂和损害的力量,他们的"新人"都有"痴"的素质,尽管曹雪芹的"新人"贾宝玉更多地具备了逍遥精神,而陀氏笔下的梅什金公爵等更多表现为拯救精神。

虽然中国古代文学作品缺少典型意义上西方式的悲剧,却无法否认中国古代悲剧性作品的存在,也不能否认中国人的悲剧意识。中华民族历史悠久,多灾多难,经历的悲剧性事件和场景不会少于西方。好在中华文化自成体系的悲剧意识及消解能力,以及由此而来的文化修复功能,才使中华民族能够长久地自存于天地之间。

中国文化重视群体道德而轻视个体人性，明清小说的绝大多数作者都没能深入剖析人性矛盾发展的深层机制，也就产生不了有人性深度的文学经典。《红楼梦》悲剧的成因及思想的复杂，还源自人性及世事本身的复杂。难能可贵的是，作为"写情圣手"的曹雪芹，其思维并未止步于此岸的儿女情长。在《红楼梦》开篇，曹雪芹就以三个神话作为情节演绎的"暗线"，所以整部书的故事主线，既有共时性的宏观与写实，又有历时性的纵深与虚拟，这就需要站在形而上的维度，深刻领会整部书体现出的高度哲理意蕴和形而上之思。故此书的探佚及续补之难，就在于每个人都会带着时代烙印提前做着价值判断，这就是解释学所谓的"前见"。

曹雪芹笔下的"情"，是一种通于宇宙本源的本体的情，其本质就是性灵和天然，它生生不息，鼓动万物，使人无端而悲，无端而喜。你无法解释它何以会产生，也不能解释它何以会有如此巨大的力量荡涤灵魂，超越生死。《葬花吟》淋漓尽致展现了黛玉施于自然生命的"情情"，她的情感投射有特定的对象。宝玉却把感情进一步施于"斯处、斯园、斯花、斯柳"，把情感推广到一切无情之物。宝玉所谓"因此一而二、二而三，反复推求了去，真不知此时此际如何解释这段悲伤"，这正是他以"情不情"的方式对待世界的信仰起点。

重归青埂峰下的石头，想必仍惦念着那些或情或痴的女儿，可没了和尚的幻术，石头再也不能返回这个好事多磨的世界。又或者，那个好事多磨的世界已经变得白茫茫一片大地真干净，它又何必再回来呢？也只能在回忆里自嗟自叹了。

宝玉面对着同样白茫茫一片大地真干净的世界，当支撑大观园的一切诗意存在统统破灭后，"潇湘世界"呈现出石头般的冥顽本相——宝玉会重新赋予它诗意吗？

一个合格的诗人首先是充满忧患意识的思想家，他们往往诘问此岸的合理性、深入灵魂的暗黑底层去考评审美主体，并以冷峻的刀锋解构文化精神中已经出现或可能出现的忧患。可惜，《红楼梦》里的忧患意识似乎一直遮蔽不明若隐若现。然而我们并不灰心，经历了二百年人文思潮的激荡，尤其是东西方文化的深入碰撞，我们这个时代的读者，应当上下求索五千年、东西搜尽两万里去贡献出令曹雪芹欣慰的"红楼全璧"。

曹雪芹其实是以小说的形式来传道：以"情"度世不是"万境归空"，而是"万境归情"。但是他明明知晓"潇湘世界"的无常性、脆弱性、自陷性，却仍然拒绝从传统的儒道佛禅那里寻求精神资源，我们必须就此问题做更深入的剖析。

正因为勘破了生死，反而要执着于背负苦难。这就是《红楼梦》超越传统小说的悲剧意义所在。

对有情之物乃至无情之物都曾抱有恸悯的贾宝玉，面对"潇湘世界"的倾覆，恰如孔子面对麒麟之死——宝玉还能拿起生命的诗笔吗？

《宝玉赴苏》：为不在之灵而在

《宝玉赴苏》

芳溪沉玉縠纹平，旧帕偷埋待有情。
匪载匪车筇杖短，如僧如丐笛音清。
鱼珠乱混双星事，石册当镌共穴盟。
云水也曾留客驻，来时竹析去时更。

芳溪沉玉縠纹平

縠（hú）：用细纱织成的皱状丝织物，如縠衫（薄纱的单衣）。《芙蓉女儿诔》就是写在贵重的冰鲛縠上面的。縠纹：绉纱的皱状纹，往往用来比喻水波纹。黛玉有诗曰："尺幅鲛绡劳解赠，叫人焉得不伤悲"。宝玉《芙蓉女儿诔》有"群花之蕊、冰鲛之縠、沁芳之泉、枫露之茗"。

此句指黛玉沁芳自沉情景。

黛玉草胎木质，前世偶然得换人形，故自称"草木之人"。黛玉的花魂升天，然其肉身并无"羽化""蝉蜕""尸解"这回事，在刘心武先生的揭秘探佚中，让黛玉自沉后，尸体"仙遁"回仙界，这就把《红楼梦》演绎成神魔小说了。

旧帕偷埋待有情

佛经中的"有情"指的是具有情识的生命形态，"众生"一词也译作"诸有情"。佛教认为所有的有情众生都有成佛的潜力，因为它们都有佛性，即潜在的觉悟状态。在古汉语中，人也叫"含生""含灵"，这就意味着：只有那些有感情、有灵性的，才有资格称得上人，才够得上"有情"。

曹雪芹是为"普天下女子"痛哭，为她们的无常命运而悲愤，为她们的无辜遭遇而昭传，这是人类独具的最博大崇伟的深情。所以对曹雪芹"情观"的认识不能局限于男女之情，也不能局限于宝黛二人之情。

黛玉把诗稿用旧帕包裹好，埋在花冢，正如将希望播种在这个石头世界。属于她的时间从此进入清虚的"归零"状态。

高渺的离恨天是不允许有情的（"天若有情天亦老"），石头世界是绝情的（"人到情多情转薄"），宝玉会变成一块无情寡情的"无知、无识、无爱、无憎"的石头，还是会一如既往"情之所至"来找寻诗稿？

匪载匪车筇杖短

《诗经·小雅·杕杜》："匪载匪来，忧心孔疚。"《诗经·有女同车》："有女同车，颜如舜华。将翱将翔，佩玉琼琚……有女同行，颜如舜英。将翱将翔，佩玉将将。"

宝玉将从潇湘馆砍下的斑竹作为筇杖，开启了他的征途。这是他的"情极之毒"发露出的一如既往的"痴"。

"痴"并非意味着断然排斥人的本然情感,它既不是佛家倡导的无忧无怖,也不是道家倡导的无滞无累,而是超越宗教伦常关系的精神意向。与宝玉相依为命的,不是因果循环的道德律令、不是魔戒般的灵玉加持、不是可望而不可即的上界仙鹤,而是与黛玉诗灵的真实感应——唯有这种超越世俗功利原则的"痴",才能使心灵破碎、陷入石头世界的人重新耕耘花园,播撒诗芽。

如僧如丐笛音清

《好了歌注》:"金满箱,银满箱,展眼乞丐人皆谤",根据脂批,这句话有明确的指向,说的就是甄宝玉、贾宝玉一干人。

王国维对于书中有关贾宝玉出家的结局安排持肯定态度,他在《〈红楼梦〉评论》中说:"今使为宝玉者,于黛玉既死之后,或感愤而自杀,或放废以终其身,则虽谓此书一无价值可也。何则?欲达解脱之域者,固不可不尝人世之忧患;然所贵乎忧患者,以其为解脱之手段故,非重忧患自身之价值也。"王国维认为贾宝玉以人世的忧患作为解脱的手段,敢于直面人生的悲剧,在忧患中自我解脱,因而是值得肯定的。

但是,王国维并没有进一步追问:贾宝玉解脱之后又有何担当?难道出家就意味着功德圆满吗?

此句指宝玉出家后一路乞讨赶赴苏州去为黛玉守坟。

鱼珠乱混双星事

第三十一回"因麒麟伏白首双星",可以说是《红楼梦》中最容易引起歧义的回目了。

周汝昌先生认为"白首双星"指的是宝玉湘云结缡,所谓"木石前盟"中的"木"，指的也是史湘云，与林黛玉无关。为证明此点，周汝昌不惜动用了旧索隐家的惯技——拆字法。因为"湘云姓'史'，原型姓李。'李'是木，不是'草'……总之，'石头'没有过第二个'前盟'，这是'铁字眼'，动是动不成的。"

"李"字被周氏分拆成"木"与"子"，并据此占有了"木石前盟"中"木"的位置。他这样辗转训诂，费力周折，目的就是让史湘云替代林黛玉。他的"史＝李"之论，源于文史不分的"原型论"：他将文学作品中的"史侯家"和历史上的苏州李煦家强行进行关合、对应，其结论自然是荒谬的。

周汝昌先生一再错把《红楼梦》当作传记材料看待，更进一步提出了"史湘云就是脂砚斋"等观点。并不惜用索隐的手法将"曹雪芹—贾宝玉"的位置来回置换，这样做就把"自传说"的观点推向了非科学的极端。

"自传派"的理论基点，就是将作者（曹雪芹）看成是作品中主人公（贾宝玉）的原型，与"索隐派"在原型的猜度上，具有相似的思维方式。汉语言多歧兼指的特性，再加上曹雪芹在书中埋伏下的这类或多或少的"引诱"，使得众多读者就这样在索隐的道路上一去不回头了（参见第349页《咏白首双星》篇，对此有进一步解析）。

石册当镌共穴盟

《芙蓉女儿诔》有句："椿棺被燹，惭违共穴之盟；石椁成灾，愧迨同灰之诮。"

"木石前盟"是前世命中注定的情爱缘分，"金玉良姻"是今世和尚认定的世俗婚配。"木石前盟"更看中感情的质朴性、前定性、不可变更性；"金玉良姻"更看中感情的世俗性、可选择性、摇摆性。前者透出的是原始的质朴气息，后者透出的是后天的刻意雕琢。

当然，"木石前盟"的神性只能说它具有超越现实功利之上的圣洁，而不能说明它具有神祇旨意的不可抗拒性，因此，它在此岸世界最终也注定是一场悲剧。

曹雪芹从"木石"的古典文化意蕴着手，以神话故事代入分析，从更深一层把宝黛二人的精神相通、兴趣相投、品性相契等方面进行了全面的阐释，使这一对前世有盟、今世有缘、终局无果的旷世情缘更为大家感知共情。

云水也曾留客驻

云水堂：又称众寮，是佛寺专门接待四方僧侣云游参学的机构。

此句指宝玉没有留恋"路上景色"，拒绝了各种羁绊，山一程水一程，身向姑苏那畔行……这与周汝昌《红楼梦的真故事》里贾宝玉带发出家后，得到寺院方丈的百般贴心照顾，安排他舒舒服服自由来去待在单设的别院里，相差何止霄壤！

来时竹桥去时更

宝黛二人竭力维护的"潇湘世界"，面对着"石头世界"的碾压摧毁，他们对即将到来的倾覆结局都有着清醒的认知。正因为这样，他们的洁质相守不仅有着诗人的孤往性质，亦带有哲人的悲剧性质。宝黛二人失去了对方都是致命的，都会不可避免地走向虚无，他们除了在爱情里能互相支持和滋润外，找不到任何的出路，世人不可能理解他们，而他们也不可能与这世界达成和解。

面对黛玉的离去，宝玉终于决定追随而去，只是一更霜雪一更风，辗碎思心梦难成……

综　　述

　　我们设定林黛玉自沉之后，被送回姑苏埋葬，这一情节应该还是比较符合故事发展脉络的。毕竟黛玉要"质本洁来还洁去"，不愿意在异乡成为孤魂，回到自己的家乡，在地下陪伴父母是最好的结局，当时还未破败的贾府也有足够的钱资等条件实现黛玉最后的愿望。

　　这首诗描写的主题，就是宝玉决心去姑苏终生陪伴黛玉的情形。

　　中国古代小说虽然也设计并展开了悲剧性的冲突，但却不将这种冲突进行到底——要么是在冲突发展到一定阶段时突然发生变化，有"正义"的外部力量帮助主人公改变了命运；要么悲剧发生了，主人公走向了毁灭和死亡，作者却在最后补上一笔，让他们在神化和幻想环境中得到补偿。

　　钱穆不仅在内容上、思想性上否定了《红楼梦》，而且还从悲剧的角度否定了《红楼梦》。他在《情感人生中之悲喜剧》一文中批评道："近代国人又好言《红楼梦》，以为近似西方文学中之悲剧。然贾家阖府，以仅有大门前一对石狮子尚留得干净，斯其为悲剧，亦仅一种下乘之悲剧而已。潇湘馆中之林黛玉，又何能与寒窑中之王宝钏，以及韩玉娘、薛三娘诸人相比？贾宝玉出家为僧，亦终是一俗套，较之杨四郎虽同为一俗人，然在杨四郎尚有其内心挣扎之一番甚深悲情，不脱俗，而见其为超俗；贾宝玉则貌为超俗，而终未见其有脱俗之表现。"

　　钱穆还批评王国维的《〈红楼梦〉评论》"衡量一国之文学，亦当于其文化传统深处加以衡量。又岂作皮相之比较，必学东施效颦，乃能定其美丑高下乎？"

　　同样，钱钟书也不认同王国维视《红楼梦》为"悲剧中之悲剧"的观点。他直接指出"王氏附会叔本华以阐释《红楼梦》，不免作法自毙也。"在钱钟书看来，王国维并未真正理解叔本华的"悲剧"观念，在借用这一概念时没有对其进行文学性的分析体认，直接将尚待论证的内容视作前提，从而忽视了《红楼梦》本就难以用悲剧概念去框定的问题，所以其借助叔本华哲学评介《红楼梦》多是"附会"，"不免作法自毙"。

《红楼梦》的人物结局，在叙事演进上，同其他明清小说一样没有摆脱"天命"的决定论，被束缚在沉重的传统伦理硬壳里，这让关于"悲剧自我"的超越与救赎，显得极其无奈和无力。书中所有人物自身的矛盾、人与人之间的矛盾、人与社会的矛盾，在宿命论的叙事下黯然失色。在天命决定论的铁幕般背景下，作为个体的人物性格、心理和行为表现，相较变得幼稚失真。

当然，曹雪芹也努力想让传统思想中"无情的天命论"转向升华为"有情的天命论"，为此不惜"赋天以情"（孽海情天）。但"天"恰恰是无情的！《道德经》云："天地不仁，以万物为刍狗。"大自然不存在"仁爱"之情，它让包括人类在内的万物自生自灭。司马迁在《伯夷列传》里讲完颜渊早死、盗跖长寿的事例后说："余甚惑焉，傥所谓天道，是耶非耶？"——都说天道赏善罚恶，到底是不是那么回事？所以窦娥临刑前悲愤地对"天"进行了血泪控诉："为善的受贫穷更命短，造恶的享富贵又寿延。天地也，做得个怕硬欺软，却原来也这般顺水推船。地也，你不分好歹何为地？天也，你错勘贤愚枉做天！哎，只落得两泪涟涟。"

所以，中国人的哲学追问，到了"天"这里就到头了。如果"天"无所作为，那么只能转向宿命论式的因果报应。在这种文化心理下，要求赏善罚恶报应分明，追求结局的圆满，是一种根深蒂固的信仰范式。这也是中国古代文学的忧患意识很难发展成完整悲剧意识的根由。《红楼梦》如果不能突破这一文化心理的屏障，同样会止于有悲剧色彩、有悲情悲感，却够不上严格意义上的悲剧。

续书中"沐皇恩贾家延世泽"等情节，为《红楼梦》悲剧性主线叙事平添了一个光明的尾巴。程高的写作思路倒也确实出于照顾读者的文化心理——将悲剧和喜剧两种感受糅合在一起，不至于使听众落入过分的悲剧的忧伤和过分的喜剧的放肆。这样的结局安排给读者以某种情感的满足，但是也使得弥漫于八十回《石头记》的悲剧色彩很大程度上被弱化了。

我们确实不得不承认：如果不对《红楼梦》进行超出曹雪芹时代思想的解读与续补，这一伟大作品终究难以避免"烂尾"的指责。当然，这种解读与续补必须是在尊重前半部分主体思想的前提下进行。

由儒、道、佛三家为主体交织融合而成的华夏哲学美学，面对宇宙人生的苍凉悲怆，往往致力于"张力的消解"（见笔者同名专著），所以养成了"天人合一"或"神人合一"的独特文化传统，这种文化传统滋养的心灵，常常并非少年感伤，而更多的是成人忧患。曹雪芹的悲剧艺术，就是这种忧患意识的积淀。

如同那句被广泛传颂的评论："托尔斯泰代表了俄罗斯文学的广度，陀思妥耶夫斯基代表了俄罗斯文学的深度。"乔治·斯坦纳在他的成名作《托尔斯泰或陀思妥耶夫斯基》中将托尔斯泰视作荷马的真正传人。他断言西方文明自荷马之后并没有真正的"史诗气质"，直到托尔斯泰的出现，才真正继承了荷马看世界的宏大视野，将人类的文学境界重新提高到一个新的高度。

刘小枫在《拯救与逍遥》中，剖析曹雪芹和陀思妥耶夫斯基在试图解决他们各自所面临的"石头世界"这一问题时，不约而同地给这个世界引入了一位"新人"形象。陀氏认为世界的精神形态已经沦落了，作为整体的人的形象已经败坏成了"群魔",必得要有梅什金公爵那样的"新人"来昭示价值真实;曹氏认为既然世界已经沦为大荒无稽的石头世界,要给这个世界"补情",就得依赖贾宝玉那样的"新人",借由他把"情"的法则带到世界中来。

世界精神形态的转换以"新人"的出现为中介,"新人"成为扭转精神秩序的联系环节。就曹雪芹和陀思妥耶夫斯基的问题意识而言,新人形象乃是"情与无情""爱与不爱"转换的核心环节。从他们各自设想的"新人"身上,可以看到各自文化传统中所涉及的几乎所有关键问题。曹雪芹与陀思妥耶夫斯基解决各自所面临的问题到什么程度、结果如何、如何解决,都取决于这位"新人"的心性素质和精神意向。

相比之下,曹雪芹对"新人"的要求似乎更高:不但要有至善之心,而且要有至美之灵。这种"至美之灵",就是他通过《红楼梦》彰显的"诗情"。将审美维度放在道德维度之上,还意味着情感(美)拥有高于理智(真)与伦理(善)的基要地位,所以"情本体"就构成曹雪芹哲学关注的核心命题,而美学也就成为《红楼梦》的"第一哲学"。

曹雪芹禀有的是审美情怀,陀思妥耶夫斯基禀有的是宗教情怀。当两种情怀都面临一个石头世界时,结果会怎样呢?相信一定会有某种更高的东西,时时刻刻导引着人的生命走向至善至美。曹雪芹和陀思妥耶夫斯基的写作都是在与自己的灵魂相搏斗,通过写作,他们最终都回到自己的出发点——曹雪芹回到补天精神,陀思妥耶夫斯基回到基督精种。

贾宝玉面临的哲学悖论,其实也是每一个中国人至今都面临的哲学悖论,那就是在灾难现实面前"拯救不得,逍遥不忍"的精神冲突。那些如花的女儿,无不由鲜活而枯萎,最后陷于泥淖——她们究竟背负了什么样的"原罪",导致她们无辜地承受莫名的"罚"?灾难现实和拯救缺位的强烈反差，应该促使新生的宝玉时刻保持着心灵的张力，保持着一种"张力下的风骨"，这种风骨不是将痛苦消解为逍遥，而是将痛苦转化为荣耀。

在《红楼梦》开篇，曹雪芹自创了两个神话故事，明确了两条叙事线索：其一，女娲炼石补天时被遗弃的通灵之石，因缘际会到人间受享，之后复归大荒；其二，发生在西方灵河岸上三生石畔，绛珠草因神瑛侍者灌溉而获灵性，修成女体，从而引出了第二条叙事线索。从第一回开始，曹雪芹就是利用双线交错来组织故事，一条是顽石下世受享，另一条是绛珠以泪还情。两条线索指向两个视野，一个向外，指向社会，广阔而深沉；一个向内，指向心灵，缠绵复哀婉。

在作者的价值取向中，"木石前盟"代表了神性、超越的美，象征着不为世俗物欲所蔽的纯洁坚贞的爱情，这是一种纯粹的"天缘"关系。但峣峣者易折，皎皎者易污，这种非功利的爱情注定不会被现实认同接受，所以其结局注定是失败的。

宝玉的魂魄乃补天弃石所化之通灵宝玉，肉身乃神瑛侍者转世之怡红公子，贾府便是他们的投胎落脚之地。青埂峰下的这块弃石之所以没去补天、派上大用，并不是平庸无能、不如他石，而是胸有块垒、内心炽热。脂砚斋在此批得极清："妙！自谓坠落情根，故无补天之用。"

正所谓"不俗已是仙，多情便是佛"，此话用在此处恰恰好。因佛心浓炙，无法补天，方是实情。也可说，女娲这个"大地之母"在修补天上空间时，并没忘记人间情感大厦的建立，特意遗下一块巨石以填补大地的情感空缺。

石有佛性，实乃千古奇闻，应验在宝玉身上，他既有石心之硬，又有佛心之软，亦乃一矛盾缝合怪。在青埂峰下日夜悲号的石头，恰是借助于宝玉之身来给这个无情的石头世界"补心"，所以它的任务比其他三万六千五百块石头更为艰巨——历史证明,《红楼梦》这本书的确补了一代又一代读者的心。

业已"无心可失"的贾宝玉只有将那些女儿的诗灵深深封存,默默地返回这个泥淖冷寂的大地,才能找到魂魄复活的力量,这是独属于《红楼梦》的悲剧,也是独属于贾宝玉的新生——只有经历各种苦难洗礼和生死锤炼的打磨,宝玉这块顽石才能具备品格的强度与灵思的锐度,进而蜕变成美玉一样的"新人"。

海德格尔在《诗中的语言》云:"灵魂的本质在于:在流浪中寻找大地,以便灵魂能够通过诗而在大地上落脚和安居,最后拯救作为大地的大地。"在这个风情泛滥的娇媚时代,贾宝玉需要的正是把这个羸弱、短暂的大地深深地、痛苦地、充满激情地铭记在心,"承载"并"反哺"着这个世界——痛苦因为担当而神圣,尘世因为救赎而不再绝望,这是何等的信仰的悖论!

姑苏,是黛玉的故乡,是宝玉的他乡,但最终也可能成为他们共同的梦乡。

那并非无何有之乡,亦并非冥冥归去无人管之处。

——谁于那出发地作永劫的催促?

——谁又在终结点作亘古的等候?

等候者之等候比跋涉者之跋涉更为迫切——等候者与跋涉者共同构成了曹雪芹未能写出的红楼图景……

《宝玉涉江》：宝玉由"情不情"向"情情"的转化

《宝玉涉江》

湘君有意凤箫呈，衲子无心短笛横。
曲罢云垂波自碧，居然太上泪飞倾。
遣香春梦惭兼美，还玉残躯赴旧盟。
留客不成骑鹤去，未忘未失是情情。

湘君有意凤箫呈

湘君：古代楚地以湘君为专主湘江的女神，后演绎为爱情女神。

此句指湘君（也可以理解为警幻仙姑的另一种化身）主动向宝玉"示情"，欲化度他到仙界。

衲子无心短笛横

衲子：指出家后的宝玉。首联之意境，正如唐代赵州禅师《因鱼鼓有颂》云："四大犹来造化功，有声全贵里头空。莫怪不与凡夫说，只为宫商调不同。"这里暗喻宝玉已非"凡夫"。

湘君的箫声高高在上从云端传下来，宝玉却心无波澜。因为他已经参透了那箫声背后的大荒无情。听！红尘中那些号称修行者或开悟者，不都是茶香怡情、琴曲怡性吗？这大地上的灾难、无常、死亡、冷漠、伪善……都可以被轻柔的箫声琴韵掩盖。这种灵魂的"独奏"端的是圆融无间、涵盖乾坤，可带人入不可思议之境地。

面对湘君凤箫的邀请，曾经那么痴情的宝玉，为什么仅仅是出于礼仪才以短笛应和呢？

曲罢云垂波自碧

经历了那么多可怕的劫难，宝玉仍拒绝接受一副石头的情肠，如今的他拥有了堪比石头的坚韧意志。他必须有足够的耐性，才能在石头的碾压下固守内心，而不至于以卵击石；同时他还要灵台清明，对外界的诱惑有深刻的洞察，这样才不至于麻木自欺。

此句指宝玉经受住了湘君的考验，后者按下云头前来相见。

居然太上泪飞倾

太上：不为情感所动的神仙，这里指湘君。

贾宝玉的"情悟"，是以对美的柔怜为沉迷，又以美的幻灭而触发的，最终他选择了审美式的视死如归。审美式的视死如归与宗教式的殉难永生，是东西方精神的两种不同信仰表达，我们会在《宝玉自埋》篇（参见第338页）中专述。

书中的警幻仙姑宛如超越情天的泠然存在，但我们这句诗却描写了另一种意向：号称太上忘情的神仙，为什么反而泪飞如倾雨？难道她居然被宝玉的不可思议行为深深感动了？

遣香春梦惭兼美

遣香：指遣香洞。警幻仙姑自云："吾居离恨天之上，灌愁海之中，乃放春山遣香洞太虚幻境警幻仙姑是也：司人间之风情月债，掌尘世之女怨男痴。"

兼美：警幻仙子的妹妹，乳名兼美字可卿。

宝玉天分中生成一段痴情，然而"情既相逢必主淫"，情与淫扑朔迷离、交错纠缠，塑成多少红楼儿女的沉沦与升华。警幻所谓的"改悟前情"，就是让宝玉不要执着于"意淫"。为了让宝玉发生根本性的转变，警幻不惜请出自己的妹妹兼美，让贾宝玉领略仙闺密授之风光，意图让其彻底斩断情根。这种诱惑就像是《圣经》中那条蛇的诱惑，宝玉当时并没能抵抗住这场试探，这就意味着他在现实凡间必将面对更严酷的磨炼。

《红楼梦》中的女儿可谓诸美皆俱，如黛玉之痴、宝钗之贤、妙玉之洁、探春之才、香菱之呆、晴雯之烈、蔷官之痴等，哪怕出场只一次的二丫头，曹雪芹也让贾宝玉对其"恨不得下车跟了他去"。其中对宝玉最大的考验或困局，就是"木石前盟"与"金玉良姻"的不可兼得。

"木石前盟"与"金玉良姻"各有不同的文化内涵，两者形成"彼岸取向"与"此岸取向"二元互映的奇妙关系。在中国传统文化意象中，"木"和"石"意味着是天然的，两者结合成为本真、朴拙、清雅的美好象征；"金"与"玉"则意味着是人工的，两者结合成为坚固、富贵、充实的美好象征。总之前者是自然的、神性的，后者则是人工的、世俗的。然而贾宝玉身上偏偏既有此岸的"玉性"，又有彼岸的"石性"，所以他对"兼美"才一度抱有幻想。

曹雪芹要表达："木石前盟"和"金玉良姻"最后都以悲剧收局，宝玉的"兼美"理想最终成为"互憾"。这表明面对现实的污浊和异化，使得象征理想的黛玉和象征现实的宝钗都难以独善其身；并且宝玉"兼美"的单向诉求，在现实与理想的冲突中也根本无法实现——此岸与彼岸都以不同的方式演出了"怀金悼玉的《红楼梦》"。

还玉残躯赴旧盟

宝黛初见时，一个因对方没有通灵玉而狠命摔玉，骂这玉"连人之高低不择"；一个则因之而流泪，说"倘或摔坏了那玉，岂不是因我之过"。对此脂批云："这是第一次算还，不知下剩还该多少？""应知此非伤感，来还甘露水也。"这里指出了黛玉的落泪，并非自我感伤或其他原因，而是由于宝玉的自毁自弃而导致的痛惜和引咎自责的落泪。

戚序本的一条脂评更点出这一事件对宝黛悲剧的象征意义："补不完的是离恨天，所余之石，岂非离恨石乎？而绛珠之泪，偏不因离情而落，为惜其石而落。可见惜其石，必惜其人。其人不自惜，而知己能不千方百计为之惜乎！所以绛珠之泪，至死不干，万苦不怨，所谓'求仁而得仁，又何怨'，悲夫！"

"木石前盟"在此岸的应验，就这样由彼此垂泪开始。但是眼泪又如何能够融化石头？相逢本就是一场悲剧，诗意的世界越来越"石化"，历经沉浮挣扎的宝玉，在归还通灵玉之后，仍会保持本真的如玉之心奔赴旧盟吗？

留客不成骑鹤去

此句指湘君无法劝说宝玉上升仙界，带着对"新生宝玉"的欣慰跨鹤而去。

《红楼梦》中的僧道神仙只是点破命运玄机，无法从根本上化解诸厄（即便是佛，也不能转众生的定业）。在中国儒道佛哲学里，最终决定命运转变的力量，关键还是要靠个体的自由意志，这与一神教完全依赖超越者的救赎，是不同的信仰范式。

未忘未失是情情

宝玉爱的是黛玉，正如他对凤姐所言："我有一个心，前儿已交给林妹妹了。他要过来，横竖给我带来，还放在我肚子里头。"可见黛玉在他心中有着何等重要的位置。宝玉梦话中否定"金玉良姻"偏偏要"木石姻缘"，加之又见证了龄官与贾蔷两人的痴情，宝玉方悟到用情当专一，应如黛玉一样"情情"。

其实《红楼梦》开篇就已经提示：从"由色生情"到"传情入色"的过程对宝玉而言，就是一个从"爱博"到"爱专"的过程。在这个过程中，"情"的内涵越来越窄，"情"的范围越来越小，"情"的对象越来越集中。

若按脂批对宝玉"情极之毒"的描述，宝玉将全部感情最后都集中到了黛玉身上，黛玉一去，他便一了百了，"自色悟空"弃绝红尘而去了。

但是且慢！空空道人十六字偈语的开端却是"因空见色"——这岂不是又循环回来了？

潇湘世界已经变得大荒无稽，曾经感领着花魂的多情花王，如今有变成石头的危险。破解空空道人十六字偈的关键，就在于贾宝玉是否能突破自我的石化，将"情不情"的灵魂主动掏空，让黛玉的"情情"进驻进来，并借由"情情"的加持再次返回"情不情"的精神循环。

对于"未忘未失是情情"的新人宝玉，想必——

湘君会赞许："果然情种！"

黛玉会称许："果然知己！"

读者会推许："果然汉子！"

雪芹会应许:"果然妙笔!"

综　　述

晚明以来,文学家多推崇"情本思想"。以"情性"取代儒、道、释的德性、真性、佛性,堪称中国精神史上的重要事件。然而无论是《牡丹亭》还是《情史》,他们所描写的都只是人与人之间的关系,只有曹雪芹的《红楼梦》涉及人与"天"的关系。正是在这一意义,曹雪芹第一次把"情根""情性"提高到形而上学水平。《红楼梦》与其他中国古代文学作品的差异,不是文野之别,而是精神境界的高下之别。

如果以"天眼"觑红尘,则人生的悲欢离合相比浩渺的天宇和仙界,只不过是司空见惯的一场幻梦。凡界众生苦苦追求情的永恒,却根本无法识破尘世的虚幻和无常。即便是"情",在"业海"掀起的洪荒之力面前也是微不足道的——没有舟筏可以摆渡,没有彼岸可以停靠。所以,曹雪芹在立足于"情本思想"的同时,又深入展开了对超越之"天"的反思批判。

在此我们必须对"宝玉出家"结局做一番更深入的探讨——"宝玉出家"是历代续书的焦点,但"宝玉出家之后怎样"可能是曹雪芹构思全书时的一个盲点。

从佛老的角度来品评贾宝玉,其心性确乎有"纯然真如"层面的可取之处,但这种纯然也有禅宗层面的溺情任性之过;从儒家的角度来看,则贾宝玉不啻是纨绔子弟纵情闺阁之反面典型;那些认为贾宝玉近于庄禅或心学的观点,亦似是而非。那么,贾宝玉如何才能超越儒道佛禅的"思想钢印",蝶变为中国精神思想史的一位"新人"?

结合文化史来看，其实"情本"思想背后的推手——禅学及心学在明代中叶的兴起，恰恰隐伏着中国思想的重大危机。因为这种"情本"在价值发端上一任个体冲动，用佛语讲充满了"我执"，很容易滑向"有我无他"的情感放纵。果然，在"禅悦之风"的肆虐下，生命主体开始追求尘世乐趣的"性灵"，在对待生死大事上表现为由对死的惧怕发展成为对死的调侃，死成为对生的享受的动力、借口——既然终究一死，何不及时行乐？

这种游戏的最高法则便是"平常心是道"。悟得此"平常心是道"，便可"光明藏中，孰非游戏？寂光镜里，哪有纤尘！"——一切染污，皆为清净；一切痴暗，唯是光明；一切生灭，莫非常住；一切窒障，悉入圆通；一切众生无量烦恼，即是诸佛无上菩提；一切众生无边生死，本是如来大般涅槃……

仔细考察受庄禅及心学影响而来的"情本"思想在中国文学界的后期走向，就会发现简直可以"不堪"来形容：《觉后禅》（又名《肉蒲团》）以禅入淫、《禅真逸史》以禅证淫、《禅真后史》以禅宣淫……所谓"花花禅"竟成为明清文学的一股不小的潮流。

这让我联想到川端康成的小说《睡美人》。《睡美人》描述了某家秘密旅馆专门为那些丧失了性能力的老人提供某项特殊服务：睡在床榻上的美人，因提前服了药处于昏迷状态，夜里发生了什么事，全然不知道。第二天早上那些猥琐的老人走后，她们才会苏醒过来。这部小说所表现的，就是"欲"的无谓生起，"情"的无所归依——无情之欲的"魔界"终将成为老人"丑的宿命"。

在这篇貌似"色情"的作品里，我们似乎体验不到官能的性刺激，而是深刻地体验了"丑的宿命"的深沉痛苦及寻求救济的焦渴。老人的努力在心理上是卓绝的、美好的，因为它包含着不甘凋零与颓败的生命的抗争，它的美好，并不亚于玫瑰花下的豆蔻色的恋情。但它的表现形式却是丑陋的、荒唐的：如果以醒着的女人为对象，那么老人们一定会由于自己的老丑而无地自容。作品的主人公江口老人是个例外，他还没有完全丧失性功能，因此他玩弄睡美人时还含有人性的机微。但他没有用这点机微来满足身体欲望，而是利用这点能量生发出无数回忆和联想，从而使过去明艳的生活与现实的虚假形成了强烈对照。

川端康成的这篇小说虽短，但情节张力是巨大的，它是站在青春流逝的时间废墟上去与永恒、无限、美好做毫无希望的抗争——曾经完全一任性情、"有我无他"的贾宝玉，一度做着同样的抗争。

所以我们触及了问题的核心：宝玉只有经由"有我无他"向"无我有他"的艰难转变，才能继续深情地活在这个无情的世界。这种转变正如第二十一回回前有诗所言："情机转得情天破，情不情兮奈我何？"

《红楼梦》的意义首先在于：信奉自我解脱的情痴情种发现了生命中有不可解脱的东西。倘若此岸世间与理想之国仍处于分裂状态，那么，宝玉出家后的生活便不是自在的逍遥，不是化现实的苦难为审美的快乐——不是自性自度、自性自足的解脱，而是施以无限的神圣拯渡。转向"情情"的宝玉不但要含着热泪亲吻这大地，更要深入每一处不幸的深渊底层中去暖透每一寸荒凉。

川端康成晚年最喜欢"佛界易入，魔界难进"这样一句格言，这是日本著名禅师一休的一句禅偈——意指没有魔界，就不会有佛界，而入魔界反倒比较困难，内心懦弱者就不能进入。

进入艺术领域的"美之佛界"，对站在岸上旁观的文学家来说不过是举手之劳：只需把丑尽情地抨击一顿、淋漓尽致地揭露一番即可。而真正地进入"丑之魔界"，真正把它当作人类的宿命承担起来却是极难极难的，因为这需要化身信徒的作者亲炙这丑的痛苦。

佛界很容易通过"空"和"无"勾销个体的感性。令人遗憾的是宝玉的生命感性，最终被续书勾销得一干二净（宝玉头也不回地归彼大荒）。这一点不能怪罪高鹗，因为《红楼梦》前半部分本身就是唯心论思想的集大成者。老庄的虚性本体论，佛家的空性本体论，禅宗的自性本体论，乃至明季大兴的阳明心学及李贽"童心"说，全都被曹雪芹吸收容纳，并化为自己的写作思想。心是世界的本源、宇宙的本质，心外的一切都是幻象幻影，都没有实在性，这是《红楼梦》的哲学基本点（与周汝昌相比，高鹗起码在故事结尾处坚持了这一哲学基本点）。

但是，曹雪芹对传统唯心哲学的"路径依赖"，使得他又为此岸存在设定了一个终极指向，那就是彼岸存在的太虚幻境。如果太虚幻境是最终的必然归宿，就意味着宝玉必须把独具情肠的"痴意"消磨殆尽，但是这样一来，他又怎么可能对此岸的苦难产生一如既往的情感激荡？他"情不情"的悲心又怎么可能升起？

湘君之所以为宝玉感动落泪，就是因为后者已经决定接纳这丑与苦的磨难——只有曾经感受到花朵明媚鲜妍的人，才能感受到它们零落成泥的丑与苦；只有进入人生的"魔界"，才能带领那些如花的诗灵进入"佛界"。

贾宝玉此刻升起的"情"不在渺渺茫茫的彼岸、不是形而上的如如本体，也不是湘君或佛界的加持恩赐，而是突入历史时间的黑洞、在同丑与苦的不懈博弈中激发升起。倘若宝玉以痴入情，以情入色，以色入空的"情悟"之后，却继之以情之殇、情之了、情之弃，这个贾宝玉版的《好了歌》岂非"更向荒唐演大荒"？

曹雪芹写作《红楼梦》的动机，并不为了给后人留下一部"自色悟空"的"道情小说"，更不是写男女三角恋意义上的"言情小说"，而是针对冷情绝情无情之"天"的"补情小说"。

整部《红楼梦》就是一部"补天情案":"情"能否在大荒无稽的世界中重新确立?欲望尚存、真情不在,面对业已"石化"的无情世界,如何通过"情"将其再次"诗化"?

曹雪芹要给无情之天"补情",这岂非人世间最大的荒唐与悖论?

面对无情的石头世界,曹雪芹会让贾宝玉带着石头情肠"归彼大荒"吗?如果出家后的贾宝玉心性已经波澜不惊、归于清虚,这种"无所住心"又如何安放悲情?在此我们可以借用米开朗基罗的诗句发出诘问:"睡眠是甜蜜的,成为顽石更是幸福,只要世界上还有罪恶与耻辱,不见不闻,无知无觉是最大的快乐——不要惊醒我吧!"

宝玉为什么必然要从"情不情"转向"情情"?这涉及《红楼梦》整体的叙事架构及思想境界。其实,细究起来,神瑛侍者为绛珠草灌溉甘露,只是出于对一株奄奄一息的植物的怜惜而已(出于本能的"情不情")。后来,他应该得知"脱却草胎木质"的她已变成美丽的仙子了,但他并没有想去找她,并未对她动心,这两个仙人之间并没有任何交集。然而,绛珠仙子虽同在天界,却违背了"太上忘情"的天条(所以下世后的林黛玉也断然拒绝了和尚的箴戒,林黛玉其实才是全书最具叛逆精神的人),发誓要下界还泪(出于自觉的"情情")。贾宝玉生命的新生,就来源于林黛玉的自觉自愿赋情,所以他曾经出于本能的"情不情",也必然会向出于自觉的"情情"转化升华。

黛玉的"情情",还强烈地表现出对仙界的蔑视与叛逆,她从来没有将爱情的希望寄托在"金玉良姻"般的神佛安排上,这也是她将宝玉视为知己的价值共同点。

对彼岸的幻想憧憬越浓厚,真实的生命情感就越稀薄。只有所有的希冀都被亲手打破,达到绝望深渊的最底层的时候,那永劫的死亡之门才能被撞开,一个"新生"的宝玉才能在此岸降临。

这里的"彼岸世界"又并非是孤立自守的另一所在，它与灾难现世不可分地共生共栖。它的存在发生就在此处的每一个刹那中，所以宝玉追寻的"木石旧盟"不是彼岸的忘情生存，而是在此岸与"情情"永无休止的相遇。

由"情不情"到"情情"，再到"觉有情"，怀抱高情者，虽栖身佛门，亦不能完全湮灭他的风骨。以出家的名义反抗彼岸的太虚幻境，以情情的名义记录此岸的潇湘世界，这就是当下的衲子宝玉。

如今身心俱已沧桑无比的宝玉，他羸弱的肩膀能承负起石头世界的碾压吗？或者我们可以借此问一下曹雪芹：为这苦难丑陋的荒唐世界"补情"真的值得吗？

《宝玉怀乡》：贾宝玉如何才能"功德圆满"？

《宝玉怀乡》

潇湘圃冷剩残图，漠漠芳溪钓客殊。
梁燕徘徊倾旧垒，绿鹦黯默失灵珠。
铅刀一割能裁玉，驽马三嘶自奋途。
无量莲心当不死，芙蓉惊雨在姑苏。

潇湘圃冷剩残图

  第三十八回史湘云《供菊》诗云："霜清纸帐来新梦，圃冷斜阳忆旧游。"贾府被抄家后，曾经的大观园只能从惜春未能完成的画作上寻回记忆了。

  大观园作为"潇湘世界"在人间的集中呈现，既是群芳荟萃之所，也是花落流红之地。它就像惊涛骇浪中的一座净土孤岛，随时都会沉没。"圃冷斜阳"不仅指黛玉、金钏、晴雯等青春少女的早夭，也泛指了一切女儿的悲剧命运。

漠漠芳溪钓客殊

第二十六回写到潇湘馆"凤尾森森，龙吟细细"景色时，下有夹批："与后文'落叶萧萧，寒烟漠漠'一对，可伤可叹！"

现实生活中的曹家，与故事中的贾府有很多相似的经历，贾宝玉身上也不可否认有曹雪芹的影子。被祖灵寄予厚望的贾宝玉未能"跳出迷人圈子"入于正路，反而在闺阁之情中越陷越深。贾府其他男性，从贾敬的不作为、贾政的无能，到贾赦、贾珍、贾琏、贾环、贾蓉的无耻，演出的是"一个不如一个"末日闹剧，到第七十五回，终于由贾珍等人与贾府先灵合演了"子孙大乐之际、祖宗悲叹之时"的大戏，贾府至此万劫不复。不知是无心的巧合还是有意的安排，贾府从第一代贾演、贾源的创业，到第二代贾代化、贾代善的守成，到第三代贾敬、贾赦、贾政等人或逃避或贪婪或平庸而导致的败落，再到第四代贾珍、贾琏的无所作为，以及第五代贾蓉、贾芹等人的荒淫无度，渐成一败涂地之局，恰好应了先哲"五世而斩"的预言。

这种"刹那盛衰"的惊悸震撼，令身在其中的人都来不及发出"世事无常"感慨，读者会先于当事者感受到业力玄机的幻渺不测。不可逆返的芳溪流水甚至都不屑于在落英成阵的桃树下洄旋片刻，新来的钓客只会心无旁骛地盯着那片片花瓣下丝纶的细微抖动……

梁燕徘徊倾旧垒

在《葬花吟》中，黛玉曾借潇湘馆的燕子自怜："三月香巢已垒成，梁间燕子太无情！明年花发虽可啄，却不道人去梁空巢也倾。"

花开花落，燕来燕去，生命反反复复，轮回不迭，花季的黛玉却再也见不到梁燕归来了。

黛玉曾补宝玉禅偈云"无立足境，是方干净"，暗示的正是此岸世界的不可久居。她的花魂所栖是复归草木的大化之境，这种坚决不同石头世界苟合的大化之境比陶渊明的"纵浪大化"更为幽深辽远——远到燕子飞不到的"天尽头"，远到三十三重天之高的离恨天，远到女娲补天的鸿蒙之初。

绿鹦鹉默失灵珠

《芙蓉女儿诔》有句："芳名未泯，檐前鹦鹉犹呼；艳质将亡，槛外海棠预老。"

隋末传奇《古镜记》曾叙述了一个有关鹦鹉的故事：主人公王度携带辟邪古镜来到好友程雄家，见其有一婢女，名唤鹦鹉。鹦鹉原是狐妖，被古镜一照，知道命之将尽。于是将身世告诉王度，并且说自己虽是狐妖却不曾害人，王度想放她一命。鹦鹉则曰："辱公厚赐，岂敢忘德。然天镜一照，不可逃形。但久为人形，羞复故体。愿缄于匣，许尽醉而终。"于是婢顷大醉，奋衣起舞而歌曰："宝镜宝镜，哀哉予命！自我离形，而今几姓？生虽可乐，死必不伤。何为眷恋，守此一方！"歌讫，再拜，化为老狸而死。座上诸公皆讶异嗟叹。这个故事里鹦鹉虽为狐仙，但已有灵性，更重要的是她久为人形，已经有了人性，并产生了孟子所云的羞恶之心，故耻于恢复故体。狐仙鹦鹉选择像个人一样死去，酒醉歌舞后再拜而亡。如果仅仅是歌讫之后就死亡，则说明其尚未完成人性化，一个郑重的"再拜"礼仪，使得鹦鹉的形象有了人性的光芒。

被黛玉调教的鹦哥，似乎也沾染了主人的灵气，黛玉离世后就此黯墨无语，像极了关公死后的赤兔马。

物犹如此，人何以堪？黛玉自沉的悲剧美也同狐妖鹦鹉的自裁类似：美在哀而不伤，美在守住了自具的风骨。

贾宝玉曾因一时的挫折而发狠要"灰黛玉之灵窍"，如今却是天涯悬隔，欲求一梦而不得。难怪当时黛玉看了之后，要说宝玉是"不悔自己无见识，却将丑语怪他人"了。

铅刀一割能裁玉

铅刀一割：铅刀虽不锋利，偶尔用得得当，也能割断东西。《后汉书·班超传》："况臣奉大汉之威，而无铅刀一割之用乎？"左思《咏史》："铅刀贵一割，梦想骋良图。"

没有"灵性已通"的幻形宝玉加持，贾宝玉就不会具备天赋的"灵秀之气"，并注定会变成他自己讨厌的禄蠹鱼眼。宝玉的双重悲剧就在于：黛玉花魂已逝、灵玉归期已至，失魂落魄的他靠什么凿破这个无情的"石头世界"以"开辟鸿蒙"？

驽马三嘶自奋途

贾宝玉虽然拒绝成长，拒绝异化，并希图以此抗拒世俗的力量，然而潇湘世界的垮塌是大势所趋，不会因个人意愿而改变。如果贾宝玉的结局是返回仙界，则《红楼梦》未必是一场悲剧，因为故事主人公毕竟获得了某种宗教式的解脱，而《红楼梦》也就如《黄粱梦》类似，成为宗教布道的胜利。

然而贾宝玉毕竟没有走向警幻仙姑与一僧一道所预设的道路——洗去尘世的凡心，回归清冷的仙界。

贾宝玉固然不得不出家为僧，但他仍执着于此岸世间，哪怕遁入空门，"情"仍然是不可或缺的乃至唯一的自我拯救法门。

补天顽石之"顽"与通灵宝玉之"灵"，形成贾宝玉心性二元结构。"顽"除了指石头"冥顽不灵"，还有执着、执拗的意思。还玉后的宝玉虽已"不灵"，但仍如老骥伏枥般执拗地奔赴前程，正如写作《红楼梦》

是曹雪芹的执拗，也是曹雪芹对自我命运的审美救赎。

无量莲心当不死

如果说神瑛侍者先天就是个"花痴"的话，那么贾宝玉先天就是个"情种"。他愿意成为闺阁中的"良友"，也希望所有聪明、清俊的女孩都有他这样的"良友"相伴终生。宝玉对待女子的态度分为四个层次：爱、慕、怜、护。爱的是黛玉；慕的是宝钗等一干女子；怜的是香菱等一干女子；护的是晴雯等一干女子。他曾说，这是他的一生事业。

"花痴"与"情种"，这就是贾宝玉的"无量莲心"了。

贾宝玉扎根于淤泥的"莲心"，正是一种对石头世界的悲剧性救赎。它给我们提供了一种形而上学的美学慰藉，指导我们用艺术的角度欣赏自己的人生——即便它是悲剧的，也正因它是悲剧的，雨打残荷咏出的诗歌却永远不死。

芙蓉惊雨在姑苏

芙蓉，据不少专家学者考论，在历代文学作品中止是荷花之美称。在我国文化的传统观念中，芙蓉是一种高洁的花，屈原《离骚》云："制芰荷以为衣兮，集芙蓉以为裳。"王逸注："芙蓉，莲花也。"

芙蓉不仅是荷花的别名，而且是黛玉的象征。黛玉既喜荷花之盛，同时也喜欢枯荷、残荷。在她的心中，欣然地全盘接受了荷花的各种形态，无论盛衰，她对荷花都是喜爱的——盛开的荷花如同自己欣然挥笔的神态，衰败的荷花仿若自己悲伤哭泣时的形象。

此句指宝玉到达苏州后，仍沉浸在失魂落魄的思念中，因为他并没有见到黛玉。当时他还不知道黛玉的灵骨已经转厝到扬州了（参见第255页《移灵扬州》篇），他还要寻寻觅觅去跋涉下一程。

综　　述

《红楼梦》开篇即以女娲炼石补天神话为背景，体现出一种博大的济世情怀与生命气象，但是太虚幻境的无情本相及石头世界的无常本相，又促使人穿破黄泉碧落，去寻找支撑现实世界的新的"鳌足"。这一上下求索的努力，曹雪芹借由《红楼梦》一直在思考，也引得读者在不停思考。

《红楼梦》作为一种现象学意义上文本，似乎具备永恒的魅力。正如王蒙所感慨："《红楼梦》确是一部奇书，奇就奇在它的话题价值。它是永远的，历久不衰的话题。它是各种学科及视角的话题。你讨论不完它，研究不完它，它是不可穷尽的话题。"可以说，《红楼梦》早已经超出了文学范畴，早已经成为中国思想界的"精神现象学"，百年来围绕着这一文本的想象与探佚，实际上已经构筑成一个牢固的"精神共同体"。

当代红学家对《红楼梦》的推崇有增无减，越来越专业的"红学"形成新的壁垒森严的"红楼梦魇"，在《红楼梦》"学科化"的强大光环之下，回归纯粹的文学审美，并不是容易的事。

不幸的是，20世纪汉语学术界，就是一个才情逐渐萎散凋零而学究气越来越重的演变过程。

两百年来，《红楼梦》续书中所有关于宝玉出家的描写，其实就是与中国隐士文化一脉相承的逃禅，不过披了一层佛道的外衣而已。可以说，佛家的寂灭出离与道家的升霞桃康，体现在文人小说中就是将逍遥精神加以诗化，这种"诗化的出离"使中国文学一直缺少伟大的悲剧经典，曹雪芹能够突破这一屏罩吗？

程高本续书起码尽量延续继承了曹雪芹的"诗意出离"思想，此点比周汝昌先生的"宝湘结合"终局更值得肯定。所以读者应该更为接受宝玉转身远去时的"灵魂独奏":"我所居兮,青埂之峰。我所游兮,鸿蒙太空。谁与我游兮,吾谁与从。渺渺茫茫兮,归彼大荒。"如果这一场景再伴之以箫声琴韵,就更显得圆融无间、风月长空,带人入不可思议之境地。

在曹雪芹笔下的大观园,诗情与意趣达到了完整的综合。这是个由诗与花构建的现世仙境,足以让人逍遥自适。贾宝玉徜徉在此"温柔之乡",希望时间永无尽头。然而一个游手好闲的"富贵闲人",面对大观园的瞬间垮塌,悬崖撒手倒也不失为一种解脱法门,回归石头世界也算是人生的自我拯救。

从这个角度来看,太虚幻境倒也没必要孜孜矻矻以求之——因为"仙界"只不过比凡尘少了些欲望的折磨罢了,但它却缺乏温存与情爱,清虚得令人发颤——为了使逍遥之境不至于在清寂中"心如死灰",还不如陶醉于现实的情趣或自得于"赋现实以情趣"。

"赋现实以情趣"只是"诗化逍遥"的第一步,关键的一步还要"自色悟空"——此心为空义所化如如不动,远离颠倒梦想。只要能够做到无住无念无相,那就完成了诗意式的出离:"本来无一物,何处有尘埃?若得此中意,逍遥何所论!"

当石头世界的现实性取决于个人主体心性的"圆照"时,只需稍稍再朝前推进一步,这种无相无住无念的心智圆照就会生成本体论上的大"空":"日月星宿,山河大地,泉源溪涧,草木丛林,恶人善人,恶法善法,天堂地狱,一切大海,须弥诸山,总在空中"(《六祖坛经·般若品》)。这个能生一切法的大"空"非关大荒世界的本相,而是主体的本相——空性。

中国古代文学的忧患意识很难发展成完整的悲剧意识。《红楼梦》之前的小说无一例外停滞于此：有悲剧色彩或悲剧意识，却够不上严格意义上的悲剧。这就是王国维所讲的："吾国人之精神，世间的也，乐天的也。故代表其精神之戏曲小说，无往不著此乐天之色彩，始于悲者终于欢，始于离者终于合，始于困者终于亨。"

曹雪芹通过对一场美梦的艺术化解构，使人觉悟审美的高维存在；通过一场超越生死的情爱，使人性复归于诗意，其意义远胜于侈谈名理的道学家。到了高鹗笔下，红楼悲剧被阐述为坏人从中作梗的结果。如贾母等人居然可以不择手段实施"调包计"，既不符合前部书的人物形象及伏线，也把黛玉具有形而上意义的生命悲剧具象为阴差阳错的命运安排。这种表层化的处理无疑掩盖了潜藏于社会深层结构中的悲剧产生的必然性及启示意义。

《红楼梦》重在探究精神世界颓塌后大地为何演变成石头世界的根本缘由，由个人而家国，由人生而政治，由江湖而庙堂，由凡人而神魔，由现实而神话……可以说涉及幽暗人性的方方面面，其深刻不仅仅停留在社会政治哲学的层次，更直入造成这个石头世界的每一成员的灵魂深处。

曹雪芹笔下的人物充满了真实感，又充满了虚幻性，他们的内心是复杂的，充满了生之欲望和死之挣扎，所以从某种意义来说，《红楼梦》是中国版的《神曲》。不同的是，它不是遵循地狱、炼狱、天堂的节奏，而是反转倒开，从繁华至极的人间天堂和"太虚幻境"开篇，最终在炼狱和地狱处终止。曹雪芹不像但丁，把终局交给上帝或其他拯救者。我们只能这样理解：曹雪芹通过把结局"前置"，暗设了一个虚无的指向，并希望主人公能够在虚无中完成自我拯救——从"无"处，才会生出一个新的"有"来。

但是，曹雪芹笔下的"情"与儒家事功还是有所不同的。情是个体精神层面的，而事功是建立在群体的现实利益之上的。儒家对于世道是立是建，而老庄对于世道是消是解。建构与解构虽然路径不同，但其出发点都是对具体人生的悲悯和关怀。

曹雪芹在作品中虽然也涉及"天""空""解脱"等形而上领域，但其思想立意一直是将"情"建立在现实世界上，因为他洞穿了彼岸之情的虚幻浮夸，所以才要坚定地在此岸"更向荒唐演大荒"。正如陀思妥耶夫斯基《一个荒唐人的梦》的宣誓："在这个地球上，我们确实只能带着痛苦的心情去爱，只能在苦难中去爱！我们不能用别的方式去爱，也不知道还有其他方式的爱。为了爱，我甘愿忍受苦难。我希望，我渴望流着眼泪只亲吻我离开的那个地球，我不愿，也不肯在另一个地球上死而复生！"

与生存相对应的悲剧不是毁灭，与解脱相对应的悲剧也不是虚无——与生存及解脱相应的最大悲剧是无情与无诗意。英国诗人济慈在《希腊古瓮颂》中写道："瓮上的树叶永不凋零，所以有无限的生命，正是因为它没有生命才可永不凋零"。下界归山后的顽石也可做同样的解释：顽石在历劫后，得以破除红尘幻象获得永生。顽石是无情非人之物，看似是有情众生的反面，然而也正是因为它无情，因而才会获得永生——所谓"死神永生"不外如是。如果贾宝玉为了求得永生解脱而遁入虚无，身后却甩下一个无诗意的石头世界，这才是曹雪芹的绝望。

红楼女儿在石头世界中对诗意诗情的追求向往，正是在绝望深渊中的发出的奋力呐喊。《红楼梦》与其他小说迥异的特质，就是作者曹雪芹通过不同的表达方式，像屈原天问般地究诘人生的过去、现在与将来，探究人生应有的正确方向，彰显形而上的哲学之思。正如鲁迅在《〈穷人〉小引》中所言："凡是人的灵魂的伟大的审问者，同时也一定是伟大的犯人。审问者在堂上举劾着他的恶，犯人在阶下陈述他自己的善；审问者在灵魂中揭发污秽，犯人在所揭发的污秽中阐明那埋藏的光耀。这样，就显示出灵魂的深。"

艺术作品的创作源泉，来自灵魂深处的觉醒与成长，这同样是一个"回归母体"的过程。中国古典小说的写作范式，虽然有一定的自由空间，但其艺术美学的独立形成，同样难以脱离一定范围的集体意识。《红楼梦》之前的小说长期游离在儒家伦理价值外缘的试探圈层，难以突破，如果从这一方面来定义"纯文学"，所谓的"纯文学"在中国古代文学传统中长期处于迷失状态。

宝玉也曾经"反认他乡是故乡"，他梦游太虚幻境时，欢喜不尽："这个去处有趣，我就在这里过一生，纵然失了家也愿意，强如天天被父母师傅打呢。"

红楼一梦的结局是"好一似食尽鸟投林，落了片白茫茫大地真干净"。贾宝玉所面对的，并非仅仅是不该毁灭的遭到毁灭，更在于造成毁灭的那些力量依然在肆虐，而远离这些毁灭力量的大荒世界却得到赞美与肯定。

宝玉最终选择了滞留此岸，即便他深知给这个石头世界"补情"的意愿未必能实现。"金玉良姻"揭示了天之上不可信，"木石前盟"揭示了天之下不可爱，这才是《红楼梦》悲剧思想的主题。离开这个主题，《红楼梦》就无所谓悲剧。贾宝玉必然要对既不可信又不可爱的天上天下世界有所救赎，才能应对曹雪芹的"天问"。

情性与诗才的结合是构建"潇湘世界"的基石。林黛玉的"诗灵"与贾宝玉的"痴情"，不能简单归结为审美范畴或情感范畴，它们既非审美主义的文学创作，也非道德主义的伦理重塑，而是指向形而上本源的原始生命冲动。这种原始冲动并非上天的恩赐，也非后天的习得，它与"这个世界如何转化为别样的世界"是不可分割的共生关系。

当癞头和尚和跛足道人历满三劫后，站在北邙山上面对着那一块好大的坟场时，就意味着所有的下界冤灵都已经回到太虚幻境销号。补天弃石在兜了一个大圈子以后，也告别红尘回到了原来的地方。只剩下那位倔强的少年一直未归位——不知已经老态龙钟既聋且昏的他，会不会后悔当年的任性？

《移灵扬州》：红楼第一忠仆——紫鹃

《移灵扬州》

浮槎生死两扬州，灵骨飘蓬忍去留。
鸿雁北征哀折足，孤鹃西引涕香丘。
羞为紫府无瑕玉，宁泛幽冥不系舟。
试问娑婆离垢者：谁将造化一招收？

浮槎生死两扬州

黛玉从扬州来贾府，最终又从贾府回到扬州，奈何十年生死两茫茫矣！

黛玉为何没能如愿与父母合葬于姑苏，反而不得不移灵扬州？此乃本诗之大关节。

灵骨飘蓬忍去留

黛玉灵骨到达姑苏后，林如海的远房宗室坚决反对其归葬祖坟。因为中国人有一个根深蒂固的习俗忌讳:"祖坟旁边女儿坟,祖祖辈辈不如人"或"祖坟旁边女儿坟,后代恐出愚呆人"。这里的"女儿"是指未成年或未出嫁的女子,因为没有夫家,只能埋葬在自家墓地中。但古人认为这样的女子怨气深重,如果埋进祖坟,会对墓主的子孙后代有很大的影响,只能够另外找一个地方埋了了事,也就是人们常说的"孤女坟"。因为孤女没有后人祭祀,所以慢慢地也就被人忘记,从而成了"荒坟"(南方有的地区富裕人家会为未出嫁的女儿找一门"阴亲",而后葬在已死的男方家)。

林黛玉的情况则更为糟糕,因为林氏宗亲并没有得到林如海的哪怕一小部分遗产(应该是贾琏受贾母之命,全部转移到贾府了),所以林氏家族的人更是断然不会允许黛玉埋进祖坟的。

但是,贾敏作为贾母的嫡亲闺女,也遗传了贾母的智慧基因,她已经有所预感,并深谋远虑提前给黛玉的未来做了"最后一着"式的应急措施。还有,古人对宗祠血脉极其看重,林如海急迫送走林黛玉,自己不但不续弦,更是连从同宗过继子嗣承祧祖宗家业都不顾(无论是书中的贾家还是现实的曹家,都有"同宗过继"的事实),只能说明他心存死志,一心一意愿追随贾敏而去,所以作为父亲也会考虑到给黛玉留足退路。

书中交代得很清楚:林如海到维扬上任前夕,三岁的儿子夭亡;上任不到一年,贾敏心伤于儿女一夭一弱,也早早逝去。很明显,林氏的家族基因注定了林黛玉不会长寿。但是,林黛玉又不肯按照癞头和尚的要求弃亲出家(父母也舍不得),那么只有一个解决办法:就是捐一个家庙,并且为黛玉买一个替身出家。

书中还交代:同样出身于姑苏官宦之家的妙玉也是自小多病,父母买了许多替身皆不中用,到底这位姑娘还是亲自入了空门。但是妙玉父母并没有给她置办家庙,以至于她不得不随师傅飘萍江湖。

"替身出家消灾祸"是中国民间流传许久的习俗,过去穷苦人家的孩子有个相对较好的出路,就是替有钱人出家当"替身",这样不但可以衣食无忧,还可以为家里人挣到一笔钱。书中的张道士小时出家,就是为荣国公贾代善当替身,替他消灾保一生平安,即便是贾宝玉等公子也要称他为"张爷爷";书中的马道婆是贾宝玉的寄名干娘,也是替身。而张道士所住持的清虚观,就是贾府的家庙。

贾府不只一处家庙,这点贾敏自然会受到启发,提前在扬州郊区置办了智通寺。这样林如海的部分资产可以委托替身代管,黛玉成年后即便父母双亡,也会有遗产可以继承(明清两代的很多家庙,其实就具备"遗产委托"的功能)。退一万步,哪怕黛玉早夭了,尸骨也会有一个安葬的去处(书中的铁槛寺也是贾府的家庙,并且系宁荣二公亲自建造,有阴阳两宅,阴宅专门停放灵柩,阳宅为送灵人员居住)。

须知秦可卿托梦王熙凤时就特别提示:家庙与祖坟地一样,属于祭祀产业,即使将来贾家有罪,凡物可入官,祭祀产业也不会被没收(所以明清两代的太监,颇有借助于家庙藏财洗钱的)。

这其实是古代社会普遍存在的现象:外乡人到某地做官或经商,其实是"客居"。这些人虽有宅第,但不见得都要在当地置办茔地。这些人家一旦有了丧事,就要择吉"扶柩回籍"安葬于祖茔。由于时局、交通或其他各种原因,不能办完丧事马上回籍安葬的,就须找个庙宇停灵暂厝或"丘"起来。在清代,许多寺庙因为有利可图,都愿意为人承办此类丧事、提供停灵之处(参见笔者《梵国俗世原一家:汉传佛教与民俗》一书中的有关章节)。

总之,此句诗指黛玉之灵骨并没有如愿进入林氏祖坟,而是被迫转移到扬州智通寺安葬。

鸿雁北征哀折足

此句指雪雁受伤困顿于瓜洲渡。

林黛玉《菊梦》诗："睡去依依随雁断，惊回故故恼蛩鸣。"薛宝钗《忆菊》诗："念，念心随归雁远，寥寥坐听晚砧痴。"贾探春《残菊》诗："半床落月蛩声病，万里寒云雁阵迟。"此皆喻指林黛玉的忠仆雪雁也。

特别是在第六十二回中，林黛玉作的那首酒令诗云："落霞与孤鹜齐飞，风急江天过雁哀，却是一只折足雁，叫得人九回肠，这是鸿雁来宾。"需要提醒看官："风急江天过雁哀"出自南宋陆游《寒夕》："风急江天无过雁，月明庭户有疏磬。"林黛玉明明跟香菱说过不欣赏陆游的诗，却在这里不但加以引用且做了反向的修改，可见此处应非闲笔。

"却是一只折足雁"，指雪雁毅然放弃待在苏州故乡，在陪伴林黛玉的灵骨转向扬州时，从瓜洲渡弃舟租车。因为大雪路滑，为了避免灵车翻转沟壑，情急之下伸腿垫挡在车轮下，导致腿断，而人车最终都深陷雪地动弹不得，一行人遂困顿于寒冷的郊野。

至于"鸿雁来宾"，《红楼梦大辞典》《红楼梦语言词典》等工具书，皆作"即已经到来或即将到来的客人"解，将"来宾"理解为"客人"，这是欠妥的。黛玉这里引用的是《礼记·月令》中的句子，郑玄作注曰："来宾，言其客止未去也。"所以这里的"来宾"，为"客止"或"停留"之意，"宾"在此处应为动词。黛玉说出此令，实际是喻指将来雪雁会被迫停留某处不得走开的结局。这还是一语双关的谶语：黛玉自幼丧母，抛父进京投奔贾府，寄人篱下，孤苦无助，正如"大雁来宾"，客止或停留于异乡。孤雁飞来了还要飞回去，黛玉最终还是要离开贾府，其灵骨由紫鹃、雪雁带回了家乡。这样解释才符合书中林黛玉及雪雁的身世、际遇和命运结局。

折足的雪雁伴随妙玉，两个人不得不滞留在瓜洲渡某人家（参见第266页《咏妙玉》篇）。

孤鹃西引涕香丘

紫鹃乃《红楼梦》全书第一忠仆。宝钗的丫鬟莺儿，曹雪芹所给赞语是"俏"，黛玉的丫鬟紫鹃则赞其"慧"。其实，紫鹃不但慧智，而且忠勇，诸钗中或许只有探春可以比肩。

"紫鹃"即"子鹃"也，又称子规、杜鹃、杜宇。在中国文化心理结构中，杜鹃的身上包含了多重含义：坚韧不弃、哀苦愁怨、离愁哀绪、乡愁离思。可以说再也没有比杜鹃更加符合诗人气质的鸟类了。在古诗中，无论是"杜鹃啼血猿哀鸣"，还是"望帝春心托杜鹃"，杜鹃的名字一出现，就让人联想到哀婉悲愁，这和黛玉给人的印象不谋而合。黛玉把自己的贴身丫鬟改名"紫鹃"，其实这两个字也就成了自己命运的代指符号：照出了黛玉离别家乡的悲痛，也照出了执着追求爱情却不可得的哀苦，更照出了黛玉啼血还泪的悲情。

虽然作者对紫鹃的外貌、出身及活动描写不多，但却给读者留下了深刻而美好的印象。她以自己的忠心、真诚、聪慧等品性与黛玉结下了大观园中最真挚的姐妹深情。书中说紫鹃："深知黛玉心肠"，可见其对于黛玉已经不只是生活中的近侍，更是黛玉身边的知心人，主动贴近黛玉内心的人。在贾府中能关照黛玉生活的人很多，但是能够贴近内心去关心其内心的，却是屈指可数。

第五十七回紫鹃对宝玉说："你知道，我并不是林家的人，我也和袭人鸳鸯是一伙的，偏把我给了林姑娘使。偏生他又和我极好，比他苏州带来的还好十倍，一时一刻我们两个离不开。我如今心里却愁，他倘或要去了，我必要跟了他去的。"这样的闺中密友，早已经超越了主仆关系，紫鹃甚至会将与家人的亲情置于与黛玉的友情之后。

第五十七回紫鹃自作主张"情辞试忙玉"后，宝玉不仅没有责怪她，还说出心里话："原来是你愁这个，所以你是傻子。从此后再别愁了。我告诉你一句疐话：活着，咱们一处活着；不活着，咱们一处化灰化烟，如何？"

尤需注意：贾宝玉把关系到自己身家性命的寄名符交给紫鹃留存保管，可见这是多么大的信任！第七十四回抄检大观园时，从紫鹃房中抄出两副宝玉常换下来的寄名符儿，一副束带上的披带，两个荷包并扇套，套内有扇子。打开看时皆是宝玉往年往日手内曾拿过的。关键时刻幸亏凤姐显示出了精明干练，她笑道："宝玉和他们从小儿在一处混了几年，这自然是宝玉的旧东西。这也不算什么罕事，撂下再往别处去是正经。"可以说一场大祸化于无形！

第七十回描写众人放风筝时，紫鹃果断剪断黛玉手中的绳索，让风筝随风而去，可见她干脆利索的行事风格。

和大观园中其他女孩子们闲暇时玩玩闹闹、说说笑笑热衷于各种活动相比，除了伺候黛玉，我们再也看不到紫鹃有其他的活动了——花团锦簇中看不到她的身影，欢声笑语中听不到她嬉笑言欢的声音，只为身心疲弱的黛玉留守着一个温馨的港湾，更多的是对黛玉生活和感情的忧心愁虑。紫鹃和大观园的大多数丫鬟不同，她是为黛玉而存在的，她的一举一动都是围绕着黛玉。故清人洪秋藩有"黛玉何幸而得紫鹃，紫鹃何修而事黛玉"之说。

《红楼梦》中有很多性格鲜明的丫鬟，但几乎每一个人都有一些性格上的瑕疵。例如，袭人温柔体贴，却有些许虚伪心机；晴雯纯真率直，却尖刻要强；平儿善良公正，也难免替凤姐包庇营私。要在大观园中找出一个堪为白璧无瑕者，当推紫鹃。难怪涂瀛在《红楼梦论赞》里，赞紫鹃"忠臣之事君也，不以羁旅引嫌；孝子之事亲也，不以螟蛉自外。紫鹃于黛玉，在臣为羁旅，在子为螟蛉，似乎宜于安乐，不于患难矣。乃痛心疾首，直与三闾七子同其隐忧，其事可伤，其心可悲也。"

但是紫鹃因何而伤？因何而悲？乃本诗之立意也。

黛玉去世后，紫鹃效仿秦可卿的丫鬟宝珠，主动提出送林黛玉的遗体回南方，甘心守灵一辈子，王夫人等自然乐见其成。紫鹃后来终于找到智通寺，在此出家（黛玉的替身则还俗）。没想到宝玉后来会离家出走，也找到黛玉的坟前，主仆两人相逢，自然悲欣交集一言难尽。

紫鹃虽然不会写诗，但她是黛玉诗灵的零距离感应者，也必然会为这绝世诗灵奉献自己的灵魂。续书者让紫鹃最后选择青灯古佛了却余生，是对雪芹伏笔的无视及浪费，也轻视了黛玉作为"诗王"的伟大人格力量。

至于紫鹃是否能够等到宝玉的到来或在宝玉到来后不久即去世，还是与宝玉相互扶持终了一生，读者诸君尽可以有自己的演绎。

羞为紫府无瑕玉

紫府：指仙境。第五回《警幻仙姑赋》有"瑶池不二，紫府无双"语。

此句指宝玉放弃返回仙界。宝玉的前身神瑛侍者，因为当时还没有修行到最高境界，类似有瑕之玉，所以还有下界之冲动。经历一番磨炼后，如果他肯如约回去销号，就会获得正果，成为无瑕之玉。但是宝玉惭愧于众女儿的恩情，眼睁睁看见了太多无辜生命的毁灭，终于醒悟：他要留在此岸为"闺阁昭传"。

此联乃宝玉后来赶到瓜洲渡，得知妙玉义行后的感慨。

宁泛幽冥不系舟

《红楼梦》第二十二回贾宝玉读庄子《南华经》有"巧者劳而智者忧，无能者无所求，饱食而遨游，泛若不系之舟"句。苏轼《自题金山画像》曰："心似已灰之木，身如不系之舟。问汝平生功业，黄州惠州儋州。"

最是无情瓜渡月，冥冥犹照逝波流。雪芹爱水，水纯洁、清净；雪芹也爱花，花娇艳、美好。水与花共同构成一个至纯至美的世界——流水载着落花流去，象征着如梦似幻的青春凋零。但有纯洁的水托着，花纵然凋零了，也是美的。这是另一种形式的美，苍凉、凄艳、惘然、哀婉……在茫茫无涯的业力之海中，生命的小舟或许永远找不到渡口，但仍要奋力向前划去。

此句指宝玉宁可停留在绝望的此岸，以承担起自己应付的使命。

试问娑婆离垢者

娑婆：汉译"堪忍"，因处此世界的众生，堪能忍受十恶及诸烦恼而不肯出离，又名"堪忍世界"。又可意译为"忍土"，被称为五浊世间，是极乐世界净土的对立面。此词又有另一层意思：诸佛菩萨堪受诸苦恼之意，表其无畏与慈悲。意指释迦牟尼等佛菩萨很能忍受劳累，在污浊的"娑婆世界"中不懈地教化众生，表现出大智、大悲和大勇的精神。

离垢：佛学词汇，指脱离无明烦恼的垢染。

《红楼梦》的悲剧意识让读者感同身受：一个个闺阁红颜，一个个鲜活的生命，无论怎样挣扎，怎样努力地绽放生命诗意，却都无可奈何地枯萎凋零。

谁将造化一招收

宝玉在短时间内经历了太多的人生磨难，自然会仰天质问：在家的没有个好结果，出家的也没有个好结果，美得越极致，毁得越悲惨，造化为什么如此捉弄人？

曹雪芹孤傲放达，朋友评他"傲骨如君世已奇，嶙峋更见此支离"，颇似"竹林七贤"中的阮籍。《红楼梦》将魏晋人物的自由傲世、叛逆自适的思想贯彻始终，以蜿蜒纵肆的笔法，塑造了一个个经典的人物形象。若说其中最令人印象深刻的，颇具魏晋风度的妙玉应该排在前列。曹雪芹赋予红楼女儿以鲜活的生命，却又不得不让她们一个个如花朵般零落成尘，其中妙玉的命运更是牵动人心。骆玉明在《妙玉的结局》一文曾总结："《红楼梦》设计了一个巨大的悲剧，但这既超出了作者的心理承受力，也超出了那个时代读者的承受力，所以需要一个高鹗把故事调整到平庸的水准。"

难道人注定无法脱离造化的樊笼？谁又有勇气像曹雪芹那样挥笔刺破苍天，代众儿女一问？

综　　述

这首诗关联《红楼梦》后半部分的重大情节转向。

《红楼梦》中的"姑苏三女儿"——妙玉、黛玉、香菱，在书中似乎一生下来就有多折曲难的命运。那是因为按照民间的说法，她们前身都是所谓"童子"。

妙玉原是读书仕宦之家的小姐，自小多病，买了许多替身皆不中用，只得自己出家，病才好了。这里就有问题了：苏州乃繁华之地，名医不少，女儿生病，父母应该延请名医给女儿诊治，却为何热衷于给女儿买替身呢？一定是有人指点她父母：这个女孩儿必须舍出去，她的病才会好。妙玉的父母舍不得女儿，于是想了个变通的法子，买别人家的女孩儿替自己的女儿出家。谁知"买了许多替身皆不中用",这位姑娘只得自己出家,病才好了。

这样的故事,总让读者有似曾相识之感。当年林黛玉入贾府时,众人问起她的病,她说她生来多病,从会吃饭时就吃药。她三岁时,有个癞头和尚要化她出家,她父母不舍得,那和尚就说,既然不舍得,她的病就一生不能好了。

再往前梳理,小说开始时,有位癞头和尚也劝甄士隐把女儿舍他,甄士隐不舍得,和尚就预言英莲必然会是"有命无运"的悲剧下场。

想必妙玉的父母当年也遇到这样一位僧人,劝他们把女儿舍出去,她父母在几次变通无效的情况下,终于狠狠心把女儿舍了出去。

林如海贾敏夫妇为黛玉的未来做了四手准备:一是送她去贾府生活,因为外祖母家的各方面条件尤其是医疗条件更好;二是照当地习俗也给黛玉买了替身;三是舍资建了一座家庙智通寺,这样可保黛玉后半生衣食无忧;四是即便黛玉终告早夭,灵骨也会有寄存之地,不至于成为"荒坟"。

至于黛玉的替身,或许名字就叫"二丫头",难怪小说第十五回贾宝玉在秦可卿出殡路上,唯一一次见过二丫头片刻,就"恨不得下车跟了他去"……紫鹃到来之后,二丫头得以还俗,又或许,她后来嫁给了一位游方郎中,这位长年在外游走江湖铃医名叫毕知庵,居然在各位名医束手无策的情况下轻描淡写地治好了贾宝玉的旧病……

上述人物及情节,列位看官尽管自己加工编辑,只需跟此书前半部分关合且又能兼带照应后半部分即可(当然,您也可以认为二丫头喻指巧姐,毕知庵是跛足道人的化身)。但是,重大情节必须不能违背本书的大旨,比如安排贾薛结婚冲喜的"调包计",又如宝玉出家后又还俗,与史湘云结合后复又出家,就明显违背了前半部分的伏线及整部书的原旨。

例如,书中多处提及的"寄名符",就是不容忽视的重要道具。第二十九回凤姐曾质问张道士："张爷爷，我们丫头的寄名符儿你也不换去。前儿亏你还有那么大脸，打发人和我要鹅黄缎子去！要不给你，又恐怕你那老脸上过不去。"张道士呵呵大笑道："符早已有了，前日原要送去的，不指望娘娘来作好事，就混忘了，还在佛前镇着。待我取来。"说着跑到大殿上去，一时拿了一个茶盘，搭着大红蟒缎经袱子，托出符来。可见巧姐的寄名符供在清虚观，并且从王熙凤的话中得知，那"符"是要定期换的。黛玉的寄名符，应该就是智通寺中她的替身一直在打理。并且智通寺有自己的寺田，寺田历来可以不交税，这样就保证了稳定的经济来源（参见笔者《梵国俗世原一家：汉传佛教与民俗》中"家庙"章节，论及此历史现象）。

想必，癞头僧那句"舍我罢，舍我罢"，不单单在甄士隐的身后响起，还曾在另两个苏州女孩儿的父母耳边响起……不论她们的父母信还是不信，这几个女孩儿都经历了一番流离坎坷，然后汇聚到贾府，遇到一个仿佛天外来客般的奇特男孩儿，目睹了一个繁华家族的瞬息覆灭。

面对瞬息浮生的命运，有着敏感的生命意识的姑苏三女儿，想必后半生心中都充满了警觉与恐惧（香菱的"呆"其实是自幼屡遭伤害后的自我保护机制）——她们既害怕中途夭折的命运，又害怕得不到他人的理解与宽慰，这份警觉与恐惧带来的内在伤害，有时超出了她们理性的承受能力。

妙玉、紫鹃、雪雁三人携手奔赴扬州，白茫茫一片旷野上，不见路标、无人指航，她们于中途陷落，又于陷落中启程。幸亏有宝玉的同向奔赴，才使得这一切苦难有了价值。

经历了太多风雨相欺的"花王"，已经长大的宝玉应该不会辜负这些女儿的眼泪。凭借那些眼泪的浇灌，情根终将刺破玄冥，情芽终将劈开鸿蒙，他也终将像魔戒里的阿拉贡那样，高高扬起裂后重铸的伊兰迪尔之剑……

《咏妙玉》：红楼第一义人

《咏妙玉》

吴江阑梦断瓜洲。眉共啼鹃一寸愁，
僻则多痴孤则勇，笑时偏冷默时羞。
空门情薄贪金鼎，纡沼霜浓陷玉钩。
最恸红颜从俗骨，畸人槛困忍淹留。

吴江阑梦断瓜洲

此句所涉及的故事情节，乃上一首诗的后续。

关于妙玉的判词曲子，唯有"到头来，依旧是风尘肮脏违心愿"这一句争论颇多。"风尘"到底是指"扰攘尘世"还是"烟花娼妓之所"？"肮脏"到底是指"不屈不阿"还是"龌龊不洁"？这两个截然不同的解释是探析妙玉结局的关键所在。

"风尘"一词在《红楼梦》第一回里即出现多次，如第一回回目"贾雨村风尘怀闺秀"，以及"今风尘碌碌，一事无成"，可见"风尘"显然不是指"烟花娼妓之所"，而是指"扰攘尘世"。解释清楚了"风尘"，那"肮脏"也只能解释为"不屈不阿"了。

所谓的癸酉本"洁妙玉泥陷瓜洲渡"之故事情节，大体是今人根据靖藏本的一段批语杜撰的，但是其情节设定误解了此批语，也完全背离了曹雪芹对妙玉的形象预设，加之故事污秽不堪且文笔稀烂，简直玷污了读者的眼睛。

靖藏本目前不能断然证伪，它很可能是《红楼梦》流传或传抄过程中的某一版本。关于《红楼梦》及曹雪芹相关的文献，我们最保险的态度是不能遽然断伪。正如20世纪70年代关于《废艺斋集稿》是否为曹雪芹遗作的论争，茅盾先生的态度是"在没有新的可靠的证据出现的时候，与其指其为伪，不如先信其为真。"

靖藏本中关于妙玉的一段批语尤其可以借鉴。可惜批语没有标点符号，而且有字丢失："妙玉偏辟处此所谓过洁世同嫌也他日瓜州渡口劝惩不哀哉屈从红颜固能不枯骨各示□。"

方框代表缺失的字。周汝昌先生校正为："妙玉偏辟处，此所谓'过洁世同嫌'也。他日瓜州渡口，各示劝惩，红颜固（不）能不屈从枯骨，（岂）不哀哉！"

可见妙玉在瓜州渡口遭遇了"红颜固不能不屈从枯骨"的险境，再结合第七十六回中妙玉中秋夜续诗"露浓苔更滑，霜重竹难扪。犹步萦纡绍，还登寂历原。石奇神鬼搏，木怪虎狼蹲"等，应该是后来悲剧发生时的真实写照。

此句指妙玉不容于自己出家的苏州蟠香寺，毅然决定远赴扬州终身陪伴黛玉。

眉共啼鹃一寸愁

此句指妙玉与紫鹃、雪雁，三位弱女子带着黛玉灵骨共赴扬州智通寺。

第十八回写道：妙玉的师父在临终遗言中特意嘱咐妙玉"衣食起居不宜回乡，在此静居，后来自然有你的结果"。书中特别交代：妙玉的师父是"极精演先天神数"的。则此遗言必非泛泛之言。

黛玉自沉之后，按其生前遗愿要回姑苏下葬。妙玉眼见贾府黑云压境不堪居留，加之师傅的灵骨也终究要回祖庭入塔供奉，以上多种因素，促使妙玉决定为黛玉扶灵，与紫鹃、雪雁共赴姑苏。

到达姑苏后，妙玉因其他变故没法留驻自己出家的蟠香寺（原因如本诗颈联所分析），恰好黛玉也不能在姑苏祖坟下葬，于是三人不得不带着黛玉灵骨向扬州转移。正如其师傅预言的那样，此一去也，历经重重劫难，令人扼腕恸叹！

僻则多痴孤则勇

曹雪芹笔下的妙玉"放诞诡僻""天生成孤僻人皆罕"……前八十回她的出场时间虽短，却给读者留下了极为深刻的印象。

明代的张岱在《祁止祥癖》中用一种不可辩驳的口吻断言："人无癖不可与交，以其无深情也；人无疵不可与交，以其无真气也。"这个如宣言般的论断，不妨视为张岱对包括他自己在内的晚明以来文人主体性的自我确认与总结。"癖"与"疵"的本义都指向生理病症，象征某种对正常、健全状态的偏离，这种偏离可能是过度，也可能是匮乏。在张岱围绕友人祁止祥展开的情感叙述中，"癖"甚至被升格为一种毫无保留的、无关利害得失，甚至超越生死的主体情感投入。在提倡"过犹不及"的儒家文化中，"癖"是危险的耽溺，是奉行中庸之道的士人要加以警惕的。但是在曹雪芹笔下，妙玉的"癖""疵"是"深情"与"真气"的担保，是更为深沉、真挚的别样风骨。

妙玉以严苛的贵贱分别、极端的雅俗标榜、出格的清浊界限居高临下地俯视芸芸众生，在一般读者眼中表现的是不近人情的冷僻行径，显示出偏执甚至病态的性情。其实"癖"与"痴"是她刻意的精神追求，她为自己的心灵竖起高墙，以图抵挡俗世的侵袭，这都使妙玉在现实世界中显得独特，显得与众不同。

妙玉如此洁癖之人，曾拒收刘姥姥喝过的珍贵无比的成窑杯，却许得黛玉坐其蒲团，并亲手以自己常日用的绿玉斗斟茶给宝玉，显然不乏深意——私物之共享，尤其口唇相交之物之共用，必基于精神领域的某种互洽与激赏。

在六十三回"寿怡红群芳开夜宴"中，宝玉在收到妙玉"遥叩芳辰"的帖子之后，通过与岫烟的一番交流，得出了别具巨眼与众不同的评价。宝玉说"他为人孤癖，不合时宜，万人不入他目。"可见宝玉是了解她的，他们两人之间心灵上是相通的，互相是懂得对方是怎么回事的。所以妙玉自称"槛外人"，宝玉也就默许"槛内人"了。

黛玉曾自称"痴人"，她与妙玉一样也有世人不可理喻的种种言行举止。但黛玉明白了贾宝玉的真心实意后，心中有了安全感，性格也变得温和柔顺——可谁又能够抚慰妙玉那颗孤僻寂寥的心？黛玉、妙玉、宝玉各有一番"痴性"，因此才成就了"红楼三玉"感天动地的痴情。

苏东坡说得好："始知真放本精微，不比狂花生客慧"。痴迷疯狂得深了，反而能得静者机，不会狂躁乱动。并且，像妙玉这种比黛玉还孤傲的灵魂，一旦面临大灾大难，反而会轻视自身、傲视俗物，自甘于舍生取义。

在瓜洲渡，她面对好色的"枯骨"（类似贾赦一样的人物，我们姑且称之为"贾不赦")设下的圈套,义无反顾舍己救人,使得紫鹃得以带着黛玉的灵骨离开,这是妙玉身上的"大勇"所在。

笑时偏冷默时羞

雪芹笔下人物,性格鲜明生动,一笑一颦都令人过目难忘。正如红楼中凡写凤姐之怒必写其笑,这正是抓住人物的主要特征,把一个工于心计、手段阴险狠毒的凤姐形象写活了。对此甲戌本特别侧批曰:"凡凤姐恼时,偏偏用'笑'字,是章法。"

凤姐怒时偏笑,妙玉却笑时偏冷。栊翠庵喝茶时,黛玉问用的是否是旧年的雨水,妙玉便冷笑,说黛玉竟是大俗人,连烹茶用什么水都尝不出来。

列位看官请注意了:警幻仙姑也是喜欢冷笑的,如她在引领带贾宝玉游太虚幻境的过程中多次冷笑,一副对万事了然于胸却又稍带不屑的态度。

妙玉的冷笑为什么与警幻仙姑神似?盖因她们皆非凡尘俗骨也。

她在俗世感受到的不堪越真切,内心的不屑就越强烈。她的冷笑、不屑甚至表现为刻意塑造出一种"僧不僧、俗不俗、男不男、女不女"的惊世骇俗形象。

贾环曾经说妙玉只有见了宝玉才眉开眼笑。贾环永远不会理解,这正是宝玉及妙玉的共性——喜欢的便千好万好,不喜欢的根本就视若无物。

按书中的描写,妙玉应该有几分喜欢贾宝玉,但是这种喜欢并非世俗理解的男女之情,而是宝玉的通透澄澈与妙玉的心性有种天然的亲和力和共振性。有些"情"是无法言明的一缕情愫,主要看气质、心性、缘分等。妙玉对宝玉,有灵性的感应之情是不容否定的,但若说那"情"是爱情则不敢苟同。以妙玉的聪慧灵透如何不知宝黛之两情相悦？况且以她的心性孤高，宝玉怕是入不了法眼，但引为知己绝对够格。

清人陈其泰在《桐花凤阁评〈红楼梦〉》评曰："写妙玉性情纯与宝玉相同，宜其心心相印，水乳交融也。世俗之人，横一团私欲于胸中，便处处以男女相悦之心，揣摩书中所叙之事。如妙玉之于宝玉，亦以为迹涉狎昵，真隔尘障千百层，无从与之领略此书旨趣也。此种笔墨，作者难，识者亦不易。余少时读此回，亦不能无疑于妙玉，彼时只因未识得宝玉耳。及反复寻绎，将宝玉之性情行事看透，方能处处领会作书者之旨趣。眼光稍一不到，不免冤枉杀妙玉，即是冤枉杀宝玉，且并黛玉亦冤枉杀也。"

妙玉面对宝玉时，隐隐露出其青春少女特有的莫名情愫，这种情愫一直被遮掩着，或许只有在独处时才略微表达出一丝暧昧的羞意吧。

空门情薄贪金鼎

空门：这里指妙玉出家的玄墓山蟠香寺。

贾宝玉曾经给黛玉讲过一个扬州黛山林子洞里耗子精偷果品的故事，据打探回来的小耗子汇报："各处察访打听已毕，惟有山下庙里果米最多。"列位看官读到这里不知道是否有一种感觉：那就是作者始终对寺庙这种地方不太有好感。

曹雪芹在书中对僧侣基本持一种厌恶态度：贾宝玉认为和尚道士身上臭，不愿意让尤氏姐妹靠近；还有馒头庵里的静虚，作者把她的贪财弄权刻画得非常丑陋；甚至智能儿等居然在寺庙这一清静之地幽会……在上述贾宝玉杜撰的这个故事里，按理说寺庙相对清贫，但偏偏道明这里果米最多，可见其中对空门的辛辣嘲讽。

此句喻指妙玉带着师傅的灵骨回蟠香寺安葬时，庙里的新住持却贪恋她家传的奇珍异宝，以至于妙玉不得不愤然再次离开。当年她在苏州因"权势不容"而远走他乡，命运此次似乎开了个玩笑，偏让她再回到苏州去受空门恶势力的凌辱。

妙玉颇有几样令世人垂涎三尺的东西——她父母留下的几件稀世珍宝。原本精通先天神数的师傅可以做她的屏障，但后来师傅圆寂，又有谁能够保证她的安全？她们家应该曾经是蟠香寺的供养人或大功德主，但如今父母皆已去世，那些势利眼的出家人自然会觊觎她的宝贝。

妙玉联诗中的"香篆销金鼎"，就是暗指她不能再享受到寺庙的香火。她再回蟠香寺其实也很尴尬：说她是尼姑吧，她却带发修行未经剃度，又不能真正继承师傅的衣钵。眼下她即便还俗也已经无家可归，所以各种形势所逼，再加上她对黛玉的惺惺相惜，于是决定抛下一切奔赴扬州。

纤沼霜浓陷玉钩

此句指紫鹃一行人掉进了扬州本地一觊觎妙玉美色的"枯骨"（如上姑且称其为"贾不赦"）事先精心设计的陷阱。

民间俗言"车船店脚牙，无罪也该杀"。从妙玉一行到达瓜洲渡、舍舟租车的那一刻，包括车夫在内的"贾不赦"的手下，已经设计好了套路，坐等妙玉上钩：茫茫雪野，雪雁已经断腿且一直被压在车下，如果不向离得最近的贾不赦求救，时间拖延冻也冻死了她。但是贾不赦施救的条件是妙玉必须答应屈从做妾，如果妙玉接受，贾不赦还可以保证一路安全护送其他人到目的地。

妙玉最终选择了主动牺牲自己……

最恸红颜从俗骨

曹雪芹写妙玉，虽惜墨如金却又饱含深情，在她的身上不但体现着中国传统的"玉德"精神，更有追求自我、追求个性的独立精神。涂瀛在《红楼梦论赞》中评"妙玉壁立万仞，有天子不臣、诸侯不友之概"。此论堪称妙玉的知己！妙玉在相对独立的栊翠庵活在自己精神世界里，孤标傲世，目无下尘，确乎是红尘世界中的怪癖洁士、精神王国里的寂寞王者。

当每一个黄昏与日出，一身伤痕、满面沧桑的妙玉在"贾不赦"家的佛堂里敲着木鱼诵着梵经时，她的思绪可能会偶尔飘向远方——想起怡红院里的夜宴，想起栊翠庵品茶，想起凹晶馆联诗……那么真切又那么缥缈，那么寂寥又那么诗意，如黄粱一梦，如隔帘烟幕，遥遥祝愿黛玉灵魂安息、宝玉有所作为……

畸人槛困忍淹留

宝玉过生日时，妙玉寄笺祝寿，落款自称"槛内人"，曹雪芹借邢岫烟之口解释了个中隐义内涵："他常说：'古人中自汉晋五代唐宋以来皆无好诗，只有两句好，说道："纵有千年铁门槛，终须一个土馒头。"'所以他自称'槛外之人'。"宝玉请教邢岫烟如何回帖时，从后者口中得知，妙玉"常赞文是庄子的好，故又或称为'畸人'。他若帖子上是自称'畸人'的，你就还他个'世人'。畸人者，他自称是畸零之人；你谦自己乃世中扰扰之人，他便喜了。"

"畸人"一词出于庄子《大宗师》，子贡曰："畸人者，畸于人而侔于天。"畸人，是庄子笔下那些形体残缺、支离破碎之人，而这些人，形有所失却德有所长，独与天地精神相往来。形体的残缺更加凸显了其才德的迥异，丑陋的外表张扬了自由高逸的精神境界。

庄子笔下的"畸人"乖异人伦、不耦于俗。司空图《二十四诗品·高古》云:"畸人乘真,手把芙蓉。""畸人"开阔疏朗,乘物以游心的生命境界,亦是妙玉的追求。她面对凡尘俗人的那份尖刻冷淡,亦是某种反应过激的自我保护,试图以充沛的心灵自守,化解外物的袭扰。

《红楼梦》中的畸人有两种类型:一种是跛足道人、癞头和尚,这类形体残缺而精神自由的"身体的畸人";另一种是宝玉、妙玉这种"精神的畸人"。畸者,不偶也。畸人也就是任万物之自然、与世俗不侔之人。

宝玉和妙玉都不合时宜,不为世俗所容。宝玉于世道中"迂阔怪诡,百口嘲谤,万目睚眦。"妙玉则被贾府诸人认为是"行为怪诞",以至于连忠厚如"佛爷"的李纨也说她"可厌"。她与宝玉之间是否暗生情愫,其实并不重要,《红楼梦》中表现更多的是两人心灵上的默契。

冯梦龙《智囊补》中,有这样一段话:"至人,其情忘,其魂寂;下愚亦无梦,其情蠢,其魂枯;常人多梦,其情杂,其魂荡;畸人异梦,其情专,其魂清。"如此"情专魂清"的妙玉,居然能够忍辱于俗世枯骨,当是义人之所为,不愧舍生取义之"钗士"也!

综　　述

按照周汝昌先生在《红楼梦的真故事》的探佚,妙玉乃贾政故人之女,因"犯了事"而藏匿于贾府,贾府被抄家后充作小婢,后被某大户买下,欲为妾坚不从,最终被迫嫁与下人为妻。

但是我们关于妙玉的探佚,却跟历来的续书有所不同。

妙玉在《红楼梦》中的重要性和奇特性在于:她是唯一一位与四大家族没有任何亲缘关系的正册中人,并且在十二钗排序中,她居然能紧随湘云之后,并处在贾家四姐妹之中且将她们一分为二。唯一合理的解释：她与宝玉命运的关联度仅次于湘云或者不亚于湘云。但在所有的后续作品中，我们完全看不到妙玉与宝玉的关联，显然是没有领会作者别具文心的"障眼法"。

黛玉和妙玉是同一个身世的两种造化。她能和曹雪芹挚爱的黛玉、湘云联诗，就说明曹雪芹是用赞笔来写妙玉的。栊翠庵品茶一节中，妙玉即用旧年蠲的"雨水"与梅花上的"积雪"烹茶待客。实际上，在古典诗词中早已形成一种借餐食"清英芳华"与啜饮"雨露霜雪"而象征精神人格的书写传统。"嚼雪"乃在于呈现人格精神的清逸超俗，是对红尘扰攘的疏离——踏雪对梅闲烹茶，守的不过是一场漫无尽头的寂寞；送帖联句独赏月，遥念的是不过是一点彼此赏识的共情。我在我的世界红梅独赏，你在你的世界夜宴群芳。红尘于妙玉来说就是睁眼可以看见、伸手可以触摸，却不得不屏蔽、拒绝染指的一场梦幻。

曹雪芹寥寥几笔即渲染出妙玉"高人逸士"一般的品性，表现出人物对"清冷""清凉""清逸"之境的追求。那领袈裟维护了她人格的尊严与女儿的清白，却也紧紧地捆绑了她的女儿之性与女儿之情，她完全有资格去做芳菲丛中的艳冠，然而那道栊翠庵的围墙与那领袈裟，却划出了佛道与凡俗的界限。但是她对清幽淡雅的审美追求，别具"雅人深致"——所谓"吞梅嚼雪，吸风饮露，不食人间烟火"，这一切正是"高士精神"的核心特质。

通篇《红楼梦》，作者却用心写了三个姑苏女子：英莲、黛玉、妙玉，其结局一个失家、一个离家、一个出家，想来她们是有所牵连的。也许在曹雪芹心目中，她们就是同一个人的三段分身——既然脂砚斋说黛钗可以合二为一，谁说她们仨不能合三为一？

其中妙玉与林黛玉的相似之处简直太多了：相同的籍贯、相似的身世、相似的环境、相似的性格、不相上下的美貌和才华。但二人的根本共同点，在于她们洁身自好，具有独立不羁的反抗性格。以致有人说妙玉是栊翠庵的黛玉，黛玉是潇湘馆的妙玉。

　　林黛玉幼年时，癞头僧去她家，要化她出家，她父母不肯。假设她父母肯了，黛玉的生存将是怎样的状态呢？她一定也不舍得剃去满头青丝，而是带发修行；父母去世之时，也会留几件珍稀物品给她做纪念；她必定同样惶然地承受着生活的巨变，守着父母留下的几件珍稀物品，关上门做精神贵族，谁贸然闯进她的世界，扰乱了她内心的清净，她也是利齿冷笑地回应……这两人真是一对奇妙的镜像：黛玉如果出家，大致上就是妙玉的样子；妙玉如果早年丧母，寄居外祖母家，大致上就是黛玉的样子。

　　无论槛内槛外，只要身处浊浪乱流的"业力之海"，谁都无法摆脱悲剧命运的主宰。妙黛二人都对自身悲剧处境有着清醒的自我认知，然而最终都难逃风雨摧花、香消玉殒的宿命。

　　在中秋夜联诗中，妙玉以孤苦嫠妇、狰狞鬼石等意象写出了她的凄楚处境，她同样有着女儿的灵魂、同样以"闺阁"自居（书中第七十六回论诗时自称）。妙玉出家的道场"蟠香寺"与曾居的"栊翠庵"，其名一香一色，也正暗示了妙玉不能如愿"洁""空"，世俗世界必然会纠缠其香与色。但她虽陷泥淖，而本质不改。

　　妙玉对这个俗物俗人充斥的世界，是充满了不屑的，她的不屑像极了曹雪芹的"白眼看鸡虫"。这种自恋情结来源于她身上独具的如兰似仙气质，但如此美玉终究会被泥淖玷污，她身上流露的悲剧氛围甚至更强于黛玉和香菱。然而正因为如此，那些真正理解她的读者越发体验到诗灵的高贵，体验到柔肩担道义的痛楚与艰难，更使人感叹曹雪芹为我们呈现了如此别样的审美样本。

　　妙玉之所以没有自杀，一是因为"贾不赦"已经知晓紫鹃最后将黛玉灵骨安葬在了智通寺，这是他要挟她的筹码；二是已经残疾的雪雁还在身边不能抛弃不管；更重要的，三是宝玉随后赶赴扬州智通寺，"贾不赦"以宝玉的生命相要挟，妙玉更不敢轻举妄动。偏偏"贾不赦"对妙玉极度痴迷（可以参照冯渊见到香菱后的表现），又舍不得真的加害于她。但是，妙玉如同被掠进楚宫的息夫人，从此缄默不语，以"冷暴力"的方式对"贾不赦"形成了心理上的鄙视与碾压，两者之间形成了某种互虐式的"恐怖平衡"。

妙玉之"义"，恰恰体现为对常人不屑一顾，但可以为知己甘愿自我牺牲，她就像无惧地走向命运泥淖的"孤勇者"——她何尝不知归乡之劫，可她愿意承担那所谓的命运，并舍身相救让黛玉灵骨安息，进而共振出宝玉返身深渊的力量。

以出家身、赴汤火路、舍美玉洁、行菩萨道，这是《红楼梦》中独一无二的闺阁面目，也是红楼正册中唯一能够担当起"义人"二字的女儿——她就是妙玉。

《红楼梦关》:"反象以征"读红楼

《红楼梦关》

诗魂不渡黑溪关,灵玉归期未许延。
香溢红蕖谁惜藕?珠凝碧叶总成圆。
感君慷慨称钗士,愧我乖张逞戏禅。
何必蓬莱仙棹济,青峰凿破作奇传!

诗魂不渡黑溪关

黑溪:迷津,是太虚幻境外围的隔离防护体系。第五回宝玉面临黑溪阻路,警幻道:"此即迷津也……中无舟楫可通,只有一个木筏,乃木居士掌舵,灰侍者撑篙,不受金银之谢,但遇有缘者渡之。"

按照《红楼梦》开篇故事的情节逻辑:这一干风流孽鬼(包括绛珠仙子)因耐不住仙界的寂寞或逃避不了业力的推动,他们或主动或被动投胎之后,有关"前世"的意识就不存在了,不死之身、自来自去等所有神通自然也就消失了,并完全作为一个俗人遵从凡界的因果法则。他们前世的记忆或许在"潜意识"里（佛家称"阿赖耶识"）依然存留，但那要修得正果才能了知。所以细读前八十回就可以发现：在曹雪芹笔下，凡是在现实世界中发生的有关林黛玉的称呼，从不是"绛珠仙草"或"绛珠仙子"（只有第五回出现了"绛珠"的说法，但那是在仙界）。

同样的逻辑：冤孽们历劫完成上界之后，伴随着"劫业归零"重新位列仙班，下世的记忆也会消失（道家的"九九归一"，类似佛家的归于空性）。这也就意味着"苦绛珠魂归离恨天"后，她在此岸世界的所有记忆都会被"清零"，否则她的生魂根本过不了木居士、灰侍者临守的黑溪关。

对于此点，黛玉灵台清明，她曾经面对上苍发出的"天尽头，何处有香丘"悲情质问，既是内心无量悲情之极境，又是内心无量清醒之极境。她在发出这一"天问"的同时，就意味着对黑溪环绕的仙界不再抱任何幻想，于是提前在花冢埋藏了诗稿，以便留下众儿女的此岸记忆。

灵玉归期未许延

警幻仙册上所有的人都是投胎下世，唯独没能入册的补天弃石没有经历转世意义上的投胎——它是被僧人大施神通"夹带"入世的。幻形后的通灵宝玉被夹带进神瑛侍者的转世肉身（贾宝玉）："一落胎胞，嘴里便衔下一块五彩晶莹的玉来，上面还有许多字迹"。于是贾宝玉就成了神瑛侍者肉身与幻石灵性的"人物结合体"。

《红楼梦》特意安排幻石这一"旁观者"亲历亲睹了末世的"好事多魔"，既见证了贾府的黄昏，也从无数逝去的年轻生命中感受到悲欣交集式的"好了"。但这一切终究都要"散场"，通灵宝玉必须如约让僧人带走销号，并重回大荒山青埂峰再次变成顽石。

香溢红蕖谁惜藕

此联的"藕"谐音"我";"圆"谐音"缘"。

无论是"木石前盟"还是"金玉良姻",最后都会像嫩寒轻锁的春梦般霎忽儿消融幻灭,一切都那么因果分明,一切又都那么猝不及防……

《红楼梦》的悲剧意义至此豁然明朗:无论是仙界还是尘界,最终都会将栖身其中的众生变成忘情无情的"石头人"。但是,"潇湘世界"偏偏要在这个"石头世界"开辟生根,"诗"就是构建这一新世界的最后希望与力量——正如在那个芙蓉溢香的大观园里,诗就是扎根淤泥深处的莲藕。

飞花已逐水流尽,那水面上运行的是谁的诗灵?

珠凝碧叶总成圆

神瑛侍者"施露"的无意之举赋予绛珠仙子以生命,后者却违背了"太上忘情"的天条,执着于下世"还泪"。下世后的林黛玉仍然违背和尚的叮嘱,全然不顾所有的忌讳(舍身出家、不见外姓、回避眼泪等),所以此一仙界奇缘,在一僧一道看来不啻是一段孽缘。

而"金玉良姻"却是经神僧授记许可的!宝钗对和尚的叮嘱全然施行(尤其是制作那么复杂烦琐的"冷香丸"),所以此一尘界奇缘,在一僧一道看来是应该成就的一段良缘。

佛家讲因果,钗黛二人各有前因而殊途同归——违背天条的"木石前盟"可爱而不可信,遵从天条的"金玉良姻"可信而不可爱。两缺齐不美,到底意难平,她们都注定了无法"功德圆满"。

不知宝玉最终是否醒悟:天界的运行法则本身就是"荒唐"!天已裂,"更向荒唐演大荒"的诗人,需要重新补天,这样才能让每一个女儿的无辜眼泪珠凝成圆、映射大千。

感君慷慨称钗士

　　钗士：指女中丈夫。当代诗词大家叶嘉莹先生曾自许："我的身体是女性，但是我有中国儒家传统的'士'的品格和操守。"所以她也因此被称为"穿裙子的士"。

　　如果说黛玉乃孤芳自赏的逸士，宝钗则是艳冠群芳的高士，一个风流别致，一个含蓄浑厚。她们都不愧是女儿中的君子，如处深谷之幽兰，透出一股卓绝群伦的芬芳。曹雪芹花费很大笔力去写潇湘馆之斑竹、蘅芜苑之异草，就是为了衬托出钗黛二姝的高洁不群，其中饱含《离骚》之遗韵、《涉江》之气格。

　　"木石前盟"证明了彼岸之不可信，"金玉良姻"证明了此岸之不可爱，但钗黛二人在既不可信亦不可爱的石头世界里，协力雕琢出一位补天的大丈夫，她们比肩大雄的菩萨情怀也借此得以功德圆满。

愧我乖张逞戏禅

　　贾宝玉在故事开篇经历"太虚幻境"的一场"试炼"之后，并没有如警幻仙姑所期望的那样回头是岸，反而沉溺于兼美的"柔情缱绻，软语温存"，甚至差点堕入"迷津"。警幻仙姑引导宝玉以"遂欲"的方式来达到"窒欲"的尝试失败了，这也意味着贾宝玉的先天本性战胜了解脱意向，从此他在人间更加偏僻乖张。

　　第二十二回"听曲文宝玉悟禅机"描述宝玉听了宝钗念的《寄生草》，"喜的拍膝画圈，称赏不绝……"其实此时的宝玉依旧深陷于"情劫"，初识"赤条条来去无牵挂"之味，即大哭而书曰："你证我证，心证意证。是无有证，斯可云证。无可云证，是立足境。"偈子写毕，"又恐人看此不解，因此亦填一支《寄生草》，也写在偈后。自己又念一遍，自觉无挂碍，中心自得，便上床睡了"。可见此时他的烦恼仍自外而起，并求之于外。

所以作者特意安排钗黛联手对宝玉来了一番棒喝，庚辰双行夹批说："总写宝卿博学宏览，胜诸才人；颦儿却聪慧灵智，非学力所致——皆绝世绝伦之人也。"宝玉对此亦佩服得五体投地："原来他们比我的知觉在先，尚未解悟，我如今何必自寻苦恼。"于是乎只能尬笑道："谁又参禅，不过一时顽话罢了。"

何必蓬莱仙棹济

参照空空道人的修行秘诀，贾宝玉的开悟次第应该是：因空见色、由色生情、传情入色、自色悟空。而在此过程中，贾宝玉的情感也会相继发生对应变化，依次是情萌、情困、情悟、情了，又分别以痴情、泛情、专情、绝情的样态加以呈现。

但是曹雪芹似乎又给白茫茫一片真干净的绝情大地留下了一丝温情：他在人生的后十年，因为个人原因或时代原因没有再续《红楼梦》，可能也有留待后人去写出这一丝温情的意思。就像我们这本书，仅仅是对一些大关节做了初步的设想，并没有像周汝昌先生或刘心武先生那样把后半部分的续书写出来，也是想留待后人去延续书写。

然而我们断然拒绝如下的情节安排：故事结局会有癞头和尚或跛足道士出现，把已经蜕变为"石头人"的贾宝玉送到太虚幻境那永恒的"忘情世界"。

因为宝玉只有拒绝彼岸世界的拯救，主动放弃仙棹的接引，才能在此岸大地上重建希望——哪怕这种重建是一场绝望，也要以诗意的方式表达对悲剧的抗争。

青峰凿破作奇传

1987版电视剧《红楼梦》林黛玉的扮演者陈晓旭曾经写过一首名为《石竹》的诗:"虚怀亮节生石隙,春露秋霜染青衣。风骨不朽作书简,留与人间写传奇。"

曾经在大观园沉迷自适的贾宝玉,能否在飞花散尽后,不惮于秋霜染衣去续写众女儿的"人间传奇"?

综　述

二百年来的"红学"为什么一直在文本外围打转?那就是极少有人能领会曹雪芹独步天下的写作密码:"反象以征"。

钱钟书先生在《管锥编》中,曾提纲挈领剖析了这一独特的文学现象,该文的标题就是《"息"兼消长两义——"革"为反象以征》。钱先生以《周易》的"革"卦为例,做了非常鲜明生动的说明:历来"革"都用来表达改变、更新、反转的意思,但是现实生活中"革"指的却是黄牛之皮,此乃坚韧难变之物。那么古人为何要取用此坚韧难变的物象来表示革新、革命呢?答曰:这样做恰恰是告诫人们改变、更新之大不易也。正如钱先生所言:"盖以牛革象事物之牢固不易变更,以见积重难返,习俗难移,革故鼎新,其事殊坚也。"

"反象以征"手法若被文学家用来描述典型人物,往往会起到令人印象加倍深刻的奇妙效果。如《韩非子·观行》写"西门豹之性急,故佩韦以自缓;董安于之性缓,故佩弦以自急"(西门豹性情急躁,所以佩带柔韧的皮带来提醒自己从容;董安于性情迟缓,所以佩带绷紧的弓弦来鞭策自己敏捷)。所以张飞如椽笔下定是娟秀小楷、媒婆软舌之颏定带尖利毫毛,这就是"相反相成""反相合道"的映带笔法。

据1987版电视剧《红楼梦》的音乐主创王立平老师自述：《葬花吟》一曲的谱写经历了漫长的推敲过程。一天，他像往常一样吟诵《葬花吟》，突然被"天尽头，何处有香丘"一句深深震撼——"这哪里是弱女子的自哀自怜，分明是昂首问天的呼号，是对封建社会的质问，是屈原的《天问》！"他的看法得到了担任《红楼梦》剧组顾问的红学家们的一致赞同，由此确定了《葬花吟》的曲风。

《红楼梦》的笔意所指虽在女儿世界，然而并非专书闺蜜艳情的"香奁"之作，亦非单纯才子佳人式的情爱书写，其中的诸多"琼闺英秀"乃是融"女儿心性"与"士人精神"为一体，这类形象多具"文化人格""文化寓托"与"文化原型"，这就是所谓的"钗士"。

利用这种思维解读《红楼梦》，我们可以发现许多曹雪芹笔下埋伏的秘密：如上所述，黛玉为最柔弱的"花魂"，却孕育出最坚挺的"诗魂"，所以《葬花吟》才与屈原的《天问》一样具备了宏大气象。

这就让我们联想到世界文学经典里的许多词汇，都是"反象以征"思维下的妙手偶得，如"黑暗之光""死亡之生""极乐之哀""苦痛之甘美""沉默的呐喊""为希望的绝望""深渊中的天国"等不可胜纪。曹雪芹在贾宝玉第一次出场时形容他"虽怒时而若笑，即瞋视而有情"，就是这种妙笔的小试身手。

于是乎我们就洞晓了红楼人物的反常本相：宝玉"最乖张的驯从"、黛玉"最柔弱的坚强"、宝钗"最世故的出世"、妙玉"最肮脏的高洁"、湘云"最合群的孤偶"……

其他还如凤姐"最算计的愚蠢"、李纨"最孀寡的热望"、晴雯"最放肆的守节"、袭人"最心机的和顺"……

曹雪芹以一部"最穿凿的写实"之大书，彰显出独属于红楼群芳的"最无能的伟力"。

此岸的娑婆世界就如跛足道人手中的风月宝鉴一样，有着两面性：一面是风花雪月，另一面是血雨腥风；一面是红粉佳人，另一面是白骨森森；一面是大士菩提，另一面是痴梦钟情……最后，所有的意象都没了，只落得白茫茫大地一片真干净，大雪将世间的石头本相也统统掩盖掉了。但是，在这个过程中，那些柔弱的女儿却迸发出堪比大丈夫的"天问"，她们就是要在冰雪大地上播撒诗意的种子。也正是因为汲取了这些花样生命迸发出的柔弱力量，贾宝玉才能继续他"为闺阁昭传"的"补天事业"。

"反象以征"在文学表达上的运用，还在于作者要表达某种意思时并不直接说出，却拿相反的事物和形象做例子来比喻和象征——犹如正话反说。

其实《道德经》几乎通篇贯彻了这种"正言若反"的写作手法，譬如，"大成若缺""大直若屈"，以及"受国之垢，是谓社稷主；受国不祥，是谓天下王""后其身而身先，外其身而身存"等，这种修辞手法被钱钟书称为"翻案语"，它别具魅力，令读者产生恍兮惚兮若有若无的感悟——"固神秘家言之句势语式耳"。

老子的"正言若反"在释家这里的表现就是"遮诠"。所谓"遮诠"，就是在表达某一思想时，采取的是全然否定的方式。尤其是大乘空宗，非如此不能表达最高的教义或觉悟的境界。因为真理或悟境，都是"语言道断"的绝对性超验境界，而我人的语言、概念，都是相对性的，只能表达经验的现象，不能完全凭借语言文字到达超越性的绝对真理。

中国的禅宗更是标榜"教外别传、不立文字"，话头、公案、机锋、棒喝等种种作为都是致力于破除所谓"文字障"。六祖慧能临终前，干脆将这一原则作为秘诀写进《六祖坛经·付嘱品》："问'有'将'无'

对；问'无'将'有'对；问'凡'以'圣'对；问'圣'以'凡'对。"这就是明示弟子：只有一切"翻过来"才能领悟"外于相离相，内于空离空"的不可思议境界。

曹雪芹的开篇自述"满纸荒唐言"，就是典型的正话反说。所以读者若想解得其中味，也必须具备"反象以征"的思维，用钱先生的话来说，"须逆揣而不宜顺求"。这就导致《红楼梦》有时候只有"逆着看"才能看出门道——如智通寺老僧就是贾宝玉"翻过来"的。

运用"反象以征"思维去考察事物演进过程时，还会发现一般人很难觉察到的相反相成、相对相辅的隐性规律。对此钱钟书又有《噬嗑为相反相成之象》妙文。

噬嗑卦是《易经》第二十一卦，意为上下颚咬合、咀嚼，然而此卦却有"亨通"之意。

须知人的牙齿是不齐的，并且上下交错、互相格挡，如何又能"亨通"？王弼对此特注曰："凡物之不亲，由有间也；物之不齐，又有过也；有间与过，齿而合之，所以通也。"在此我们不由得对古人的高妙思维拍案叫绝！就是说牙齿固然是有空隙且长短不一的，然而通过咀嚼使之成糜，嘴中之物自然就融合了。所以此卦就被拿来比喻：人事的间隙和不齐，通过磨合是会渐趋一致的。故而此卦的征象反而是亨通的。

若论古往今来第一噬嗑高手，或许就是满口"荒唐之言，无端崖之辞"的庄子了吧！庄子此人此文"至隐而至显""瞬息而长存""化蝶而非鱼""言说而缄默"；其"鼓盆而歌"的行为艺术，不啻是以滑稽的方式调侃最严肃的问题："人居世间，乃死亡之生欤？抑生存之死欤？"

庄子之后，能够将噬嗑文笔运用得出神入化者，除雪芹者何人？《红楼梦》开篇便运用网状叙述抛出了"木石前盟"与"金玉良姻"的情节冲突，不但让故事主人公面临二难选择，也成功地让读者反复咀嚼细读,长期保持着一探骊珠的兴趣热情。

细心的读者一定会发现:《红楼梦》中的人物及故事总是两两成对展开的。这种"捉对"写法,并不是将两者非此即彼地"对立"起来,而是把两者各自代表的差异美"对衬"着呈现出来。这种对称写法之所以别具审美力量,就是因为曹雪芹将中国文化中的"反象以征""相反相成"手法运用得炉火纯青。

对此《六祖坛经·付嘱品》说得再直截不过:"明是因,暗是缘,明没则暗,以明显暗,以暗显明,来去相因,成中道义。"

曹雪芹正是吃透了这种"二元衬补"的辩证思维,所以才会让小说中的一系列哲学范畴和人物形象等,呈现出相反相成、对立补衬的关系。就意象和范畴而言,有真与假、玉与石、盛与衰、悲与喜、好与了、大观园与大荒山等;就艺术的表现手法而言,有细与粗、简与繁、静与动、张与弛、乐景与哀景、谶言与伏线等。这种捉对相成、补衬互映的辩证关系体现在人物的设置上,则为角色体系的对举迭出——如甄宝玉与贾宝玉、林黛玉与薛宝钗、甄士隐与贾雨村、贾政与贾赦、晴雯与袭人、娇杏与英莲等。

除了"偶对",曹雪芹还有"鼎足"式的"三位一体"写法,我们在此暂不展开谈论。总之,无论两者的偶对,还是三者的鼎足,这些范畴、意象、表现手法和人物形象的相反相成式写法,无不体现出作者在建构小说整体大厦时辩证思维的高明运用。

结合《红楼梦》的解读,就会发现"木石前盟"与"金玉良姻"就是一对天成的"明暗关系"。根据故事情节的需要,有时候黛明钗暗、有时候黛暗钗明,偏执任何一边都会失去"中道"。

自从《红楼梦》问世以来,清代的一些评红者就开始把"木石前盟"与"金玉良姻"作对立式解读,在这种思维定式的影响下,就必然会出现所谓"拥黛派"和"拥钗派"的互不相容。这样的解读是对曹雪芹创作构思的严重曲解。如上所述，曹雪芹是把钗黛二人"对应着写"，而非"对立着写"，其原因就是作者基于两者的美蕴含着不同的文化取向，寄托着把两者之美"美美与共、兼而得之"的理想追求。

可惜，二百多年来无数读者都因为"二极管思维"错读、误读、白读《红楼》！如前文提及的清代著名红学评论家洪秋蕃在写《红楼梦抉隐》时，评价薛宝钗"心如蛇蝎，形同鬼蜮，其奸坏阴险无以复加"。更有为数不少的人将宝钗的金锁解读成薛姨妈的伪造，并且借和尚道士之说来笼络宝玉，故"木石前盟"的悲剧就是"金玉良姻"刻意导致的——此种解读充满了非此即彼的阴谋论思维，若读者评者都以这种心性去看《红楼梦》，连"买椟还珠"都称不上，真可谓南辕北辙！

如果说黛玉对宝玉是"正向鼓励"的话，宝钗对宝玉就是"负向激励"，所以她才给宝玉取名"无事忙"，并曾直截对后者冷笑："我说你不中用"。等那些曾经围绕在宝玉身边的人飞鸟各投林，孤独的他才能真正理解宝钗的深情激励，那时的他才真正长大。

正如叶嘉莹先生诗云："莲实有心应不死，人生易老梦偏痴"（叶先生的这一佳句，恰恰又是巧妙运用"正反相辅"笔法的典型案例），我们读《红楼梦》，首先要对闺阁裙钗保持一颗"莲心"。

不妨再领会一下曹雪芹是如何"凌波微步"般将宝玉参禅这一情节"翻过来"的吧：话说宝玉一觉醒来之后，面对袭人的冷笑揶揄，"宝玉见他娇嗔满面，情不可禁"，早把昨晚咬牙切齿发下的"焚花散麝"毒誓忘得一干二净，竟失神将玉簪一跌两段——宝玉固然是个呆子，那些从中居然看出袭人又在玩阴险狡诈套路的读者，恐怕连呆子也不如啊！在此不禁为雪芹一叹：您的"嚌嗑"妙手算是"俏媚眼做给瞎子看"了。

钱钟书特别指出："盖谓分而合，合而通：上齿之动也就下，下齿之动也向上，分出而反者也，齿决则合归而通矣。"古希腊赫拉克利特以弓弦和琴丝之间的撞击来比喻事物正反相成，可谓款曲暗通。曹雪芹心中无禅而笔下有禅，《红楼梦》就像"无招胜有招"的"独孤剑法"，可惜无数人读不懂剑谱，反而把它误传为只有"挥刀自宫"才能练成的"葵花宝典"，在此为雪芹一叹！

英国有滑稽戏表演者曾调侃：夫妻反目犹如大剪刀之交叉，外人多事前去干预，必遭切割——那些对"木石前盟"和"金玉良姻"妄加拣择干预的人，难道不怕雪芹的剪刀噬嗑吗？

《宝玉变形记》：黛玉的"一身两魂"与宝玉的"一神二性"

《宝玉变形记》

玉魄诗魂暗转轮，笑他束手辨形神。
肆行来去无根石，同体悲愁万劫身。
阶上屐痕笺上渍，月中袂影镜中尘。
眼前潦倒缁衣客，却是擎天立极人！

玉魄诗魂暗转轮

戚序（蒙府本）第二十二回回前诗云："禅理偏成曲调，灯谜巧隐谶言。其中冷暖自寻看，昼夜因循暗转。"

曹雪芹的神话预设赋予林黛玉仙凡兼备的双重身世：她的绛珠花魂在尘世是那么脆弱，她的潇湘诗魂又是那么坚强。所谓"蕉棠两植"者，芭蕉象征其出世诗魂，扶病的女儿棠则象征其在世花魂——黛玉的形象是"一身两魂"，两百年来几乎无人能解！

芭蕉在《红楼梦》里有强烈且独特的指向意义。陈寅恪在《禅宗六祖传法偈之分析》一文中指出："考印度禅学，其观身之法，往往比人身于芭蕉等易于解剥之植物，以说明阴蕴俱空，肉体可厌之意。"芭蕉之空心或空性，在佛教中特指暗喻出离尘世之意向，在此不赘述。

"诗"是黛玉生命的最高体现。黛玉虽然生活在凡尘，但她超逸于世外，保持着高洁的本质，如行吟于竹林的逸士精灵。在污浊的贾府里，她皎洁如明月，清澈如露珠，"诗"代表了她迥脱凡尘诗意栖居的灵魂存在。

"花魂"归天的黛玉最后仍将自己的"诗魂"留在了此岸，还玉后的宝玉也将自己的残躯留在了此岸。依靠黛玉诗魂的加持，宝玉重新振作起来，带着残躯要在这娑婆世界履行他"为闺阁昭传"的使命。

所以《红楼梦》不单是关乎生命婚姻爱情的悲剧，更是关于灵魂能否摆脱宿命完成自我救赎的悲剧。

笑他束手辨形神

第三十八回探春《簪菊》诗："高情不入时人眼，拍手凭他笑路旁。"

陶渊明有《形影神三首》一组五言诗。全诗用了寓言的形式，以形、影、神三者之间的相互问答来展开论述，组诗中的形、影、神三者可以看作是生命主体的三个分身，分别代表了存在的三种在世形式，三者的对话反映了个体面对的人生冲突及内在调和，以及解脱的可能途径。

从作者对"石头神话"的情节设置剖析，贾宝玉同时具有"石"与"玉"的双重人格，这种人格，演绎着存在过程中不同的生命态度和价值取向——宝玉灵魂之"神"，既表现为出离此岸的玉性，又表现为沉溺尘世的石性，宝玉之"一神二性"的文本设定，两百年来也几乎无人能解！

"木石前盟"的投射表征是"木"与"石"。在曹雪芹的构思中，

"天不拘兮地不羁"的顽石与灵河岸边的绛珠仙草，同为自然之物，秉性天然相通；而作为人间富贵象征的通灵宝玉则与"珠宝晶莹黄金灿烂的"金锁质地相配。由后者衍生而来的"金玉良姻"，一直与前者衍生而来的"木石前盟"形成情节冲突。

同时，贾宝玉的前身是神瑛侍者，然而这个"瑛"对应的是"赤瑕"，瑕就是有病的玉，某些情形下有瑕之玉的价值（白璧染蝇）不过等同石头。所以同样具备"石玉二性"神瑛侍者，也有迷失红尘的危险。

贾宝玉的"神"附着于通灵宝玉，然而通灵宝玉是"假玉真石"——其前身是不事雕琢的顽石，朴实而笨拙，"石性"其实就是它的真性本相；林黛玉前世的"形"是绛珠仙草，而"木"也是自然之物，同样代表着原始未琢的质朴本真。林黛玉屡次说自己只不过是"草木之人"，"草木"是自然低贱之物，这里除林黛玉借以自贬外，同样具有质朴自然之意。

因此，"石"和"木"的象征之意归于宝黛二人之禀性，即是朴素无华、自然本真的天性。"木石前盟"体现了贾宝玉与林黛玉对自然本真的追求，他们超越世俗的束缚，终于达到心灵契合的精神共振——虽然他们内心都非常清楚：这种发乎本性的诗意最终会被灾难现实破坏殆尽。

正是因为看到了"玉"的石质本性（这种石质本性即自然之"欲"），王国维才指出《红楼梦》一书是"彻头彻尾的悲剧""悲剧中的悲剧"，但是他并没有进一步分析悲剧的发端与原因。

我们在这里要指出：王国维对悲剧的理解仍然隔了一层（对此钱钟书先生有所点评）。如果贾宝玉在现实中既失去了黛玉的花魂，又忽视了黛玉的诗魂，最终只落得"悬崖撒手"，这并非悲剧，只能算惨剧。

只有贾宝玉完成了与黛玉之间的形神转换，宁可舍弃假面的"玉性"，借助于黛玉"诗魂"对自身之"瑕"进行脱胎换骨般的雕琢，把尘世中的贾宝玉这个人重新雕琢成"非假外借"的真正美玉，进而返身这劫难的深渊有所作为——哪怕是终其一生无法看到希望的作为——《红楼梦》才堪称中国最伟大的悲剧小说。

此句诗指二百年来，对于宝黛之间的形神转换关系，红学家和读者一直浑然未觉。

肆行来去无根石

贾宝玉《寄生草》有"肆行无碍凭来去"句。

牟宗三先生在《才性与玄理》中言曹雪芹塑造的宝玉是"天地之逸气，人间之弃才"，乃"四不着边，任何处挂搭不上之生命。"所以我们这里称"四不着边"的未悟宝玉为"无根石"，倒是颇为贴切形象。

庚辰本第二十一回脂批曾总结宝玉有三大恶：一是不听劝；二是对人重情不重礼；三是有"情极之毒"。这些偏僻行为的根源就在于含玉而生的贾宝玉先天就具备顽石的属性——只不过这个顽石原本就是无根的、被遗弃的、野性存在的，所以贾宝玉的生活态度和人生信条也就放任这块"幻形宝玉"的石性，完全听凭自己的秉性意志，无拘无束肆行来去，强调心灵的绝对自由。

但贾宝玉之"神宰"虽为顽石，毕竟经过炼化后"灵性已通"，于是他先天又具备"天然一段风骚，平生万种情思"，这使得他在野性性格中又具备了灵秀的诗性品质。

贾宝玉"还玉归山"之后，滞留此岸的他诗性已泯，然而通过黛玉"诗魂"的加持，他获得了真正意义上的"新生"。

同体悲愁万劫身

贾宝玉《寄生草》有"茫茫着甚悲愁喜"句。

贾宝玉是一个对"不情"事物也极端痴迷的情根、情种，在《红楼梦》第六十二回所描写的"宝玉葬花"过程中，他细心地将夫妻蕙与并蒂菱一起掩埋了，我们感受到的不像是花的掩埋，更像是安顿婴儿入眠，充满了温情、怜惜、呵护、尊重、体贴之情。

难怪警幻仙姑认可宝玉的"意淫"绝不同于凡夫俗子的皮肤滥淫。宝玉因对女儿有着最深的眷恋与怜惜，使得他的"意淫"几乎有着"无缘大慈、同体大悲"般的宗教般境界。对于他这种博大的泛爱情怀，清代《红楼梦》点评者读花人（涂瀛）说得很精准："惟圣人为能尽性，惟宝玉为能尽情……读花人曰：'宝玉，圣之情者也'。"

宝玉所埋葬的夫妻蕙与并蒂菱作为一种爱情意象、母题或原型，浸染着千百年来的中国文学题材，已成为国人意识深处最为常见的生命生殖、幸福爱情、夫妇和合等含义的象征物。需要留心的是宝玉亲手埋葬的并蒂菱在紧接着的第六十三回群芳掣签时又出现了：香菱掣的花签上就是一枝并蒂花，签上题着"连理枝头花正开。"此句出自宋代朱淑真《落花》诗："连理枝头花正开，妒花风雨便相摧。"从全诗看，虽然香菱有"连理枝头"的喜事，但紧跟着又是"妒花风雨便相摧"，点出美丽可人的香菱后来遭受妒妇夏金桂摧残，"致使香魂返故乡"的悲惨命运。所以宝玉葬夫妻蕙、并蒂菱不仅暗寓了香菱最后的不幸结局，同时也是再一次提醒读者：就像二十七回"黛玉葬花"将花落与人亡构成了鲜明的意象类比一样，"宝玉葬花"也有着同样的类比意寓，同样是对众人将来爱情悲剧预谶式的哀悼。

但是仍要指出，在真正的毁灭降临之前，尚未感受到"白骨如山忘姓氏"的贾宝玉，仍然对这个世界存有一丝幻想，这种由花开花落联想到青春逝去的"同情",并不能算是"悲剧的诞生",因为这是一种人类思维中基本的概念隐喻——女伤春、士悲秋,这种有着传统文化积淀的情感体验对于敏感的诗人来说不过是人同此心、心同此理的通感认知。我们一再强调:只有放弃个体之"小我",主动将众女儿的劫难背负在自己身上,贾宝玉才能迎来自己的"复活"或"新生"。

所以宝玉出家后,读者会在心目中代替他百般思量:我似乎不应该像个罗汉般出离尘世,而应该像个菩萨般深入地狱——因为包括钗黛在内的这么多女儿的眼泪给了我,把我的这颗浊玉上的蒙垢给荡涤干净了,我要回报她们,我不愿意去销号,我要主动背负起万般劫难,以"同体大悲"的发心,在这个"五浊恶世"中铭刻下对她们的美好记忆,打造灵魂深处的"潇湘世界"。

阶上屐痕笺上渍

此联指此岸的贾宝玉,矢志不移满怀对彼岸的林黛玉的思念。

在第一回中,曹雪芹除了化用女娲炼石补天的神话外,还自创了一个"还泪"的神话。这一神话的创立,把贾宝玉与林黛玉连接在一起,两者演绎着一段动人的"木石前盟"情缘。

如果没有黛玉的泪,那块处于泥淖世界的浊玉就会成为顽石一样的无情存在。玉靠泪养着,泪滴到玉上就成红丝了,就跟斑竹上的殷痕一样。林黛玉也是娑婆世界的一根游丝,"何处有香丘"的高妙之思和"冷月葬花魂"的凄美之咏,在她的薛笺素帕上得到淋漓尽致的呈现。"情丝"与"红丝"的交结,使得宝黛二人形成环环缠绕的命运共生体,形成一种痛苦的生命勾连:我滴一滴泪在你的玉上,你的玉就多一缕红丝,这缕缕红丝就是两个人共同的记忆储存。

但怎禁得眼泪终有流尽的时候,离开眼泪的洗濯,通灵宝玉又将如何葆有灵性秀气？在黛玉去世之前，贾宝玉似乎并没有认真思考过这一问题。

如果"还泪说"是个前缘设定，它在赋予林黛玉前身神性的同时，也让她不得不处于"风刀霜剑"的苦难现实。所以林黛玉的人生面对的是双重悲剧：即以"花魂"为在世象征的"花落人亡"悲剧，以及以"诗魂"为出世象征的"天倾不覆"悲剧，这两重悲剧都需要宝玉来与她共担。

月中袂影镜中尘

林黛玉《咏白海棠》有句："月窟仙人缝缟袂"。她的《桃花行》也有"一声杜宇春归尽，寂寞帘栊空月痕"的月之映射。

林黛玉"仙子"的前身，赋予她超现实的传奇性色彩，这个神化了的人物，是基于现实又游离于现实之外的审美意向，寄托了曹雪芹特有的诗灵意蕴。

黛玉此刻宛如月中仙子，泻地蟾光宛如她散发出的淡淡幽香。宝玉拿起菱花镜凝目望去，那镜中显现的却是尘满面鬓如霜的一位丐僧……

眼前潦倒缁衣客

第三回的《西江月》二词，批宝玉"潦倒不通世务"。"潦倒"之本意是举止散漫、不自检束，指贾宝玉行为总是反常、颠倒。这里主要有落魄困顿的意思。

佛教中常提到"缁素二众"，缁衣又作黑衣、墨衣、墨染衣，即黑色法衣。僧侣着用之，故一般亦以缁流、缁门、缁徒作为僧侣之代称。白衣指在俗之衣，引申指在家人；白亦称素，故缁素乃出家（僧）与在家（俗）之并称。用缁衣代表出家众，素服代表在家众。惜春判词就说她"勘破三春景不长，缁衣顿改昔年妆"。

此句指宝玉出家后，最终落脚于扬州智通寺的状况，后文有进一步的描述。

却是擎天立极人

《淮南子》："女娲炼五色石以补苍天，断鳌足以立四极。"

贾宝玉是认识"天倾不覆"的清醒者，所以鲁迅先生才敏锐地指出："悲凉之雾，遍被华林，然呼吸而领会之者，独宝玉而已"。

宝玉将如何"擎天立极"？他又会有哪些令世人不可理解不可接受的行动？我们之后会详细论述。

综　　述

"娜拉走后怎样？"是鲁迅先生20世纪20年代在北京女子师范学校演讲时所讨论的一个话题。其间讲了这样一个故事：唐朝诗人李贺在临死的时候对他母亲说："阿妈，我梦见上帝造了白玉楼，叫我做文章去了。"鲁迅先生当时讲："一个老的一个小的，一个死的一个活的，死的高兴的死，活的放心的活。说谎和做梦，在这些时候便见得伟大。"

相信每一个《红楼梦》的读者也会问："宝玉走后怎样？"

几乎所有的续书为了延续曹雪芹前半部分设定的悲剧结局，就如鲁迅先生所言"不得不让梦中的宝玉醒来却看见诸多死亡，茫茫的一片雪地里，也就有了宝玉的出走。"

《红楼梦》开篇即明确写道：补天遗石承诺接受一僧一道的安排，经过入世历劫红尘受享后，会按约定仍回到青埂峰下。关于顽石的结局百年来基本不存在争论。

然而，关于神瑛侍者的最终归宿，历来却颇有歧义。学界有成佛说、回归神瑛侍者说、总花神说、成为补天遗石说等说法。成佛说当与《情僧录》这一书名有关，又与贾宝玉数次在文中说到"当和尚"相符；回归神瑛侍者说，大多是学者们参考了历来思凡故事的总体构架，进而得出的推论；总花神说，当与贾宝玉"绛洞花王"的号有关，与第七十八回中宝玉所说的"一样花有一位神之外还有总花神"也有关联，同时又和"怡红夜宴"中，诸人抽花签时各掣一花的情节相合，也与戚序本中"警幻情榜"有关；而成为补天遗石一说，则是受了程高本的影响，将神瑛侍者与补天遗石混为一谈有关联，虽仍有学者坚持此说，但此说影响并不大。

不过，无论以何种方式回归，贾宝玉终归是脱离红尘了。

但是我们一再强调：宝玉的出家或出走并非真正意义上的悲剧，也严重违背了曹雪芹"为闺阁昭传"的"补天"情怀。所以我们会一直追问：贾宝玉（或者神瑛侍者）的归宿究竟如何？是否也得三劫后到北邙山会齐销号？即便按照目前百二十回版本结尾的描述，仍然没有明确答案。

"这士隐自去度脱了香菱，送到太虚幻境，交那警幻仙子对册。刚过牌坊，见那一僧一道飘渺而来，士隐接着说道：'大士、真人，恭喜，贺喜！情缘完结，都交割清楚了么？'那僧道说：'情缘尚未全结，倒是那蠢物已经回来了。还得把他送还原所，将他的后事叙明，不枉他下世一回。'士隐听了，便拱手而别。那僧道仍携了玉到青埂峰下，将宝玉安放在女娲炼石补天之处，各自云游而去。从此后，'天外书传天外事，两番人作一番人。'"

可见，书至终局仍未交代神瑛侍者是否已经上界销号。所以我们的追问其实涉及一个形而上学问题：神瑛侍者是否具备自由意志？或者说，神瑛侍者是否可以通过扭转业力完成自我救赎？

对照《牡丹亭》来看，杜丽娘即便死后还可以和柳梦梅"幽媾"，两性之间情感的欢悦过程并未因当事人之一的死亡而中断。某种意义上，死后的杜丽娘反而得到了灵魂的无羁和情感的自由——她的灵魂可以"随风游戏"，愿意飘到哪里就飘到哪里，并且还魂以后，杜丽娘和柳梦梅"前系幽欢，后成婚配"的结局堪称大团圆。

再者，《牡丹亭》里主人公的情和欲、灵和肉、情爱和性爱、爱情和婚姻，是合一的，而不是分离的。而《红楼梦》里宝黛二人的情和欲、灵和肉、情爱和性爱、爱情和婚姻，每一项都是分离的而不是合一的。

同样不忍于青春红颜的流逝夭亡，"临川四梦"与"红楼一梦"的悲剧性存在维度上的差异：面对黛玉的"花魂"升天及"诗魂"住世，贾宝玉终于"以情证道"并完成了两个人的救赎。

在出离与担当、情爱与灵魂的冲突中，宝玉面临着此岸与彼岸的抉择、隐遁与艰守的挣扎，最终他的生命因为"诗魂"的加持得到净化与升华，完成与"临川四梦"截然不同的理想追求——还玉重生，以诗补天！

这也就意味着：黛玉的"诗魂"与宝玉的肉身一起，永远地滞留在了此岸。

我们设定这一情节并非空穴来风，事实上中国古代戏曲发展出了一种独立的旦角行当，即"魂旦"。魂旦所工，一是鬼魂，如《窦娥冤》里的窦娥；一是梦魂，如《倩女离魂》里的倩女。《长生殿》自第二十五出之后，杨玉环即以"魂旦"的方式出场；至于汤显祖的"临川四梦"，大部分的情节其实都是魂旦在表演。

曹雪芹对此写法当然熟极而流，《红楼梦》中，亡魂常常根据情节需要在关键时刻出场。如第十三回，秦可卿的亡魂进入王熙凤梦中，嘱托预留后手，警示"三春去后诸芳尽，各自须寻各自门"；如《恨无常》乃以元妃声口唱出："故向爹娘梦里相寻告：儿命已入黄泉，天伦呵，须要退步抽身早！"这些都是魂旦出场。曹雪芹留下的一句残诗"白傅诗灵应喜甚，定教蛮素鬼排场"，就是观看了敦诚创作的《琵琶行》传奇之后写的，诗句想象诡异：白居易之灵若有知，一定会安排小蛮、樊素之鬼魂登场演练，可见曹雪芹熟知"魂旦"行当。

所以从哲学的观点分析：贾宝玉灵魂的真正完整，恰恰是"还玉"之后深刻感应到了黛玉"诗魂"的存在。

面对着一年三百六十日的"催花雨""妒花风"，黛玉的花魂有多荒芜，就有多深情；黛玉的诗魂有多孤独，就有多热烈——生命的悲凉莫过于此。

有了黛玉诗魂的陪伴，宝玉可以不走吗？

《宝玉刻诗》：石上万言谁曾刻？

《宝玉刻诗》

此去潇湘认故邱，高天离恨一沙鸥。
相逢如陌忘迎送，分别无心辨我雠。
洇字匀摹血成墨，铁痕深划泪为钩。
功存绛洞谁知晓？僧自喑喑竹自幽。

此去潇湘认故邱

贾宝玉与红楼女儿尤其是钗黛二姝共建的"潇湘世界"，存在两个相对相成、并行不悖的核心价值支撑：一个是以彼岸为源点的"木石前盟"；另一个是以此岸为基石的"金玉良姻"。

曹雪芹在故事开篇，即通过贾宝玉与警幻仙姑的对话，构建出了"空界"和"色界"、"真情"和"世情"两相对立的情感指向。这也预示着贾宝玉必然要面临两个世界的价值冲突：一个是超越性的、本源性的"真情"世界，是以"木石前盟"神话为核心的形而上的情感空间；

另一个是他置身其中的"世情"世界,即以"金玉良姻"现实为核心的形而下的情感空间。

但是需要指出,"木石前盟"与"金玉良姻"不是互相否定的关系,否则《红楼梦》就成了描写三角恋爱的言情小说。曹雪芹的这一设定有更深刻的思考:在"木石前盟"玉碎后,"金玉良姻"也不得瓦全,因为此岸的功利世界看似坚实,却与彼岸的太虚世界同样荒唐幻渺。所以这两者是"同时肯定,又同时否定"的关系。

高天离恨一沙鸥

沙鸥在中国古典文学中的意象一方面代表飘逸超脱、闲适淡泊,另一方面也预示着栖身无所、凄凉悲苦。杜甫的《旅夜抒怀》:"名岂文章著,官应老病休。飘飘何所似,天地一沙鸥。"这里的沙鸥带有某种漂泊孤往的身世之叹。

红楼女儿的诗性表达越美,就越能反衬其命运的孤苦无依。因为曹雪芹在书中明确指出:大观园是建立在宁荣二府原有的基础之上的。这就意味着所谓干净的女儿王国是不可能脱离肮脏的现实世界独存的,由此也可看出大观园的脆弱。贾宝玉最终也会孤苦无依如沙鸥,这正是《红楼梦》悲剧美学的意蕴所在。

相逢如陌忘迎送

曾经的宝玉,言行无状却貌似聪明神秀;而今的老僧,看似糊涂而悲愿通灵圆融。

贾宝玉既为"情僧",操行自然与普通僧侣不同,他出家后,仍以情为信仰,终不忘世外仙姝寂寞林,把智通寺打造成凤尾森森、龙吟细细的"精神潇湘馆",痴心一念守护着木石前盟。对无关的人和事,一概不予理会。

分别无心辨我雠

雠："仇"的异体字。《左传·襄公二十一年》："外举不弃雠，内举不失亲。"《九章·惜诵》"又众兆之所雠。"有注："大怨曰雠"。

《红楼梦》超出传统小说之处就在于，悲剧与恶果并没有集中归因于某一具体人物身上，而是表现在故事中所有人物的性格、意识、行为、观念组合而成的"业力之海"中。

晚年的贾宝玉见到贾雨村，也只会将他视为众生之一，无心去辨别是非恩怨，只顾头也不抬地专注于自己的正事——一切众生皆如蝼蚁，如果不能破除这无情天地的因果铁律，每一个生命的此在便毫无意义。

正所谓"少年听雨歌楼上，红烛昏罗帐。壮年听雨客舟中，江阔云低、断雁叫西风。而今听雨僧庐下，鬓已星星也。悲欢离合总无情，一任阶前、点滴到天明。"难道宝玉已经成就了"亦枯亦荣、非枯非荣"的至高境界？

泗字匀摹血成墨

曹雪芹的祖父曹寅去世那年，曾作长诗《巫峡石歌》：

　　巫峡石，黝且斓……
　　娲皇采炼古所遗，廉角磨砻用不得……
　　磋哉石，宜勒箴，
　　爱君金剪刀，镌作一寸深。
　　石上骊珠只三颗，勿平险巇平人心。

《巫峡石歌》结尾的"勿平险巇平人心"，借鉴了范成大的《夔州竹枝歌九首其六》："白帝庙前无旧城，荒山野草古今情。只余峡口一堆石，恰似人心未肯平。"

曹寅虽身居高位，但不乏传统文人的"恋石情结"。他的《楝亭集》中有不少咏石诗作，如卷三的《江阁晓起对金山》："淮海维扬衽席间，卧游终日似家山。从谁绚写惊人句，聚石盘盂亦解颜。""聚石盘盂"指把石头聚集起来，在上面刻下文字纪功或自励。

曹寅身上的"石头情结"，究竟如何影响其孙曹雪芹的创作，还有待学界进一步探索。

曹雪芹同样痴于石，也喜欢画石头，乾隆二十五年（1760）敦敏《题芹圃画石》诗写道："傲骨如君世已奇，嶙峋更见此支离。醉馀奋扫如椽笔，写出胸中块垒石。"可见他不仅画石头的技巧高明，而且借此来抒发自己的不平之气。

此联写宝玉刻诗之专注勤奋。

铁痕深划泪为钩

从情石到情僧，从《石头记》到《情僧录》，到底是谁在记录这一切？

细数来，宝玉也曾为黛玉数次流泪，但终究不如黛玉之滴泪成海。现在倒是轮到宝玉流泪了——他的泪冲刷着石板上的铁痕。这么一来，真不知到底是谁还泪给谁了？或许直到宝玉泪尽，这三生三世的公案才算了结？

黛玉曾经"世间多少相思泪，洒遍修篁染不斑"，想必宝玉的泪洒在石头上，同样也有斑斑殷痕吧？

功存绛洞谁知晓

绛洞：这里指宝玉的埋石册之所，位置应该在智通寺后面的黛山山脚。

《红楼梦》第十六回写秦钟之死,其遗言颇令人费解。当时宝玉携秦钟之手垂泪道:"有什么话留下两句。"秦钟道:"并无别话。以前你我见识自为高过世人,我今日才知自误了。以后还该立志功名,以荣耀显达为是。"说毕,便长叹一声,萧然长逝。

这一幕想必深深刺激了宝玉,也促使他反省自己有何"功名",又如何"功德圆满"?

僧自喑喑竹自幽

贾宝玉已经失去了返回仙界的机会,他同补天弃石一样,各自活在回忆里,只是他没工夫自嗟自叹——他的心事,只有智通寺外的斑竹知晓。

对于贾宝玉而言,离开鲜活生命的记忆,即便出家证道也毫无价值。虔诚地等待他的来,只为清醒地知道他的去,所期待的通过铁锥的凿刻进入回忆之场——只有通过铁笔唤醒记忆,才有望跨过那道救赎的门槛。

综　　述

有一种颇具哲学意义的说法:人会死三次。这个观念源远流长,它被不同的文化、宗教和哲学思想所探讨。第一次死亡:生命的终结;第二次死亡:社会的遗忘;第三次死亡:记录的消逝。如果说前两次死亡是对个体生命的逐步遗忘,则记录的消逝意味着他的存在被彻底抹去,在这个世界上他就如同没出现过一样,他的思想、行为、贡献都不再被任何人提及——这是真正的死亡,是生命的彻底消失。所以电影《寻梦环游记》中有这样一句经典台词:"真正的死亡是世界上再没有一个人记得你。"

佛经有云："画石永驻，画水速灭"。这个观念不仅涉及对生命终结的理解，还蕴含了对存在的终极解读。

在石头上铭记先人功德以求永存于世，是中国人根深蒂固的观念。《韩非子》云："豪杰不著名于图书，不录功于盘盂，记年之牒空虚。"秦始皇统一天下，到泰山封禅并刻石以颂功德，而封禅仪式中，"勒石记功"都是其中不可缺少的程序，于是勒石就具有了神圣性。

中国文字有着悠久的历史，目前为止中国发现的年代最早的成熟的文字——甲骨文刻在龟甲兽骨之上。其他如陶器、青铜器、树叶、兽皮、石碑、砖瓦、绢帛、竹简、纸张等，都曾经作为文字的载体。发展到今天又有了各种电子设备的加入，使文字的使用、保存更加便捷。

然而，直到今天我们记载有意义的重大事件时，仍然会勒石记之，以求永恒地彰显保存。这是属于中国人的文化基因延续——当文字刻在石上之后，人们对这些文字的寄托，已经超脱了石头作为载体的物理性功用，而更多的是去寻求一种价值投射。也就是说，石头上刻上文字，虽然未必会永恒保存，但是却承载着刻石者的寄托。这就使得石头与其他载体有了截然不同的含义。

在纸张出现之前，石头还是记载经典资料的重要载体。如东汉蔡邕曾因"经籍去圣久远，文字多谬，俗儒穿凿，疑误后学"，因而奏请订正六经文字，刻成"熹平石经"。而"熹平石经"的刻立，也为后世开创了将经典刻于石上的潮流。

在印刷术发明之前，唯一且最高效的复制方法就是将上述经典进行拓印，这是我们所能想到的将书本与石头相联系的最直接方式。或许曹雪芹受这种制作石经方法的启发，设计了一个石头上刻有文字的传书之缘起。

想必曹雪芹呕心沥血写作《红楼梦》，同样是有着传世的想法的。青埂峰下的大石上字迹分明，编述历历，也可以理解为曹雪芹期盼《红楼梦》可以刻于石上，使他的心血之作久远流传。

因为"石头"在《红楼梦》中还有一个隐喻的象征：那就是指主人公拥有万古不磨的痴情痴心，就像古诗所说"磐石无转移"——石头只会随着岁月风化，却不会改变其本质。那些逝去的花魂诗灵，尤其是那些被辜负、被遗忘的美好记录，在追忆中得到进一步虚构、提炼、升华，成为最富诗意的"石头记"。

《红楼梦》第一回中明明白白地写道：此书原稿是一个访道求仙的"空空道人"从大石头上抄录的，故名《石头记》。我们姑且设想空空道人采用了相当于拓印的方法录下了石头上的文字，又"因空见色，由色生情，传情入色，自色悟空"，他被故事打动，大彻大悟，自己遂改名情僧，改《石头记》为《情僧录》。这里的"石头"和"情僧"均属同一人，只不过石是质、情为灵，两者合一，其实就是作者曹雪芹本身。

所以，在凡间流传的"石头之记"之上，还有一层渺不可及的"神话空间"，《石头记》宛如从上层神话空间凭空掉下来的。这恰恰是《红楼梦》独特的虚拟叙事手法。大荒山无稽崖是对空间的虚化，"不知过了几世几劫"是对时间的虚化。补天弃石穿越了空间由凡入圣，空空道人穿越了时间由圣入凡。曹雪芹其实一直在暗示：只有具备贯通书内书外的虚拟视角，才能洞彻《石头记》的成因。这一密码，连脂砚斋都未能勘破。

正因为明晓了上述密码的"底本"，我们才会紧盯着一个问题追问：到底是谁在大石头上刻下了这部"奇传"，以至于有了后来的《石头记》？

补天弃石上的千万言，不是石头自己刻上去的，因为这个蠢笨巨物无臂无手；不是贾宝玉刻上去的，因为扶病朽聩的他根本无法到达二十四丈的高处；也不是一僧一道刻上去的，因为他们带石头销号归位后，就意味着这段尘缘已了，不能再干预下界的业力运转，否则就违背了神界的天条。

《石头记》不是顽石刻下的，也不是贾宝玉刻下的，更不是仙佛显化的——难道是曹雪芹拓印了贾宝玉的石册，将它刻上去的？

我们这里其实在问：《红楼梦》到底是谁写的？

红楼是人写的，这点毫无疑义。我们姑且假定《红楼梦》的作者就是现实中的曹雪芹，可是在虚拟世界里，还另有一个超出曹雪芹视野的"上帝视角"。因为《红楼梦》的正文是刻在石头上的，按说它是一部有关补天弃石的"石生自传"，但是最莫名其妙的是，它同时还是有关贾宝玉的"人生自传"。所以《石头记》既有"石语"也有"人话"，其叙事结构是贯通虚拟与现实的立体超维结构。

站在"上帝视角"上窥视，更进一步还可以得出结论：以补天弃石为承载者，以书中主人公贾宝玉为镌刻者，以本书作者曹雪芹为叙述者，才是《红楼梦》"三位一体"的真正作者。而"神话""石话""人话"的"三位一体"，就是《红楼梦》的文本形成。

既然勘破了此书作者的组成密码，那么就不难推导出全书的结构布局了：

其一，《红楼梦》的前半部分，是以"人玉一体"为故事主线；《红楼梦》的后半部分，必然是以"人玉两分"为故事主线。

其二，《红楼梦》的前半部分，主旨是"因玉成人""因石成书"；《红楼梦》的后半部分，其主旨就必然是"人自成玉""人自成书"。

所以，《红楼梦》的续补者必须参透上述密码，否则这部大书就不能形成逻辑闭环。

噫吁哉！其实，石头、石册，又有什么分别呢？那一道高达二十四丈巍巍耸立的物理界限，看似隔如参商，但一枚不懈镌勒的小小铁锥，就可以将它凿透！

彼岸是灵魂的皈依之处、庇护之所，然而它太虚无缥缈了，也太虚妄荒唐了。"天尽头,何处有香丘?"黛玉的《葬花吟》无异于提前宣告了"潇湘世界"的毁灭,也同时预示着对"太虚世界"彼岸救渡的希望破灭。宝玉在还玉的同时断然拒绝了一僧一道的引领,就是因为他最终悟透了太虚幻境的虚妄荒唐。

中国哲学的天道循环、生命循环、历史循环和时间循环观念,容易造成中国人对待生死盛衰的达观态度。正如李泽厚先生所言:"中国人很少有真正彻底的悲观主义,他们总愿意乐观地眺望未来,即使是处在极为困难的环境里,他们也相信终究有一天会'否极泰来''时来运转',因为这是符合'天道'或'天意'的。"这种天命观虽然在一定程度上消解了国人的悲剧意识,不过从另一方面看,也增强了国人在悲剧面前的耐受力。

就像鲁迅在《药》中将"瑜儿的坟上凭空添上一个花环";在《明天》里也不叙"单四嫂子竟没有做到看见儿子的梦"。《红楼梦》写晴雯之死后,忽以小丫头的一番无稽之谈,让宝玉听了"不但不为怪,亦且去悲而生喜……"但晴雯直着脖子叫了一夜的娘的那些痛苦,他是既不知道也不愿意知道。就在小丫头随即胡诌出来的芙蓉神话里,宝玉心上的血痕到底是变深了还是变浅了?

《红楼梦》的悲剧如果被归因为命运的无常与现实的无奈,那么主人公的救赎方向也只能从外部世界退缩到心灵的自我安慰,甚至从意志自由退缩为一种心灵的自我麻醉,这样一来,《红楼梦》批判现实的力量就会被消解殆尽。

大乘佛学要求菩萨在进入真如境界之前需要重返五浊恶世,甚至要在劫难世界中与含灵众生作永劫的恒顺。在"苦绛珠魂归离恨天"之后,失情亦离魂的宝玉以出走、出家的极端方式了却人间俗缘,最终在诗灵的引领下去为黛玉守坟(参见第312页《宝玉守坟》篇)。

宝玉返回劫难的深渊专注于刻诗，终于意味着他同时对这个石头世界展开了"四重反抗"：

出走以抗婚；
出家以抗神；
出离以抗世；
出刀以抗命。

对于贾宝玉而言，目睹且经历了这么多世间的无明与无辜，他断然不能再逃避此岸与彼岸、初心与愿力、出离与担当、逍遥与拯救等一系列必须面对的问题。一旦"以石刻诗、昭传闺阁"成为宝玉后半生的"正业"，那就成为他生命修行的"不二法门"、一种独特的价值关怀、一种自我救渡的终极方式。

本书行文到此，我们终于可以揭破曹雪芹在写作《红楼梦》时的"三位一体"思维模式了：

补天弃石、神瑛侍者、怡红公子，是贾宝玉在不同时空各自分身的三位一体。

补天弃石、通灵宝玉、三生石，是三块石头的三位一体。从某种意义上讲，《红楼梦》的故事主线，其实就是围绕着上述三块石头展开的。其中，通灵宝玉也存在三位一体的显化方式——其形由女娲炼化之；其影由僧道幻化之；其神由黛玉诗化之。

情情、无情、情不情，是"以情补天"的三位一体。黛玉"情情"之互爱心、宝钗"无情"之自爱心，成就宝玉"情不情"之爱他心。

灵界神瑛侍者之甘露、幻界黛玉之眼泪、尘界宝玉之刻石，是链接全书情感信物的"三位一体"。

黛玉之泪诗、宝玉之刻石、雪芹之血书，是《红楼梦》之文本成书的三位一体。

灵界之神瑛侍者、幻界之宝玉、尘界之雪芹，是红楼主人公的三位一体。

于是，《红楼梦》的成书，其实就是"雪芹替宝玉传黛玉之诗"。

结论：泪诗＋刻石＋血书＝《石头记》的三位一体。

……

重归大荒山的石头，其所见所闻被记在身上。但此处不是终结，而是新循环的开始——"石头的故事"由曹雪芹沥血和泪整理成《石头记》。

但偏偏《石头记》又遗失了结尾，或许这是曹雪芹想通过如此残酷的方式表达他对下一轮循环的期待——愿"解得其中味"者续补全书……

电视剧《天龙八部》（张纪中版）的片尾曲，是由歌手王菲娓娓款款演绎的《宽恕》，歌声空灵而幽峭，其中的一句歌词一直令我心旌摇荡、参悟不尽："一面满足一面残酷……难道爱比恨更难宽恕？"对于贾宝玉而言，他可以很容易宽恕这个世界的伤害，然而他又有何权柄宽恕众女儿的痴情？苦难如影随形在兹念兹，背负苦难固然不易，遗忘那曾经的"痴"与"情"却很容易；或者反过来说，人容易回忆起苦难，却往往将救赎遗忘。

如果套用一下上述歌词，曹雪芹似乎在通过"石头记"向着这个石头世界发问："难道解脱比苦难更易忘却？"假若生命的存在不被记录就意味着彻底的死亡，当贾宝玉放弃解脱，在石册上凿刻下黛玉的诗稿，也就意味着众女儿的苦难灵魂有了救赎的希望。

大荒山下的石头终归还是石头，可是身上却多了那么多的字。宝玉埋头挥锥亦痴如石头，是为了忘却的纪念，还是为了纪念的忘却？

《宝玉守坟》：奥卡姆剃刀下的《红楼梦》

《宝玉守坟》

兰若秋凉忆茜纱，植杨耘草野生涯。
镌诗重现芙蓉诔，刻木非期贯月槎。
未羡菩提成正果，尚凭菱镜洗铅华。
此身已付青峰石，别有根芽不是花。

兰若秋凉忆茜纱

兰若：梵语"阿兰若"的省称。原意是森林、树林，也指旷野、荒凉之地。后来成为佛寺的指称。

"茜纱窗"一词屡见于《红楼梦》，如第五十八回的回目即为"杏子阴假凤泣虚凰　茜纱窗真情揆痴理"。贾宝玉《秋夜即事》有句："绛芸轩里绝喧哗，桂魄流光浸茜纱。"贾母在第四十回也指出茜纱窗用的是银红色软烟罗（即霞影纱）。第七十八回宝玉为晴雯拟祭文时曾赋"自为红绡帐里，公子情深；始信黄土垄中，女儿命薄"句，黛玉建议："咱们如今都系霞影纱糊的窗槅，何不说'茜纱窗下，公子多情'呢？"《红楼梦》庚辰本第二十一回回前诗有"茜纱公子情无限，脂砚先生恨几多"句，结合贵州省博物馆藏的名为《种芹人曹霑画册》上，有署名曹霑者所钤盖"忆昔茜纱窗"印文，则该"茜纱公子"也应是作者曹雪芹的自指。

由"无可奈何天"见证的木石前盟，没有在三生石上画上休止符，却在扬州城外的智通寺以宝玉的独自痴守落下帷幕。

曾经的活龙少年，如今的龙钟老僧，仿佛倒峡逆波、回风舞雪。天凉了，只是破庙的窗牖上，再也不见银红的霞影纱。

植杨耘草野生涯

古人在墓地多植白杨，陶渊明《拟挽歌辞·其三》："荒草何茫茫，白杨亦萧萧。"《红楼梦曲·虚花悟》："则看那，白杨村里人呜咽，青枫林下鬼吟哦。更兼着，连天衰草遮坟墓……"第五十一回写晴雯生病时，宝玉对麝月等人说道："我和你们一比，我就如那野坟圈子里长的几十年的一棵老杨树，你们就如秋天芸儿进我的那才开的白海棠……"曹雪芹此处特写麝月等笑道："野坟里只有杨树不成？难道就没有松柏？我最嫌的是杨树，那么大笨树，叶子只一点子，没一丝风，他也是乱响。你偏比他，也太下流了。"贾宝玉自比是坟地里的老杨树，也是暗指将来他会为林黛玉守坟。

宋·周文璞《逸士坟》诗云："守墓未须耘宿草，白蟾方护紫芝苗。"

贾宝玉送给探春一幅颜真卿的书法作品，上写："烟霞闲骨格，泉石野生涯。"

出家后的贾宝玉，成了破败庙宇中的老僧，他在这里守护着黛玉的孤坟，就像那一株株老白杨。想必天气晴好时，他也会扛上花锄，去黛玉的坟头耘刈宿草……

镌诗重现芙蓉诔

还玉后的宝玉渐渐失去了灵秀之气，非但写不出一首诗，而且思维也在慢慢混沌紊乱。他已经完全想不起《芙蓉女儿诔》的字句，直到他在黛玉留下的诗稿上重新读到它。

刻木非期贯月槎

刻木：古代有"刻木记日"法，即在竹片或木板上刻痕来计算日子。宝玉刻下的，是黛玉走后每一个思念的日子，也是为了有条不紊地安排自己埋头从事的"正业"。

《芙蓉女儿诔》有："海失灵槎，不获回生之药。"这里的"灵槎"即"贯月槎"。据东晋《拾遗记》载："尧登位三十年，有巨槎浮于西海，槎上有光，夜明昼灭，海人望其光，乍大乍小，若星月之出入矣。槎常浮绕四海，十二年一周天，周而复始，名曰'贯月槎'，亦谓'挂星槎'。羽人栖息其上，群仙含露以漱，日月之光则如暝矣。"

无论是一僧一道还是警幻仙姑，都不能让黛玉在此岸起死回生，彼岸的无量福乐也抵不上黛玉的哪怕一滴眼泪——黛玉的诗灵，只有在宝玉镌凿下才能重植这个无情的石头世界。

未羡菩提成正果

此句指宝玉出家，是为了反抗一僧一道带他回太虚幻境销号，并非意图在佛门中求得解脱。

无情的佛门封存了太多的眼泪，无数的含灵被遗忘在寂寞的性海。碧云香霭，黄叶晚钟，能抚平怡红公子五内郁结的沧桑灵魂吗？能赎回潇湘女儿的泪诗血书吗？宝玉断不能在一卷卷泛黄的经书、一声声弥长的佛号中，消磨余生。

尚凭菱镜洗铅华

古人对于镜子有某种迷信，觉得人的魂魄也会留在镜中。宝玉就用这种方式和黛玉神魂相交。那块菱花镜照过黛玉，也照过宝玉，他们似乎可以镜里相见。

宝黛之间能保留下来的爱情信物，应当就是手帕和镜子吧。所谓"鲛女丝前眉欲语，菱花镜里目将成"，宝玉并非单纯借助镜子与黛玉眉目传情，而是随时提醒自己勿染铅华，专注刻诗。

此身已付青峰石

"情"与"天"构成贾宝玉人生道路上的两种选择。最终宝玉宁愿"石化"，也不愿意回归无情的仙界。

此处的"青峰"并非指青埂峰，而是指黛山的青峰。宝玉衔玉而生，此玉之前身乃弃于青埂峰下的补天顽石。"青埂"固然可以理解为此石因为炼化后"灵性已通"，故而产生了"情"之需求；同时也可以理解为此"情根"之石下世后面对的是一个无情世界（情之梗阻），其历劫的结果是"枉入红尘"——因为红尘与大荒世界同样荒唐无稽。

宝玉就是要在这个大荒无稽的世界栽种下"情根"，所以他才不惜与这个石头的世界一起"石化"。

别有根芽不是花

纳兰性德的《采桑子·塞上咏雪花》有"别有根芽，不是人间富贵花"名句。

当柔弱的黛玉将《葬花吟》升华为向天发问的生命献祭，她便不再是那个读者眼里楚楚可怜的扶病海棠，而是刺向苍天的青釭残锷。

贾宝玉随身佩戴的通灵宝玉，是从一块顽石幻形而来，虽然经过锻炼而"通灵",却没有丢弃石头本身所具有的原始性、古朴性,由此决定了贾宝玉有一颗天然任性、偏僻乖张的"石心"。这颗"石心"某种意义上就是李贽所推崇的"童心":"夫童心者,绝假纯真,最初一念之本心也。"一颗"石头的心",当然不允许外界污泥的掺杂,所以贾宝玉不屑于俗务的种种羁绊,他只能长久地生活在世俗社会的边缘,甚至不惜与整个社会秩序、生活规则唱反调,非此便不能护住自己的"童心"。

曾经的宝玉,拥有的还有一颗"花心"。他与众女儿在大观园尽情挥霍着花样年华。他会感伤于花叶何苦自落,鹃鸟何苦自啼。如今落英飞红之境历历在目,鹃鸟啼血之泣声声在耳,他却似乎老僧入定、波澜不惊。

仍是那颗"石心",只是不再偏僻乖张;仍是那颗"花心",只是不再柔靡易伤。如今他的心已经"别有根芽"——那就是借助于黛玉的"诗心",把众女儿的诗灵深深扎入石头世界的大地。

综　　述

《红楼梦》的问世,是一个逐步成书、分次传抄、错落流传的过程,在曹雪芹去世之前,都不存在一部所谓的"最终完成稿"。当不同时期增删的稿子问世后,又存在着各版本的混抄杂合,再加上读者急于看到故事结尾,就不排除有人刻意捉刀代笔,号称《全本石头记》以贵其资。那些曾在世上过录流传的,如庚午本、三六桥本、端方本、靖藏本之类的原始底本,甚至不排除一度在曹雪芹的眼皮子底下传阅售卖。

《红楼梦》既然在写作过程中已经开始被纷纷传阅、传抄、伪造,到了程高印刷本出现,出现"一时风行,几于家置一集"的盛况就不足为奇了。只要有巨大利益驱动,没有什么畅销书是伪造不出来的——况且是《红楼梦》这种完全不愁买家的顶级畅销书。这让我联想到20世纪七八十年代,许多武侠小说封面上赫然印着"射雕英雄后传""射雕英雄前传""射雕英雄续传"……而作者也不马虎,多是"金庸巨""金庸新"——"金庸巨著""金庸新著"与"金庸著"又有谁去区分呢?反正我们在书摊上,宁可旷课也看得津津有味。

具体到多部文本混纂和混抄杂合的《红楼梦》,犹如一堆积木搭建起来的建筑物,出现了太多方凿圆枘的情节脱落现象。曹雪芹的天才文笔固然可以使得每一处细节都描绘精到,然而整体搭配上却并不协调,即便是前八十回,也有因榫卯不洽导致整座大厦摇晃的情况。我们对这座建筑物的补救措施,首先需要将积木之单元统统拆开来分析取舍,或者干脆重新加工。

近年来有关版本的研究,越来越指向《红楼梦》诸钞本均是杂合混抄的事实。这就意味着:唯有将诸本"捆绑"在一起的内容"松绑""解构",才能明晰曹书的形成过程。这就需要一把锋利的手术刀,对《红楼梦》进行彻底解构。我们这里运用的手术刀,名曰"奥卡姆剃刀"。

"奥卡姆剃刀"来自英国一位名叫威廉的人,他因为出生在英格兰的奥卡姆,因此被称为"奥卡姆的威廉"。威廉知识渊博,能言善辩,有"驳不倒的博士"之称。他的哲学主张堪称简洁:凡干扰具体存在的空洞的概念都是无用的累赘和废话,应当被无情地"剔除"。其核心思想概括起来就是八个字:"如无必要,勿增实体"。即能以较少的假定去解释的事,用较多的假定去解释是徒劳的。这就是所谓的"奥卡姆剃刀"。

针对《红楼梦》,我们提出了"奥卡姆剃刀"三原则。

"奥卡姆剃刀"第一原则:最美的就是最好的。语言文字的美学属性,是《红楼梦》的至高原则。凡是违背美学原则的文字段落,都要存疑,最好干脆删除(如号称薛宝钗所出的《竹夫人》谜语,修辞意境都粗鄙不堪，需要读者断然排斥警觉）。

《红楼梦》的美学属性，首先表现为书中人物在形式上的对称性，凡是不符合对称性原则的情节及人物，统统可以抛弃或修改。比如"金陵十二正钗"中的巧姐，压根就是一个吃奶的孩子，离及笄尚差距甚远，凭什么是"钗"？况且她在书中根本没有戏份（刘姥姥在贾府没落后的戏份，自成体系，并不需要巧姐来引带），也根本不存在对称映像。可以把巧姐换成香菱，因为香菱是唯一一位贯穿甄家"小荣枯"与贾家"大荣枯"的极重要角色。这样"十二正钗"的最新排序名单就出来了：

① 林黛玉　　② 薛宝钗
③ 贾元春　　④ 贾探春
⑤ 王熙凤　　⑥ 史湘云
⑦ 香菱　　　⑧ 妙玉
⑨ 贾迎春　　⑩ 贾惜春
⑪ 秦可卿　　⑫ 李纨

上述名单，恰好既左右对称——排在奇数的六位皆死、排在偶数的六位皆活；又上下对称——曾经得到过和尚点化的总共有黛玉、宝钗、香菱、妙玉四人，分别引领其后的四钗。

这样一来，多么符合《红楼梦》"无处不对称"的美学原则！

把对偶的修辞手法用在人物刻画上面是曹雪芹的妙笔精髓。通过人物之间的对比对称来凸显人物性格，能够起到事半功倍的作用，使之形象加倍生动鲜活，令人过目难忘。

其实，王熙凤应该排在正册第三位更合理，因为王熙凤才是串联贾府内所有活动的中枢人物，原著中将她排在第九位，无论如何都太靠后了。

再如第二十七回，薛宝钗在滴翠亭听到亭中人物对话后的一段心理描写："怪道从古至今那些奸淫狗盗的人，心机都不错……"这一段很容易引起歧义，并且文辞不雅，与宝钗"山中高士"身份不符，完全可以将这段情节删除。

"奥卡姆剃刀"第二原则：凡是与"木石前盟""金玉良姻""金陵十二正钗"这三大主线无关的情节及人物，都是对故事主体的遮蔽扭曲，都可以消减甚或去掉。

如甄宝玉、薛宝琴的故事情节，完全可以嫁接到其他人身上，没必要保留他们的戏份（这两个人物在书中拿掉最好）。正如陈独秀指出的："我尝以为如有名手将《石头记》琐屑的故事尽量删削，单留下善写人情的部分，可以算中国近代语的文学作品中代表著作。"其他如贾瑞、尤二姐、尤三姐等，本来就是早期小说《风月宝鉴》里的人物，全部拿掉丝毫不会影响《红楼梦》的艺术性与思想性。

据有心人统计，曹雪芹在《红楼梦》中共刻画了九百七十五个人物，其中有姓有名居然多达七百三十二个（这是目前见到的最多统计数字，倒也没必要深究其依据）。但是问题恰恰出在这里：主人公被淹没在众多枝节人物的汪洋大海中；小说叙事缓慢，结构是共时性的而非历时性的。这就造成前八十回每个章回的故事，给读者的感觉是碎片化的，完全不像一个构思完整的长篇，而且有些篇幅巨长的章回（如尤二姐、尤三姐的故事），居然与正面主题几乎毫无关联。李渔的《闲情偶寄》早就指出：结构有关戏剧整体的艺术生命，所以在各种艺术因素中也应置于首位。他特别强调情节安排上一定要"减头绪"，因为"头绪繁多，传奇之大病也"——即鲜明突出的主线应该是连成一气的，绝不能有断续痕迹。如果头绪杂乱，必然断痕无数、血气中阻。

更严重的是，当某一情节无法完整演进下去时，曹雪芹就会让一个新人物突兀登场，这些新人物初看很惊艳，但却导致故事越来越难以形成闭环，以致许多情节都因为编不圆而形成烂尾现象。况且，这些数量众多的人物都是惊鸿一现，其命运结局直到故事结尾也没有交代清楚（甚或根本无篇章空间可供交代）。比如薛宝琴，来之时轰轰烈烈，为全场焦点，消失的时候又悄无声息，似乎是硬生生横插进书中一般。如此叙事结构下，读者看起来难免有些不知头绪、云山雾罩。

"奥卡姆剃刀"第三原则：凡是引起歧义的脂砚斋等人的批注，读者统统都可以无视，留给专业学者去争论即可。

比如"因麒麟伏白首双星"指哪两个人？"寒冬噎酸齑，雪夜围破毡"指的是宝玉出家前还是出家后？"甄宝玉送玉"送的究竟是人还是玉？因为这些批语，不排除就是上述各类早期流传本的批语——连流传本都不能确定是曹雪芹的亲笔，更不能确定是曹雪芹的最终稿，指望根据批语来探佚结尾终局，就更隔了一层。至于有些细节的索隐式拉扯，除了让初读者或圈外人士瞠乎于文本复杂纷纭外，只能制造更大的歧义。

我们在此为什么敢于"连挥三剪"，下此狠手？其实原因再简单不过（在本书序言中已经交代过）：《红楼梦》说到底是一本小说，小说说到底是语言的艺术，而汉语言艺术的最高形式说到底是诗。曹雪芹在《红楼梦》前八十回中总共作了三十七首七律，然而目前传世的后四十回中，居然无一首七律！仅凭此点就足以说明：无论是谁续补了后半部分，他都未敢尝试哪怕一首号称"诗中之王者"的七律。因为一涉及诗词，尤其是七律造诣，其文学水平立即高下判然。

汉语言遵循"以简驭繁"简洁法则——汉字是全息的思维载体，用最精炼的文字，表达出最复杂、最准确、最深刻、最博大的思想，这是中国文学独一无二的优势。须知最简洁的才是最美的：一首七律仅仅五十六个字，却能表达出丰富的思想，从《诗经》时代经过两千年的文字锤炼，七律站在了中国古典文学的最高峰，可以说，七律就是汉语诗词最高水平的美学呈现。所以，我们就自然而然找到了辨别续书真假的一把锋利剃刀：凡是文中没有七律或七律比例极低、水平远达不到前部书水平的，统统都不是曹雪芹主笔。

曹雪芹志在以极致的文学审美来揭示悲剧的诞生，因为对至美文本的建构及其解构本身，就是独属于中国文学的"过程悲剧"或"程序悲剧"——所以《红楼梦》通篇都贯彻着汉语言文字营造出的至高美学境界。但我们在解读《红楼梦》时，最忌讳沉迷于秾腻的脂粉气、缠绵的才子气、卖弄的文人气，这些肤浅庸俗的所谓浪漫气息，充斥在某些红学家婆婆妈妈、磨磨叽叽、腻腻歪歪、絮絮叨叨的口水中，端的是"屈死曹雪芹"！

一部小说的综合水平，主要体现在知识性、艺术性、故事性、思想性四个方面。我们绝对不可能再拥有比肩曹雪芹的知识性及艺术性，但是我们可以在故事性与思想性上，让《红楼梦》更加完美。

在此我们可以部分借鉴结构主义的文本解读方法：这是一种以文本结构分析为核心的理论和方法体系，即在拥有一个整体观的基础上，把人物、事件等作品要素拆成零件，寻找作者设置的每个细节之间的隐秘联系，进而拼接出一个线索多端而主线贯通的完整故事。这个方法类似悬疑电影的解构，所有细节的设置都指向一个隐藏的事件密码，然后重新排列组合以保证全书的"有机整体性"。

或者可以采用一个日本围棋术语"手割"，来说明这种独特的解读方法——"手割"就是采取倒推的方法，以便更好地发现之前行棋中的漏着、失着，尤其有利于对局部得失及行棋效率做出一目了然的判断。我们要做的是把前半部书中的"毛刺"尽量都找出来，并在保留其精华的前提下，对文本进行查漏补缺，重新谋篇布局，而不是用索隐的思维去捕风捉影，割裂文本。

通过"手割"方式，我们就可以重新修改《飞鸟各投林》。这是《红楼梦》总收尾的曲子，对应的分明是十二正钗的命运，不少红学家认为它还指代了包括贾赦、贾雨村等故事主要人物，明显是误读错解。俞平伯、周汝昌先生倒是认定每句话都指向十二正钗，但是各句对应的人物却有不同的解读。专业的红学家尚且如此，普通读者难免更见歧义。我们既然敲定了上述十二正钗的名单，那么自然可以"手割"出《飞鸟各投林》的修改版：

> 封侯的，子孙凋零；（湘云）
>
> 守业的，家财败尽。（宝钗）
>
> 无运的，早堕芳尘；（香菱）
>
> 无忌的，难逃报应。（凤姐）
>
> 欠命的，命已还；（迎春）
>
> 欠泪的，泪已尽。（黛玉）
>
> 冤冤相报实非轻，（妙玉）
>
> 分离聚合皆前定。（探春）
>
> 欲知荣枯问前生，（元春）
>
> 老来富贵也真侥幸。（李纨）
>
> 看破的，遁入空门；（惜春）
>
> 痴迷的，枉送了性命。（秦可卿）
>
> 好一似食尽鸟投林，
>
> 落了片白茫茫大地真干净！

这么一修改，不但不会伤害原著的思想性及艺术性，反而使读者对主要正钗的命运有了更为清晰的印象，否则就会围绕诸如此类琐碎的细节聚讼不已，以至于影响了整部书的阅读体验。难怪才女苏雪林对《红楼梦》几乎持全盘否定的态度："现在我要明告读者，原本红楼梦（指脂评本）文笔之恶劣……全书遣词造句，拖泥带水，粘皮搭骨，很少有几句话说得干净利落的。"苏雪林的古典文学修养并不低，她在十七岁便用文言体写出了第一篇小说。她的批评指责或许显得偏激过度，但是确实有助于我们反思如何提高原著的品鉴维度。

按照"奥卡姆剃刀"原则，再加上"手割"的思维方式，只需四十八回，就可以让《红楼梦》完璧。其实四十回就足够，我们之所以用了四十八回，是为了向清代传奇女子吴兰徵致敬。

吴兰徵是清代稀有的女诗人、戏曲作家。她是清代红楼戏中唯一一位署名的女作家，由她改编的《绛蘅秋》内容与众不同，对很多角色进行了再创作，戏本里有很多原著没有的情节。吴兰徵之所以创作《绛蘅秋》，是出于对当时"红楼戏"的不满意。原计划做出四十八折，并已编排好全部回目：

上卷二十四出："情原""望姻""护玉""哭祠""珠联""幻现""巧缘""设局""省亲""娇箴""悲谶""词警""醉侠""湿帕""魔魇""埋香""情妒""金尽""秋社""村游""兰音""醋屈""呆调""钗淑"；

下卷二十四出："试玉""慰颦""情冷""花诔""悞狼""塾警""梦痴""演恒""林殉""寄吟""玩珠""失玉""仆投""钗归""珠沉""瑛吊""藉府""祈天""蘅度""湘怜""余悲""缘悟""府庆""天圆"。

但吴兰徵只完成二十六出，三十一岁时即不幸病逝。其夫俞用济为完成其遗志而续写，但"岂意红笺犹湿、碧落云遥；离恨天中、相思地下，古今人若出一辙，命也如何？思于《珠沉》之下，续成是书以问世，得《瑛吊》数折，字字泪痕，遂搁笔不能复作"。目前仅存二十八出。

吴兰徵的诗词曲（包括七律）造诣极高，以至于令当时的诗坛领袖袁枚折服俯首。袁枚有如下评论："遍阅诸作，骨重神清……尤不可攀者，其一种浑厚古郁之气磅礴其间，性情极微、光焰极大。良以气厚格高，意切思远，遂使洗尽脂粉，虽识者几莫辨为璇闺制此，直得众香国上乘法也！""论古有识，立意极高，更具一种雄浑博大之气磅礴其间。至言情之作亦复刚健婀娜，幽娴静穆，置之词坛，直高树一帜，闺阁得之，盖吾见亦罕矣！""尤妙在无一点香奁气，直是平澹中见绚烂、古拙中呈妩媚，才之雄、才之大、才之清且幽，不谓闺阁中具如许一副本领也！"

我们在此仅选两首吴兰徵的七律以供欣赏：

《阅红楼梦》

明识稗官为哄侬，关情不禁涕沾胸。
故园才说花生笔，冷月旋残镜里容。
纵使空门全玉璧，如何秋雨断芙蓉？
劝他都化衡阳雁，世世重来十二峰。

《咏薛宝钗》

幽怀雅度拟男儿，若许相思未上眉。
艳质竟忘春去尽，诗魂不瘦月明时。
洗完脂粉含英气，开到牡丹绝艳姿。
桃柳冰霜人共仰，女中苏李信如之。

我们暂时构想的四十八回简略本，如果按人物或关键道具演绎的线索，可以主要由如下回目构成：

"顽石""灵石""化石"

"挂号""销号""封号"

"摔玉""濯玉""还玉"

"争春""伤春""祭春"

"斗诗""埋诗""刻诗"

"题帕""寻帕""怀帕"

"湘灵""涉湘""湘君"

"扶灵""移灵""守灵"

如果按主要故事情节发展的线索，可以主要由如下回目构成：

"前盟""化玉""演曲"

"进府""读厢""省亲"

"结社""葬花""兰契"

"联诗""庆生""埋稿"

"沉溪""归葬""悼颦"

"厦倾""石归""出家"

"击柝""涉湘""刻诗"

"共穴""开藏""成书"

如上四十八回，就可以使《石头记》形成完整的逻辑闭环——张爱玲等或可无恨乎？

目前程高本《红楼梦》后四十回也有"还玉"的情节，但是我们这里的"还玉"与续书所述截然不同——对于贾宝玉来说，断然拒绝一僧一道的召唤，"玉还人不还"，是对这个石头世界的最后一搏，是对自己"石化"的终极反抗。留在此岸的宝玉，要么变成自己曾经厌恶的油腻禄蠹，要么归来仍是少年。

  此刻的宝玉站在黛玉的坟旁极目望去，浑浊的眸子已无法看清楚白杨林外的那垄摇曳黄花。眼前浮现的，倒貌似两个小孩在招手：一个是拿着柚子的巧姐，一个是拿着佛手的板儿……

《宝玉失忆》：为了诗化的石化

《宝玉失忆》

曾忆仙醪醉客浓，少年痴气意憧憧。
红楼演曲昭三世，白石镌诗凿半峰。
扶病无劳招鹤返，宕灵焉肯与君逢？
寺溪恍似芳溪路，亭渡寻来第几重？

曾忆仙醪醉客浓

仙醪：指太虚幻境的"万艳同杯"酒。

警幻劝诫宝玉时，醉以灵酒，沁以仙茗，警以妙曲，训以云雨，皆不能让宝玉幡然醒悟。

宝玉置身的太虚幻境，乃另一种形式的"风月宝鉴"，虽不是两面照人的镜子，其"戒妄动风月之情"的功效却是相同的。警幻希望宝玉在此番经历后能够自醒：欲要勘破情关，须得揽镜自鉴。

不知宝玉何时才能屏蔽仙醪的诱惑？这让我们联想到一幅对比强烈

的画面：晴雯临死之前，面对散发着油膻之气的茶碗，并无清香且无茶味的绛红的茶，"只见晴雯如得了甘露一般，一气都灌下去了"。脂砚斋此处有一句批语："不独为晴雯一哭，且为宝玉一哭亦可。"

当宝玉的福报享尽后，他能否以苦茶为甘露，酿出生命的流霞？

少年痴气意憧憧

憧憧：形容憨愚无知貌。

通灵宝玉是补天遗石的幻化之身，本为无喜无悲之物，下界后却被"粉渍脂痕"所污染，被"声色货利"所迷惑，进而失去了"宝光"，实际喻指的是通灵宝玉入世之后生出的种种情绪与欲望，也喻指蒙蔽了真灵的贾宝玉会变得痴痴憧憧。

贾宝玉究竟是什么？他是一块美玉，也是一块石头；是天上的神瑛侍者，也是人间的怡红公子；是补天之材，也是泥猪癞狗——当读者在问这一列问题时，少年宝玉一直活在被别人赋予的角色里，哪怕故事的情节充满荒诞、结局悲惨无比，他对此仍一无所知（当然，更大的可能是假装不知道）。

红楼演曲昭三世

《红楼梦》开篇，即通过甄士隐、贾宝玉所做的一系列诡谲的梦境来先验性地暗示人物的宿命结局。尤其是宝玉在太虚幻境中所经历的事，包括看到的那些人物档案，分明就是在他未来人生里都会经历、发生的那些事件。《红楼梦》的悲剧意义就在于：你明明知道每个人的命运结局，却无力回天。从文艺鉴赏角度看，这种"倒置"式的叙述视角不仅推动着情节的发展，也使读者置身于一种扑朔迷离的作品时空里。

无材补天的石头被遗忘在青埂峰峰下，他要下去的红尘，既是天堂，又是地狱；既是乐园，也是深渊。作为旁观者的我们看到了"红楼一梦"的悲剧结局，宝玉也看到了众女儿的悲剧结局，但故事内外的人似乎都有同样的无力感。

白石镌诗凿半峰

在曹雪芹的巧妙构思下，贾宝玉一降世就将面临一个哲学悖论："天裂"之后的世界，越来越"石化"，然而支撑"天"的石头却被遗弃；欲以情补天，但天本无情。此情景正如庚辰本第二十一回回前诗所言："自执金矛又执戈，自相戕戮自张罗。茜纱公子情无限，脂砚先生恨几多。是幻是真空历遍，闲风闲月枉吟哦。情机转得情天破，情不情兮奈我何？"

不愿意长大的宝玉，终究将被迫去思考人生的终极问题。悟着情，悟着世，悟着别离，悟着死亡——那块玉呢？失去了通灵玉的我如今还是宝玉吗？

伴随着宝玉的困惑，读者似乎也迷失在虚拟与现实之间：如果那三十三重天之高的赤瑕宫便是宝玉的归宿，这红尘中又怎会有这部白石凿成的《红楼梦》呢？

扶病无劳招鹤返

扶病：带病，抱病，支撑病体，亦指带病工作或行动。第十七回贾宝玉解释西府海棠得名"女儿棠"的由来时曾言："以此花之色红晕若施脂，轻弱似扶病（脂批："十字若海棠有知，必深深谢之"），大近乎闺阁风度，所以以'女儿'命名。"

如果说林黛玉是《红楼梦》中的"头号病人"，那贾宝玉便堪称"二号病人"。黛玉因为多病，被贾府下人悄悄唤作"多病西施"（第六十五回）；宝玉因为经常发病，贾府中人也曾道"宝玉之病亦非罕事"

(第五十七回)。

当然,"病"的语义有轻重之分,有时指生理上或精神上的疾病,有时则泛指一种毛病或习气。"癫狂病""昏愦病"属于前者,"呆病""痴病"属于后者。宝玉则兼而有之。

晚年的宝玉已经病到失语失忆,所以贾雨村所见智通寺煮粥的老僧才"既聋且昏,齿落舌钝,所答非所问"。

在宝玉身上,体现出中国哲学"病患之蚌—疗救之鹤"意象的巨大张力。与之相关的"石玉二性",也隐喻着他同时具备两种精神人格,但最终他超越了顽石的一面,将自己雕琢成了美玉。

此联指宝玉虽然为病痛折磨,但至死没祈求回归仙界。

宕灵焉肯与君逢

此岸的宝玉出家后不愿意偷生尸位,也不愿意返回上界寄居仙位。因为他已经不再是面如中秋之月的少年,他不想让黛玉看到自己衰老不堪的模样。

宝玉的拒绝彼岸,可能缘于他的一段"童年伤害"——那是梦游太虚的境时留下的几许对黑溪迷津的恐怖记忆(被夜叉海鬼拖拽而吓醒)。上升天界的魂灵必须格式化成为"等同木石",只有这样一个无情无灵的存在,才能加入"太上忘情"的神仙班列。然而,他又怎么可以忘记对黛玉的此岸记忆?

那一干凡心偶炽的冤孽们又有怎样的境遇?会不会也已经"记忆清零"复还本质?

寺溪恍似芳溪路

寺溪:指智通寺旁的小溪。

智通寺对贾宝玉，恰似蓼儿洼对宋公明。按《水浒传》所写：宋江晚年滞留楚州，原来楚州南门外有个去处，地名唤作"蓼儿洼"。其山四面都是水港，中有高山一座。其山秀丽，松柏森然，甚有风水，和梁山泊无异。

但宋江最终是带着无尽的懊悔惨死在蓼儿洼，贾宝玉此刻却下意识想回到曾经的大观园。

曾经与贾宝玉如影随形的那块通灵宝玉，酷似具备"第三者视角"者，它遍觑筵开之前、独照散场之后。这只眼睛几乎可以等同于"上帝之眼"，以俯瞰的姿态全方位无死角地记录这红楼大梦。可惜，随着通灵宝玉的离去，宝玉就像丢失一切记录数据的无用硬盘，并且连自己的思维也开始变得混沌痴呆……

亭渡寻来第几重

亭渡：指大观园的沁芳亭及沁芳桥。

不知业已失忆的宝玉内心是否还有悲喜？当他被骀荡的春风唤醒，费力地推门扶杖走向小溪，但寻寻觅觅却无论如何找不到通向潇湘馆的沁芳桥。抬眼望去，是尚余半峰的黛山荒崖……

综　述

天裂、天倾、问天、补天，这是《红楼梦》思想主旨不同于其他任何古代小说的"不共特质"，抛开这一特质去解读《红楼梦》，只能是隔靴搔痒或南辕北辙。

自从大观园女儿离散尤其是黛玉自沉后，宝玉就已经不再是少年。他目睹了那么多花季少女的眼睛，从横波目到流泪泉，终至干枯的深井,令他再不敢睁眼看这个世界。

为什么偏偏要相信世界上应有某种痴情的东西,相信一切皆空不是更好?与世界的恐怖、颠倒、无情、荒唐一起"石化"有什么不可以?

宝玉要成为"新人",需要抵抗的诱惑恰恰不在此岸,而在彼岸。因为此岸的"潇湘世界"太难建构,彼岸的"桃源仙境"却是本自现成。

如今,在劫难深渊中拒绝解脱的宝玉已经功德圆满,苍老病痛的他反而赢得了新的生命,正如陀思妥耶夫斯基在《群魔》中所言:"谁能把生死置之度外,他就会成为新人。谁能战胜痛苦和恐惧,他自己就能成为上帝。"

曹雪芹指向的是石头的世界,陀思妥耶夫斯基指向的是群魔的世界;前者以"诗化"对抗"石化",后者以"新人"对抗"群魔"。故陀思妥耶夫斯基在《群魔》里还做了如下宣示:"没有上帝,但神是有的,上帝就是因怕死而引起的疼痛。谁能战胜疼痛与恐惧,谁就将成为神,那时候就会出现新生活,那时候就会出现新人,一切都是新的。"

《白痴》之后,陀思妥耶夫斯基在哲理小说《一个荒唐人的梦》中描绘一位因不堪承负现世荒唐的青年人决定自杀,这位青年的精神气质居然与贾宝玉极其相像:"也许是七岁的时候,我就已经知道自己是个荒唐的人了。"荒唐的他对一切都无所谓,世界是真的存在,还是空无一物,无关紧要:"当我成长为青年后,虽然对自己很坏的品性一年比一年有更深的认识,但不知为什么心情却反而变得平静多了……这就使我萌发了一种信念:世界上到处都是无所谓。世界的有无,对于我来说都无所谓。我开始感到并且真正地感到,我身边空无一物。起初,我总以为,许多东西过去是有的,但是后来我才悟出来,过去也是一无所有。"

无法容忍"更向荒唐演大荒"的青年决定自杀以对抗这个荒唐的世

界，但就在那个他准备自杀的寒冷雨夜里，一位八岁光景的女孩子拉住他的衣袖，恳求他去看一眼自己病得快死的母亲。这位青年猝然被置于这样的问题面前：既然已经决心离弃这个荒唐的现世，世界中的一切救赎就应该是无谓之事——哀告的女孩子与我有什么关系？既然我的灵魂已经有了归宿，不幸的眼泪与我有何相干？我有自己的解脱和归宿，这个世界中的不幸与我有何相干？

青年摆脱了女孩，回家躺在床上，他居然做了一个大梦——这个梦简直就是贾宝玉倘若跟随一僧一道上界太虚幻境销号后，重回赤瑕宫做回神瑛侍者的翻版。

"我好像毫无感觉地霎时间就来到了另一个地球上，一个晴天丽日下的人间天堂。啊，一切的一切都完全像我们地球上一样，可就是这儿似乎到处是一派节日的气氛，洋溢着伟大、圣洁、最后胜利的欢乐。温柔、碧绿的大海轻轻地拍打着堤岸，环抱着毫不掩饰地几乎是属意专一的爱恋亲吻着海岸。树木参天，娟秀葱茏，片片绿叶轻柔、亲昵地沙沙响，我感觉它们像是在诉说情话迎接我的到来。茂密的野草开满鲜花，馨香四溢。一群群的鸟儿在天空中飞过，毫不畏惧地落在我的肩上、手上，抖动着可爱的小翅膀，喜滋滋地拍打我。我终于见到和认识了这片乐土上的人们。他们主动地走过来，拥着我，亲吻我。他们是太阳的儿女，自己那个太阳的儿女。啊，他们长得多么俊美！在我们地球上，我从来没有见过人有这么美。也许只有在我们的孩子身上，在他们的孩提时代，才能找到这种美的久远的虽然是模糊的痕迹。这些幸福的人们眼睛放射着明亮的光芒，他们的脸上闪现着智慧的光彩和泰然自若的神色，而人人都满面春风；他们的话语和声音充溢着天真烂漫的愉悦。啊，扫视他们一眼，一切一切我马上就一目了然！这是没有被恶行玷污的一方净土，生息在它上面的是一些清清白白的人，他们生活在这天堂里，据祖辈相传，这也是我们获罪的先人曾经居住过的地方，所不同的只是这儿处处是天堂。"

进一步是天堂，退一步是深渊，贾宝玉所面对的上界派来的仙鹤，是多么真真切切的现实诱惑！

然而，在那位荒唐人的梦醒之后，小说结局的最后一句却是："我一定要找到那个小女孩……我这就去！就去！"

陀思妥耶夫斯基一再强调"必须像爱自己一样去爱别人，这才是要害，这才是关键"。世界是荒唐的，同时又是不可离弃的，爱只能在这个世界里显现。所谓得救，并不是乞求一个来世的天国，而是与深挚的爱心一同在世界中受苦。

陀思妥耶夫斯基以至爱的毁灭来昭示悲剧的意义，曹雪芹以至美的毁灭来昭示悲剧的意义。

贾宝玉天生的偏僻乖张、荒唐本性，其实就是曹雪芹赋予他笔下"新人"的信仰元点——这个信仰元点就是对世界荒唐的绝不顺从、对世界石化的绝不认可、对仙界拯救的绝不接受，甚至宁可"石化"也要表达对这个石头世界的否定。

荒唐的不是这位"新人"的"无才补天"，而是读者对仙界一厢情愿的幻想，这种庸常的解读倒是有可能使得曹雪芹的"新人"重新变为石头。

那位荒唐青年的返身动机，来源于与那位八岁小女孩偶然的遭遇，然而贾宝玉的返身动机，却是因为承受了黛玉太多的血与泪！

在此我们需要仔细剖析一下宝玉的动机来源。既然林黛玉并没有前世记忆（绛珠仙子是投胎而不是夹带），那么她与宝玉的"尘界缘起"，起主导作用的就不是"前世之恩"而是"今世之诗"——"诗"是他们共同构建的曼陀罗的材料与基石。也可以说，正是黛玉的"诗性存在"，才激活了宝玉的"玉性存在"。

所以某种意义上，黛玉不单是一位诗人，更是"诗人哲学家"；《红楼梦》也不单是一个文学文本，更是诗化哲学文本。

诗人哲学家是指那些既有诗人的审美又有哲学家的灵思的人，中国的老子和庄子，西方的帕斯卡尔和尼采都是这一群体的代表人物。

无论是尼采还是曹雪芹，都把哲学、文学表述视为生命存在本身，换句话说，都是通过审美的、感性的语言描述自身的终极之思。尼采有足够的力量建构宏大的哲学体系，然而除了《悲剧的诞生》具有传统哲学讲述的形态之外，他的其他著作都没有使用传统的逻辑论证的哲学方式。他显然是害怕自己活泼的喷射式的丰富思想被束缚在封闭的逻辑符号系统之中，因此，他宁可用随想录等接近文学的方式来表达他的哲学思索。曹雪芹更是将语言本身作为"诗的言说"，两位天才的"诗哲"身份，使得他们的思想都没有表现为僵硬死板的经院哲学体系，而是充满生命活力、充满生命真气的哲学。

文学只有叩问"如何活"和"为什么活"这类哲学基本问题，才能激发想象力，才能使文学叙述具备超越视角。文学作品高明与否的重要标准之一就是作品中体现的哲学思考水平，在这一理论高标下，《红楼梦》作为中国最优秀的古典长篇小说的历史地位再次彰显。

《红楼梦》其实就是一部在小说的外形下呈现的"史诗"或"诗史"。其情节演绎有细密写实的一面，也有宏大写意的一面。《红楼梦》不仅"会讲故事"，而且也特别善于营造"故事以外的东西"，即小说的诗意。曹雪芹天才地贯通了诗歌的形象思维和哲学的抽象思维，淋漓尽致地体现出诗人哲学家的思维特征。

然而令人惋惜的是，中国的文学思想界（尤其是小说界）并没有继承发扬好汉语这一无与伦比的优势。现当代作家在西方文学的冲击下沉迷于复杂细碎的叙事手段，所带来的结果就是以语言审美为中心的传统小说观念慢慢瓦解，而以叙事技巧为中心的现代小说观念逐渐确立。

汉语的一字、一词、一句都是诗的呈现。《红楼梦》作为中国最伟大的诗化小说，其中的语言美学不是感性的技巧乱炖，还有着高度自觉的理性思辨。支撑曹雪芹出神入化文学技巧的，不只是感性，还有知性、理性和灵性，所以《红楼梦》才具有永恒魅力的诗学、美学、哲学价值。

曹雪芹的"灵窍"，在于其诗心；续书者能否感应到这种诗心，决定了下笔时有无灵气。一部长篇小说巨著，有无诗心作为深层意象结构，直接意味着作者有无灵魂。随着信息化、自媒体时代的到来，纯文学已经越来越失魂落魄，然而，只要诗灵不死，终有作品会找回独属于中国人的文心。

倘若不能领会曹雪芹的"文心诗灵"，将《红楼梦》漫无边际地拔高或肆无忌惮地解读，实则是对作者的失礼、是对作品的不尊重。因为在种种脱离文本的"猜谜游戏"中，作者凝结在字里行间的才华和匠心被有意无意地扭曲和忽视了。

如果曹雪芹在天有灵，看到自己的"一把辛酸泪"被糟蹋成这个样子，他恐怕要流下更多的辛酸泪，会后悔当初不该写这本书——此景看似荒唐，却是眼前活生生的历史现实。

贾宝玉身后的荒唐世界，与曹雪芹面对的荒唐世界虽然大不相同，但是存在一个共同点：那就是他们所处世界的"文心诗灵"越来越退位缺席不在场。出家后的宝玉有何权能将生命中的花、石、玉、泪、诗、血全部放空？白茫茫大地上，曹雪芹笔下的"新人"如果甩脱一僧一道，又将如何找准自己的方向？

如果这个世界不能"诗化"，那就宁可"石化"为一块巨石，去撞击它以重开鸿蒙！这就是曹雪芹笔下"新人"的终极选择。开辟后的鸿蒙世界仍是渺渺茫茫混沌一片，贾宝玉正努力从通灵宝玉造成的"人物一体"襁褓中挣脱出来，他要拥有属于自己的独立主体。

看那！那个人！他最后不是走向大荒，而是返身深渊；不是佛化，而是石化；不是宗教性解脱，而是审美性超越。这一切都因为他对黛玉的花魂诗灵已经上升到终极的信仰，即超越世间一切逻辑理性法则的"情极之痴"。

玉是下界之石，石是尘外之玉。补天顽石跟随神瑛侍者受享过人间福报，也历尽了世间沧桑。只是前者归彼大荒，后者续演荒唐；前者虽如愿而未如愿，后者未圆满而自圆满。

泪以濯玉，诗以琢石——石和玉、木与石的前世今生，有着怎样的牵连、怎样的宿命和怎样的终局？

这些问题的答案，读者已经无法去直问宝玉，因为越发"石化"的他正踽踽徘徊于智通寺外的小溪，完全失忆……

《宝玉自埋》：贾宝玉如何才能"功德圆满"？

《宝玉自埋》

临崖挥手半峰青，绛梦深封不必醒。

泪濯诗芽齐若木，珠沉弱水化湘灵。

采芹畸叟痴镌石，倚榻维摩病说经。

无可奈何天上册，但凭铁笔记贞铭！

临崖挥手半峰青

如果以世俗的眼光来评判，贾宝玉的出家，标志着他这一生是全然的失败，所以他在此岸世界可以说全无功德。然而，他在出家后的惊天逆袭，不但堪称功德圆满，也是"红楼一梦"的希望所在。

在我们的重新阐释下，宝玉没有选择"悬崖撒手"，而是做到了"临崖挥手"。对此结局，不知曹雪芹会不会欣慰首肯？

此句诗中，为何只有"半峰青"？盖另一半山峰已被宝玉凿破用来刻诗耳！

绛梦深封不必醒

周汝昌先生在《红楼梦的真故事》中，有代贾宝玉拟联："梦永须醒醒续梦，诗深见史史笺诗。"湘云阅后笑道："也还难为你。只是市井人只知'醒'字念上声像省亲的'省'，而不知诗词里总是平声念'星'的，便读不顺了。"宝玉答道："我们如何管得那些不通之人！但你可看出这联里'须''续'与'见''笺'各有音声之妙？"湘云听了再看时，方点头笑道："妙极！这回服了你。等会儿多敬你一杯！"宝玉十分得意，连忙张罗打糨糊，就贴起来。

其实，"醒"在读第三声时，在平水韵中属于"二十五径"，并非总是平声。我们在这里之所以细究这些枝蔓问题，只是想强调一个观点："黛玉之后，写诗是可耻的。"舞文弄墨者更不应该以高高在上的方式去嘲讽"那些不通之人"。所以这句诗特意以"醒"字来做韵脚。

此句指宝玉刻诗完成后，将自己连同石册都封存于绛洞内，从此不必醒来矣！他终于同黛玉的诗魂同穴而葬了。

泪濯诗芽齐若木

若木：古代神话中通天彻地的神树。

曹雪芹认为"灵秀之气"乃女性之特长，以"诗情"为生命导向的灵秀女儿在天道沦落的时代，尤其稀有珍贵。这一观点其来有自。如南宋著名学者谢希孟就曾宣言天下"英灵之气，不钟于世之男子，而钟于妇人"。明代文士钟惺，不仅编辑了三十六卷《名媛诗归》，还在序言中极力推崇女性诗歌："若夫古今名媛，则发乎情，根乎性，未尝拟作，亦不知派……惟清故也。清则存慧……男子之巧，洵不及妇人矣！"

当宝玉心存"凡山川日月之精秀，只钟于女儿，须眉男子不过是些渣滓浊沫而已"时，他并非仅仅在表达一种情绪化的愤怒，而是对灵秀之气被泥淖现实遮蔽的深深惋惜与痛愤。尤其是他见到香菱刻苦学诗的一幕，就不由得发出真心赞叹："这正是'地灵人杰'，老天生人再不虚赋情性的。"

林黛玉是《红楼梦》中"以泪茁诗"的独特存在。如前所述，黛玉之灵，既是花魂，亦是诗魂。据有心人统计，《红楼梦》中黛玉一共写了二十五首诗词，包含四言、五律、七绝、七律、歌行、五排、集句和词等，可谓"文体俱备"。读其诗则如潮如涛，久久回响。这或许正是鲁迅先生所云"于无声中听惊雷"的境界吧。以诗为命的黛玉，在多病的身躯里面，慢慢流干一生的泪水——黛玉之泪虽然无声，却如清泉涤荡着黑云天幕，冲刷着遍布石头世界的巉岩险阻。

黛玉自沉，并非是破茧为蝶，更像是死去的腐草茁壮了诗芽。

此句还兼指宝玉的眼泪。诗芽成长为参天若木，还需要将根穿过岩石，深深向下扎，并且芟清周边的杂草，否则只能再次被野草吞没。曾经的宝玉虽有高洁的灵魂，却不够强大，倒是跟梅什金公爵一样，柔弱而无能。然而，宝玉最终选择了那份不可磨灭的坚守，正是这份"情极之毒"的固执，让白雪大地上酝酿着花开的希望。

珠沉弱水化湘灵

将《红楼梦》的女主塑造成一个只会为爱情流泪的才情女儿，绝非曹公目的。曹雪芹一直紧握问天之笔，梦想着用一生的心血炼就一颗补天的五色巨石。因此黛玉也同样拿起反抗之诗笔，写下一行行不屈的泪文。"天尽头，何处有香丘？"曹雪芹在小说中将黛玉个体生命的死亡，上升到哲学的高度进行审视，不停地叩问和推求。而如黛玉般诗灵的消逝归零，正是曹雪芹"怀金悼玉"之悲歌主题，这才是红楼悲剧真正的内涵意蕴。

体弱多病的黛玉，身上似乎存在着"绵绵若存，用之不勤"的伟大力量，她抗争到了最后一刻，就这样义无反顾地一去不回。以至弱的生存方式展示了至强的生命历程。

黛玉如洌泉浅溪，透彻澄明，灵动宛转，正是如"水"女儿中的极品。如今她珠沉水底，免于深陷泥淖，只待流湍冲刷，化作水面上运行的湘灵，随风而起，继续护佑着宝玉在石头上刻下曾经的记忆。

曾经的宝玉不懂得为何"女孩儿未出嫁，是颗无价之宝珠；出了嫁，不知怎么就变出许多不好的毛病来，虽是颗珠子，却没有光彩宝色，是颗死珠了；再老了，更变的不是珠子，竟是死鱼眼睛了"。他将这一切的罪业归责于包括自己在内的须眉浊物："怎么这些人只一嫁了汉子，染了男人的气味，就这样混帐起来，比男人更可杀了！"

如今宝珠已沉，诗灵业已干涸气沮的浊物宝玉，倘能"弱水三千只取一瓢饮"，那便是生命的流霞了。

采芹畸叟痴镌石

在"大观园试才题对额"一回，有"新涨绿添浣葛处，好云香护采芹人"的楹联。据说穷困潦倒的曹雪芹，也曾采摘野芹菜充饥或制成药物送给穷人们服用。

畸叟：指老年贾宝玉。

《红楼梦》不仅塑造了一系列才貌出众、光彩照人的典型形象，还特意写了几位长相奇特、行为怪异的角色形象。比如多次出现的"跛足道人"和"癞头和尚"，还有第二回出现的那个"既聋且昏，齿落舌钝"的智通寺老僧等，都看起来外表丑陋、疯疯傻傻异于常人。曹雪芹明显是借鉴了《庄子》中多次出现的"畸人"形象来塑造笔下的特殊人物。《庄子》里的"畸人"，大多有着畸形残缺的外表，名字也非常怪异，比如《人间世》中的"支离疏",《知北游》中的"啮缺",《德充符》中的"叔山无趾""哀骀它""闉跂支离无脤""瓮㼜大瘿"等,呈现出缺齿、无趾或驼背、无唇等残缺怪异的形象。庄子刻意夸大这些人物的相貌丑陋、身体残缺、行为怪异,就是为了反衬他们都是形有所失而德性丰满、不合于世俗却合于天道的达者。

按照《红楼梦》前后两部分互相照应且"相反对称"的写作原则,贾宝玉的形象会在后半部书中发生截然翻转。他曾经的丰神俊朗、裙嬛围绕,也会变成畸病孤独无台可登。俞平伯先生在他的《〈红楼梦〉辨》中说:"顾颉刚以为甄士隐是贾宝玉底晚年影子,这层设想,我极相信"。

但是甄士隐最后是跟随道士隐遁了,并没有滞留在此岸,所以俞平伯后来又倾向于认为智通寺老僧更像贾宝玉的晚年影子。

马尔克斯《百年孤独》中有这样一句话:"生命中所有的灿烂,终将用寂寞来偿还。人生终将是一场单人旅行。"痴迷于镌诗的畸零老僧宝玉,有时会趁着天气晴朗出来采芹为蔬,如今的他是在寂寞中感到了悲哀和空虚,还是在孤独中感到了欢喜和丰盈?

倚榻维摩病说经

维摩:即维摩诘,意为净名、无垢,佛教中最著名的在家菩萨。在《维摩诘所说经》中,他采取了特异的说法手段,与众不同地"示有资生,而恒观无常,实无所贪;示有妻妾采女,而常远离五欲污泥"。该经最精彩的章节就是《文殊师利问疾品》。文殊菩萨问道:"居士是疾,何所因起?其生久如?当云何灭?"维摩诘言:"从痴有爱,则我病生;以一切众生病,是故我病;若一切众生得不病者,则我病灭……众生病则菩萨病,众生病愈,菩萨亦愈。又言是疾,何所因起?菩萨疾者,以大悲起。"维摩诘那种既不废世间生活，又对众生兼济施救，"即世而出世"的形象，成为中国文人士大夫心中的理想投射。

维摩诘是通过故意示疾以达成"病说经"的预期目的，曹雪芹却是不得不以"病蚌产珠"的方式写作《红楼梦》。某种意义上，可以说《红楼梦》就是曹雪芹的佛经。

《维摩经》还彰显了佛教"同体大悲"的思想，这是菩萨道精神的完美体现，即便是佛陀，也只有灭度无量、无数、无边众生之后，方能进入"无余涅槃"。

出家后的宝玉如果不深入劫难的深渊，就仍然不能摆脱无情和空虚的宿命。因为"没有魔界，就没有佛界"，只有进入劫波汹涌的"魔界"，才能渡过黑溪迷津，到达病愈的"佛界"。

无可奈何天上册

天上册：太虚幻境司命之警册。警幻后宫房内壁上所悬对联云："幽微灵秀地，无可奈何天。"

宝玉在故事末了肯定是做了和尚，但是翻开《红楼梦》看曹雪芹笔下的僧尼形象，似乎全都是负面的。但这些传统意义上的"佛门中人"和宝玉扯不上任何关系，他的出家是主动断掉自己的退路，在无可奈何之境向"无可奈何之天"发出绝望质问——为什么一本薄薄的册子就能决定一个人的命运？这一切真的无可奈何吗？

宝玉的每一次挥锥抡钎，都不啻是在向太虚幻境发出"天问"。或许，宝玉也曾经幻想过将警册上的判词冻进雪花、封进冰块，让它从此不会在人间泛起微澜。可骤暖袭人之时，那些文字终将化开在沁芳溪中，众女儿仍将逐波而逝，酷似那盛席华筵上回首成灰的烟火……

但凭铁笔记贞铭

贞铭：指碑文。在器物上刻下美好的文字，表示纪念，以永志不忘。

周汝昌先生的《红楼梦的真故事》尚堪可取之处，就是宝玉在梦中重游太虚幻境时，对警幻仙姑的自恣忏悔："一技无成，半生潦倒，深负神仙姐姐那年的殷殷教示。但我原不成材，不堪济世利人，不值惋惜——唯有亲见一班姊妹与众多女儿，都是天地间灵秀之气所生，其才情慧性皆过常人十倍，却也个个不幸，大似残红水逝，白雪泥污，我却一个也不能相助相救，眼看她们落于苦难之中，这则是我一生的大恨，难以解释，还望仙姑开导。"

警幻于是开导云："你既一生虚入人世，无所成就，即为这些女子申冤剖枉，也岂不是一场功德？"

宝玉当下大悟，向仙姑行礼谢道："若非仙姑指点，我枉自嗟叹悲愤了这许多年。从今当依仙姑之嘱，把这些女儿的才慧与悲感记它一记，也就是我的终身事业了。"仙姑听宝玉有悟，欣喜点首，有赞许之意。

看来，这时宝玉的"破迷"仍有赖于所谓"仙姑开导"。问题的关键是与湘云仍陷溺在此岸温情欢爱的宝玉，并没有与这个石头的世界彻底决裂——既然连"出离"都没有做到，又如何"返身担当"？

周汝昌先生以六朝人物般的诗心来解《红楼梦》，固然偶有敏锐之得，然而这种诗心难免有情而无争、有怨而无怒、深幽而狭隘、宽延而缥缈，如烟霞般吊于苦难大地之上，对大地深处的灾难本质往往见龙不见爪、见爪失云霓。

石头仍然是石头，这个五浊恶世的狰狞本相，就像那块沉甸甸的顽石一样，被神佛轻轻松松放回原点——一切都变了，一切似乎又都没有变。

就像孙悟空勾销冥界的《生死簿》一样，宝玉能否有勇气勾销天界的那些"判词""情榜",以及是否有能力在石头世界刻下众女儿的墓志贞铭,关乎他自身的解脱、关乎《红楼梦》的结局、关乎中华文化的精神维度。

综　　述

《红楼梦》开篇的补天弃石,在小说秘境创造中发挥了不可替代的作用:有文化标识的、诗化意象的、叙事结构的、小说主旨的等多重寓意。

但是补天弃石自身的命运堪称荒唐:枉自到那红尘富贵中历劫一番,却没有修出正果,它最后并没有升入仙界,而是兜兜转转又回到青埂峰下了。可见它并没有像绛珠仙草那样"修成女体"(石头最大的愿望或许就是"修成男体"吧)。这是一块真正倒霉的石头:离恨天上没有它的位置,情榜上也没有它的名字。它空自能言,却无手无脚把这一切记录下来,向警幻仙姑呈上辩护行状。它又是如何把自己的亲历亲闻传播开去,立言以警世人的?

在故事发生的时间顺序上,石头请求到人间经历幻劫并如约归山在先;其后,空空道人发现了归位的石头,并同时发现了"石头记";最后才是曹雪芹将"石头之记"增删而成《石头记》。所以石头、空空道人、曹雪芹形成了"三位一体"的文本密码,通过言说、记录、书写的接续做工,这个世界被重新赋予诗意,这就是独属于《红楼梦》的"开辟鸿蒙"。

所以曹雪芹在故事开篇即问:"开辟鸿蒙,谁为情种?"这个石头般的世界需要重新劈开重构,宝玉作为一个重开鸿蒙后诞生的崭新人类,肩负着给这个世界"以道立言、以言传道"的重任。

丑恶与劫难不是人类的应然——出家遁世、成为顽石、返归仙界都无异于认可世界的"石化"之应然。难道宝玉通过"悬崖撒手"就能对抗这个石头世界吗？晚年的曹雪芹之所以不再动笔，恐怕也是缘于这一难题的困扰吧。

赋予苦难及死亡以诗意或形而上的意义，是一场危险的心灵冒险，因为它往往需要作者先将自己置于绝境死地。曹雪芹晚年封笔，其实就等于与宝玉一起"精神死亡"。宝玉决定不离弃恶的世界而毅然滞留此岸，绝非因为乐于受苦，亦非某些宗教徒"我痛苦我荣耀"的自虐式炫耀，而是他确实已经处于毫无退路的绝境死地。

《老残游记》的作者刘鹗在点评《红楼梦》时，常常提笔即落泪："棋局已残、吾人将老，欲不哭泣也得乎？吾知海内千芳、人间万艳，必有与吾同哭同悲者焉！"现实生活中曹雪芹死在了与宝玉同哭同悲、"红楼一梦"将醒未醒的关键时刻，这究竟是不幸还是大幸？在《红楼梦》结局没有完全揭开之前，宝玉的此岸存在给读者留下了无限的联想，就如国画中的"留白"，那空白之处才是安放希望的最佳空间。

曹雪芹的笔触上穷碧落下黄泉，他绝望地洞察到"三界"的本相——无论是仙界的太虚境、人界的大观园、冥界的北邙山，都在无情地"石化"。他想通过守柔与清静的女儿美质，让这个石头世界"柔化""诗化"。女儿的美质最终没能在历史时间中拒止三界的业力，宝玉能否超度那些诗灵以摆脱"永劫的轮回"？

中国哲学、美学史上的"世界"观大体分以下几个发展阶段：汉代儒家正式将其确立为表征人事之尊卑的"天地"结构；魏晋玄学使儒教"神明"的"天地"变为"玄冥"的"自然"；唐代禅宗又使"玄冥"的"自然"转变为"清净"的"心地"。

曾经的宝玉也被动地接受了这个世界，当然他的接受既非表现为儒家修齐治平式的"济世"行为，亦非表现为道家清静无为式的"遁世"行为，而是与这"潇湘世界"打成一片的"戏世"行为。

然而潇湘世界已经垮塌，解脱不得的他又不忍于在时间的废墟上枯木槁灰般地活着，他借助一僧一道的接引，顺势回归太虚幻境难道不是自然而然的选择？

这种看似合理的选择背后，似乎隐藏着某种精神危机。曹雪芹感受到了这场危机，但很遗憾他在《红楼梦》中并没能解决此危机。当然，也有可能是我们愚钝，没有发现曹雪芹在前半部分埋藏下的解决方案，正如俞平伯所言"非与作者有同心的人不能知其妙处所在。作者亦只预备藏之名山，或竟覆了酱缸，不深求世人底知遇。他并不是有所珍惜隐秘，只是世上一般浅人自己忽略了。"

但是，只要是灵心慧质的读者，仍会孜孜矻矻试图从《红楼梦》里寻找解脱方案，虽然每个人找到的答案不尽相同。

王国维在《〈红楼梦〉评论》中说："解脱之中，又自有二种之别：一存于观他人之苦痛，一存于觉自己之苦痛。然前者之解脱，唯非常之人为能，其高百倍于后者，而其难亦百倍。唯非常之人、由非常之知力而洞观宇宙人生之本质，始知生活与苦痛之不能相离，由是求绝其生活之欲而得解脱之道。彼以生活为炉、苦痛为炭，而铸其解脱之鼎。"

"以生活为炉、苦痛为炭，而铸其解脱之鼎"，意味着只有学会痛苦，才能学会去爱。正如陀思妥耶夫斯基在《卡拉马佐夫兄弟》所言："地狱就是苦于无法去爱。"

我们宁可相信曹雪芹之所以封笔，最大的缘由就在于他自己也不忍、不信、不接受宝玉会忘记黛玉的诗灵，因为那样就意味着他与贾宝玉一样丧失了爱的能力。他更不可能允许宝玉回归天界后，对着潇湘世界的废墟拈花一笑，散花沾衣。因为黛玉的诗灵仍在此岸坚守，这种灵魂的感应震颤是天界的仙佛也不具备的，震颤的诗魂背负着石头人间，这是一种"属灵"的力量——它并非来自天上的神灵，而是来自水中的湘灵。

宝玉只有直面这个石头的世界，扒开白茫茫的冰雪，播下诗芽的种子，他的灵魂才能复活、扎根、新生。

此刻，宝玉所有的思绪幻想皆已飘远散落，他拼尽最后的力气将石洞封上——绛洞花王的梦结束了，那些刚刚捧起《红楼梦》的人又开始了一场新梦……

《咏白首双星》：那贯通天地的曼陀塔

《咏白首双星》

顽石归山客未期，灵河寂寂掩门迟。

潭空孤鹤巡三界，茶入千红尽一卮。

梦里潇湘桥渡断，月中仙子缟冠危。

诗魂已在楞伽顶，何必晨昏对镜痴？

顽石归山客未期

凡心偶炽的神瑛侍者，因思凡而在警幻仙姑处挂号下界，前提条件是历劫后必须回来销号。然而此句所指，却是补天弃石虽已回归大荒山青埂峰，而其寄居的客体——神瑛侍者却并未返界销号，此为何故？

《红楼梦》开篇即设定：在包括大观园在内的现实世界之外，还存在一个超验世界——太虚幻境，太虚幻境是所有下凡的"一干风流孽鬼"的前世居所，也是这干孽鬼的最终归宿。

如果从"思凡"这个传统母题来看，下凡的神仙多半是要回归仙界的。对神瑛侍者而言，回归仙界的过程，必然需要荡涤掉身上的凡心尘垢，才能重新入驻"太上忘情"的赤瑕宫。而荡涤凡心的过程，就是要放弃所有对尘世的记念牵挂，达于无念无住的"诸法空相"境界。如果做不到这一点，这一干"风流冤孽"就会在进入太虚幻境之前，经过四面环绕的黑溪迷津时被强制"渡劫"。

与太虚幻境相对应的，作者又为众女儿建造了地上的太虚幻境——大观园。大观园是地上的女儿国、曹雪芹的乌托邦、贾宝玉的伊甸园。伴随着它的毁灭，贾宝玉不得不直面现实世界的"无立足境"及精神家园的无所皈依。

出路有且仅有一条：那就是同其他人一样被一僧一道带回太虚幻境销号，对贾宝玉而言，就是要彻底放弃此岸的"情执"，清空对众女儿的所有记忆。

然而宝玉到底为什么没有如期归来呢？

灵河寂寂掩门迟

绛珠仙子已经重返灵河，令她讶异的是那位曾经施以甘露的神瑛侍者却并未如期返回，虽然她已经不再拥有下界林黛玉的记忆，如今已经修成女体的她，仍然怀抱对这位赤瑕宫主的恩情，在茫涯无际的时间里寂寞地等待。

曾经在下界，和宝钗的"珍重芳姿昼掩门"相反，黛玉是"半卷湘帘半掩门"。如今的绛珠仙子也同样虚掩门户，等着那个如玉公子荷担甘露而来……

潭空孤鹤巡三界

那只本该下界的仙鹤为何仍未动身？不知它何时才能载着那位叛逆

者归来?

茶入千红尽一卮

卮：古代盛酒的器皿。

偶尔，绛珠仙子也会受邀到太虚幻境，去品尝那里的仙醪。只是满座不见神瑛侍者——或许，即便见了，也会"纵使相逢应不识"？难道下界历劫后的她也变得忘情如石头？

梦里潇湘桥渡断

大观园就是宝玉和众儿女共同构建的"潇湘世界"，这个世界一直在竭力隔绝历史时间中的肮脏和堕落。宝玉曾以为可以凭借"诗意"，进入等同仙界的"绝对时间"（所以红楼故事中的人物年龄错乱，似乎永远停滞在青春年代）。在绝对时间里，礼乐教化没有力量，更不会黏滞凡尘的经世事务。这个潇湘仙境以"诗"与"花"为自己的建构基石——花象征女性般的孤芳自赏，诗象征桃源般的怡然自得。柔美与意趣交织，欢愉共诗意飞扬，犹如一个意态化的现世净土。

凡人断不可能到达仙界，但是《红楼梦》设定可以通过梦境的方式进入这一超验仙界——少年贾宝玉就是这样"梦游太虚幻境"的。那是在秦可卿的卧室中，彼时的贾府还是一个花柳繁华地、温柔富贵乡，彼时的贾宝玉不经心阅毕警册后尚是懵懂的、混沌的。

如果中国精神意识史上也有乌托邦观念的演进，那么从"桃花源"到"大观园"，乌托邦的观念便从致虚寂的田园演进为情韵并致的诗情现世。然而偏偏就在这样一个"潇湘世界"里，却发生了那么多令人心悸的劫难，这些无妄之灾挤压在宝玉胸口，使得他不敢入睡——因为遗忘这些苦难就意味着只剩下一具泥一样的躯体，这将导致绵绵无穷期的

"灵魂的梦魇"。

"太虚一梦终须醒",放弃上升仙界的宝玉,就像魔戒里的艾雯公主放弃她的不死之身,全心全意助力阿拉贡"王者归来"。

此刻,在智通寺外踽踽独行的老僧贾宝玉,长夜难承的他连入梦都是一种奢望,他业已错乱混沌的思路想必偶尔会回到大观园、回到潇湘馆,然而沁芳溪上,已经不见了那座熟悉的桥亭。

月中仙子缟冠危

缟:细白的生绢。林黛玉《咏白海棠》有句:"月窟仙人缝缟袂"。唐代高适有《听张立本女吟》诗云:"危冠广袖楚宫妆,独步闲庭逐夜凉。自把玉钗敲砌竹,清歌一曲月如霜。"

据说,曾经天上少了一位花神,玉皇就命晴雯去司掌,专管这芙蓉花。此刻,宝玉抬眼望向月亮,想必林妹妹也正在裁剪她的缟袂吧。那浑浊的眸子,不知模糊了几分风雪雨霜;那孤独的残月,不知错过了多少离别梦殇。

少年时的宝玉多像满月啊!曹雪芹不吝文笔赞美他"面如中秋之月,色如春晓之花"。然而,中秋之月的这一面有多明亮,那一面就有多暗淡——女儿们曾得到过他温柔如许的照拂,以及月光一样的无奈无用。

对众女儿的惭愧悔恨一度使得宝玉不敢望月,如今的他,终于可以面对月宫里的她一诉衷肠了……

诗魂已在楞伽顶

楞伽:山名。梵文音译,中文译为"不可往""不可到""难入",相传佛陀在此山说经。李商隐有诗云:"楞伽顶上清凉地,善眼仙人忆我无?"在此指智通寺后的黛山。纳兰性德,号楞伽山人,雪芹祖父曹寅曾赞其"楞伽山人貌姣好"。

黛玉的花魂化为月中仙子,而黛玉的诗魂已化作黛山绛洞里的满室贞珉,照彻大千。

何必晨昏对镜痴

此刻,宝玉耳边隐约似有纶音传来:呆子!我的诗魂已经化为黛山绛洞里的石册,你干吗还像呆雁般盯着菱花镜不放?

综　　述

《红楼梦》第三十一回的标题是"撕扇子作千金一笑　因麒麟伏白首双星",这题目前半句好理解,后半句则歧义顿起,直到现在,对"因麒麟伏白首双星"的看法仍众说纷纭,莫衷一是。

如果说史湘云与卫若兰是"生离"意义上的"白首双星"的话,那么贾宝玉与林黛玉就是"死别"意义上的"白首双星"——前者是以尘世中咫尺天涯为坐标的"白首双星",后者是以仙凡两界阴阳悬隔为坐标的"白首双星"。

警幻判词《终身误》已经清清楚楚点明"世外仙姝寂寞林"指的就是林黛玉。所谓"寂寞林",指的就是宝黛"木石前盟"破灭后的天各一方,与史湘云没有任何关联。周汝昌先生为了让史湘云与贾宝玉白头到老,并进一步论证脂砚斋就是史湘云的原型,不惜以批语中的"合欢花酿酒"现实事件,来充当非现实的神话隐喻事件之"前盟"。其实,合欢花酿酒之事完全不见于八十回《石头记》,只有某位批书者曾提到此一琐事,而酿酒人也并未确指是谁,更无所谓"前盟"。退一万步说,即使作品中的史湘云最后真的嫁给了贾宝玉,也不能对应现实中的曹雪芹娶的就是"史湘云"的原型脂砚斋。

即便从字面意思上来看,"白首"就是彼此因物理空间隔离不得不各自相守的意思,"双星"却是生死诀别阴阳两隔的灵魂相望。如果只看到"白首"而忽略了"双星",显然是错的。红学大家周汝昌先生只是看到了"白首",便以为"因麒麟"导致的结果就是贾宝玉和史湘云两人"白首"了,试问这将置生死悬隔的"双星"于何处?

再退一万步说,即便宝湘二人最后真的结合了,那也只能是两个人都活着的"白头相约",而不是一死一活的"白首双星"。请注意"白首"与"白头"在古汉语中是不同意蕴的含义,我们常听情侣海誓山盟时说"一起到白头",不是一起共"白首"。这就像"云涛"与"云海",虽然貌似相同,但所指意向却判若云泥。周汝昌先生作为诗文大家,不会不晓得"白首"与"白头"的语义细分,只是他陷在"观念引领证据"的结果导向里太深了,以至于自误误人。

曹雪芹对红楼十二钗的命运安排遵循一个隐形法则:只有宝黛二人的终局是"双星",其他凡是没有彼岸超越指向的红尘凡胎,其命运的结局统统都没有资格称得上"双星"——史湘云和卫若兰的结局是"花因喜洁难寻偶"导致的无奈分手;宝玉和宝钗的结局"纵然是齐眉举案,到底意难平"状态下的心灵疏离。这些都不是"双星"意义上的永恒牵绊。

曹雪芹在创作《红楼梦》的过程中,几乎每一笔都是"复调"式的,在"犯"与"不犯"之间通过两相对比以示反差,从而形成一种多层次的思辨。神瑛侍者完全不知道绛珠仙草会修成女体,因为他浇灌的时候绛珠仙草尚是草木形态,更不会知晓绛珠仙子会跟随他下界(正如许仙虽前世救了白蛇,但许仙并不认识白素贞,而白素贞能辨识许仙的模样是通过千年修行的神力察觉的)。宝玉对"木石前盟"的潜意识调动,恰恰是后天思维被遮蔽后在梦中实现的（梦兆绛芸轩）；而他之所以会调动潜意识，也恰恰是屡屡被"金玉良姻"所刺激磨难。

所以在曹雪芹的设定中，"金玉良姻"反而是神僧对贾薛二人的此岸安排，宝钗对此安排的态度是既积极又消极——积极于制作烦琐无比的"冷香丸"，消极于听从母兄长辈的世俗规则。如果非要说破坏，倒是黛玉把尘世的"金玉良姻"破坏了——本来神瑛侍者在人间的化身贾宝玉对应的妻子是薛宝钗，因为绛珠仙子下凡，这个故事平地起波澜。然而这能怨黛玉吗？她怎么知道前世里的故事缘起？她又怎么知道一旦她与宝玉相见，此生的悲剧就无法避免？

有僧道强力预设的"金玉良姻"，尚且不能贯通前世今生以达到"双星"相守般的永恒欢悦，更遑论其他人了。至于周汝昌先生居然索隐出"林黛玉"即"麟待玉"、金麒麟所等待的人就是贾宝玉，这一说法就更是离题万里了。

须知宝黛二人发端于彼岸的情感历程才是整部书的主线。宝玉既然对黛玉念念不忘，为何后来他还和宝钗成亲？作者又借藕官通过"茜纱窗真情揆痴理"来说明"续弦"的大义，这也符合宝玉悲天悯人的思想：既不愿意看着宝钗受到伤害，又不能公然忤逆家长意愿，只能在大厦将倾前完结自己的最后一项俗世责任。可他还是"终不忘，世外仙姝寂寞林"，最终仍是丢下宝钗出家了，其结果仍不负"双星"之约。故红楼之悲情，就是本该"白首"的没有白首（木石前盟），即便阴差阳错"白首"了（金玉良姻），最终结局还是"双星"。

周汝昌先生为了证实他的"新自叙说"，尤其是白首双星的"宝湘结合说"，不惜回过头来向索隐派求救，也就是用索隐派的方法去强行论证。目前流行的考证派看起来似乎与索隐派有很大的不同，实际却是索隐派的派生物，或者说是其变种。因为两者的表现形态、逻辑方法、操作规程、学术目的,基本上都一样。都以附会、掘史、寻源、对号为能事。一时间,红学界"揭秘""猜谜"随处可见,新红学与索隐派的合流竟成《红楼梦》研究流行的新时尚。

周汝昌先生在其学术生命的后半程喜欢史湘云近乎"着魔",以至于非要让宝玉与之结合,这种强行捆绑的"白首双星",严重削弱了《红楼梦》的悲剧性。作为红学泰斗的周汝昌先生,尚且难逃放任个人好恶的理念偏执,就不难想象很多初级读者纷纷抛出的炸雷解读了。

据说,"红学"是与甲骨学、敦煌学并列的"20世纪三大显学"。"红学热"当然与该领域中的种种悬疑有关:曹雪芹到底写完了《红楼梦》没有?脂砚斋是男是女?程高续书里究竟有没有曹雪芹的文稿……这些久而未决的问题,引起人们极大的探索兴趣。但是,这些问题不能解决的根本原因并非在于文献的缺乏,而在于对主体文本的解读能力匮乏。有时候,围绕主体文本过多的旁支文献反而激起更多头头是道、振振有词的主观推测,各种幽径独辟、耸人听闻的观点层出不穷,浮夸的基础上叠床架屋,红楼大厦宛如海市蜃楼,虽炫人耳目却不见根基,随时会云破影灭。

当然,以上还是仅仅停留在文本表象的分析,如果进入更深层次的解读,就能领会曹雪芹的如幻妙笔:林黛玉有"花诗两魂",而贾宝玉身上同时具备了"石玉二性"。宝黛二人的故事铺陈开来,就同时具有了现实意义与象征意义:贾宝玉的"石玉二性"与林黛玉的"花诗两魂"之间形成了"白首不得、双星可期"的奇妙互动关系。

基督教的核心教义是圣子圣父圣灵"三位一体"的所谓"圣三一",《红楼梦》的核心人物贾宝玉同样有三个位格:通灵宝玉(补天弃石)、神瑛侍者、荣国公曾孙(贾代善之孙、贾政次子)贾宝玉。至于甄宝玉的角色设定,其实是曹雪芹既想彰显家族历史又忌惮于"文字狱"的障眼法，完全可以从书中拿掉，这样反而会使故事主线更加清晰。

《红楼梦》的意蕴是在三个层面同步推进的：第一层是由书中各个人物作为故事亲历者构成的一个个具体情节画面；第二层是作者（曹雪芹或石头）作为旁观者的他者视角；第三层就是在书中人物与作者本人之外，作为"离文字相"的超验存在。我们的一切努力，就是要通过文字相背后的"超现实视角"，找到文本背后的终极意蕴。

神瑛侍者浇灌绛珠仙草的"无意施恩"是宝黛爱情的"天界缘起"，链接这一因缘的是黛玉的"花魂"，所以他们第一次见面才能成为似曾相识的"心底却似旧时友"；但是链接宝黛爱情的"尘界缘起"这一因缘的，是黛玉的"诗魂"，他们聚起生命的全部灵秀之气共同构筑了一幢"诗意曼陀罗"。这幢曼陀罗倒塌后，宝玉又借助于黛玉留下的诗稿在此岸让它高高耸立。

与黛玉遗留此岸的"诗魂"共"白首"，与黛玉离恨天外的"花魂"共"双星"，这才是读懂《红楼梦》的通关密码！所以，宝玉的"情极之毒"，其价值体现恰恰不是"悬崖撒手归彼大荒"，而是"碧落黄泉两由之"的此岸坚守。

正如鲁迅先生所言："悲凉之雾，遍被华林，然呼吸而领会之者，独宝玉而已。"亲历了大观园这个理想国的青春之殇，宝玉终于懂得了他少年时的那一场红楼迷梦：富贵、繁华、青春、韶光、功名、利禄……到头来不过是一场空幻。当一切风流云散之际，便是他"眼前无路"之时。只是这一切，未曾经历过，如何能堪破？宝玉如是，曹雪芹亦如是。这恐怕也是曹雪芹为何会精心构建出理想王国大观园，却又亲手将其一点点毁掉的意义所在吧！

宝玉的内心一直受到着"石头世界"荒唐、无趣、空虚的侵扰，他的存在价值就是要给这个无情的世界"补情"——以情补情，是为"情不情"。黛玉的离去让他一度感到迷茫失措，但最终他会意识到"花魂不得、诗魂可期"，未来"情"与"不情"的斗争注定将是一无所得的牺牲，然而他仍执意以深挚的"情情"补偿包括黛玉在内的众女儿现世遭受的劫难——这就是"白首不得、双星可期"的真正含义。

这是一个双重的隐喻结构："以诗成玉"与"以石刻诗"在"补天弃石"与"木石前盟"两层神话隐喻中互相关合、彼此促动，使文本形成了一个无论在经验维度还是在超验维度都遥相呼应、气脉贯通的"张力场"。

只有让不可见的"诗魂"扎透心窍，宝玉才能重新领会并倾心于那些最内在的力量，才有灵魂的归依之处。

宝玉也曾旁观过他人"诗扎心窍"的过程。曹雪芹之所以浓墨重彩大篇章描写"香菱学诗"，就是要让宝玉初步体会众女儿的诗灵诗命的珍贵："老天生人再不虚赋情性的。我们成日叹说可惜他这么个人竟然俗了，谁知到底有今日。可见天地至公。"宝玉怜惜这些女儿，因为她们都有如花一样的生命，但是只有"诗"才能赋她们以"灵命"超逸这个泥淖的五浊恶世。

这种"以诗扎窍"是宝玉承纳黛玉诗稿后的自我觉醒。他曾经想通过"戕宝钗之仙姿，灰黛玉之灵窍"的偏执做法让自己"丧灭情意"，以为这样就可以解脱。可见当时的宝玉参禅，并不是对生存困境的反躬自省，也不是对生命终极的真理求证，而是他自己如何从"木石前盟"与"金玉良姻"纠结中解脱的偶发探寻。

黛玉诗笺上的斑斑血泪让他感受到不可承受之重，他能够背负这种重担，既摆脱青蝇的污染，又打破禅机的缠障，让自己重新变成一块美玉吗？

德国哲学家叔本华将悲剧分为三类：人为的悲剧、偶然的悲剧和必然的悲剧。第三类"必然的悲剧"是指由于种种"业力"推动导致的必然结果,《红楼梦》即属于这一类。

古希腊索福克勒斯的名剧《俄狄浦斯王》即展示了富有典型意义的希腊式的悲剧冲突——人跟命运的冲突。俄狄浦斯不是有意"弑父娶母",本人完全无罪。这个为国家做了无数好事的英雄所遭受的厄运,令剧作家无比愤慨,发出了对"神"的正义性的怀疑与质问,控诉命运的不公和残酷。

关于贾宝玉的结局,王国维认为宝玉最终通过放下欲望得到了解脱:"唯出世拒绝一切生活之欲,可为解脱之大道。解脱之途又分二,一觉自己之苦痛而解脱,一观他人之苦痛而解脱。后者……即宝玉之壮美式解脱。"

但是曹雪芹笔下钗黛二人对宝玉参禅的反诘,分明表现出对宝玉"丧灭情意"的高度不认可。所以宝玉之"壮美式解脱",仍需立足于有情世界,其解脱的津梁,仍离不开一个"情"字,否则他就不可能以"情不情"的称号位居情榜(如果有的话)榜首。

与俄狄浦斯的"质神"相比,宝玉不但接续了黛玉《葬花吟》的"问天",同时他还更进一步要"补天"!这就是宝玉身上体现出的"悲剧之悲剧"——他明明面对的是诗意不再的石头世界,却仍徒劳地要在白茫茫大地上播撒诗芽,仍痴情于那颗诗芽会穿破石头,成长为一座通天彻地的"曼陀塔"。

这一切,月中的那位仙子会"偶开天眼觑红尘"吗?

《红楼梦呓》:"红楼真梦"当须醒

《红楼梦呓》

无才徒叹弃如尘,诗谶无稽信易真。
笑煞僧囚三昧戒,奈何儒误一冠身。
将登紫盖期乘鹤,欲炼金丹苦采薪。
石上万言谁解得?最怜刻者是痴人!

无才徒叹弃如尘

据不完全统计,"当代红学第一人"周汝昌先生关于《红楼梦》的专著有四十三种之多,远远超过此前的诸位红学专家。其中《红楼梦的真故事》《红楼真梦》等致力于探佚《红楼梦》的结尾收束,书中的某些情节一抛出即引起了极大的争议,至今未见平息,反而有愈演愈烈之势。笔者本无意涉入"红学",既然因缘际会出版此书,本想与周先生做一探讨请益,可惜老先生已经仙逝矣!

张中行先生曾评周汝昌先生为"六朝人物",对其后半生的若干红学观点及学术成就明褒实贬。张中行本来出于善意的提醒，没想到周先生仍是"一触即跳"。其实早已经有多位学界大家看出周汝昌太多放任意气，有魏晋之才气而欠魏晋之风度。他晚年的有些红学观点简直匪夷所思！偏偏此翁之诗才文才又在"圈内"迥然出众，凌压群侪（1987版电视剧《红楼梦》的编剧周岭先生曾说：当代红学研究者，精通诗词的加起来不超过五人。而周汝昌先生堪坐头把交椅）。张中行先生若以辈分论，在周氏面前可称得上是师长，然而只是稍稍质疑其某些观点，周先生即专述《"六朝人物"说红楼》一文辩驳之，其文不见严密的学术论答，只见阴谋论之猜测反诘，端非大家手笔。

周先生对红学其功大矣，然而其过也大矣！他把曹雪芹的八十回《石头记》捧上了天，把高鹗的后四十回《红楼梦》贬得一无是处。其实，曹雪芹也有无法掩饰的败笔，高鹗也有非常出色的妙文。一言以蔽之：当他通过无底线贬低高鹗及无上限抬高曹雪芹这个角度展开其"探佚学派"时，就注定了他把《红楼梦》前八十回宛如圣经般的公器私用。偏偏他自己又以"解经者"自居，使得"周氏芹教"越来越像宗教山头，不可避免地滑向偏执排他的学术攻讦。周先生晚年更不惜与"新索隐派"合流，这种学界泰斗的"现身说法"更使得民间红学界可以肆无忌惮地抛出各种危言耸听的观点以制造流量。

当然，我们不是在同一维度与周汝昌先生争议学问，我们不但要给当今红学研究带来高维的视野，同时也试图借此提升对中华传统文化的整体理解。

本篇文章所引用的周汝昌先生的观点，主要见其《红楼梦的真故事》一书。通过对该书重大关节的剖析，足以见证周先生的晚年"偏僻乖张"导致的学术下滑是多么令人惋惜痛心！

如今，"芹教"在红学界越来越具备山头主义的做派，至于其入教门槛，在周汝昌先生看来前提就是必须要有类似历史上才子佳人的"才"（最好兼具诗才），无此才者压根不能登堂入室，只能成为边缘的朝拜者。

具体说来，这个"才"的获得养成，首先须得有灵性或秀气，起码要有一定的审美能力，最好雅擅诗词，否则是无法欣赏感领以文化精英自居的"芹教"教徒的灵秀表现及解读方式的。

在《红楼梦的真故事》书中，周汝昌先生大费笔墨描写了贾宝玉与史湘云的联诗作对情节。每当我脑海中浮现这一幕卖弄诗才的场景，就感觉曹雪芹满纸悲情的笔触被扭曲成了虐心的"谑剧"——周汝昌先生几十年不懈努力，终于将《红楼梦》重新定位成曹雪芹极力反对的才女佳人、王孙公子为主角的"才情小说"。这让我联想到施勒格尔在《雅典娜神殿断片集》中略带尖刻的评议："若谁还没有清楚地认识到，在他个人的范围之外还可能存在一种他无法理解的伟大；谁若甚至无法朦胧地预感到这种伟大会被放置到人类精神的哪一个领域：那么他在自己的领域要么就是没有才气，要么就是修养还没有达到古典的程度。"

在这些自居为解经者的"文化精英"阶层看来，那些无才又不懂欣赏者，注定要被边缘化弃入尘埃，这些"学术草根"倘若还想染指"芹教"，那是要按教规教戒群起而攻之的。

诗谶无稽信易真

周汝昌先生把曹雪芹推崇到"曹子"的高度，甚至认为四书五经加起来都不如《红楼梦》这"天下第一才子"的"天下第一书"，但是这种推崇却是对曹雪芹的误读与矮化。

曹雪芹要破除或解构的，恰恰是矫揉造作、以文胜质意义上的"诗才"，他在展示这些美好辞章的同时，又毁灭了这些辞章指向的"审美自溺"——沉迷于审美是一种心灵病毒，它会让人陶醉于"灵秀之气"

的炫技自得，而忽视了大地的非审美性与脆弱性。

中国历代诗坛都有"小伙子作诗叹老，大阔佬作诗嗟穷，好端端过着闲适日子的人作诗伤春，收获的季节怅吟悲秋"的矫情现象。这种现象在洪迈《容斋随笔》卷一"诗谶不然"条被总结为："今人富贵中作不如意语，少壮时作衰病语，诗家往往以为谶。"此即《冷斋夜话》卷四"曰富贵中不得言贫贱事，少壮中不得言衰老事，康强中不得言疾病死亡事，脱或犯之，谓之诗谶。"钱钟书对此一语道破："莫将愁苦求诗好，高位从来谶易成。"

周汝昌的诗才不过是继承了"穷苦之言易好"的病态审美，这种为写诗而写诗的矫情卖弄，恰恰是曹雪芹不屑为之的庸俗套路。

固然，《红楼梦》前八十回中大量借助于诗谶来推动故事情节的演进，但是雪芹的诗谶是用来揭示暗黑世界的，而不是像《红楼梦的真故事》描写的那样，贾宝玉挖空心思借助诗谶为自己的行为归因寻找各种前定借口。

在《红楼梦的真故事》中，贾宝玉发展到后来宛如排爻解卦的巫师神棍，他所有的行为选择都试图找到之前的诗句作为前定凭据。他彻底成为一个宿命论者，哪怕这种诗谶如何牵强附会，都挡不住贾宝玉心安理得地为自己的顺遂认命找到谶言依据。他甚至不惜以林黛玉的名讳为自己与湘云的结合找个借口——"我忽悟了：原来林妹妹名讳林黛玉，岂不就是'麟待玉'的隐义合音？"当然，他身边少不了无脑认同的史湘云，如果麝月也能留在身边，估计宝玉会更加满足……

许啸天早在1923年写成的《〈红楼梦〉新序》中就曾痛批这种"入于魔道"的做法："因为崇拜《红楼梦》，便崇拜到《红楼梦》的结构……怎么样是伏笔，怎么样是衬笔……好好一部活泼文字，给他弄成个凌迟碎剐，拖泥带水，枯窘呆板；里面的人物，都变成了魑魅妖狐！"

周汝昌先生耽溺于任才自美的"半天吊"已经太久太久了，这位镇日敲诗的高标自赏者需要将眼光向下，去倾听一下贾宝玉的凿石锥声……

笑煞僧囚三昧戒

三昧戒：佛教术语，即三昧耶戒，其戒法通摄诸宗大戒，如五戒、八戒、具足戒等。

如果宝玉悬崖撒手遁入空门后一切归于寂灭，这不过是以形而上的虚无对抗形而下的虚无，最多只能称为"解脱"，而不能称为"救赎"。其实，书中的贾宝玉并不喜欢和尚，对一个有着热烈"情痴"的诗人来说，千般律戒的佛门绝不会是他的主动选择。而且，太虚幻境的"空"，本质上是一种"情"的异化，它虽然使得万念俱灰之后的个体有了安放灵魂的借口，其实只不过是另一种形式的"自我埋葬"。

在《红楼梦的真故事》里，即便栖身寺院的贾宝玉，也在出家前后得到了太多额外的照顾。在周汝昌先生笔下，福报奇大的贾宝玉活脱脱就是一个披着缁衣的公子哥儿。通行本《红楼梦》"悬崖撒手入空门"所延续的一丝尚存的、微弱的悲剧力量也在这里被消解掉了。

奈何儒误一冠身

儒冠误身：指读书人受仁义道德的束缚而耽误了一生。多为对乱世的愤激之辞。杜甫有诗句云"纨绔不饿死，儒冠多误身"，本义指儒者好言仁义，不事逢迎，没有出路；纨绔子弟却凭借父兄的势力而致富贵。这里化用杜甫诗句，稍异其意，指士人因读书仕宦而误身，对被动步入仕途表示悔叹。

儒家标榜伦理规范，崇尚群体而忽视个体，强调忠孝仁义、三纲五常，这其实是把"情"伦理化、道德化了。儒生一直试图在"礼"与"情"之间找到最佳平衡点：论情必节之以礼；离开礼去说情，只是纵情，此乃儒家极力反对的。宋儒失诸过于刻板，陆王心学尤其是阳明后学，虽然挣脱了朱子理学对情的过度抑制，但矫枉过正，一任放浪形骸，最终非但未能成贤成圣，反而成了狂狷之士，离儒家本宗越来越远。

贾宝玉前半生的倾心庄禅，亦难免狂狷。曹雪芹在后半部书中，一定会运用其正话反说、反常合道的独特笔触，再次让宝玉形象"翻过来"——狂狷者反而成为担当者、出离者反而成为返身者，这才是《红楼梦》的悲剧力量所在。

将登紫盖期乘鹤

紫盖：道家洞天福地之一，名紫玄洞照天，公羽真人治之。

此联暗讽修道者过度追求逍遥无为，无法承担世间的哪怕一丁点繁重磨难。

欲炼金丹苦采薪

过度追求诗意的逍遥，难免造成对苦痛的感受力退化。《红楼梦的真故事》描写的贾宝玉，少年时轻浮孟浪之做派丝毫不见收敛，情感内蕴倒是消磨殆尽，更脱离了对苦难与无辜的共情能力。我们很难想象，周汝昌先生为了把史湘云抬高成"红楼第一人"，居然会让贾宝玉从林黛玉的"木石前盟"悲剧中脱身退场，而与史湘云结合。"宝湘结合"无疑是对这个劫难世界的苟且顺从，是以众儿女的悲剧为仙醪的自我麻醉。

更加令人不能容忍的是他们居然在黛玉的泪海中翩翩起舞、大秀诗才，不知道周先生在下笔描写这一情节时怀抱怎样的一种情肠？

石上万言谁解得

放任天然"石性"的少年宝玉只知自爱；苦难雕琢后"玉性"的衲僧宝玉才知爱人。贾宝玉的前半生始终不染红尘地做着他的"一生事业"，对所谓的家族荣耀、功名利禄置若罔闻，他像个孩子一样凭借着通灵玉的加持不计"后事"，偏僻而又乖张，无能而又任性。作为对照，后半生的贾宝玉，失去了黛玉的陪伴，也没有了通灵宝玉的"外向赋能"，只有通过自我雕琢，才能重新具备"玉性"。

只不过宝玉雕琢的是黛玉留下的诗稿——对这些"白骨如山忘姓氏"的众儿女的悲情记录，才是令宝玉开悟的"圣经"。

最怜刻者是痴人

《红楼梦的真故事》是如此收束全书的——

宝玉……似乎又是在一处荒山中，峰下一块大石，石上刻着"三生石上旧精魂"七个字；转过石后，却又有极多的小字刻满，也有三个大字题曰"石头记"。便欲移步上前细看，觉得自己也已然化成了大石，身已不灵。忽然耳边传来了远处一座古刹开年报晓的晨钟，睁眼一看，方知方才都是梦中之景。新糊的雪白窗纸，也贴了窗花，一抹朝熹已映在纸上。村里的鸡，已是高唱过三遍了……

首先，周汝昌先生自始至终没能分辨出三生石与补天弃石在书中各自代表的隐喻指向，这两块石从来就没有发生过交集，我们在此按下不表。在这里我们需要仔细追问：大荒山下石头上的刻字是何内容？如果是通灵宝玉的下界记录，那么它是否记载了贾宝玉失玉期间的经历？况且通灵玉回归大荒山青埂峰后，又如何记载贾宝玉还玉之后的此岸历程？

问题还没有完：是谁不辞辛劳刻下这"极多的小字"的？指望警幻

僧道再次大显神通吗？这一系列问题的根本在于：离开通灵玉的贾宝玉是否拥有生命主体及自由意志？他能否担当"红楼一梦"的记载者及救赎者？

经历了黛玉诗魂雕琢的贾宝玉，只有把"诗才"深埋，重新回到对黛玉"情情"的初心，才能为千红万艳的悲哭张本，这才是其"痴人"的本相——默然地拿起锥、凿，笨拙地刻下对众女儿的美好记忆，就在此生、就在此岸……

综　　述

周汝昌先生曾痛批高鹗续书为"胡言梦呓"，其实他对《红楼梦》悲剧性的理解，现在看来恐怕尚不及高鹗。曾经有朋友问周先生："你当了大半辈子考证派，你自己觉得哪项考证是你平生最为得意的？"周氏回答说："不做假谦虚，我最得意、最精彩的就是考证《脂砚斋重评石头记》中的脂砚斋即史湘云。"其实，多年来有无数铁证可以坐实脂砚斋不折不扣是位男士，但是周氏统统采取"选择性无视"的态度，至于他强行安排宝玉湘云结合，恐怕也是"胡言梦呓"吧。

在《红楼梦的真故事》里，周氏不但没有让贾宝玉承受家散人亡的苦难雕琢，反而处处让他继续承受"额外的福报"：

冯紫英的父亲毫不理会抄没贾家是皇帝亲自督办的大案，四处寻找门路，上下打点托人情，把宝玉的事由大化小，令其早早开释；

陈也俊、卫若兰等上等上品人物闻听宝玉出狱，无不心慕前来结交；

卫若兰充满敬意地主动献上金麒麟，宝玉坦然受之并得以娶湘云为妻；

通灵宝玉丢失了，冯紫英根据贾宝玉亲手所绘图样，为他仿作一块挂在脖子上；

被贾琏休后凄凄惨惨回到金陵老家的凤姐，莫名其妙发现通灵宝玉就在自己的包裹里，委托甄宝玉千里迢迢送还给贾宝玉；

宝玉想在寺庙寄身，老方丈也不强他剃度，只收在佛门旁近，另为他专门找一别院安置。宝玉带着头发，像个行者样子，整日游艺于丹青诗词，尤其擅画仕女肖像；

贾宝玉要去金陵寻史湘云，早就为贾宝玉的诗才画才情才摄受的甄宝玉提前打前站接应，冯紫英约了卫若兰一路陪同，"要钱、要人、要门路"都不在话下……

作为伟大的文学经典，曹雪芹笔下的悲剧必然是社会性、宇宙性的。其故事背景往往会在一个宏大叙事的框架下演绎，关键情节应该发生在"情理之中，意料之外"，如此才能映衬在强大的滚滚共业下，悲剧的不可避免。而在周汝昌先生的《红楼梦的真故事》里，贾宝玉的悲剧只是某几个坏蛋制造出来的，所以宝玉的转运靠几个老朋友或赏识他的陌生人就能解决。这种"意料之中，情理之外"的情节推演，一旦细细推敲，没有一件可信，也没有一件有悲剧指向，彻底消解了《红楼梦》宏大深刻的现实主义价值。

最后，宝玉在众好友见证下，终于与湘云圆房。宝玉更蘸饱了笔墨大书一联："举头已觉千山绿，得酒犹能双脸红"（不知卫若兰和林黛玉见此"绿"字将作何想）。二人除夕更是诗情大发，打趣联诗直到天明。期间贾宝玉还被史湘云要求模仿太虚幻境的"假作真时真亦假，无为无处有还无"再做一联，于是宝玉再次振笔疾书写出"梦永须醒醒续梦，诗深见史史笺诗"。周汝昌先生还不忘在此皮里阳秋暗笔嘲讽某位用韵失误的红学家："市井人只知'醒'字念上声像省亲的省，而不知诗词里总是平声念'星'的，便读不顺了。"宝玉更是得意扬扬道："这联里

'须''续'与'见''笺'各有音声之妙"……

看那！宝湘二人完全忘记了离恨天外黛玉的孤魂，也忘记了这个娑婆世界的沉陷本质，他们着力于从苦难中发现诗意、从困厄中创造诗情。于是，孤花、缺月、断桥、疏篱、破窗、浮酿、昏烛……皆堪入诗——何不于寥落中寄超逸之情怀，从绵渺中托玲珑之幽思！如此一来，这白茫茫大地上的绝望也别有滋味，困苦亦足堪把玩，只需你具备审美巨眼，便包你陶然忘返、诗意翩翩。

曹雪芹在开篇第一回便不屑地指出："至若佳人才子等书，则又千部共出一套，且其中终不能不涉于淫滥，以致满纸潘安、子建、西子、文君"。我们在读高鹗在续书时，虽然反感于他的刻意卖弄，但毕竟也可以感受到他始终小心翼翼、战战兢兢，以免落入"佳人才子之书"这一陷阱。当然，正如周汝昌先生所言："从高鹗留下来的诗词文字来看，可知他的思想、气质、手笔、灵智、境界……与曹雪芹都太不相近，那距离有如秦楚、真似胡越之隔阂。"诚然，高鹗的才华固然不及雪芹，但起码为《红楼梦》保留了悬崖撒手的悲剧结尾，起码不会将"阆苑仙葩"强解为史湘云，起码尊重"木石前盟"的爱情主线……所以周先生的这段话实可揽镜自照。

曹雪芹首先以诗情打造了一个此岸的"潇湘世界"；然后以审美的方式终结了这个世界；最终故事的反转，恰恰在于主人公明明知晓这个世界已经被石头占据，仍然要刻下所有美好的记忆以启后人——这三个环节中任何一环缺失，都会伤害《红楼梦》的悲剧性。

很遗憾，周汝昌先生在第一个环节太过沉溺，他"六朝人物"般的心灵太过脆弱敏感，又太过任性自恋，以致他根本没有勇气承受第二个环节的悲剧冲击。至于第三个环节，才是《红楼梦》真正的悲剧所在，可惜二百多年来一直没有得到明晰的阐释，这是曹雪芹的悲剧，也是中华诗灵的悲剧，更是中华文化的悲剧。

从《红楼梦》的最终结局来看，曹雪芹让贾宝玉选择了第二个环节。诗人软弱的无效反抗，迫使他以悬崖撒手的方式进行了一场"消极自由"意义上的抗争。但是曹雪芹似乎忽视了这种解脱方式带来的负向作用：宝玉放弃对蒙受苦难的女性的怜爱，最终成为一个极其冷漠的人，就在宝玉选择辞掉红尘的那一刻，《红楼梦》的悲剧性反而被消解了。

周汝昌先生不忍让贾宝玉承担这种冷漠的折磨，所以刻意安排宽宏温情的史湘云对其进行"心理抚慰"。在周先生笔下，宝湘二人选择性忘记了黛玉的泣血天问，他们（宝玉湘云）追求的是诗韵的情致盎然，心地的澄莹幽峭——以审美的态度过好此岸的生活才是他们首要的诉求。

更加令人瞠目的是，周汝昌先生在《莫把怡红认赤瑕》一文中，认为史湘云才是真绛珠，甄宝玉才是真神瑛侍者；而林黛玉是假绛珠，贾宝玉是假神瑛侍者。因此，宝黛爱情实为无中生有，宝湘爱情"才是一部《石头记》最重大的关键性的写作结构与艺术创意"。若按照周氏的这种探佚结论，林黛玉的眼泪岂非自始至终还错了对象？整部《红楼梦》的主线岂非都要推倒重来？

晚年的周汝昌越来越异想天开，凌空异化出一套又一套令人目不暇接的无端崖之辞。如果作为小范围的纯粹学术争鸣倒还罢了，如今流布社会，一般的初学者很容易就会入了这般看似编织紧密，实则四处漏风的思维魔障（难怪连他的知己好友聂绀弩先生都深深感叹"周汝昌根本不懂《红楼梦》"）。

至于受周汝昌"探佚派"的影响，由刘心武、梁归智等红学家提出的宝玉会"二次出家"的观点，简直把佛门当作菜市场了，可以任性来去。"宝湘结合"的结尾看似温情实则残忍；"二次出家"的结局看似悲情实则儿戏。这种探佚恰恰让《红楼梦》的悲剧意义弱化到无以复加！

经历了那么多千红万艳悲哭的贾宝玉，当然需要在灾难的现实面前"回头是岸"。但是这个"岸"是太虚幻境还是大荒山？甚或是"宝湘白首"的温柔乡？贾宝玉是否有可能勇敢地返回这个劫难深渊，以继续"昭传闺阁"的使命？可惜一直到故事结尾，曹雪芹也没有为他找到最佳出路或解决方案。他让女儿们一个个渐次死去，直到潇湘世界彻底倾覆——作为故事主人公的贾宝玉，难道忍心对这一幕幕的死亡与倾覆无动于衷？

曹雪芹没有给出明确答案，周汝昌先生则压根就没去思考这一问题——这才是"红楼真梦"的最大悲哀。

《石头后记》：从"个人诗史"到"民族史诗"

《石头后记》

还玉归山又一场，更奇公子耐凄凉。
幸怜香冢埋君稿，莫负孤鸢逾我墙。
顽石缘何成刻石？诗王未必解花王。
投躯擎得残荷雨，不悔莲心苦味长。

还玉归山又一场

经过茫茫大士的神通变化，补天遗石变成了通灵宝玉；因"凡心偶炽"主动要求下界历劫的神瑛侍者也投胎成了贾宝玉。由虚到实、借假修真，由此演出《红楼梦》一部大书。贾宝玉离奇的人生开端——含玉而生，就是一个"假作真时"的寓示，因为贾宝玉所含之玉，其实质不过是光鲜外表包裹着的一块顽石蠢物。然而这块似玉实石的"幻品"，却让世人称奇艳羡，更被家人视为命根子，百般呵护，这其中不免夹杂着几分荒诞和讥讽。

不过此时的贾宝玉个人从形象上来说，倒也确实有几分玉质，生得一副好皮囊，享受着种种额外的恩宠福报。

既然是下凡历劫，则各种"劫数"均不可免，必待福报消尽劫终之日方算"功德圆满"。如今，石头的"渡劫"已经完成，如约归山销号，但是断然还玉滞留此岸的贾宝玉，却欲图上演一场新的"石头记"。

更奇公子耐凄凉

在甄士隐解读《好了歌》时，说道："金满箱，银满箱，展眼乞丐人皆谤"，脂砚斋明确下批此乃指"甄玉、贾玉一干人"。写宝玉的《西江月》词里，也明确说他是"富贵不知乐业，贫穷难耐凄凉"，可见宝玉离家后到出家前的这段时间，的确有过一段非常凄凉穷困的生活。脂砚斋曾批道："宝玉自幼何等娇贵。以此一句，留与下部后数十回'寒冬噎酸齑，雪夜围破毡'等处对看，可为后生过分之戒。叹！"

贾宝玉对社会的黑暗有超灵敏的辨识度，有难得的清醒认识，其评议也堪称一针见血。然而，一旦要他直面实践操作，他的不通世务便让他成为一个"于国于家无望"的人——不通世务的代名词就是无能窝囊废。因此，作者说宝玉"潦倒不通世务""天下无能第一"，固然是反语，不过倒也是真的写实讽刺。当一个人只有见识而无才干时，他对社会的高才卓识在众人眼里都会显得浮夸、偏激。很多不能接受贾宝玉的读者，觉得他特别幼稚浮夸，特别无能没用，原因便在于此。

贾宝玉就是这样一个"非典型"的灵性存在，他在文学艺术上有高超的悟性和创造力，但这种能力在那个时代恰恰不是最重要的：那个时代以及他的家族所需要的是处理实际事务的能力，但这种能力宝玉却一点都不具备，而且性情乖张的他也不屑于去培养这种能力。

历来读者似乎也对贾宝玉的上述结局给予同情理解：与其说宝玉是

大彻大悟悬崖撒手，倒不如说他是上愧天恩祖德，下负师友规劝，无才补天亦无能自活，无路可走时，他不撒手又能怎样呢，他能耐得下多久的凄凉？

如果曹雪芹的思想止步于此，那么《红楼梦》就不足以成为比肩世界经典的伟大小说。

只有不甘于沉沦者，才能以苦痛为马、以绝望为矛，向着风车冲锋——贾宝玉只有刺穿那个石头的世界，才能获得精神上的"新生"。

幸怜香冢埋君稿

第二十三回写宝玉在沁芳闸桥边桃花底下展开《会真记》，正看到"落红成阵"，只见一阵风过，把树头上桃花吹下一大半来，落的满身满书满地皆是。此时"宝玉要抖将下来，恐怕脚步践踏了"，其下庚辰本有夹批曰："情不情"。于是宝玉"只得兜了那花瓣，来至池边，抖在池内。那花瓣浮在水面，飘飘荡荡，竟流出沁芳闸去了。"

在宝玉看来，落花是有生命的，"恐怕脚步践踏了"，因而"撂在那水里"，因为水是干净的。但随后遇到黛玉，在她看来，"撂在水里不好。你看这里的水干净，只一流出去，有人家的地方脏的臭的混倒，仍旧把花糟蹋了。"于是提出了"葬花"的想法："那畸角上我有一个花冢，如今把他扫了，装在这绢袋里，拿土埋上，日久不过随土化了，岂不干净。"两个人都怕把落花糟蹋了，一个要撂在水里，另一个要埋在土里，都表现了一种体贴和怜惜自然万物的"痴病"。而且正如庚辰本批语所说："写黛玉又胜宝玉十倍痴情。"

第二十七回，黛玉紧接着又发出"尔今死去侬收葬，未卜侬身何日丧？侬今葬花人笑痴，他年葬侬知是谁"的问题，黛玉其实在葬花时就已经隐含了"舍身为花，自我埋葬"的心理动机——对无情的花瓣尚且如此，她又怎么可能亲手毁掉那沉甸甸的记载了众儿女鲜活生命的诗稿？

莫负孤鸢逾我墙

《诗经·国风·将仲子》云："将仲子兮，无逾我墙，无折我树桑。"

第七十回众人见黛玉的风筝走了，都笑着说："有趣，有趣。"唯有宝玉道："可惜不知落在那里去了。若落在有人烟处，被小孩子得了还好；若落在荒郊野外无人烟处，我替他寂寞。想起来把我这个放去，教他两个做伴儿罢。"于是也用剪子剪断，照先放去。这个情节很可能隐喻着黛玉死后，被埋在了荒郊野岭，宝玉怕她寂寞，于是去她坟旁住着，给她守坟，和她做伴。

顽石缘何成刻石

《红楼梦》其实有两个讲述者，即有两个不同的讲述视角：一个是隐于幕后的"以笔讲述"的曹雪芹，另一个是站到台前的"以口讲述"的历劫石头——台前的石头以出场者的身份"以口述之"，幕后的曹雪芹以史官的身份"以笔记之"。这种奇特的讲述方法在中国小说史上是前无古人的一大发明，这也是《红楼梦》让人沉迷的魅力所在。

但是历来沉迷于小说梦幻情节的读者却无一人发问：石头上密密麻麻的千万言是谁刻上去的？

这才是解读《红楼梦》的核心密码！

石头上的千万言，莫不是痴如石头的贾宝玉刻上的？

诗王未必解花王

诗王：指林黛玉。花王：指贾宝玉，宝玉曾自称"绛洞花王"。

黛玉的"痴"主要表现为对个人生命的悲情式感悟，宝玉的"痴"

更多地表现于对他人命运的悲剧式感悟。

黛玉的"痴"只有宝玉能理解，因为他们同是痴情中人。不过宝玉的理解似乎比黛玉更深——黛玉将自我的情感推之于花鸟，由个体生命流逝引发到对自然界一切生命的感慨。宝玉则由对黛玉的情感推广到宝钗、香菱、袭人……然后推到自己、推到整个世界，甚至推到古往今来一切有情无情生命："因此一而二，二而三，反复推求了去，真不知此时此际欲为何等蠢物，杳无所知，逃出大造，出尘网，始可解释这段悲伤。"

黛玉从自己想到自然，宝玉则先从他人想到自己，再从自己想到世界。宝玉的这种推己及人的"同体大悲"，与王国维评价李煜"后主则俨有释迦、基督担荷人类罪恶之意"何其相似！

曾经甘愿担荷众女儿一切苦难的宝玉出家后真的成了行尸走肉吗？或者也可以这样问：成为行尸走肉的宝玉真的寄希望于佛门了吗？

众多读者有这样的想法，可能是来自1987版电视剧《红楼梦》里那个仓促的结局：镜头里雪地上渐行渐远的脚印，伴随着宝玉蓬乱发髻及粗短胡髭的特写，虽然还有一领大红猩猩毡斗篷，那明显是破旧了的。彼时宝玉的眼里是毫无眸光的空洞。在他追随僧道的背影里，蕴含的是一种勘破后的主动放下，还是一种苦痛到极点后的无奈释然？凛冽的北风席卷大地一切了如尘埃，宝玉会半途返身吗？

通灵如黛玉，也没有想到宝玉居然选择了完全不一样的路……

投躯擎得残荷雨

第四十回宝玉与众姝游览大观园时曾道："这些破荷叶可恨，怎么还不叫人来拔去？"林黛玉道："我最不喜欢李义山的诗，只喜他这一句：'留得残荷听雨声'。偏你们又不留着残荷了。"宝玉道："果然好句，以后咱们就别叫人拔去了。"

黛玉泪尽自沉、宝钗焦首煎心、湘云水涸云散、妙玉陷落泥垢、晴雯招谤寿夭、元春芳魂消耗、迎春遇人不淑、探春春风梦遥、惜春缁衣退妆……那么多女儿的命运都与此枯荷相似。"有命无运"是整个红楼儿女的前定宿命。

李商隐的原诗为："竹坞无尘水槛清，相思迢递隔重城。秋阴不散霜飞晚，留得枯荷听雨声。"黛玉曾说自己"最不喜欢李义山的诗"，此处恰恰是作者的障眼法：因为此诗恰恰是宝玉后半生某一段命运的隐晦写照。

《红楼梦》作为悲剧美学的典范，正是教我们如何品味这"枯荷"所折射的"千红一哭，万艳同悲"盛景落幕。心思敏感的黛玉对于枯残之物并不排斥，反而会生起怜惜的心态与审美的眼光。苏轼有名句曰："荷尽已无擎雨盖，菊残犹有傲霜枝"——虽然此时荷叶已衰败凋零，然而依然可以聆听到风吹雨打声，依然可以凭借这雨声的润泽涤尽心上的尘垢。化身枯荷的宝玉配合着落雨，演奏着属于自己的梦境。在梦中，他与黛玉似乎又回到了"映日荷花别样红"的大观年华……

不悔莲心苦味长

《芙蓉女儿诔》有句云："警柳眼之贪眠，释莲心之味苦。"

曹雪芹冷静沉挫地以如花妙笔向读者描绘着死亡的本相：死就像花落叶枯一样，既抽象空洞，又真实具体；它是枵腹的巨兽，无情、暴戾、狰狞地吞噬一切，拿走你一度认为值得追求与拥有的东西。哪怕如莲花般无染、鲜妍、香溢，也终将凋谢、破灭、归零。

曹雪芹对笔下人物夏金桂曾作如此评价："爱自己尊若菩萨，窥他人秽如粪土。"宝玉的心性恰恰与《红楼梦》中这位最一无是处的女性相反:他视少女若菩萨,视自己如粪土。所以他才会扎根淤泥、莲心自苦。

此联指宝玉愿将残躯化作枯荷,怀抱苦恸,以满足黛玉生前"夜听潇湘雨"的愿望。

七律的尾联虽然不要求对仗,却往往是最难写的,因为要在艺术性不降低的基础上,不但完成对前六句的意境收束,还要尽量提升整首诗的思想性。这首诗的尾联曾是"招魂涉尽湘江水,甘认他乡是故乡"。但是考虑到对书中"反认他乡是故乡"的借鉴太过明显,并且不能体现出宝玉对黛玉的执着痴情,苦吟许久,才于某一雨天,灵感忽至遂得此句。

综　　述

《红楼梦》固然是一部伟大的小说,但我们仍对它有所遗憾,端在于它仅仅是一部"个人诗史",而非"民族史诗"——因为它太受制于曹雪芹的个体经历,故事背景被局限在家族史内,并没有站在天下家国的高度去演绎一部民族心灵史。

当然,《红楼梦》中也有对皇权及整体社会的反思批判,可惜浅尝辄止。以曹雪芹的文化造诣及反思力度,没有更进一层贡献出一部史诗般的经典巨著,确实是令人惋惜的。

这可能与曹雪芹处在所谓"康乾盛世"时代,没有经历过"战争与和平"般的艰苦磨炼有关。当然,如果《红楼梦》能够在后半部分超越前八十回的思想框架,仍具备上升为"民族史诗"的可能。

作为一部伟大的现实主义小说,《红楼梦》前八十回的思想主题紧紧围绕着每一个活生生的现实生命展开,这些生命个体又都牵连出其背后的"业力之海",使得这部小说的视野既精微又博大,这与曹雪芹百科全书式的传统文化积淀密不可分。尤其在"神话原型—下凡历劫"母题推动下,使得故事背景具备了哲理意蕴与终极关怀,其宏大叙事的情节架构也有一定的史诗性质。

马一浮曾云:"大抵境则为史,智必诣玄;史以陈风俗,玄以极情性。""史"在《红楼梦》中的表现是"追踪蹑迹,不敢稍加穿凿"的写实主张,以见兴衰治乱,人情物态;"玄"是在对现象界、人间世的观照体察中觉悟"真假有无",以见宇宙人生之本源实相,并寄寓价值理想。

与明清其他小说相比,《红楼梦》具有"史玄交融"的独特性征。曹雪芹作为诗人哲学家,其下笔"写实"与"象征"并具,所以历来评价《红楼梦》既是现实主义作品,又是浪漫主义作品。

《红楼梦》作为百科全书式小说,具有非常重要的文化史价值,这是它在"史"方面的独特贡献;曹雪芹独步天下的文学造诣,使得它在"诗"方面的价值不言自明。可惜的是,中国古诗固然可以证史,但因为中国的史学实在太过早熟发达,导致西周时史与诗已分途,所以中国文学过早的"诗史分科",导致"史诗"体裁的不发达(目前少数民族地区尚有遗存)。受这种传统思维的制约,曹雪芹也未能打通两者的堑阻,《红楼梦》虽然依托的是家族史、社会史,但更大程度上是作者个人的心灵史。

中国文学发展到明清,仍没有出现一部堪称"史诗"的小说,确实是一大遗憾。与此对应,西方作家自荷马以降一直对"史诗"类作品情有独钟,甚至到了资讯日益发达的20世纪,仍有《魔戒》及《冰与火之歌》这样的大部头巨著问世(到今天仍有续作不断问世,而相关影视剧也有极为丰富多彩的表现)。尤其是《魔戒》,这部由英国作家托尔金父子延续近百年持续写作的史诗巨著,被誉为现代奇幻文学的经典之作。这部小说以丰富的想象力、复杂的叙事结构和深邃的哲思,吸引了数代读者，一直稳居全球小说排行榜的首位，成为一部跨越时空的文化现象。

"史诗"思维的缺位，对中国文学确乎是一个严重问题。令人遗憾的是，汉语文学思想界，尤其是红学界仍陶醉于对《红楼梦》个人心灵史的解读，并且其格局越来越狭窄、视野越来越细碎、言路越来越刻板。即便是周汝昌先生等致力于从中华文化史上诠释《红楼梦》，仍缺诸比较文化学的视野，对西方文学的"史诗"系统极少涉及。

周汝昌认为曹雪芹写作《红楼梦》的动机是想彻底解构中华儒释道主体思想，力图建立一套名为"情教"的新型信仰体系。此说看似格局宏大，其实是沙上建塔，根基堪忧。

即便从佛学角度来剖析，周氏笔下通过贾宝玉表现出的"情教"教义仍不免粗陋。首先，它不具备"出世间法"的品质，所以情教教徒难免会继续沉溺于此岸的诗意逍遥，尚不及罗汉果位的清净无染；其次，这套教义一任性情，狂狷有余而殊为无智，与悲智双运的菩萨道精神相去何止道里；最后，这种情教完全立足于自我心性，一旦不能自度，则度他就成了一句空话，丝毫不具备佛陀"出离而担当"的超越位格。

周汝昌先生似乎看出了曹雪芹当年创作时的思想悖论：宝玉既不能死，也不能完全出世，否则《红楼梦》注定是一部烂尾小说。曹雪芹前半部分设下的所有伏线都是让宝玉出家（悬崖撒手），事实上就是让他在此岸心死并肉身出离。这一结局令周先生脆弱的"情心"无法承受，于是他只能让贾宝玉再次进入与史湘云共同打造的温柔乡——虽然那间茅屋不如大观园物质丰富，也无群钗争芳，但是主人公似乎很满足于这种诗意的精神自得。

甄士隐之所以能够在跛足道人寥寥几句点化中幡然彻悟，不仅仅是因为《好了歌》意蕴的深刻，更在于他丢失爱女、家园被焚、寄人篱下、遭人白眼等人生幻灭的经历——尘俗中的家园早已被摧垮，现实世界已不再是他的精神寄托，他只能被动地从眼下的世界抽离疏远，而曾经熟悉的现实世界，在内心也变得越来越陌生，逐步由"故乡"退变为"他乡"。

对这个"他乡"的遗弃，不仅是对生命之痛的自我舔舐，也是对精神家园消解的怨怼表达。"反认他乡是故乡"一句，具有深切的生命苦痛和自顾自怜的孤寂之感。这是甄士隐对自我如梦如幻人生的切肤体悟，因为它触及对生命故乡的再确认问题。

令人不可思议的是，周汝昌先生居然执意要安排宝玉与湘云苟合。如果宝玉连婆婆世界的出离心都不曾升起，他又如何面对黛玉的诗灵！

曹雪芹其实给"宝玉出家之后"留下了某种迥异于儒道佛思想的别样出路，这是一条极为隐秘的"新路"，它决定着贾宝玉能否真正成为中国文学史、思想史、精神史上的一位"新人"。而指引宝玉踏上这条"新路"的精神资源，我以为可以从中国的墨家思想及菩萨道思想中去挖掘寻找。所以将来如果有机缘，我或许会专门写一篇题为《曹雪芹能否"由佛入墨"？》的文章。

对于曹雪芹来说，女性的"水性"是一个超越的象征，其含义可以从对立面男性的"泥性"象征含义来把握：男性代表着浊臭、暴虐、势利、淫恶，是"潇湘世界"的顽敌。水的"自洁性"还意味着永远保持着对这个泥淖世界的"出离心"，女儿的似水柔情，象征着对此岸世界绝不苟且的力量，那是一种任何世俗力量和自然形态都无法比拟的至上存在。

感领到这种"至上存在"的贾宝玉，对女儿"水性"的呵护、对美的受难的悲悯，是红楼情案的基本主题，就好像梅什金公爵呵护女性气质中柔弱、孤单、毫无防御力的品质中断肠的悲哀。

如果至柔至美的力量不能转化这个"石头世界",那么贾宝玉作为"新人"的现世存在或曹雪芹的"补天"行为,就意味着毫无价值的全然失败。

贾宝玉"补天"的价值基石,不是开显内圣外王的忠孝纲常,不是迥脱根尘的涅槃出离,不是"圣人有情而无累"的游戏逍遥,而是要以"水性"的力量对抗"泥性"的深渊,在"石性"的世界构建一个完全崭新的"情性"潇湘——"水性"由此获得了形而上的意义,莲心的女儿便成为超验美质的象征,曹雪芹的"新人"由此得以超越于一切彼岸的拯救者之上。

以诗为箭,射得恶龙;以诗为石,补得天裂——贾宝玉的"苦荷入泥",不就是另一种形式的"补天裂"吗?

《笔花堂致悼红轩》：跨文化视野下的"红学"突围

《笔花堂致悼红轩》

穹昊无尘黯角芒，起魂芹圃费思量。
双生火炼三生石，一寸眉牵百寸肠。
似幻实真青埂梦，非曹是李笔花堂。
瓷心易裂哀文脉，玉魄重开水与光。

穹昊无尘黯角芒

穹昊：穹苍。《周书·宣帝纪》："穹昊在上，聪明自下。"

角芒：形容星的光芒，这里借指角宿。《尔雅·释天》云："寿星，角、亢也。"角、亢星宿因列众星之长，所以被视作寿星的象征，在中华文化中有着源远流长的底蕴。

此句一语双关，既指曹雪芹之早逝，又指百年"红学"的虽显实隐。

起魂芹圃费思量

正如宋淇先生在《新红学的发展方向》中所言："环顾世界文坛，倚仗一部未完成的小说而赢取大作家的地位，曹雪芹真可以说首屈一指。"

《红楼梦》如何悲剧收尾，可以见仁见智，作为作者的曹雪芹自身的生命悲剧，却不由得令每个人发出唏嘘感叹。清人顾贞观对纳兰性德的痛惜可以一字不移用在曹雪芹身上："所欲试之才百不一展，所欲建之业百不一副，所欲遂之愿百不一酬，所欲言之情百不一吐。"

目前有关曹雪芹的研究，可以说穷尽了一切可能手段，也几乎搜尽了相关资料。如黄一农先生在"e考据"的新技术背景之下，其《二重奏：红学与清学史的对话》等专著在海量数据库基础上，把所有涉及曹雪芹的材料铺展成了一个完整的专题资料库，补充了传统研究的遗漏空白。

但是，"曹学"的发达对"红学"的提升并没有明显的助力，甚至导致了越来越多的枝节臆解。

当代红学泰斗周汝昌出于对曹雪芹的无度崇拜，本能地认为曹雪芹不可能出错，他没有意识到《红楼梦》的创作是一个不断修改完善的过程，即便是前八十回，也有不少"毛刺"甚至"代笔"。然而周先生存在一个近乎荒谬的逻辑前提：八十回《石头记》一问世就完全正确，如果某些版本（如庚辰本）存在错误，都是后来抄书人的问题。

虽然周汝昌先生把曹雪芹及《红楼梦》的解读放在了中华文化史的层面，但仍然只是表层意义上的泛泛而谈，并没有将《红楼梦》作为中国精神史及东西方文化交流史上的重大事件来看待。

曹雪芹或《红楼梦》遇到的真正哲学悖论：由中国佛道庄禅滋养的诗意生命，为何再次局限于逍遥精神而未能开显出拯救精神？曹雪芹动用几乎所有的中国精神元素去"问天""补天"，为何结局仍是"白茫茫一片大地真干净"？周汝昌先生得意的"宝湘结合"终局，难道就可以让这个石头世界重新开满诗意吗？

双生火炼三生石

双生火："双生火焰"是一种灵性概念，被认为是两个灵魂在宇宙中相互吸引并彼此连接的特异现象。

红楼故事其实围绕着两块石头展开：一块是补天弃石（通灵宝玉是他的幻身）；另一块是三生石。这两块石头如"双生火焰"般组成了一部大书的基要意象。

我们在此发现了一个有趣现象：目前的考证基本认定曹雪芹是双子座，所以他笔下的贾宝玉也是双子座。可能正是双子座的多重人格属性，造就了故事主人公的特异心性：宝玉的"痴"既体现为前半生的含情脉脉，又体现为后半生的坚韧冷峻，非如此不能显化其性格中的"玉石二性"。

曹雪芹与贾宝玉酷似"双生火焰"的关系，而笔者也是双子座，惜乎不能早生三百年，为雪芹展纸磨墨耳！

劫火洞燃，大千俱坏，或许，曹雪芹写作《红楼梦》的初心，是希望点燃一把烧透天地的劫火，把这石头世界重新炼化？

一寸眉牵百寸肠

在中国思想史上，与经史领域"一以贯之"的显性表现暗合的，是诗文领域"隐性精神"的薪火相传。中国的"诗人"是一个独特的群体，与庙堂上的士大夫群体不同的是，前者往往是在乱世之时更能凸显其传承文化的功能——正所谓"国家不幸诗家幸"，从屈原到曹雪芹，牵动的是同样的愁肠，献祭的是同样的诗灵。

似幻实真青埂梦

曹雪芹的文笔，非真非幻、亦真亦幻，充分运用汉字的全息性，营造一种如梦如真的虚拟氛围。这种渗透到语言符号的最深层次的精微的艺术手法，形成一种独特的文学审美，在其他作家的作品中几乎是看不到的——因为故事的虚拟成分越高，对创作者的写作技能要求就越高，二者属于正向关系。

在具体布局上，曹雪芹让充满现实性和情感性的"实境"，与具有超越性和意向性的"虚境"共同构成小说的虚拟空间。这个虚拟空间通过虚实相生建构出的独特意境，营造出整部书审美空间的弥漫生成。

在叙事架构上，曹雪芹追求以虚印实，以实证虚。读者由虚拟故事而产生的强烈感性，时时处处会与书中精细入微的写实理性相碰撞。现实原型与艺术虚构之间，既有区别，又有暗合。这种叙事架构在后四十回的续写中，很显然被弱化，甚至被忽略了。《红楼梦》的解读者与续书者，需要对曹雪芹的文风诗风做深入的揣摩体会，才能更好地与文本"双生共振"。

《红楼梦》对阅读者而言仿佛是一场大梦，对曹雪芹而言却是无比真实。然而作者自己能否借助这样一场大梦之醒，实现逃大造、出尘网、"打出樊笼第一关"呢？

非曹是李笔花堂

笔花堂：笔者的祖堂号，笔者曾辑有《笔花堂诗稿》。

曹雪芹没有专门的诗集传世，在《红楼梦》之外甚至没有一首完整的诗流传下来，但他的朋友们留下的笔墨却反复说到他和诗之间的特殊关联。好友敦诚有"爱君诗笔有奇气""牛鬼遗文悲李贺"等诗句赞许其非凡的诗才。在《佩刀质酒歌》中，敦诚很生动地描绘了雪芹的诗人风度:"曹子大笑称快哉,击石作歌声琅琅。知君诗胆昔如铁,堪与刀颖交寒光。"可见其诗风偏向爽快、锋利的创作风格。

这令我们联想到鲁迅先生的文风。鲁迅曾自述受到两种传统的影响:"一个是庄周的随便,更一个就是韩非的峻急。"这两种思想对鲁迅的影响,表现在文章中,一方面就是天马行空,言出尘外,鬼话连天;另一方面则是讥讽挖苦,尖酸刻薄,横眉冷对。鲁迅坦然地承认自己的文字有"暴戾之气",他确实用过奴才、走狗、匕首、刽子手、扑灭等不留情面的极端词汇。曹雪芹与鲁迅都留下了不朽著作,只是满纸荒唐言,谁解其中味?

在红楼大梦里,曹雪芹集千面于一身——他是那块顽石,也是坠入凡尘的那块灵玉;是赤瑕宫主,也是绛洞花王;是空空道人,也是情僧士隐……尽管曹雪芹设置了上述诸多人物,其实都是自己的某个侧面:补天弃石是他的本质,通灵宝玉是他的显化,神瑛侍者是他的前身,怡红公子是他此世的轮回,情僧是他的解脱境界,甄士隐是他撒手悬崖的写照……

瓷心易裂哀文脉

在很大的程度上,可以说是中国古典文学塑造了国人的精神气质及心理状态,我们民族性格中的优缺点,都可以在古典文学里找到对应的折射。

刘再复先生曾形象论述过他对几部古典文学名著的看法:《三国演义》有太多的"机心",但诡诈气太重;《水浒传》有太多的"凶心",但血腥气太重;《封神演义》有太多的"妄心",但魔幻气太重;《西游记》有太多的"童心",但油滑气太重;《红楼梦》有太多的"情心",但脂粉气太重。

此说确实观点尖锐。从反思中华传统文化的角度出发，百年来都有不少读者与学者认为《红楼梦》安雌守弱、抱情感伤的特质造成了国民灵魂脆弱、颓靡、沉迷的气质——耽于省思而短于行动，阴柔有余而刚性不足，有主体决绝的意志，但无反抗绝望的行为实践。

《红楼梦》就像一个薄胎瓷器，晶莹而易碎。这也导致了很多红学家都有一颗"瓷心"，其观点棱角分明互不兼容，并且都非常敏感"一触即跳"。难怪有业内人士云：红学圈最乱，最适合吵架。如果"红学圈"总是在弯弯曲曲的小胡同里转悠，将心灵引入精巧、刁钻的方向，难免越发孤芳自赏、故步自封，用鲁迅先生的话说就是"徒见小器"。

于是刘再复先生建言："如果仅仅以专治专，就《红楼梦》谈《红楼梦》，或仅用小说、诗词等文学视角来把握《红楼梦》，就很难跨越前人水平，而如果打通文、史、哲，打通中西方，以更广阔的视野和更强大的参照系来领悟《红楼梦》，就会有别于他人前人，就会对红学之专有所补充。"

我们在意的是一个民族审美力的扭曲及创造力的衰竭，故本书就是想做如下之努力：终结围绕着《红楼梦》的瓷器式审美，让它重归中华文化的玉骨玉魂。

玉魄重开水与光

中国社会学和人类学的奠基人之一，当代著名社会学家、民族学家费孝通先生，曾论及中国古代玉器与传统文化的关系：东方文化，尤其是中国文化，有很多独特的东西，但是哪些东西是西方文化所未见而为中华文明所独有？费孝通先生指出："在此，我首先想到的是中国玉器。因为玉器在中国历史上曾经有过很重要的地位，这是西方文化所没有或少见的。"

诚然！玉文化是中华民族迥别于其他世界各民族最突出的特色文化。在国人心目中，美玉乃天地之精华，是沟通天人关系的主要媒介，被视为天命和天意的象征（玉最初为巫者与王者专用器）。自从出现与玉相关的文字、词汇以后，在"以玉为美"观念的影响下，玉几乎可以用来形容、比喻任何美好的事物。几千年来，数以万计的与玉相关的文字、词汇、词语、诗句、成语典故，成为历代文人学士进行文学创作的重要题材、线索和源泉。

正所谓"玉是精神难比洁"，《红楼梦》中的"玉"由饰品升华为人品，使玉超越了其"山岳精英"的自然属性，包含了曹雪芹对笔下人物的精神想象。曹雪芹更进一步把"通灵宝玉"作为《红楼梦》中穿针引线、传情达意的主要载体，在"人玉一体"的结构线索中展开"人玉离合"的一部大书。

其实整部《红楼梦》就像一块玉——含蓄如玉，处处伏线；温润如玉，时时摩挲。玉的美却是藏在质里的，非六根所能尽及，故再好的电视剧也拍不出藏在其中的美感，难以言说，只能神会。

"玉"就像大修行者渡尽劫波后成就的"舍利"。作为"新人"的宝玉，也必须经由劫波的锻炼，才能成就自己的"舍利"。

综　　述

很难想象，《红楼梦》作为一部小说，一方面流行得家喻户晓妇孺尽谈；另一方面却让专业研究者搅和得越来越混沌。

从纯粹学术角度来看"红学"，由于百年来的积累，相关研究课题已经达到了"掘地三尺"的程度，其中涉及的许多问题往往覆盖着正反两面观点——该挖掘的课题已经挖掘到位了，新的话题似乎也已经被说尽了,某种意义上红学作为一种学术研究确已"山穷水尽"了。

然而,本书所做的尝试:即便曹雪芹复生,不仅要"听他说",还要"跟他说",更要"对他说"。我们假设:即使有人掌握了《红楼梦》的"海内孤本""亲笔遗作",又如何呢?这些材料的史学意义仍然不能凌驾于主体文本的文学、美学、哲学意义。红学的未来,最终应归结到对这一文化经典的"重新言说"上。

赵宋之后,中国的哲学和艺术水平并没有本质上的提升。其实唐代之后,中国人的精神气质就无可挽回地萎缩沉沦。曹雪芹发现了这一问题,可惜并没能给出解决问题的明晰答案。直到以五四运动为标志新文化运动开始,中国文化被动而痛苦地与西方强势文化迎头相撞,国人才痛感"道统"的衰微并寻求解决之道。

东西方文明都曾经屡次面临"灵魂枯竭"的危机,在此我们通过比较文化学的视野,去探寻各自思想界寻找"生命的液汁"的深层发现。

"水":道家思想的元素象征。其艺术表现是"上善若水"的与物推移、"流水不争先"的顺势无为,是阴柔中的沛然适意、混沌中的曲直随缘,这是一种典型的"逍遥"哲学:意冥玄化、淡泊超逸、任性旷达、穷极幽渺,栖形感类而淡然沉潜,盈冲隐显而净相自鉴……

"乳":儒家思想的元素象征。其艺术表现是对当下现实世界的生存性关注,基本主张是尊重生命、哺育生命,通过对社会秩序的强烈干预和对人伦秩序的强烈关注,表达出尊重人的社会属性的"在世性"哲学,其审美境界追求重生厚德、意蕴雄浑、静穆中和、醇正崇高……

"酒":玄学思想的元素象征。其存在本身就是"艺术化生存",以啜饮感官生命的琼浆为补偿性愉悦,在醉醒之间、仙人之间无碍地漫游,品味一种迷离虚浑的倘恍嬉戏、一种似梦非梦的与世同醉。曹雪芹的艺术手法在此领域表达最为明显,其酣畅淋漓的泼墨笔法,让《红楼梦》的整体风格呈现出某种"醉态"……

"露"：佛教（尤指禅宗）思想的元素象征。禅者追求的是方寸之中的净寂大千，是面对生命无常，仍然寻求白净其意的刹那晶莹。那意味着寂灭中的意趣、出离中的自赏、隐遁中的韵致，同时也代表着某种孤傲不群的"精神洁癖"……曹雪芹的晚年封笔，就反映了他的这一"精神洁癖"。

如是，滋养国人艺术美学的"生命的液汁"，基本上就是由上述"水""乳""酒""露"四大元素组成。问题的关键是曹雪芹已经穷尽了对上述传统精神的探索，却并没能给中国文化带来完全崭新的逆转。我们又如何在当下跨文化的学术语境下重新解读《红楼梦》？《红楼梦》能否在文明交流已经不可逆的今天仍具备超越时代的价值意义？

我们在此不妨以最简洁的方式梳理出西方文化的元素表征，以便解决一直困扰曹雪芹的问题。

"蜜"：作为西方思想的象征，折射出基督信仰最为淳厚的生命状态。在信众（当然也包括了几乎所有的西方大艺术家）看来，福音"比蜂房下滴的蜜甘甜"。"蜜"为背负十字架的圣者所酿造，是基督身内之血，供世人吮吸以消解罪孽。那"流着奶与蜜"的应许之地，就是人类的伊甸园。它润泽了枯燥的信仰荒漠，信徒唯有摊开双手，接下天国的馈赠，任由基督十字架上的点点鲜血穿透内心的岩层，怀抱敬畏地领取醇浓的怜悯与福祉……

真的诗人当在啜饮"水""乳""酒""露"的同时，更为主动地去迎取生命的"蜜"——只有将这五者恰当勾兑，充分调和，才能形成文明冲突大背景下生命救赎的本质力量。这，才是滋养人类信仰本源的"醍醐"。

我们已初步梳理出东西方文化的表征元素。那么，决定东西方艺术的内在推动力，又有什么根本差异呢？

在此我们只能大略直接地描述：中国艺术美学的底蕴是"以水为脉"，西方艺术美学的底蕴是"以光为脉"。

"光"是使心灵透入隐秘之物的决定性力量，那力量直指救度发生的源泉。如果这个世间仍然还有无辜的悲哭，如果还需要对形形色色的苦难表达终极的关怀，那么艺术作品的表达终点只能是"救赎"——一切宗教、哲学、美学，必然要提出某种救赎景观来表达对地狱般现世的关注。

"光"还意味着宗教般的虔诚与净化，在文学领域表现为积淀久远的神话及史诗。它代表着绝望中的坚守、厄运中的化度、沉沦中的祈祷。在汉语思想界主要体现为大乘佛教"菩萨道"精神及墨家思想。这种饱含信仰特质的言路，使中国传统审美趣向在"优美"的垄断势力之外，有了部分"崇高"的元素。

但是在《红楼梦》问世之前，以陶渊明、苏东坡为代表的诗人群体，以及以孔尚任、汤显祖为代表的小说家群体，他们笔下的文学救赎功能主要体现为个体生命的逍遥圆满，而非对灾难世间的拯救干预——这就是琴棋书画等所谓"雅文化艺术"的逃避姿态。所以中国主流的文学艺术思想在现实救赎方面非常曲隐和淡弱，"道""玄""仙""禅"的味旨远远大于墨家及菩萨道所提倡的拯救精神——或许这从另一个方面验证了"因为宗教信仰的缺位，导致中国缺少悲剧"这么一个论断。

曹雪芹应该没有读过西方标准的悲剧作品，所以他无法严格按照西方的悲剧模式进行创作，只能按照他自己的理解创作符合中国文化心理的悲剧文本。《红楼梦》虽然不符合西方标准的悲剧模式，红楼众儿女也不会凭靠上帝的圣水甘泉滋润"潇湘世界"，但是他们靠着诗意的泪水滋润着自身，这种从诗灵深处涌流出来的生命泉流，难道不也是一种自我救赎吗？况且，曹雪芹在书中传达出的"问天"及"补天"意向，彰显了宗教信徒尚不具备的终极追问。

如果忽视了曹雪芹在写作《红楼梦》时，通过"问天"表达出的对"光"的渴望，那么我们看到的"满纸荒唐言"至多是一个家族兴衰的如实记录，并不具备精神史上的意义。

陀思妥耶夫斯基以至爱的毁灭来昭示"光"的存在；曹雪芹以至美的毁灭来昭示"光"的存在。那道"光"究竟来自菩萨还是基督？究竟是来自净土还是天国？只有痛苦的魂灵自己知道。

曹雪芹所处的时代，东西方文化其实已经在多个领域发生了或主动或被动、或深层或表层的交流。康熙皇帝一度对基督教非常青睐倾心，《红楼梦》书中也出现了不少与西方宗教相关的元素。曹雪芹已隐约感受到了那道光，并几乎捕捉到了它！可惜最后仍差了薄如蝉翼的距离。感受到西方文明初步冲击的曹雪芹无论如何也不会料到，在他去世后不到百年，这个国家即遭遇第一次鸦片战争，国运就此一泻千里。

古人有"我注六经，六经注我"的说法，即理解者不可避免地受到各种如文艺的、审美的、历史的、道德的"先入之见"的影响。正如解释学家、美学家伽达默尔所说："对一文本或艺术真品意义的发现是没有止境的，这实际上是一个无限的过程。不仅新的误解被不断克服，而使真义得从遮蔽它的那些事件中敞亮，而且新的理解也不断涌现，并揭示出全新的意义。"《红楼梦》被称为"中国封建社会的百科全书"，在当今时代，我们更有必要站在跨文化的视野进行相关研究，以求从现象深入本质，为"红学"另辟蹊径。

遗憾的是，中国大陆红学界对于西方世界的"神性美学"或"荣耀美学"至今仍存在着严重的视盲。"以水为脉"的东方艺术精神，其未来发展当在"水光交映"中揭开大时代的篇章，这就要求我们的评论者和创作者必须面对中西文明交流时带来的深层思想冲击。现在，我们所期待的，就是《红楼梦》的读者能够像曹雪芹一样将灵魂的重量重新聚起，同作品一道化入"水光交映"的时代脉搏中，向着石头世界投入不计成败的终极撞击。

《红楼梦》的问世相对于康乾时代显得太早，我们对它的思想价值的解读又远远落后于当今这个伟大时代。希望红学界能够在"百年未有之大变局"的背景中，重新回归汉语精神史上的神话谱系和史诗言路，并揭示出独属于中国人的美学精神——那就是在将道家的逍遥精神、儒家的担当精神、佛家的菩萨精神作为自己的"文学母语"基础上，借鉴西方艺术哲学的理性思维及宗教哲学的超验思维，使得红学研究更多地具备信仰性质的拯救精神。

本书的写作思路：抛弃易脆的瓷心，用最软的诗，经过水与光的浸润淬炼，锻炼出最硬的玉，最终在玉上将《红楼梦》重新雕琢成一部民族史诗。

即便这个无诗的世界是一片大荒无涯的废墟，辽远的天际角芒暗淡且铅云压顶，曹雪芹仍会在《红楼梦》的背面以一种隐秘的方式告诉读者："要有光"。

白茫茫大地上，那位跣足的缁衣者离家越远越走投无路，越能切实地感领到"那道光"……

《禳星雪芹》：曹雪芹的"补天事业"

《禳星雪芹》

华盖无端蔽上台，苍天原妒雪芹才。
黛山埋玉陪侬老，绛洞封诗待后开。
一掷麟毫狂解佩，频呼麝月醉添杯。
红楼未许留全璧，名在辰星峻顶嵬。

华盖无端蔽上台

华盖星是中国天文中的星官之一，代表孤傲、独行、超然的命象。据云，宜僧道，不宜凡俗。《晋书·天文志》：三台六星，两两而居，西近文昌二星，曰上台，为司命，主寿。

曹雪芹是中国文化史上"病蚌产珠"的典型案例。与林黛玉"玉碎珠沉"的命运一样，曹雪芹的生命悲感通过《红楼梦》得到了最具美学意义的体现，所以他才能写出《题帕三绝》的情节——黛玉将爱情放在了生命的首位，飞蛾投火一般进入这段命若游丝的诗歌创作之中，全不顾"病由此萌"。与之类似的例子就是法国的伟大作家马塞尔·普鲁斯特，他因为患有严重的哮喘，身体孱弱，闭门写出了《追忆逝水年华》。普鲁斯特以意识流的写法，无比细腻地描绘出巨大画面中每一个微小的情感战栗。这样的文字，出自被疾病磨砺得无比灵敏的心——一个健康人断然写不出这部小说。中国古代也有这样的早夭天才，比如有"诗鬼"之称的李贺，其命运苦涩，诗风奇诡幽奥，诗中关注的是意象偏于悲冷，多与死亡相关。

雪芹封笔、"红楼"璧残、索隐无端，此为"红学"三大憾也。不过我们更为百年红学遗憾，用已故红学大师俞平伯先生的话说："红学愈倡，红楼愈隐。"他还说过，红楼不难读，是一些人人为地把它搞得高深和难读了。

当然，对于《红楼梦》本身而言，通过隐语谶言表达出的情节演绎及象征体系，无疑为《红楼梦》的解读平添难度及魅力，也为"索隐派"提供了土壤。所以读者在赏析《红楼梦》这本书时，相当一部分精力反而要花费在"解蔽"上。

苍天原妒雪芹才

曹雪芹笔下的"才"到底指什么？在古代社会，"才"多与处于精英阶层的文人学士有关：才华、才思、才情，当然还有《红楼梦》里凤姐和探春般的才干。但在《说文》中，"才"指"草木之初也"，意思为植物萌发的生命力表现，又指内部蕴藏着强大的生机。雪芹让这种生机得到最大程度的诗意绽放，最后又亲手毁灭了它，难道他想借此以质问苍天？

以曹雪芹的多才多艺，如果他想要获得俗人眼中的成功并不是困难的事情，但是这种获得，如果没有了"情"的存在，对于曹雪芹来说也是没有价值与意义的。书中的贾宝玉也是如此：他们都无意于追求社会地位和事业成功，而致力于经营一种"非功利的审美人生"。书里执于"补天"的贾宝玉，书外执于"问天"的曹雪芹，虽都在寻找着"才"的出路，然而却都是绝望了的——让贾宝玉离家出世也只能是曹雪芹在那个时代的无奈选择。

"无材可去补苍天"，这句诗本身就有着曹雪芹对自己无力改变命运的一种慨叹。但其中也蕴含着对主体人格的坚守，也正因为如此，才会形成曹雪芹转向关注个人精神的追求，专注于独具个性的诗意言说。

曹雪芹最初以《石头记》作为书名，其中就有以石头的怀才不遇寄寓自己人生遭际的意向。石头从大荒山到人间经历一遭"好事多磨"后复归大荒山，这一情节构思，都投射出作者不容于此岸的特殊含意。

我们能让这个绝望的故事发生真正悲剧意义上的"反转"吗？

黛山埋玉陪侬老

"黛山"典故之由来，乃宝玉第十九回看似顺口的胡诌："扬州有一座黛山，山上有个林子洞。"当时黛玉笑道："就是扯谎，自来也没听见这山。"

此句中的"埋玉"，既指埋葬黛玉之灵骨，亦指封存宝玉所刻之诗稿，同时也指宝玉自埋。

枯守在黛山的贾宝玉送走了无数黄昏，曾经的明媚鲜妍已经被茫茫暗夜吞噬，每一个春恨秋悲的枯燥庸常日子里，宝玉想必会长久沉浸在对花容月貌的回忆和追思中，这种巨大的心理反差在初期定会令他怅然若失。如今的他，却淡然地陪着黛玉的魂灵，任凭身心衰败老去。

绛洞封诗待后开

贾宝玉封存的诗稿就在黛山之绛洞，或许空空道人曾经发现了它，并把拓本传给了曹雪芹；或许这压根就是曹雪芹一个人的秘密，他不过故意给读者演了个双簧罢了。后续者若想使《红楼梦》全璧，除非天降机运能够重新发现这些石册，否则就需要对曹雪芹"一树千枝，一源万脉"的幻笔艺术进行深入地学习体会。

谁能发现那座绛洞并打开它？开洞密码就在曹雪芹的伏笔里，找到它，靠的不是眼，而是心，更是诗灵的感应……

一掷麟毫狂解佩

麟毫：又称麟管，毛笔的别称。解佩：解下佩戴的饰物。

敦诚《挽曹雪芹》诗云："牛鬼遗文悲李贺，鹿车荷锸葬刘伶。"对雪芹狂狷形象描绘更生动的是敦敏写的《佩刀质酒歌》序文："秋晓过雪芹于槐园，风雨淋涔，朝寒袭袂。时主人未出，雪芹酒渴如狂。余因解佩刀沽酒而饮之。雪芹欢甚，作长歌以谢余，余亦作此答之。"

《红楼梦》中所引用的古代诗人几乎都命途多舛，且大多同雪芹一样嗜酒。《红楼梦》第二回提及"正邪二气"之时，所列举的人物也有不少历史上的好酒之人，如刘庭芝、温飞卿、陶潜、阮籍、刘伶、石曼卿等。既然同为"诗酒放诞"之人，则曹氏在引用前辈诗作时，难免因为感同身受而下意识将这种气质引用于小说当中，这也使得《红楼梦》的行文平添一股"狂气醉意"。

曹雪芹无论在思想上，还是在性情上，对阮籍都有独特的认同赏识，并特以"梦阮"为字。《世说新语》中的"任诞"一节，有许多条都是关于阮籍的事迹。他恃酒放旷，出言玄远，不臧否人物，时人莫识，经常驾车至穷途而恸哭。据说某天邻村有少女离世，阮籍也不认识那家人，这并未妨碍他径往这户人家哭悼少女，尽哀而返。这位不知名的少女，如花如梦一般短促存在的虚无感，让阮籍得以宣发自己那深邃内心中不可言说的苦痛。曹雪芹借助于《红楼梦》，同样哭的是生命的伤逝，青春的凋零。寻情与梦殇，曹雪芹表达了与阮籍同样的情本主义思考。两人堪称异代知己，同气相求。

"残酷的天才"是鲁迅对陀思妥耶夫斯基的评价。这里的"残酷"主要指陀氏对于"极端"和"反常"的偏爱：他常常把自己作品的主人公扔到各种绝望的处境，观察他们各种心理或神经上的病态反应，并将这种反应写得惟妙惟肖——难怪有些心理学家会把他笔下人物的言行作为临床治疗的案例来分析。

读陀氏的书，正如读曹雪芹的《红楼梦》，我们有时也会怀疑他们作品的现实性，毕竟这些人物离谱的程度已远超正常人的界限——当曹雪芹形容贾宝玉"有时似傻如狂"时，可能就是以他自己为模特吧。

曹雪芹比陀思妥耶夫斯基更残酷：后者在写《卡拉马佐夫兄弟》时病逝而留下了一部残篇；前者是面对《红楼梦》已经散佚的情况下主动封笔的。

根据上述《佩刀质酒歌》的描述，在曹雪芹逝世的当年或头一年秋天，尚能乘酒兴而作长歌，可见其身体并未垮掉，仍可做到才思泉涌。然而面对《红楼梦》后半部分的散佚，甚或他人肆意的狗尾续貂，他却并没有采取补救措施。也就是说，曹雪芹在人生的末途有几乎长达十年的时间都放弃了《红楼梦》，这究竟是什么原因呢？二百多年来，似乎无人去追问中国文化思想史上这一最具象征意义的问题。

频呼麋月醉添杯

曹雪芹一肚子抑塞不平之气，除了以酒浇之外，还借高谈纵论来发泄。敦诚《寄怀曹雪芹》称其"高谈雄辩虱手扪",敦敏"偶过明君琳养石轩,隔院闻高谈声,疑是曹君,急就相访,惊喜意外,因呼酒话旧事,感成长句"。遗憾的是,曹雪芹的奇谈高论并未流传下来,读《红楼梦》则可以稍稍想见其高风之一端。

《红楼梦》前半部分有明显的暗示:对宝玉有始有终的并非袭人,而是麝月。第二十回,贾府过元宵的时候,怡红院所有人都出去玩了,只有麝月独留下看家。对此己卯本有一条夹批:"故袭人出嫁后云'好歹留着麝月'一语,宝玉便依从此话。"在贾府被抄、宝玉出家的这段艰难的时刻,麝月表现出她非同一般的人格魅力——忠贞不移、不弃不离。

第六十三回,群芳开夜宴时,麝月抽到的花名签上显示的"韶华胜极"四个字,并题有旧诗"开到荼蘼花事了"。麝月问宝玉此签是何含义?宝玉愁眉、忙将签藏了说:"咱们且喝酒。"可见荼蘼花所蕴含的深意不仅涉及麝月个人的命运,它还暗喻了红楼群芳的结局和归宿,预示着贾府末日的来临。

此句描写雪芹大醉后频频呼唤麝月来添酒——真耶,幻耶?虚拟耶,现实耶?

红楼未许留全璧

《红楼梦》一书之所以未能全璧,其缘由至少存在四种可能:一是作者晚年因身心透支等主客观原因导致的"主动放弃";二是传抄过程导致物理意义上的散佚迷失;三是历来续补者因为艺术水平不足,只好无奈对其进行的"思想阉割";四是出于意识形态考虑的"政治阴谋"(周汝昌先生力主此论)。

我们更倾向于第一种可能,而反对第四种假设。噫吁哀哉!或许,《红楼梦》的结局太过考验国人的心灵承受能力,中国人害怕看到真正的悲剧，都希望有一个大团圆的结局，以博得情绪的安慰、心理的满足。于是乎《红楼梦》的诸多续书大都是让贾宝玉重归贾府，继续凡人的俗世生活。典型如《后红楼梦》，写宝玉在毗陵驿获救，随父还家，黛玉还魂再生，晴雯借柳五儿之体还魂。该书"大可为黛玉、晴雯吐气"，然而其宣扬的思想与曹雪芹大相径庭。

当然，也可能天意就注定了这本书不能全璧，"红楼未完"遂成为中国文学史上的多重悲剧。

名在辰星峻顶宽

中国古代称水星为"辰星"。月球环形山大都用科学家的名字命名，而水星环形山则通行用文学艺术家的名字命名。国际天文学联合会为水星上300多个环形山命名，有15个环形山用了中国人的名字，其中之一为曹雪芹。

伟大的经典总是具有某种"超越性价值"。所谓"超越性价值"，盖指作品所蕴含的超越时代、族群、地域、意识形态，乃至文化传统的独特精神价值。这种精神价值包括生命价值、文化价值、审美价值、哲学价值和人类价值等。

《红楼梦》作为一部伟大的经典，其成就是多方面的。从现存的资料分析，曹雪芹首要看重的，或者比较自负的，就是《红楼梦》的文学价值。确实，单论书中对诸多才女形象的塑造，其艺术性就远远超越了前人，更不必说作者百科全书般的知识量了。在没有网络且穷困潦倒手边缺乏资料的情况下，雪芹居然以一人之力写出了如此皇皇巨著，此乃神思，非力学所能到。所以他足可以跻身中国文学家乃至世界文学巨匠的第一梯队，大名垂宇宙实乃众望所归。

综　　述

英谚云：宁可失去英伦三岛，不能失去莎士比亚。因为莎士比亚代表的是文化，文化是民族精神的根基，有这种文化，就有这种凝聚力，就有民族的自尊心与自爱心。正如纪伯伦说："假如一棵树来写自传，那也会像一个民族的历史。"就作为作家的曹雪芹而言，他可能没有这种叙事的自觉，但是他那种对于艺术的真实性的追求，对艺术的完美与思想性相统一的追求，不意使他远远地超越于所处时代。

罗兰·巴尔特在其法兰西学院的就职演讲中，举人们关于文学再现现实之不可能的各种观点时说："用拓扑学术语说，我们不可能使一种现实的多维系统来与语言的一维系统相互对应"。"但是"，他随即话锋一转说，"正是这种拓扑学的不可能性，文学不愿意并永远不会愿意受其拘束"。

其实罗兰·巴尔特的话可以换成另一种更为尖锐的表达方式：优秀的文学不愿意受一维的束缚，而平庸的文学家倒是心甘情愿进入一维的语言世界，达成逻辑的自我满足。曹雪芹用自己的沧桑一世，啼血挥泪成就了一部千古传奇式的《红楼梦》，他一定不知道，几百年来多少人为此疯狂为此痴癫，但当真"解得切"者寥寥无几，这一切，不知是雪芹之幸，还是雪芹之不幸？

号称"20世纪最伟大的哲学家"的海德格尔极为推崇被历史尘封一个多世纪的荷尔德林，后者作为"诗人哲学家"的代表被赋予圣徒先知般的品质，海德格尔更进一步把荷尔德林的"人诗意地栖居于大地之上"作为自己的一个哲学指向。

曹雪芹二百多年前就已经深入涉及"人诗意地栖居于大地之上"这

一命题，这里的关键区别是荷尔德林的作品背景是"上帝信仰"，而曹雪芹的作品背景是中国文化的"天道信仰"。荷尔德林面对的是"上帝缺席"，曹雪芹面对的是"天道待补"——前者以"旷野呼告"的方式祈求圣灵，后者欲以诗情补天而留待后人。

关于曹雪芹"以情补天"的写作动机，刘小枫在多年前的《拯救与逍遥》里已经有比较深入的剖析：

给无情之"天"补情显明了一种信念危机。但与屈原和陶渊明不同，在曹雪芹那里，信念危机不是在儒家精神内部发生的，而是在庄禅精神中发生的。贾宝玉"无才"的自我意识无论如何不是儒生气概。这位神瑛侍者的心性近真情，疏理法，鄙视道学，自诩为逸士高人，视汲汲于仕进之士为"禄鬼"，放浪不羁、不拘礼教、"不通时务"，偏僻乖张反而成为自负的资本。对"骨格不凡，丰神迥异"，"飘然来去"的僧道风韵深得于心。然而，神瑛侍者无法忍受大荒山无稽崖的孤寂清虚，无法忍受终年心如"槁木死灰"的大空，宁肯衔补天顽石"枉入红尘"。神瑛侍者毅然离开了清虚的自然时间，返回到历史时间，尽管历史时间依然被看成"幻境"。只有在历史时间中才有真正情的世界，才有情的发生的可能性。这样一来，"无知、无识、无爱、无憎"的石头心便与性真情的情痴情种构成内在矛盾。

刘小枫的这套说辞其实与海德格尔亦步亦趋，如果按照这种逻辑，是不是可以说：中国数千年所追求的一切情爱桃源都是梦幻泡影？天人合一的本然性秩序都没有诗意？换句话说，是不是只有"拯救"才有诗意，逍遥就没有诗意？

西方思想界在一百多年来转向所谓"诗化哲学"的背景，正是因为这个"石头世界"发生了太多战争苦难，始作俑者的他们才不得不重新拷问"神人之间"的合理性。"诗化"的前提是现实世界之外另有一个世界，也就是说，"神"与"人"分别处于绝对分离的两个世界，诗意的根源只能在"神世界"中产生——没有神的存在，"人世界"的诗意便只是空想。

然而曹雪芹欲图建立的"潇湘世界"恰恰是属于"人"的世界，一个没有"神"的此岸世界。中国文化中所讲的良善、仁爱、纯真，全都产生于此岸世界，并非另一个世界的惠予。即便天倾天裂造成大地上充满了劫难苦恸，人也要力争去"补天"！

"悬崖撒手"绝不是曹雪芹寻找人生出路的终极答案。曹雪芹给予他的时代的，比他从中得到的要多得多。他在《石头记》中创造了自己的文学和思想世界，对于这个"石头世界"，曹雪芹自始至终一直保持冷峻的旁观态度，与客体对象拉开距离，只有不与当下达成和解，才能不断逼近隐藏在浮华表象后支配这一世界的运行规则，也正因为对"石头世界"的深刻洞察，他才亲手摧毁了自己建立的"潇湘世界"——只有让石头世界上一切旧的腐朽的不合理的东西都死得"白茫茫大地真干净"，新的世界才得以真正建立。

这个问题涉及对中华文化体系的总体评价，可能永远会争论下去。但笔者在此要强调：一方面圣爱的"超验之维"确实可以提升人心的诗化境界；另一方面中华文化所建构的"与道并行"的天地境界，同样可以惠临人心与召唤人心，同样可以产生诗意。

中国文化有自己的诗意尺度及诗意源泉，《红楼梦》写出了海德格尔、荷尔德林未必充分发现的那些坚韧如大地般的诗灵存在。甚至，曹雪芹笔下的"补天情怀"，比所谓的"神性标尺"更能精确预测天地的失序，并对这个"石头世界"充满忧患地随时待命以身奉道。

曹雪芹试图告诉读者，在"天裂"的大地上，实现诗意的栖居本身就是一场劫难冒险。他也善意地提醒过贾宝玉：沉迷于诗意栖居的梦境太久的人，梦醒后的"补天"之旅将更为悲凉。

曹雪芹会让贾宝玉返身背负起这块悲凉的补天巨石吗？

"新红学"已经兜兜转转热闹了百年，如今却处于"鬼打墙"般的尴尬境地。我们当下的诗心灵慧，似乎离曹雪芹越来越远……有时候不由得让人发出感叹：做学问，唯佛能知佛，若未到菩萨果位，确实是夏虫不可以语冰的。

曹雪芹的写作根植于一种深刻的生命悲感，这种悲感催生了《红楼梦》"病蚌产珠"般的分娩。因此，我们这本书对"宝玉出家"之后的一系列情节演绎，就是想延续曹雪芹的悲剧性思考——最脆弱的文心与最倔强的诗灵、最理性的省悟与最感性的情怀、最深邃的精神与最完美的形式，应该是贯通全书的。也只有在这百脉俱通的浑然一体中，《红楼梦》作为一部完整的经典，才能如恒星般辉耀苍穹。

本书所呈的"红楼公案"，宛如一场禅修之旅，到此也该"解七"了。这其实是笔者意外涉入的一场"记梦"之旅——所记者，乃从天上看人间的《石头记》是也；所梦者，乃从人间看天上的《红楼梦》是也。天上看人间为"记"，明明历历；人间看天上为"梦"，渺渺茫茫。穿越这天上人间的，是千载不死的中华诗灵……

《红楼梦》与呼雷汤

（代跋）

《红楼梦》者，小说名也；呼雷汤者，温泉名也。此两者风马牛不相及，试问有何关联？

因为诸君目前看到的这本《红楼梦断诗灵在》，就是呼雷汤泡出来的。

每次因为长时间写作腰酸背痛地从大水泊镇的清华大学乡村振兴工作站出来，向南望，就会看到一座山，其形状颇像米芾《研山铭》中的山形。但是在我看来，倒是与魔戒前传《霍比特人》中的孤山相差仿佛。近半年来，因为要赶书稿，每每身疲灵塞，都如丢了半条命般渴望赶往孤山旁的精灵森林，这是属于我的"意外之旅"，因为那森林的尽头，有神秘的礼物。

通向高村镇的孙家埠村口，有十几株芙蓉树组成的小树林。每次经过它，就会不由自主地想起《红楼梦》中的一个公案：晴雯的象征，到底是木芙蓉还是水芙蓉？看来红迷们会一直争论下去。不过我倒借此涨了知识——芙蓉花和芙蓉树不一样，它们的科属不同，芙蓉花是锦葵科木槿属的落叶灌木或小乔木，它的学名叫作木芙蓉；而芙蓉树是豆科合欢属的落叶乔木，它的学名叫作合欢树，这是它们最大的区别。

上面的文字我都认识，但是即便有机会见到实物，估计仍会傻傻分不清木芙蓉与水芙蓉的区别。不过对于芙蓉树，我倒是非常亲切熟悉，每年夏天，这些别号"合欢树"的植物都会开出独特的花冠，据说曹雪芹曾因囊中空空而不得不用"合欢花酿酒"——不知道他用的是否就是合欢树的花？

过了孙家埠，很快就能见到一个城堡，因长期闲置而显得荒凉，仍酷似电影魔戒里的造型，只是不知里面是否有蓝袍巫师在幽暗处修行打怪？

从城堡转个弯，马上就要见到我的"艾雯公主"了。

"艾雯公主"比《红楼梦》里所有的女儿都更符合"水做的骨肉"这一描述——因为它的本质就是十足真金的水，只不过有个别样的名字——温泉。这就是胶东最好的温泉——呼雷汤。

呼雷汤为天然温泉，常年平均水温在60℃，最高可达80℃。远在宋代，呼雷汤便以水质纯净、温度适宜及可治疗疾病而闻名于世。嘉庆时进士、湖广道监察御史林钟岱曾题字："呼雷灵泉天下第一"。我暗暗揣摩其名称来历，难道指其出水声宛如打呼噜或打雷？很难想象：我心目中的"艾雯公主"睡觉会打呼噜（捂脸）。

泡呼雷汤，于我像是进行一场远古的祭祀礼仪，必须一丝不苟地按如下步骤进行：

男士浴区总共有6个浴池，温度为42~45℃。首先，在42℃的池子里适应一下温度，心里默念108个数，出来后进休息室喝茶躺一会儿。这里都是年龄偏大的胶东村民，我长年提供茶叶，大家一起喝，所以基本上人人都认识我。

然后，第二次直接进45℃的池子，每次默念72个数就赶紧出来，皮肤烫得红彤彤的。切记万万不可久泡，此泉能量级别太高，我见过好几次有人泡虚脱了。

如此泡个五六次后，就开始进行最重要的一项议程：请老周来一场马杀鸡全身按摩。

老周是典型的胶东汉子，按摩于他是半路出家，据说他曾经是炼钢厂的钣金工，现在改干这一行，倒是真合适。

老周那扳过钢筋的粗糙大手在我的细皮嫩肉上肆虐游走，其姿态颇似《倚天屠龙记》里敢于挑战张三丰的西域金刚门高手阿三："左手或拳或掌，变幻莫测，右手却纯是手指的功夫，拿抓点戳、勾挖拂挑，五根手指如判官笔，如点穴橛，如刀如剑，如枪如戟，攻势凌厉之极。"又似《笑傲江湖》里的不戒和尚给令狐冲收拢体内乱窜的真气，一味发力抻拽按压，丝毫不顾及我的惨叫……于是乎，我刚刚从呼雷汤泡回来的半条命，就在老周的辣手下被摧走了。

老周信奉"力大砖飞"，他有手挥五弦之功，我有抽筋拆骨之效。然而令人惊异的是我的许多诗文妙句，就是在这龇牙咧嘴的惨叫中莫名其妙涌进出来的！

按摩之后，赶紧窜到最热的池子里，照例默念108个数，在水中做一套简单的伸腰抻筋动作，宛如一场在"艾雯公主"浸润下的普拉提。于是乎百脉俱通、满血复活，宛如穿上了矮人特制的秘银甲，精神抖擞地踏着夕阳归去，感觉每根头发丝都向外冒着高维能量，于是乎回去继续灵感充沛的写作。

相传东方朔认识一个仙人叫黄眉翁，三千年洗一次骨髓，两千年剥一次皮换一次毛。已经洗了三次骨髓，伐了五次皮毛，故活到九千多岁依然神采奕奕，这就是道家修行的至高境界——"洗髓伐毛"。此等境界，我等俗辈是不指望了，但如此泡温泉，却有带上"魔戒"般的冻龄效果。

爱上文登，对我可能是天缘般的"木石前盟"，从此当"甘认他乡是故乡"矣！

呼雷汤的运营者也姓周，精瘦而白带仙气，宛如《笑傲江湖》里的衡山派掌门"潇湘夜雨"莫大先生，一看就是道门中人。我曾答应他为该温泉写一篇赋，奈何文思蹇蹇，只好以一首小诗应付交差：

放春山上卜前生，不忆蓬莱但忆卿。
何必灵槎迎客远，呼雷汤罢跨长鲸。

若是在冬季，有时候回去时天空布满闪烁着光芒的繁星，宽阔不到边地罩在我的头上。大地的寂静似乎和天上的寂静相互融合，突然会莫名其妙地怜悯起林妹妹来。

想当年灵河畔的绛珠仙子，饥则食蜜青果为膳，渴则饮灌愁海水为汤。但是有一个秘密连曹雪芹都不知道，那就是"病则以呼雷汤为药"。后来，操蛇之神念胶东百姓朴拙忍苦，于是移呼雷汤至此。于是乎绛珠仙子下界还泪报恩时，只能带着一副弱柳扶风般病恹恹的身躯。

——真是委屈了林妹妹！

李　林

附录一：《红楼梦》三十七首七律总览

1. 第一回回前诗

浮生着甚苦奔忙，盛席华筵终散场。
悲喜千般同幻渺，古今一梦尽荒唐。
谩言红袖啼痕重，更有情痴抱恨长。
字字看来皆是血，十年辛苦不寻常。

2. 第八回《嘲顽石幻相》

女娲炼石已荒唐，又向荒唐演大荒。
失去幽灵真境界，幻来亲就臭皮囊。
好知运败金无彩，堪叹时乖玉不光，
白骨如山忘姓氏，无非公子与红妆。

3. 李纨大观园题咏《文采风流》

秀水明山抱复回，风流文采胜蓬莱。
绿裁歌扇迷芳草，红衬湘裙舞落梅。
珠玉自应传盛世，神仙何幸下瑶台。
名园一自邀游赏，未许凡人到此来。

4. 薛宝钗大观园题咏《凝晖钟瑞》

芳园筑向帝城西，华日祥云笼罩奇。
高柳喜迁莺出谷，修篁时待凤来仪。
文风已著宸游夕，孝化应隆归省时。
睿藻仙才盈彩笔，自惭何敢再为辞。

5. 薛宝钗《咏白海棠》

珍重芳姿昼掩门，自携手瓮灌苔盆。
胭脂洗出秋阶影，冰雪招来露砌魂。
淡极始知花更艳，愁多焉得玉无痕？
欲偿白帝凭清洁，不语婷婷日又昏。

6. 贾探春《咏白海棠》

斜阳寒草带重门，苔翠盈铺雨后盆。
玉是精神难比洁，雪为肌骨易销魂。
芳心一点娇无力，倩影三更月有痕。
莫谓缟仙能羽化，多情伴我咏黄昏。

7. 贾宝玉《咏白海棠》

秋容浅淡映重门，七节攒成雪满盆。
出浴太真冰作影，捧心西子玉为魂。
晓风不散愁千点，宿雨还添泪一痕。
独倚画栏如有意，清砧怨笛送黄昏。

8. 黛玉《咏白海棠》

半卷湘帘半掩门，碾冰为土玉为盆。
偷来梨蕊三分白，借得梅花一缕魂。
月窟仙人缝缟袂，秋闺怨女拭啼痕。
娇羞默默同谁诉，倦倚西风夜已昏。

9. 史湘云《咏白海棠》

神仙昨日降都门，种得蓝田玉一盆。
自是霜娥偏爱冷，非关倩女亦离魂。
秋阴捧出何方雪？雨渍添来隔宿痕。
却喜诗人吟不倦，岂令寂寞度朝昏？

10. 史湘云《咏白海棠》

蘅芷阶通萝薜门，也宜墙角也宜盆。
花因喜洁难寻偶，人为悲秋易断魂。
玉烛滴干风里泪，晶帘隔破月中痕。
幽情欲向嫦娥诉，无奈虚廊月色昏。

11. 蘅芜君《忆菊》

怅望西风抱闷思，蓼红苇白断肠时。
空篱旧圃秋无迹，瘦月清霜梦有知。
念念心随归雁远，寥寥坐听晚砧痴，
谁怜我为黄花病，慰语重阳会有期。

12. 怡红公子《种菊》

携锄秋圃自移来，篱畔庭前故故栽。
昨夜不期经雨活，今朝犹喜带霜开。
冷吟秋色诗千首，醉酹寒香酒一杯。
泉溉泥封勤护惜，好知井径绝尘埃。

13. 枕霞旧友《供菊》

弹琴酌酒喜堪俦，几案婷婷点缀幽。
隔座香分三径露，抛书人对一枝秋。
霜清纸帐来新梦，圃冷斜阳忆旧游。
傲世也因同气味，春风桃李未淹留。

14. 蘅芜君《画菊》

诗馀戏笔不知狂，岂是丹青费较量。
聚叶泼成千点墨，攒花染出几痕霜。
淡浓神会风前影，跳脱秋生腕底香。
莫认东篱闲采掇，粘屏聊以慰重阳。

15. 蕉下客《簪菊》

瓶供篱栽日日忙，折来休认镜中妆。
长安公子因花癖，彭泽先生是酒狂。
短鬓冷沾三径露，葛巾香染九秋霜。
高情不入时人眼，拍手凭他笑路旁。

16. 潇湘妃子《菊梦》

篱畔秋酣一觉清,和云伴月不分明。
登仙非慕庄生蝶,忆旧还寻陶令盟。
睡去依依随雁断,惊回故故恼蛩鸣。
醒时幽怨同谁诉,衰草寒烟无限情。

17. 怡红公子《访菊》

闲趁霜晴试一游,酒杯药盏莫淹留。
霜前月下谁家种,槛外篱边何处秋。
蜡屐远来情得得,冷吟不尽兴悠悠。
黄花若解怜诗客,休负今朝挂杖头。

18. 枕霞旧友《对菊》

别圃移来贵比金,一丛浅淡一丛深。
萧疏篱畔科头坐,清冷香中抱膝吟。
数去更无君傲世,看来惟有我知音。
秋光荏苒休辜负,相对原宜惜寸阴。

19. 潇湘妃子《咏菊》

无赖诗魔昏晓侵,绕篱欹石自沉音。
毫端蕴秀临霜写,口齿噙香对月吟。
满纸自怜题素怨,片言谁解诉秋心。
一从陶令平章后,千古高风说到今。

20. 潇湘妃子《问菊》

欲讯秋情众莫知,喃喃负手叩东篱。

孤标傲世偕谁隐,一样花开为底迟?

圃露庭霜何寂寞,鸿归蛩病可相思?

休言举世无谈者,解语何妨片语时。

21. 枕霞旧友《菊影》

秋光叠叠复重重,潜度偷移三径中。

窗隔疏灯描远近,篱筛破月锁玲珑。

寒芳留照魂应驻,霜印传神梦也空。

珍重暗香休踏碎,凭谁醉眼认朦胧。

22. 蕉下客《残菊》

露凝霜重渐倾欹,宴赏才过小雪时。

蒂有馀香金淡泊,枝无全叶翠离披。

半床落月蛩声病,万里寒云雁阵迟。

明岁秋风知再会,暂时分手莫相思。

23. 贾宝玉《螃蟹咏》

持螯更喜桂阴凉,泼醋擂姜兴欲狂。

饕餮王孙应有酒,横行公子却无肠。

脐间积冷馋忘忌,指上沾腥洗尚香。

原为世人美口腹,坡仙曾笑一生忙。

24. 薛宝钗《螃蟹咏》

桂霭桐阴坐举觞，长安涎口盼重阳。

眼前道路无经纬，皮里春秋空黑黄。

酒未敌腥还用菊，性防积冷定须姜。

于今落釜成何益，月浦空馀禾黍香。

25. 林黛玉《螃蟹咏》

铁甲长戈死未忘，堆盘色相喜先尝。

螯封嫩玉双双满，壳凸红脂块块香。

多肉更怜卿八足，助情谁劝我千觞。

对斯佳品酬佳节，桂拂清风菊带霜。

26. 邢岫烟《咏红梅花　得"红"字》

桃未芳菲杏未红，冲寒先已笑东风。

魂飞庾岭春难辨，霞隔罗浮梦未通。

绿萼添妆融宝炬，缟仙扶醉跨残虹。

看来岂是寻常色，浓淡由他冰雪中。

27. 李纹《咏红梅花　得"梅"字》

白梅懒赋赋红梅，逞艳先迎醉眼开。

冻脸有痕皆是血，醉心无恨亦成灰。

误吞丹药移真骨，偷下瑶池脱旧胎。

江北江南春灿烂，寄言蜂蝶漫疑猜。

28. 薛宝琴《咏红梅花 得"花"字》

疏是枝条艳是花,春妆儿女竞奢华。

闲庭曲槛无馀雪,流水空山有落霞。

幽梦冷随红袖笛,游仙香泛绛河槎。

前身定是瑶台种,无复相疑色相差。

29. 贾宝玉《访妙玉乞红梅》

酒未开樽句未裁,寻春问腊到蓬莱。

不求大士瓶中露,为乞嫦娥槛外梅。

入世冷挑红雪去,离尘香割紫云来。

槎枒谁惜诗肩瘦,衣上犹沾佛院苔。

30. 第二十二回薛宝钗灯谜

朝罢谁携两袖烟,琴边衾里总无缘。

晓筹不用鸡人报,五夜无烦侍女添。

焦首朝朝还暮暮,煎心日日复年年。

光阴荏苒须当惜,风雨阴晴任变迁。

31. 贾宝玉《春夜即事》

霞绡云幄任铺陈,隔巷蟆更听未真。

枕上轻寒窗外雨,眼前春色梦中人。

盈盈烛泪因谁泣,点点花愁为我嗔。

自是小鬟娇懒惯,拥衾不耐笑言频。

32. 贾宝玉《夏夜即事》

倦绣佳人幽梦长,金笼鹦鹉唤茶汤。
窗明麝月开宫镜,室霭檀云品御香。
琥珀杯倾荷露滑,玻璃槛纳柳风凉。
水亭处处齐纨动,帘卷朱楼罢晚妆。

33. 贾宝玉《秋夜即事》

绛芸轩里绝喧哗,桂魄流光浸茜纱。
苔锁石纹容睡鹤,井飘桐露湿栖鸦。
抱衾婢至舒金凤,倚槛人归落翠花。
静夜不眠因酒渴,沉烟重拨索烹茶。

34. 贾宝玉《冬夜即事》

梅魂竹梦已三更,锦罽鹴衾睡未成。
松影一庭惟见鹤,梨花满地不闻莺。
女儿翠袖诗怀冷,公子金貂酒力轻。
却喜侍儿知试茗,扫将新雪即时烹。

35. 香菱《咏月》其一

月挂中天夜色寒,清光皎皎影团团。
诗人助兴常思玩,野客添愁不忍观。
翡翠楼边悬玉镜,珍珠帘外挂冰盘。
良宵何用烧银烛,晴彩辉煌映画栏。

36. 香菱《咏月》其二

非银非水映窗寒，试看晴空护玉盘。

淡淡梅花香欲染，丝丝柳带露初干。

只疑残粉涂金砌，恍若轻霜抹玉栏。

梦醒西楼人迹绝，馀容犹可隔帘看。

37. 香菱《咏月》其三

精华欲掩料应难，影自娟娟魄自寒。

一片砧敲千里白，半轮鸡唱五更残。

绿蓑江上秋闻笛，红袖楼头夜倚栏。

博得嫦娥应借问，缘何不使永团圆！

附录二：本书三十六首七律总览

1.《红楼梦卜》

身许红楼第几层？梦犹可卜夜难承。

七情冷浸同灰愿，五味洄旋未剃僧。

世若围棋徒巨眼，人如宝玉误灵能。

临崖挥手徵归处，却向潇湘探武陵。

2.《红楼情禅》

莫恨红楼梦未完，碧岩历历续情禅。

悼芹意气聊吹剑，还玉痴心可补天。

黛蹙烟眉逢险韵，钗辞青鬓拨霜弦。

巫山雨霁云收后，柳絮飞飏冒蓬山。

3.《石头正传》

红楼曲断倩谁传？玉上殷痕石上言。

青埂峰头新誓约，无根树下旧蒲团。

太虚幻境非关梦，推背奇图不计年。

三十三天皆寂寞，灵河寥廓鹤空还。

4.《咏苏曼殊兼及宝玉》

樱花桥上又霜途,带露秋声似散珠。
百衲披离瓶钵浅,三生惝恍雁鸿孤。
桃花早共黄花瘦,诗骨甘随玉骨枯。
毕竟袈裟缘底事?悲欣交集一曼殊。

5.《赠种芹人》

诗魂玉骨两无瑕,谢草池清映棣华。
雪后香山黄叶酒,庭前柏树赵州茶。
拙工织网收还漏,幻笔牵丝补更嘉。
了却红楼全璧事,与君共种邵陵瓜。

6.《咏宝玉》

满堂朱紫等轻尘,灵玉无端惹宿盟。
文不在兹留石册,道之将废寄瑶鲸。
珍珑已解思犹幻,柯笛初横意未平。
方死方生泥与水,流霞本是泪醅成!

7.《咏黛玉》

信有芳溪沁此身,黛山岚语自嘤嘤。
应惭濯玉无新泪,宁忘含颦是旧名。
冷雨抛珠题素帕,香丘瘗稿寄前盟。
放春山上寻销号,如梦如烟两不明。

8.《金玉无缘叹》

修得金姻似比邻,半僧半丐一痴人。
蓬窗补裰衾犹冷,花冢寻诗稿已堙。
可叹情矜成絮果,堪怜泪尽证兰因。
好风终误青云志,惟愿潇湘渡有津。

9.《钗黛一体赞》

恒念三生石畔功,流霞已报泪笺中。
晚砧如诉金兰语,归雁难临雪羽风。
旧帕还时知劫尽,谏词讽处证心通。
诗魂暗度冰魂暖,同领霜天一断鸿。

10.《咏红楼群芳》

榴红褪尽祭双星,花入空门亦色馨。
醉后枕霞招白鹤,痴来书诔质苍冥。
耽棋不耐繁霜重,远适堪绥海国宁。
须转一情成十力,免教造化误诗灵。

11.《黛玉葬诗》

半缘濯玉半缘恩,还泪分明帕上痕。
碎绿摧红归幻境,葬花瘗稿付灵根。
荒崖鹤懒三生误,斑竹风沉一梦惛。
取次芳溪寻旧迹,姑苏路远莫招魂。

12.《李林补书自嘲》

欲补斯书别样工，我今一怒逞雕虫。
妖氛迷眼轩辕镜，残局搜肠碧眼瞳。
诗化贞珉惊匠石，玉成情种辟鸿蒙。
神瑛传牒招新侍，纵许投名懒引弓。

13.《雪芹悲心》

忍把文章博酒钱，痴痴披阅费增删。
应怜傲骨诗边瘦，每审悲心佛外参。
境幻情真曾隔世，云高鹤懒未逢仙。
弥天华雨皆成泪，可为梅花化雪衫？

14.《对景悼颦》

茜窗欹枕竹森森，露自泠泠鸟自喑。
托梦长祈蕉上雨，穿帘曾度晚来砧。
心多一窍因诗苦，帕重三分是泪沉。
鹤信鸾音空引睇，遗香端恐垄中寻。

15.《宝玉寻诗》

菱花何事觑眉颦？认取溪边旧帕巾。
一逝异乡哀宝婺，双生同穴荐中宸。
当时斑竹无还有，别后鲛绡假亦真。
此去潇湘宜趁马，吴山含黛黛含嚬。

16.《宝玉还玉》

信知离玉宕冥思,汝自归山我自痴。
萧寺无砧锥起落,新幢成册字参差。
诗魂化石酬贞愿,菱镜堆尘照大悲。
梦里春容都不识,青天碧海两由之。

17.《宝玉守更》

落英成阵各寻门,宁寄芳溪不寄盆。
离恨天高无鹤使,赤瑕宫闭误湘魂。
淹留淹去风中蕊,如失如忘玉上痕。
隔岸花香舟楫绝,甘持竹柝守晨昏。

18.《红楼梦禅》

此书当署石头禅,笑煞看官兀兀参。
牙板拍催红豆曲,峡波源指绛芸轩。
从来多事嗟僧道,犹自倾身问絮兰。
满纸补天填海意,证空悟色两无关。

19.《红楼后事》

大千剥复隙中身,河汉微茫旷紫宸。
悔入禅门求兔角,欣凭泅字解眉颦。
合苞菡萏愁风露,分渚鸳鸯梦洧津。
敢谓红楼书后事,天倾可补有诗人。

20.《红楼梦恸》

纵识曹侯料不真,脂批历历亦伤神。
北邙山下来时约,青埂峰前劫后巡。
白骨传情情外旨,红尘开眼眼中身。
一声天命当停笔,最是斯人恸获麟。

21.《宝玉赴苏》

芳溪沉玉縠纹平,旧帕偷埋待有情。
匪载匪车筇杖短,如僧如丐笛音清。
鱼珠乱混双星事,石册当镌共穴盟。
云水也曾留客驻,来时竹栎去时更。

22.《宝玉涉江》

湘君有意凤箫呈,衲子无心短笛横。
曲罢云垂波自碧,居然太上泪飞倾。
遣香春梦惭兼美,还玉残躯赴旧盟。
留客不成骑鹤去,未忘未失是情情。

23.《宝玉怀乡》

潇湘圃冷剩残图,漠漠芳溪钓客殊。
梁燕徘徊倾旧垒,绿鹦黯默失灵珠。
铅刀一割能裁玉,驽马三嘶自奋途。
无量莲心当不死,芙蓉惊雨在姑苏。

24.《移灵扬州》

浮槎生死两扬州，灵骨飘蓬忍去留。
归雁北征哀折足，孤鹃西引涕香丘。
羞为紫府无瑕玉，宁泛幽冥不系舟。
试问娑婆离垢者：谁将造化一招收？

25.《咏妙玉》

吴江阑梦断瓜洲。眉共啼鹃一寸愁，
僻则多痴孤则勇，笑时偏冷默时羞。
空门情薄贪金鼎，纤沼霜浓陷玉钩。
最恸红颜从枯骨，畸人槛困忍淹留。

26.《红楼梦关》

诗魂不渡黑溪关，灵玉归期未许延。
香溢红蕖谁惜藕？珠凝碧叶总成圆。
感君慷慨称钗士，愧我乖张逞戏禅。
何必蓬莱仙棹济，青峰凿破作奇传！

27.《宝玉变形记》

玉魄诗魂暗转轮，笑他束手辨形神。
肆行来去无根石，同体悲愁万劫身。
阶上屐痕笺上渍，月中袂影镜中尘。
眼前潦倒缁衣客，却是擎天立极人！

28.《宝玉刻诗》

此去潇湘认故邱，高天离恨一沙鸥。
相逢如陌忘迎送，分别无心辨我雠。
洇字匀摹血成墨，铁痕深划泪为钩。
功存绛洞谁知晓？僧自喑喑竹自幽。

29.《宝玉守坟》

兰若秋凉忆茜纱，植杨耘草野生涯。
镌诗重现芙蓉诔，刻木非期贯月槎。
未羡菩提成正果，尚凭菱镜洗铅华。
此身已付青峰石，别有根芽不是花。

30.《宝玉失忆》

曾忆仙醪醉客浓，少年痴气意憧憧。
红楼演曲昭三世，白石镌诗凿半峰。
扶病无劳招鹤返，宕灵焉肯与君逢？
寺溪恍似芳溪路，亭渡寻来第几重？

31.《宝玉自埋》

临崖挥手半峰青，绛梦深封不必醒。
泪濯诗芽齐若木，珠沉弱水化湘灵。
采芹畸叟痴镌石，倚榻维摩病说经。
无可奈何天上册，但凭铁笔记贞铭！

32.《咏白首双星》

顽石归山客未期,灵河寂寂掩门迟。
潭空孤鹤巡三界,茶入千红尽一卮。
梦里潇湘桥渡断,月中仙子缟冠危。
诗魂已在楞伽顶,何必晨昏对镜痴?

33.《红楼梦呓》

无才徒叹弃如尘,诗谶无稽信易真。
笑煞僧囚三昧戒,奈何儒误一冠身。
将登紫盖期乘鹤,欲炼金丹苦采薪。
石上万言谁解得?最怜刻者是痴人。

34.《石头后记》

还玉归山又一场,更奇公子耐凄凉。
幸怜香冢埋君稿,莫负孤鸢逾我墙。
顽石缘何成刻石?诗王未必解花王。
投躯擎得残荷雨,不悔莲心苦味长。

35.《笔花堂致悼红轩》

穹昊无尘黯角芒,起魂芹圃费思量。
双生火炼三生石,一寸眉牵百寸肠。
似幻实真青埂梦,非曹是李笔花堂。
瓷心易裂哀文脉,玉魄重开水与光。

36.《禳星雪芹》

华盖无端蔽上台，苍天原妒雪芹才。

黛山埋玉陪侬老，绛洞封诗待后开。

一掷麟毫狂解佩，频呼麝月醉添杯。

红楼未许留全璧，名在辰星峻顶嵬。

出版致谢

　　山东威海文登大水泊镇，处于中国胶东半岛的最东端，2018年，我从北京来到这里，参与本地的乡村振兴事业，投身于本地乡村"一村一品"的建设。从此每年至少有三百天都在乡间行走流连，乐此不疲。

　　经过几年的打拼，我们的乡村振兴事业上了很大一个台阶，成立了"清华大学乡村振兴文登工作站"，《新闻联播》也多次报道，成为全国样板。我的时间越多地花在乡间地头，就越发地热爱这个地方。业余时间我也会为当地党校等机关单位讲一些课，并给当地的孩子和家长们开设"亲子国学"课程，讲课的主要场所就在文登观云山居城市书房。

　　2022年某天，观云山居城市书房的负责人妙明师兄约我一谈，我鞋底还黏着乡间小道的泥土，就走进了书房。妙明师兄对我说，文登一些喜欢读书的朋友成立了"云上读书会"，已经开展了几个月活动，希望我能来牵头讲几场讲座。

　　我问道："讲什么？"妙明师兄说："听说您讲过《红楼梦》？读书会的成员大都是女性，应该对这个专题感兴趣。"

　　我确实在二十年前讲过《红楼梦》，不过那时是浅尝辄止的研究，且只做了一个主题"却向潇湘探武陵"。不过，既然有机会重开讲座，那就重拾一下旧业，只为不负所托吧。

于是我就做了一场讲座。没想到讲完之后，大家纷纷表示希望我继续讲下去。我就继续做课件，最终就有了总长达三十小时的系列课程"红学十讲"。

在翻看整理课程文稿时，我突然想到：何不在此基础上写一本书呢？也算是对自己研究红楼梦生涯的一个交代。我正为此事沉吟时，冯哲院长及陈迎炜老师邀请我在北京四海孔子书院的"四海同学会"做学术分享，恰好华龄出版社的副总编辑董老师也在同一个群里。董老师得知我想出一本有关《红楼梦》的书，就主动通过彼此多年的老朋友李凌己博士联系到我，于是后续的工作得以顺利展开，可谓机缘殊胜。

在成书过程中，我的家人给予了我最大的鼓励和支持，让我能够在乡下安心写作，特别是内子杨卓，承担了奉养父母、抚育幼子的大部分责任。她曾私淑叶嘉莹先生，亦雅擅诗律，加之硕博都是古典文学专业，本书的 36 首律诗，多经她看似漫不经心其实勘破天机的点评，让我颇感压力并时不时体会到宝玉写红梅诗时的逼促及自得。稚子翰屏不知不觉已经八岁，在他成长中缺席不少，深感惭疚——我其实不建议未成年人过早读《红楼梦》，就把此书当作十年后给他的一份礼物吧。

最初，我想把本书命名为《红学的终结》，此处与福山《历史的终结》用意全然不同——《历史的终结》是作者自以为是的客观判断，却因个人格局限制而落得贻笑大方。《红学的终结》是我对自身的判断，它只为个体思想是否圆融通达负责，代表的是"得失寸心知"。不过，因为毕竟要把最终解释权交到读者手中，在多位朋友的建议下，最后还是改成了现在的书名。

据说，一代学宗陈寅恪先生由欧洲回国后去拜见夏曾佑先生（曾任京师图书馆馆长），后者对他说："我很高兴你懂得多种文字，有很多书可看。我只能看中国书，但可惜都看完了，现无书可看了。"陈先生当时觉得此老话语堪称荒唐——中国书籍浩如烟海，岂能都看完了？然而，待到陈寅恪七十岁左右时，他却说道："现在我老了，也与夏先生同感。中国书虽多，不过基本几十种而已，其他不过是翻来覆去、东抄西抄。"

任何系统的知识都有所谓"元典"，这些"元典"加在一起也不过几十部，甚至十来部，它们如孤峰般峻拔，俯视群峦，一旦攀登上这些元典高峰，眼界所及虽浩涯而有界，虽繁芜而明历，对于个体而言该领域便可以说终结了。

吾也曾遥领先贤风采，亦步亦趋履大人迹：二十志于禅学，以《张力的消解》为终结；三十志于佛学，以《退回释尊之侧》为终结；四十志于国学，以《国学十讲》为终结；五十志于"红学"，以本书的出版为终结……预计六十岁拾掇延宕已久的《道学十讲》，七十岁或许可能以《易》与上古真人应答矣！倘斯言有验，则吾其庶几乎！

参与本书校对的，有文登"云上读书会"的成员丛桦、刘静、林静、苗春笛、刘学文等；其他参与校对的，还有中国艺术研究院的王博扬博士、昆明的周亦唯同学、成都的易安居士、北京的邢月发伉俪……

对他们的辛勤付出，在此谨表谢忱！

出版过程中得到了华龄出版社郑老师及陈老师多方面细致入微的帮助，在此对他们的辛苦工作表示感谢。

李 林

2024 年清和月

于威海文登大水泊镇

清华大学乡村振兴工作站